MEGAN PARKER

TIME OF LUST 3

DEVOTE BEGIERDE

ROMAN

www.blue-panther-books.de

blue panther books Taschenbuch
Band 2200
1. Auflage: Juni 2014

Vollständige Taschenbuchausgabe
Originalausgabe

Cover: © conrado @ shutterstock.com
Umschlaggestaltung: www.heubach-media.de
gesetzt in der Trajan Pro und Adobe Garamond Pro
Printed in Germany
ISBN 978-3-86277-331-2
www.blue-panther-books.de

INHALT

Mit dem Gutschein-Code **MP5TBAYPO**
erhalten Sie auf **www.blue-panther-books.de**
diese exklusive Zusatzgeschichte als E-Book
in den Formaten PDF, E-PUB und Kindle.
Registrieren Sie sich einfach online oder
schicken Sie uns die beiliegende Postkarte
ausgefüllt zurück!

Die Droge

Ich erwachte in meinem kleinen Verlies im Keller der Villa und hatte keine Ahnung, wie viele Stunden vergangen waren. Aber es musste wohl morgens sein, denn ich war ausgeschlafen und guter Dinge, obwohl ich nicht einschätzen konnte, was mich nun erwarten würde. Zum ersten Mal hatte ich Santiago darum gebeten, freiwillig eine Nacht im Verlies verbringen zu dürfen. Ich wollte meine bedingungslose Liebe und Hingabe für ihn stärker spüren, ich wollte all meine Zweifel und moralischen Bedenken, die Santiagos Auftritt im Empire – sein skrupelloses Verhalten – bei mir ausgelöst hatte, verdrängen und ihm meine Ergebenheit beweisen.

Dennoch war ich erleichtert, als Damian kam und mich erlöste, denn mein Rücken schmerzte von den buckeligen Pflastersteinen, auf denen ich die ganze Nacht gelegen hatte. Ich durfte ins Bad, danach erklärte er mir, dass sich nach dem gestrigen »Dreier« an meinem Verhältnis zu Cheyenne und den erforderlichen Züchtigungsmaßnahmen nichts geändert hatte. Jeder verbotene Blick in sein Gesicht würde mir Peitschenhiebe einhandeln. Meine bereits angesammelten Vergehen würden nicht verfallen und die verabsäumte Bestrafung von gestern wollten sie jetzt nachholen.

Nackt, nur auf meinen diamantenbesetzten High Heels, brachte mich Damian im Keller in einen eigens dafür vorgesehenen Raum, der genug Platz bot, damit Amistad sein

Folterinstrument ungehindert schwingen konnte. Leider gab es dort keine Ringe in der Wand, wie ich es gewohnt war, und so musste ich mitten im Raum stehen bleiben. Aufmerksam nahm ich meine Hände über den Kopf, während Damian zu den Ledermanschetten griff. Er fixierte meine Handgelenke mit Karabinern an silbrig glänzenden Ketten, die senkrecht von der Decke hingen. Dann wich er von mir zurück, die Ketten rasselten langsam in die Höhe und mein Körper wurde lang gestreckt. Er zog meine Arme so hoch, bis die Enge meiner Schultern meinen Kopf in den Nacken zwang. Gleichzeitig verlor ich fast den Boden unter meinen Füßen. Ich schwankte und trippelte auf Zehenspitzen, blickte Richtung Decke und, obwohl kein Wort gesprochen wurde, hörte ich, dass nun Amistad den Raum betrat. Ich kannte den Takt seiner festen Schritte, spürte seine gewaltige Aura, die mich erfasste, und das wohlige Gefühl der Ergebenheit, das seine Nähe in mir auslöste. Er berührte mich flüchtig und ich gab mir alle Mühe, aus dieser Position in seine Augen zu sehen. Obwohl ich bereits wusste, dass ihn mein schüchternes Lächeln nicht erweichen konnte, versuchte ich es dennoch jedes Mal aufs Neue. Aber seine Blicke blieben kühl und seine Miene ernst. Er drehte meine langen Haare mit einer Spange zusammen, damit er ungehinderten Zugang zu meinem Rücken hatte. Dann trat er von mir zurück.

Die darauf folgende kurze Stille machte mich nervös. Zum ersten Mal würde sich die Peitsche rund um meinen Körper winden und der Schmerz war für mich nicht absehbar. Ich hörte das Surren, das die Luft zerschnitt, und da ich meinem Schicksal nicht entrinnen konnte, schloss ich meine Augen und befahl meinem Körper, sich zu entspannen. Amistad war ein Meister seines Fachs und ich wusste, dass, selbst wenn ich mich bewegen würde, er sein Ziel auf den Zentimeter genau treffen konnte. Vierundzwanzig Peitschenhiebe waren mir versprochen, doch bereits der erste raubte mir fast den Verstand. Mit einem lauten Schnalzen traf er auf meine Haut und hinterließ eine flammende Spur, spiralförmig, rund um meinen Körper. Das ausgefranste Ende der Peitsche traf mich wie der Biss einer Schlange und ich merkte schnell, dass er es diesmal auf meine Brüste abgesehen hatte. Wie ich mich auch wand und drehte, ich konnte mich ihm nicht entziehen. Zwar hatte ich mittlerweile gelernt, regelmäßig zu atmen und mich den Schmerzen hinzugeben, ich kannte den Punkt, wo meine Empfindungen kippten, unmittelbar nach dem Moment, wo ich meinte, es nicht mehr auszuhalten, ab da betäubte ein unsichtbarer Schleier meine offen liegenden Nervenzellen und jeder Hieb sandte unterschwellig lustvolle Reize aus, sodass ich sogar einen Hauch von Enttäuschung verspürte, wenn es vorüber war – das zweischneidige Brennen und das bittersüße Prickeln –, doch diesmal war die Intensität der Schläge kaum zu ertragen. Der Schmerz umarmte mich von allen Seiten, mehrmals entkam mir ein gequältes Schluchzen, dann wieder ein Stöhnen, und schließlich stolperte ein dringliches »Bitte« über meine Lippen.

Amistad hielt inne … Er kam zu mir, fasste mit einer Hand in meine Haare und kraulte mit seinen Fingern meinen Hinterkopf. Aufgelöst sah ich ihn an, wieder rang ich mir ein Lächeln ab, diesmal schmerzverzerrt, aber immer noch in der Hoffnung, ihn besänftigen zu können. Wir waren erst beim achten Hieb und ich fürchtete, dass er nun von vorn beginnen würde, weil ich es nicht geschafft hatte, still zu sein.

»Es tut mir leid«, keuchte ich.

Amistad nickte. »Kannst du es nicht aushalten?«, fragte er.

Ich schüttelte den Kopf, enttäuscht von mir selbst. Irina hätte bestimmt kein Problem mit der Intensität der Schläge gehabt, aber mein Körper war das nicht gewohnt. Meine Brüste brannten wie die Hölle und ich konnte sie aus dieser Position heraus nicht ansehen, um meine Gedanken zu beruhigen. Verzweifelt schluchzte ich.

»Ich mache dir einen Vorschlag«, lenkte Amistad ein. »Ich werde deine Brüste nur so lange peitschen, wie du es willst. Als Alternative wähle ich deine kleine Möse ... Du bestimmst, wo du wie lange geschlagen werden möchtest. Ein einfaches ›Bitte‹ von dir, und ich wechsle das Zielgebiet.«

»Okay«, seufzte ich.

Amistad ließ meine Haare los und brachte die Peitsche wieder auf Touren. Ich konnte nichts sehen, aber bereits bei seinem ersten Schlag glaubte ich, mich vor Schmerzen aufzulösen. Wieder umfing die Schlange meinen ganzen Körper, bevor ihr bösartiges Ende diesmal exakt auf meine Schamlippen traf. Hitze brach aus all meinen Poren. Der Schock raubte mir den Atem und es brauchte vier Hiebe, bis ich mich besinnen konnte und daran dachte, ein »Bitte« auszusprechen, um Amistads Aufmerksamkeit wieder auf meine Brüste zu lenken. Er wählte nun ausschließlich deren empfindliche Unterseite, meine ganze Konzentration galt meinen Atemzügen, doch mir gelang ein Wechsel bei jedem dritten Schlag. Und während ich auf diese Weise den brennenden Biss der Schlange kontrollieren konnte, hüllte Amistad meinen restlichen Körper mit der gesamten Länge der Peitsche in ein Meer aus Schmerzen.

Zum Schluss ließ er mich in den Fesseln hängen, sodass ich langsam wieder zu mir kommen konnte, und wie gewohnt quälte mich dabei die lästige Begleiterscheinung, dass mich seine Technik auch maßlos erregt hatte. Da es sich um eine

Züchtigung handelte, war es mir jedoch nicht vergönnt, danach von ihm intim berührt zu werden. Und es verging fast eine halbe Stunde, bis sich der letzte Rest meiner Erregung verflüchtigt hatte.

Danach führte mich Damian zurück in mein Verlies. Erschöpft und kraftlos sank ich zu Boden. Er gab mir violette Spitzenunterwäsche, ich sollte sie anziehen und stellte fest, dass sie fast denselben Farbton wie das Muster meiner Striemen hatte. Dann legte er mir ein schwarzes Halsband um und befestigte meine Handgelenke mit Manschetten und silbernen Ketten an demselben. Noch bevor ich fragen konnte, welchen Grund es dafür gab, ließ er mich allein.

Ich hatte schlechte Erfahrungen mit dieser Art der Fesselung und empfand es als sehr unangenehm und sogar beängstigend, meine Hände nicht ausstrecken zu können. Das letzte Mal, als ich so gefesselt gewesen war, hatte mich Amistad in der Dusche fast bis zur Besinnungslosigkeit gequält. Allein die Erinnerung daran ließ mein Herz wie wild schlagen. Ich musste aufstehen und lief nervös in meinem Verlies auf und ab, um mich zu beruhigen, obwohl ich kaum drei Meter Auslauf hatte und viel zu hohe Schuhe für das unebene Kopfsteinpflaster. Schließlich fand ich es auch zu gefährlich, wollte mir die Knöchel nicht verstauchen, und setzte mich vorsichtig wieder nieder.

Ich fragte mich, warum ich nicht hinauf in die Villa durfte, ich hatte doch nur gebeten, eine Nacht im Keller verbringen zu dürfen. Da fiel mir ein, dass Santiago angekündigt hatte, mich in Zukunft noch fester halten zu wollen, als je zuvor. Was auch immer er darunter verstand, ich wünschte mir von ganzem Herzen, dass er diese Prophezeiungen wahr machen würde, aber ich hoffte inständig, dass dies auch außerhalb dieser finsteren Gemäuer möglich wäre. Er brauchte mich doch oben in der Villa ... Jana brauchte mich ... Ich war ihr Augenlicht.

Ich seufzte gedankenverloren, während ich mir langsam wieder meiner Schmerzen bewusst wurde. Und beim genaueren Anblick meines mit Striemen übersäten Körpers war ich plötzlich selbst so schockiert, dass mir die Tränen kamen. Solche Spuren hatte ich noch nie davongetragen. Jemand musste meine Wunden pflegen, aber gerade, als ich das dachte, öffnete sich unerwartet die Schiebetür. Ich blickte auf und sah in die tiefbraunen Augen ... meines Geliebten.

Santiago taxierte wortlos meinen Körper und sofort wusste ich, dass ich mir nun zumindest um meine Tränen keine Sorgen mehr zu machen brauchte, denn bei ihm stießen sie stets auf Wohlgefallen. Auch wenn er vorgeblich Mitgefühl zeigte, ein Mädchen mit glasigen Augen, nassen Wimpern und feuchten Spuren auf geröteten Wangen, brachte sein Blut stets in Wallung. Langsam beugte er sich zu mir herunter und ich sah die Begierde in seinem Antlitz. Er legte seine Hand an meine nasse Wange, strich mit seinem Daumen über meine feuchten Lippen und küsste mich zärtlich auf den Mund. Danach bewunderte er meine Striemen. Meine Blicke folgten seinen Händen, die über meine Haut streichelten, und augenblicklich war ich wieder schockiert über die Intensität der Farben. »Hast du ...«, schluchzte ich, »ihm gesagt ... er soll es diesmal ... besonders hart machen?«

»Nein«, versicherte er mir in beruhigendem Tonfall. »Das kommt dir vermutlich nur so vor, weil sich die Linien um deinen ganzen Körper schlingen. Wie ich sehe, hat er dich an den Händen aufgehängt.« Santiago wirkte fast betroffen.

Ich nickte und wieder liefen ein paar Tränen aus meinen Augen.

Verliebt sah er mich an ... Dann küsste er mich ein zweites Mal. Viel leidenschaftlicher als zuvor. Wir beide atmeten schwer. Seine Zunge sandte lustvolle Impulse an meinen Unterleib, ich war augenblicklich wieder erregt und wünschte mir sehnsüchtig, er würde in mich eindringen und mich lieben. Als er sich von mir löste, flehte ich mit meinen Blicken darum. Aber vergebens. Santiago hatte etwas anderes im Sinn. Er zeigte mir ein kleines Fläschchen, das er mitgebracht hatte, und gab etwas Saft auf einen Löffel. Eine dicke rosa Flüssigkeit. Ich schluckte sie, ohne zu fragen. Und als er den Raum verlassen hatte, ärgerte ich mich selbst darüber, keine Worte gefunden zu haben ... im Zustand meiner Erregung. Er hatte mich benebelt. Aus seiner Hand hätte ich wohl alles geschluckt.

Kurz darauf kam Damian, er behandelte meine Striemen mit einer Salbe und einem kühlenden Spray. Danach legte ich mich seitlich auf den Boden und schloss meine Augen ... Warum hatte ich nicht wenigstens Damian um eine Erklärung gebeten, warum ich noch hiebleiben musste ... und wie lange? Und was war das für eine Flüssigkeit? Sie hatte einen extrem süßen Geschmack, mit einer leicht bitteren Note im Abgang. Plötzlich fuhr es wie ein Blitz durch meinen Körper und ich riss meine Augen auf ... Hatte Santiago mir nicht mal von einer Flüssigkeit erzählt, die Stimmbänder lähmen konnte? Eines von Amistads Wundermitteln? Er wollte mir die Stimme nehmen! Ängstlich räusperte ich mich und wagte ein leises »Hallo?« in die Leere meiner Zelle – gefolgt von einem etwas lauteren »JA?«. Mein Herz klopfte mir bis zum Hals. Aber meine Stimme war noch da! Ich war erleichtert ... Nun brauchte ich einige Zeit, um den Schock zu verarbeiten und mich wieder zu entspannen. Doch irgendwann musste ich sogar eingeschlafen sein.

Als ich wieder aufwachte, war ich völlig außer Atem. Ich schwitzte und fühlte mich ganz eigenartig. Zuerst war ich mir sicher, einen erotischen Traum gehabt zu haben, aber ich konnte mich beim besten Willen an keine Details erinnern. Noch etwas verschlafen wollte ich mich bewegen und wurde mir wieder meiner Fesseln bewusst. Ich seufzte und drehte mich auf den Bauch. Verzweifelt wand ich meinen Körper wie eine Schlange auf den kühlen Steinen ... Ich brauchte das Gefühl, berührt zu werden, meine Haut zu spüren ... meine Brüste ... Erschrocken hielt ich inne. Was war bloß mit mir los?! Im selben Moment merkte ich, dass ich plötzlich alles rosa sah! Und wieder – wie nach einem erotischen Traum – fühlte ich mich benebelt und glücklich, andererseits jedoch unbefriedigt, denn ich hatte eindeutig noch Lust auf Sex!

Ich kniete mich auf den Boden, blickte an mir herab ... und war hingerissen von mir selbst. Meine Brüste sahen sensationell aus, sie wurden leicht angehoben von den hübschen Dessous und wirkten fast ein bisschen üppig und aufdringlich. Aber auch geschmeidig und weich. Zärtlich streichelte ich sie mit den Fingern ... Meine Haut war noch empfindlich, aber der lustvolle Reiz der Berührung überwog. Ich griff unter die rosa Spitze und musste enttäuscht feststellen, dass ich aufgrund der Bewegungseinschränkung meine kleinen begierigen Knospen nicht erreichen konnte. So sehr ich mich auch anstrengte, mich kniff und zwickte – die eine war sogar schon aus meinem BH herausgesprungen und lachte mir keck entgegen – aber ich schaffte es nicht, sie zu berühren. Ein Laut der Verzweiflung brach über meine Lippen. Ich bog mich ins Hohlkreuz und hob auch meinen zweiten Busen in die Höhe, sodass er herausschlüpfte und ich ihn wenigstens sehen konnte – verlockend vulgär ... mit seiner hart abstehenden Knospe. Gott, ich war so scharf auf mich! Was hatte er mir bloß gegeben?!

Bestimmt war ich klatschnass zwischen meinen Beinen.

Bange sah ich hinunter auf mein Höschen. Erkennen konnte ich nichts, aber das hatte nicht viel zu bedeuten. Ich musste mich anfassen. Ja, ich wollte mir an die Muschi fassen. Allein beim Gedanken daran wurde mir heiß. Noch nie hatte ich ein solches Verlangen danach gehabt, außerdem hatte Santiago es strikt verboten. Verzweifelt ließ ich mich auf die Seite fallen, zerrte an meinen Fesseln. Was hatte es zu bedeuten, dass er mir eine Flüssigkeit gab, die mich scharf auf mich selbst machte und dass er mir gleichzeitig die Hände fesselte? Je länger ich darüber nachdachte, umso stärker wurde mein Verlangen. Ich begann, mich wieder auf dem Boden zu winden ... fand einen nützlichen Pflasterstein, einen perfekt geschwungenen Buckel, der meinen Venushügel magisch anzog. Ich rieb mich an der sanften Erhebung, atmete schwer und musste ein lustvolles Stöhnen unterdrücken. Plötzlich fielen mir die Kameras ein und ich hielt kurz still. Einige Sekunden kämpfte ich mit einer Verlegenheit, die mich schließlich meine obszönen Bewegungen abbrechen ließ. Artig kniete ich mich wieder hin und versuchte, mich zu beherrschen.

Aber dann passierte ein kleines Missgeschick. Fast aus Versehen rutschte ich mit einer Pobacke von meiner Ferse ab und landete mit meinem Schuh direkt in meiner begierigen Spalte. Ich stöhnte auf. Aber ich fand es herrlich. Die kantigen Diamanten, die die Rückseiten meiner High Heels zierten, hatten sogar idealen Gripp an meinem Höschen. Ich konnte es etwas zur Seite schieben, sodass ich die edlen Klunker blank auf meiner zarten Haut fühlte. Und jetzt wusste ich, wie nass ich war! Vorsichtig ließ ich meine Scham über die Steine gleiten, erfreute mich an den abgerundeten Zacken, die wie harte Noppen in die Höhe ragten, und bewegte mein Becken geschmeidig und unauffällig, in der Hoffnung, man könnte diese sanfte Bewegung vielleicht auf dem Überwachungsvideo nicht erkennen.

Wieder atmete ich erregt und spürte meine Begierde wachsen. Ich schloss meine Augen, gab mich den verführerischen Reizen an meinen lustvollsten Punkten hin. Hitze stieg in mir auf. Mein Körper brannte vor Verlangen, bis ich schließlich die Kontrolle und jegliche Scheu vor den Kameras verlor. Mein Mund öffnete sich und ich musste laut stöhnen. Meine Finger pressten sich auf meine Lippen, um meine Stimme zu mäßigen, aber sie fanden ganz schnell Einlass in meinen Mund und ließen mich heftig daran saugen. Ich stellte mir einen Schwanz vor, nein, viele Schwänze, einen in meinem Mund, einen in meiner linken, einen in meiner rechten Hand, und den schönsten, größten und härtesten, auf dem ich ritt, zwischen meinen Beinen. Ich keuchte, bis mir schwindelig wurde. Mein Becken tanzte Lambada auf den High Heels und mitten in meiner schönsten Ekstase ... öffnete sich die Schiebetür! Sofort erfroren meine Bewegungen und mit einem verräterischen Schmatzen zog ich meine Finger aus dem Mund.

Santiago lächelte herablassend.

»Was hast du mir gegeben?!«, klagte ich vorwurfsvoll.

»Sag mir lieber, was du mit deinen Schuhen machst. Dafür sind sie nicht gedacht!«

Er bückte sich zu mir herunter, hob meinen Po an und strich mit einem Finger über die nassen Diamanten. Dann zeigte er mir die feucht glitzernden Fäden, die sich von seiner Hand bis an meine Fersen zogen. Mit derselben Hand fasste er brutal in meine Haare und riss mich zur Seite.

Ich fiel, stöhnte, und wünschte mir, er wäre auf der Stelle über mich gekommen, denn ich war genauso wild auf ihn, wie er sich gerade gebärdete. In meiner Bemühung, mich wieder aufzurichten, wollte ich ihn anfassen, und zum ersten Mal verspürte ich keine Scheu davor – bloß meine Fesseln hinderten mich. Das Einzige, wonach ich greifen konnte, war der Unterarm, der mich so fest hielt. Aber noch bevor ich richtig zugepackt hatte, knallte eine Ohrfeige in mein Gesicht, eine Ohrfeige, die mein Verlangen nur noch mehr schürte. »Hat es dir gefallen, mich zu beobachten?«, fragte ich ihn mit verführerischer Stimme und einem anzüglichen Lächeln auf den Lippen.

Er grinste belustigt und nickte, als wisse er Bescheid. Dann ließ er mich los und holte wieder das Fläschchen mit der rosa Flüssigkeit aus seiner Hosentasche.

»Nein!«, hauchte ich.

In aller Ruhe befüllte er einen Löffel mit dem Elixier und hielt es mir vor den Mund.

Ich presste meine Lippen zusammen.

Er zischte amüsiert. »Willst du wirklich wissen, wie es ist, wenn ich dich dazu zwinge?«

Oh ja. Eigentlich war mir jetzt genau danach! Ich wollte von ihm überwältigt werden. »Wozu soll ich das nehmen?«, weigerte ich mich. »Ich hab schon genug davon! Ich bin so begierig, dass ich kaum atmen kann. Schlaf mit mir! ... Bitte!«

»Keine Fragen! Mach den Mund auf!«

Ich wusste, ich hatte nur ein paar Sekunden Zeit, bevor Santiago seine Geduld verlieren würde. Und es gab Schlimmeres, als rosa Begierde im Überfluss. Also öffnete ich meinen Mund und schluckte artig. Santiago tätschelte zufrieden meine Wange. Dann packte er das Fläschchen weg und zog ein anderes hervor. Erschrocken sah ich ihn an.

Sein Kopf legte sich schräg, er kam mir näher und küsste meine offen stehenden Lippen. Er war vorsichtig, wollte mit seiner Zunge offenbar nicht in mich eindringen. Vielleicht hatte er Angst vor der rosa Droge. Aber auch ohne Zunge ... die Berührung seiner feuchtheißen Lippen in meinem Zustand zeigte direkte Wirkung in meiner Gefahrenzone. Ich gierte nach ihm ... Aber er schob mich von sich. »Ich möchte dir die Augen verbinden«, erklärte er.

Hastig nickte ich. Ich war zu allem bereit, wenn wir nur bald Sex hätten!

Doch er senkte nachdenklich seinen Blick ... Dann sah er mich wieder an. Tiefe Falten gruben sich in seine Stirn. »Ich möchte mich allerdings nicht von deinen schönen Augen trennen.«

»Bitte? Wieso trennen?«, keuchte ich.

»Ich möchte in deine saphirblauen Augen sehen können, während es bei dir finster ist.« Demonstrativ drehte er das kleine Fläschchen in seiner Hand und entfernte die Kapsel ... Es war ein Spray. »Es würde mich genauso erregen, wie dieses rosa Elixier dich erregt«, gab er mir zu bedenken.

»Nein!«, hauchte ich entsetzt. Sofort fiel mir Jana ein, bei ihr war das Augenlicht danach nie wieder zurückgekehrt.

»Sieh mich an!«, befahl er nun nachdrücklich und hielt mir die Spraydose vors Gesicht.

»NEIN!«, wehrte ich mich.

Er lächelte. »Diese Packung hat keinen Produktionsfehler, du kannst beruhigt sein. Wir hatten sie diese Woche schon zweimal in Verwendung.«

»Aber ... ich ...«

»Schhhh ... keine Fragen ... mach deine Augen auf!«

Verzweifelt sah ich ihn an und sofort sprühte er in mein rechtes Auge. Es brannte.

»Das vergeht gleich!«, beruhigte er mich. »Komm ... das zweite!«

Er sprühte in mein anderes Auge und es brannte noch mehr. Liebevoll zog er mich an sich, streichelte über meine Haare und lobte mich: »Braves Mädchen.«

Nach ein paar Sekunden verflüchtigte sich das Brennen. Ich löste mich aus seiner Umarmung und konnte kaum noch etwas sehen. Als hätte jemand das Licht ausgemacht ... wie eine Nacht ohne Mondschein ... das letzte Aufflackern einer Kerze ... nur Umrisse und vereinzelt helle Flecken. Kurz darauf war es stockfinster.

Santiago half mir aus dem BH und aus meinem feuchten Höschen. Danach hörte ich ihn aufstehen.

»Nein! Geh nicht!«, flehte ich ihn an. Aber im nächsten Moment war er fort.

Ich seufzte. Wozu das Ganze, wenn er mich jetzt allein ließ? Mein Verlangen schmerzte. Diesmal war es mir egal, ob mich jemand beobachten würde. Trotzig setzte ich mich auf meine Ferse, endlich war das störende Höschen weg und meine angeschwollenen Schamlippen teilten sich bereitwillig. Meine Nässe benetzte die Schuhe, ich war wütend, bewegte mich aber unbeirrt rhythmisch über die lustbringenden Noppen ... mein Becken kreiste immer schneller ... ich stöhnte immer lauter. Dann entkam mir ein zorniger Schrei, als die Tür sich schon wieder öffnete, noch bevor ich mein Ziel erreicht hatte.

Jemand lachte und ich war mir nicht sicher, ob es wirklich Santiago war. Er hob mich vom Boden auf. Meine Knie zitterten, ich konnte vor lauter Erregung kaum stehen, aber ich versuchte, ihn zu riechen ... ich atmete schwer und gierte mit Nase und Lippen nach seiner Brust, seinem Hals und seinem Gesicht, während er meine Fesseln langsam löste. Er roch frisch gebadet, verführerisch – nach Mann, Seife und Aftershave. Kaum hatte ich eine Hand frei, fasste ich an seinen Nacken.

Es war Damian! Seine langen Haare umschmeichelten seidig meine Finger. Ich keuchte und drängte ihm meinen nackten Körper entgegen. »Damian ... bitte ...«, himmelte ich ihn an. Mit beiden Händen zerrte ich an seinen Schultern. »Bitte ... Damian!« Ich wollte ihn beißen ... ihn lieben ... wollte seinen Schwanz spüren ... tief in mir. Mein Bein schlang sich auffordernd um seine Hüften ...

Dann hörte ich Metall rasseln. Er löste meine Hände gewaltsam von sich, legte sie in breite Manschetten und befestigte diese an Aufhängungen in der Luft. Ich keuchte verzweifelt und wusste gleichzeitig, Flehen hatte keinen Sinn. Er war ein Befehlsempfänger in der Hierarchie hinter Amistad und Cheyenne und wenn er von Santiago keinen Auftrag oder keine Erlaubnis hatte, sich mit mir zu vergnügen, würde er es nicht tun. Damian zog meine Arme so hoch, dass ich nur noch auf Zehenspitzen stehen konnte. Plötzlich griff er in meine rechte Kniekehle und hob mein Bein. Er legte einen Riemen unter mein Knie und befestigte es ebenfalls an einer Kette in der Luft. Angewinkelt hing mein Bein jetzt neben meinem Körper ... viel zu hoch und unbequem. Dasselbe tat er mit meinem zweiten Knie ... Nun hing ich komplett in der Luft und die Ketten zogen meine Schenkel auseinander.

»Was wird das?«, fragte ich schüchtern.

Damian antwortete nicht. Er hielt mir eine Flasche an den Mund ... Ich trank ... Es war Wasser. Das restliche Wasser schüttete er über meinen Bauch und machte mit seiner Hand eine Bewegung, als würde er mich zwischen den Beinen waschen. Ich war sofort scharf auf seine Finger, aber sie berührten mich nur flüchtig. Dann tätschelte er mein Gesicht und ging.

Ich war mir sicher, wenn ich jetzt hätte sehen können, wäre alles dunkelrosa gewesen! So sehr brannte die Lust in mir. Diese obszöne Position, in die er mich gebracht hatte – mit gespreizten Schenkeln, unanständig geöffneter Mitte. In Gedanken sah ich meine Schamlippen, wie sie einladend rosa leuchteten, auseinanderklafften und vor Begierde tropften. Und ich wünschte mir ein Gegenstück, das bereit war, es mit mir aufzunehmen. Meine intimen Muskeln zogen sich lustvoll zusammen, aber ich konnte meine Fersen nicht mehr erreichen, um mir Befriedigung zu verschaffen, und seufzte ärgerlich.

Zum Glück ließ das Surren der Schiebetür nicht lange auf sich warten. Erleichtert atmete ich auf und war gespannt auf das erste Wort oder eine Berührung, und plötzlich streichelte mich etwas verführerisch Zartes zwischen den Beinen – genau an der richtigen Stelle.

»Mach deine Augen auf!«, ermahnte er mich. »Versuche, mich anzusehen!«

Santiago! ... Ich strahlte ... blind, aber glücklich.

Seine Hand fasste streng in meine Haare. Er hielt mich fest, während er in mich eindrang. Ich schrie vor Verlangen und Lust. Sein Schwanz war alles, wonach ich mich gesehnt hatte. Er ergriff mein Becken und stieß kraftvoll zu. Sein schneller Rhythmus war eine Herausforderung, ich konnte nicht aufhören zu schreien, die tiefen Stöße elektrisierten mich und sandten Wellen der Erregung an mein Gehirn, die mich in wilde Ekstase versetzten. Wie von selbst fiel mein Kopf in den Nacken und es dauerte nicht lange, bis der erste Orgasmus meinen Körper erschütterte. Aber ich konnte mir nicht vorstellen, dass Santiago es gemerkt hatte, denn meine Haare flogen durch die Luft, ich stöhnte, schrie und gebärdete mich durchgehend, als wäre ich einem Dauerorgasmus ausgeliefert. Und schon überkam mich der Nächste. Santiago lachte. Durch die Aufhängung konnte er meinen Körper bewegen, wie es ihm gefiel. In meiner Fantasie sah ich mich in einer Liebesschaukel, doch diese Ketten waren bei Weitem nicht so bequem. Seine Stöße wurden immer heftiger. Dann kam ich ein drittes Mal wild stöhnend und zuckend ... und riss ihn mit mir ... Er packte mich im Nacken und keuchte aus unmittelbarer Nähe in mein Gesicht ... vermutlich, um am Gipfel meiner Lust in meine herumirrenden Augen sehen zu können. Ich merkte, dass ich sie schmerzhaft verdrehte, doch ich konnte mich nicht dagegen wehren, ich versuchte bloß, sie für ihn offen zu halten ... während er lustvoll stöhnte und sich in mich ergoss.

Kurz darauf ließ er von mir ab und ich empfand eine schreckliche Leere. Meine Adern pulsierten auf Hochtouren und mein Unterleib glühte noch immer vor Erregung. Ich fragte mich, wie lange diese rosa Droge wohl Wirkung zeigen würde. Er hatte mir vermutlich eine Überdosis verabreicht, denn mein Körper verlangte nach mehr.

Kaum hatte ich es gedacht, betrat schon wieder jemand mein Verlies und dieser Jemand hüllte mich in eine Duftwolke. Ich atmete feuchte Hitze ein, die mir so aufdringlich entgegenströmte, als hätte man die Tür zu einer finnischen Blockhüttensauna geöffnet – unmittelbar nach dem Aufguss. Er schien zu schwitzen. Nein, er dampfte! Aber mein Verlangen ließ mich noch tiefer atmen, ich inhalierte begierig seinen männlichen Duft. Er kam zwischen meine Schenkel, fasste an meinen Nacken und zog mich selbstbewusst an seinen hitzigen Körper. Dem Griff zufolge musste es Amistad sein, mit dem ich es zu tun hatte. Haut an Haut empfing ich seine Ausdünstung, die ihren Ursprung nur in Sport, Sauna oder Sex haben konnte. Ich schmiegte mein Gesicht an die kräftige Männerbrust und meine Lippen mussten nur ein einziges Mal vom salzigen Nass seiner Haut kosten, um seinem herben Aroma zu verfallen. »Amistad«, hauchte ich sinnlich verzaubert, während ich seine Brust und seinen Hals mit Küssen übersäte. Er roch so intensiv, so wundervoll. Und er gab sich meiner Liebkosung hin, als wäre es meine Aufgabe, ihn in Ketten hängend zu verführen.

Ich stöhnte und konnte meine Lust kaum im Zaum halten. »Bitte, Amistad«, flehte ich ihn an. »Ich will dich!« Mein Mund öffnete sich an seinem Kinn und ich war knapp davor, ihn zu beißen. Doch er fasste an meinen Hals und schob mich von sich.

»Bitte, Amistad«, versuchte ich es ein zweites Mal und sah dabei so treuherzig und verzweifelt, wie ich nur konnte in die Richtung, in der ich seine Augen vermutete.

Er antwortete nicht und mich überkam die Angst, dass es vielleicht gar nicht Amistad war, der mir gegenüberstand. Niemand hatte mich gezwungen, einen Namen zu nennen. Wie konnte ich nur so tollkühn sein und mir anmaßen, ihn zu erkennen? Kurz überlegte ich, ob Santiago wohl Cheyenne schicken würde, jetzt wo ich blind war, aber dann drangen abrupt zwei Finger in mich ein. Sie bogen sich in mir, vollführten eine schlängelnde Bewegung und, noch bevor ich stöhnen konnte, zogen sie sich wieder zurück. Etwas Nasses klatschte auf meinen Bauch. Das Gleiche machte er ein zweites und ein drittes Mal. Dann verschmierte er die ganze Feuchtigkeit wie ein Masseur, der erst das Öl verteilen musste, bevor er mit der Behandlung begann. Seine glitschigen Hände auf meiner Haut trieben mich in den Wahnsinn. Er bedachte jede Stelle meines Körpers und vergnügte sich besonders mit meinen Brüsten. Ich keuchte und wand mich beschämt zur Seite, als er in die Nähe meiner Wangen kam. Aber er machte auch vor meinem

Gesicht nicht halt und wischte sich zum Schluss in meinen Haaren ab. Und von einem Moment auf den anderen entzog er mir jegliche Berührung. Ich fragte mich, ob er mich nun ansah. Glitzerte meine Haut anmutig? Feucht überzogen vom Saft meiner Erregung? Oder ekelte ihm vor mir, weil vielleicht doch Santiagos Sperma überwog und mich mit schleimigen Schlieren entstellte? War es das, was er mir so lustvoll ins Gesicht geschmiert hatte? Ich hoffte, ihm war nicht die Lust auf mich vergangen.

»Bitte!«, hauchte ich bange, bewegte meine Hüften in einer eindeutigen Geste und ließ absichtlich seinen Namen weg.

Daraufhin drückte er seinen Schwanz in das Zentrum meiner Begierde, ohne in mich einzudringen. »Bitte was?«, fragte er streng.

Amistad! ... Erleichtert atmete ich auf und strahlte über mein ganzes Gesicht. »Schlaf mit mir! Bitte!«

Ein gepresster Luftstoß traf kühl auf meine Haut. »Du musst dir schon eine andere Ausdrucksweise zulegen, wenn du ernsthaft etwas von mir willst! Wir feiern nicht Honeymoon, das ist kein Himmelbett, und ich hab auch nicht vor, hier zu ›schlafen‹.«

Ich schluckte hart und wurde bestimmt hochrot im Gesicht.

»Also?« Um seine Geduld war es kaum besser bestellt, als um die von Santiago.

»Ich ... ich will dich ... Ich will ... deinen Schwanz in mir ... bitte!«, flehte ich ihn an.

»Seit wann stehst du auf meinen Schwanz? Bisher hatte ich nicht den Eindruck, dass ich dich damit erfreuen konnte.«

»Ja ... aber jetzt! Ich bin so feucht ... er tut mir bestimmt nicht mehr weh ... bitte.« Ich begann meine Hüfte zu bewegen und mir selbst an seinem mächtigen Glied das Gefühl zu holen, das ich so sehr brauchte. Geschmeidig glitt ich mit meinen Schamlippen über seine dicke Eichel, versuchte jedoch vergeblich, mich ihr entgegenzustoßen.

Amistad zischte belustigt. Dann riss er meinen Kopf an seine Schulter und fauchte erbost in mein Ohr: »Sag es, wenn ich dich ficken soll!«

Ich erschrak. Das war nicht meine Wortwahl. »Bitte ...« Mehr brachte ich nicht über die Lippen.

»Einen Versuch hast du noch«, flüsterte er in meine Haare und kreiste dabei mit seinem Schwanz wollüstig in meiner feuchten Spalte.

Und da er seinen Kopf so einladend zu mir herabgesenkt hatte, suchte ich mit meinen Lippen nach seinem Ohr. Ich fasste allen Mut und flüsterte: »Fick mich, bitte!« Vor lauter Scham küsste ich danach sein Ohr, übersäte seinen Hals und seine rechte Schulter bis ans äußerste Ende mit kleinen Küssen.

Amistad seufzte schwer. Dann kam er wieder dicht an meine Schläfe. »Du hast bei Santiago Exklusivität beantragt ...«

Erschrocken hielt ich die Luft an. Hatte ich das? Langsam begann mir zu dämmern, was der Zweck dieser Veranstaltung sein konnte. Bestimmt hatte er den Auftrag, mich jetzt im Regen stehen zu lassen. Aber das durfte nicht passieren. »Nein!«, fuhr ich ihn panisch an. »Du gehst jetzt nicht!«

Amistad lachte. »Ist der Befehlston jetzt auf deiner Seite?«

»Nein ... entschuldige.«

Es klatschte, brannte und ich schrie auf. Er hatte mit seinem Schwanz hart auf meine nasse Spalte gepeitscht. »Es sei dir vergeben!«, fügte er gönnerhaft hinzu.

»Amistad ... bitte«, flehte ich ihn an. »Santiago hat gesagt, ich bekomme keine Exklusivität!«

»Aber du wolltest sie! Du wolltest dich mir verweigern!«

»Nein, ich wollte mich selbst damit bestrafen, auf dich verzichten zu müssen!«

Für einen Moment war es still, dann griff er zärtlich an meine Wange und nahm mich wieder eng an seinen Körper. »Wirklich?«, flüsterte er. »So hart würde nicht mal ich dich bestrafen!«

»Dann tu's nicht!«, hauchte ich.

Er begann, mich am Hals zu küssen und ich merkte, dass er ebenfalls erregt war. Erleichtert seufzte ich, doch nach wie vor hatte ich auch gehörigen Respekt vor seinen Dimensionen. Wieder fühlte ich seinen Schwanz zwischen meinen Schenkeln. Mit sanftem Druck stemmte er sich gegen mich, aber, obwohl ich nass war und meine kleinen Flügelchen sich einladend ausgebreitet hatten, rutschte er nicht in mich. Kurzentschlossen befreite Amistad meine Handgelenke aus den Manschetten und ich durfte meine Arme um seine Schultern legen, während die anderen Ketten weiterhin meine Schenkel spreizten. Glücklich kämmte ich durch seine feuchten Haare und bekam zum ersten Mal ein Gefühl dafür, was es bedeutete, mit Fingern sehen zu können. »Ich mag es, wenn du schwitzt«, hauchte ich verzückt in sein Ohr.

Amistad schnaubte ein Lächeln. »Fein, aber du wirst dich nicht an mir festhalten! Nimm deine Arme hinter den Rücken und sieh mich an!« Zärtlich umfasste er mit seinen Händen meinen Brustkorb und ich gehorchte, obwohl ich genau wusste, was das zu bedeuten hatte. Ich sollte meinen ganzen Körper in seine Hände geben. Er wollte mich frei schwebend über seinem Schwanz balancieren und er würde allein darüber bestimmen, wie schnell er in mich eindringen wollte, über das richtige Maß und die Tiefe. Ich verschränkte die Finger hinter meinem Rücken und blickte ängstlich in seine Richtung. Amistad führte mich von oben auf seine Schwanzspitze. Ein Teil meines Gewichts wurde noch immer von den Manschetten gehalten, die meine Beine spreizten. Ich fühlte seine pralle Eichel und wie ich mich langsam öffnete. Er zwängte sich in mich und ich schämte mich dafür, dass ich gleichzeitig meinen Mund nicht mehr zubekam, aber wenigstens sah ich die Reaktion darauf in seinem Gesicht nicht.

»Oh Gott …«, stöhnte ich, während er meinen Oberkörper langsam absinken ließ.

»Mhmm…«, schnurrte Amistad. »Deine Wortwahl verbessert sich.«

Ich konnte nicht lachen, mir fehlte komplett der Atem und ich sank immer tiefer auf seinen Schwanz. Breit und mächtig nahm er sich jeden Platz in mir, den ich zur Verfügung hatte – und noch mehr. Ich fühlte, wie sich mein Körper an einem imaginären Grenzpfosten teilte. Aber, noch bevor er sein eigenes Limit erreicht hatte, hielt er inne, als wollte er mir Zeit geben, mich an die starke Dehnung zu gewöhnen. Nachdem ich mich zu einigen gepressten Atemzügen durchringen konnte, zog er sich ein Stück aus mir zurück und drängte gefühlvoll wieder vorwärts, er begann eine regelmäßige Bewegung, die nicht über meine Schmerzgrenze hinausging. Ich fragte mich, ob er meine Enge genießen konnte. Bald jedoch steigerte er sein Tempo. Seine Hände hielten mich fest, während er nun kräftiger in mich pumpte. Der immense Umfang, der meine intimen Muskeln dehnte, machte mich noch viel sensibler für jede Rille und Wölbung, mit der sein monströser Penis ausgestattet war. In Windeseile durchzuckte mich ein Orgasmus, wie ich ihn so noch nicht kannte. Meine Muskeln fanden kaum Spielraum für ihre Kontraktionen, sie umschlossen ihr Lustobjekt voller Gier und hielten daran fest. Fast krampfhaft zog sich der Lustreiz bis hinauf in mein Gehirn, wo im selben Moment unzählige grellrosa Feuerwerke explodierten. Ich schrie und hechelte nach Luft ...

Danach raubte eine erste Erschöpfung meine Körperspannung, aber immer noch fühlte ich die kräftige Dehnung, die er auf mich ausübte. Amistad korrigierte minimal unsere Stellung. Ich ließ meinen Kopf in den Nacken fallen, war hochsensibel und es brauchte nicht viel – ein gutes Maß tieferer Stöße, das meine Grenzen nicht verletzte – und ich befand mich schon wieder im siebenten Himmel.

Amistad hielt meinen Körper in seinen Händen und ich fühlte mich großartig. Leer und vollkommen zugleich. Und er hörte nicht auf ... Mit geschickter Technik ließ er mich von einem Höhepunkt zum nächsten fliegen ... bis der letzte rosa Stern auf meinem Firmament verglüht war.

***

Irgendwann fand ich mich in einem frisch duftenden, kühlen Bett wieder, befreit von allen Fesseln ... mit einer gewaltigen Lücke in meinem Gedächtnis ... und noch immer blind.

»Jana?«, fragte ich in die Stille.

»Ja«, antwortete sie.

Ich war erleichtert. Vorsichtig tastete ich nach ihr und zog sie in meine Arme. Ich war wieder bei ihr. Santiago hatte mir ein länger währendes Schicksal im Keller erspart. Ich war so glücklich, dass ich gar nicht wusste, wohin mit meinen Gefühlen.

Jana streichelte zärtlich über meine Haare. »Amistad hat dich gebracht ... Du warst ohnmächtig und hast zwei Stunden geschlafen«, erklärte sie.

Ein paar Stunden später kehrte mein Augenlicht zurück.

Liebe mich!

Es schien ein ungewöhnlich heißer Tag zu werden. Obwohl Jana und ich wie immer in den Morgenstunden laufen gingen, war es diesmal kaum auszuhalten, die tropische Hitze legte sich schwer auf unsere Glieder und der Rundweg der Insel kam mir so lang vor wie noch nie. Ich bewunderte Jana für ihre Unbeschwertheit, die sie trotz ihrer Behinderung aufbrachte. Wir waren ein eingespieltes Team. Die Idee mit dem Seil war genial, Jana konnte dadurch an meiner Seite fast ungehindert laufen, und ohne dieses sichtbare Verbindungsstück wäre wohl niemand auf die Idee gekommen, dass sie blind war. Bei dem kleinen Anstieg hinter der Villa machte sogar ich als Erste schlapp. Vielleicht saß mir noch der kräfteraubende Höhenflug von gestern in den Knochen. Meine Bauchmuskeln schmerzten bei jeder Erschütterung und nachdem Jana ohne mich nicht weiterlaufen konnte, beschlossen wir, uns auf einen der Felsen zu setzen und eine kurze Verschnaufpause einzulegen.

Ich wusste nicht, ob es uns erlaubt war, zu pausieren, aber ich wusste, dass Santiago bei vielem, was Jana betraf, Nachsicht zeigte. Bestimmt durften wir auch nicht fernab der Überwachungskameras einschlägige Gespräche führen, aber Gelegenheit macht Diebe und wie sollte er jemals dahinter kommen, wenn er uns nicht beobachten ließ?

»Denkst du, unsere Laufschuhe sind verwanzt?«, fragte ich Jana.

Sie lachte. »Nein, ich glaube nicht.«

»Dann können wir doch jetzt reden, worüber wir wollen! Das ist eine Lücke im System!«

Jana zögerte. »Ich verletze seine Regeln nicht! Und woher soll ich wissen, dass du es für dich behältst, wenn ich dir etwas erzähle.«

»Du vertraust mir nicht?«

»Ich traue hier niemandem«, meinte sie.

»Santiago hat bald Geburtstag!«, erklärte ich ihr freigiebig. »Ich hab es durchgehört, als wir nach Miami ins ›Empire‹ gefahren sind. Die Männer haben heimlich getan, aber so wie ich es verstanden habe, planen sie eine riesige Party für ihn!«

Jana zuckte mit den Schultern und wandte ihr Gesicht von mir ab.

»Interessiert dich auch nicht, was wir in diesem Nachtclub erlebt haben?«

Jana musste lange nachdenken, bevor sie sich zu einer Antwort durchringen konnte und ein zögerliches »Doch« über ihre Lippen kam.

Ich war froh darüber. Denn es belastete mich unheimlich und ich fand es erleichternd, ihr von Santiagos Auftritt im Empire erzählen zu können – von dem zierlichen blonden Mädchen, dass er dort auf so grausame Weise entjungfert hatte. Ich erzählte ihr aber auch von dem geheimnisvollen älteren Herrn, der Santiago kurz aus unserer Runde entführt hatte und ihm binnen fünf Minuten so nahe gekommen war, dass er ihn fast geküsst hätte – »Ray la Comte« hatte ich auf einer Visitenkarte später gelesen. Wie hochsensibel Cheyenne und Amistad auf den vermeintlichen Rivalen reagiert hatten!

Danach erzählte ich ihr von meinem Erwachen im Verlies, von der rosa Droge, von Amistad und dem Augenspray.

»Und Amistad hat dir nicht wehgetan?«, fragte sie erstaunt.

Ich seufzte. »Nein, er war vorsichtig, fast zärtlich – zumindest, soweit es in seiner Macht lag. Dafür, wie er gebaut ist, kann er ja nichts.«

»Bei mir war er noch nie zärtlich«, sagte sie. »Und ich wusste auch nicht, dass er dazu überhaupt fähig ist.«

»Doch!«, musste ich ihr widersprechen. »Ich war mir sicher, dass er das kann. Allein wegen Santiago.«

»Wie meinst du ›wegen Santiago‹?«

»Na ja, Santiago selbst steht nicht auf brutale Männer, das weiß ich aus vertraulicher Quelle, und nachdem Amistad ja auch mit Santiago schläft, musste er ja eine zärtliche Seite haben.«

»Wie kommst du darauf, dass er mit Santiago schläft und nicht umgekehrt?«

Sie hatte recht ... Wie kam ich bloß darauf, ihr das zu erzählen? So viel wollte ich gar nicht preisgeben. »Es ... es ist nur ein Verdacht«, flüsterte ich. »Ich hab mal gehört, wenn es um Männer geht, bevorzugt Santiago die passive Rolle. Ihm widerstrebt der andere Part, darum macht er das auch bei uns nie. Oder hat er dich schon einmal von hinten genommen?«

Jana schüttelte gedankenverloren den Kopf. »Das würde ja bedeuten, auch Cheyenne schläft mit ihm? Ich hab mir das immer umgekehrt vorgestellt. Hast du das von David?«

»Vielleicht, aber Jana, bitte behalte es für dich!«

»Ja ... sicher.« Sie wirkte irgendwie betroffen, als würde sie ein Gedanke quälen. »Du denkst also, Amistad wäre immer zärtlich zu Santiago?«

»Ja ... warum?«

Sie zuckte mit den Schultern.

»War er schon mal brutal zu ihm?«, fragte ich entrüstet.

»Nein.« Jana lächelte verlegen. »Aber ich hatte mal ein sehr merkwürdiges Erlebnis und seit dem bin ich etwas verwirrt. Vor zirka einem Monat – als du noch in New York warst – wurde ich zu Santiago, Amistad und Cheyenne ins Schlafzimmer gebracht. Ich durfte nicht sprechen. Sie haben mich ans Bett geführt, Santiago lag auf dem Rücken und ich sollte ihn befriedigen. Und, obwohl ich mich ausschließlich zwischen seinen Beinen aufgehalten habe, glaube ich sagen zu können, dass seine Hände nicht frei waren!«

Entsetzt sah ich sie an. »Du meinst ... er war gefesselt?« Ich flüsterte, als würden schrecklich unanständige Worte meine Lippen verlassen.

»Ich glaube, er war ans Bett gefesselt«, entgegnete Jana, »mit Gurten oder so, auf jeden Fall lautlos, denn normalerweise fasst er mir dabei immer in die Haare, wirklich immer! Und an diesem Abend habe ich nicht ein einziges Mal seine Hand gespürt. Außerdem war er die ganze Zeit über sehr kurzatmig – als hätte er Schmerzen – und an seiner Körperspannung habe ich gemerkt, dass er nicht allein auf mich reagiert hat. Irgendetwas haben sie mit ihm gemacht.«

»Das kann ich nicht glauben ... gerade Cheyenne ... Er ist doch ganz verschossen in Cheyenne. Ich denke, er liebt ihn.«

»Ja. Ich weiß. Cheyenne möchte ich auch gar nicht beschuldigen, die Verantwortung hatte sicher Amistad, aber Cheyenne ist ihm hörig – er macht alles, was Amistad ihm sagt. Und ich glaube, Santiago wertet es auch so. Er würde Cheyenne deswegen nie böse sein – das war von Anfang an so vereinbart – Cheyenne gehört schon seit Jahren Amistad und Amistad erlaubt ihm, Santiago zu lieben.«

»Das verstehe ich nicht ... Sie gehören doch beide Santiago.«

»Ja, trotzdem ... Amistad kann Cheyenne etwas befehlen

und die Verantwortung dafür übernehmen. Ich sage ja auch gar nicht, dass das, was an jenem Abend passiert ist, gegen Santiagos Willen war. Santiago hat immer noch die Oberhand. Wenn er es hätte abbrechen wollen, hätte er es bestimmt getan.« Jana griff nach meiner Hand. »Zahira ... Er hat sich von Amistad dominieren lassen ... freiwillig!«

Ich schluckte. »Warum tut er das?«

»Ich weiß nicht. Er wird seine Gründe dafür haben. Ich schätze mal, es macht ihn an! Allzu viel Bewegungsfreiheit wird er Amistad dabei sicher nicht gewähren. Vielleicht war es auch eine einmalige Geschichte und er wollte nur etwas ausprobieren. Er ist doch ständig auf der Suche nach dem ultimativen Kick.«

»Santiago in Fesseln?! Wie soll ich dieses Bild jemals wieder aus meinem Kopf bekommen?«

Jana seufzte. »Am besten ganz schnell! Komm, wir laufen weiter, bevor jemand misstrauisch wird ...«

***

Wir verbrachten den Nachmittag auf der Dachterrasse im Schatten und im Pool, denn es wurde tatsächlich einer der heißesten Tage des Jahres. Auch die anderen Mädchen durften an die frische Luft, Alice und Natalie, sowie Amistads Gespielinnen, Irina und Jessica, was wirklich eine Seltenheit war, denn Santiago mochte sie nicht so gern um sich haben. Zum ersten Mal sah ich die beiden befreit von den massiven Fesseln, in rosa-weiß gestreiften Bikinis. Ein völlig neuer Anblick für mich – ohne die schweren Eisen wirkten sie direkt lieblich und grazil.

Beim Mittagessen fehlte mal wieder Cheyenne und ich nahm mir vor, bei Gelegenheit Amistad nach ihm zu fragen. Und diese Gelegenheit kam schneller, als geplant.

»Bin ich noch immer dein Gott?«, fragte er und setzte sich zu mir auf meine Sonnenliege.

»Santiago ist mein Gott!«, entgegnete ich stolz.

Amistad lehnte sich über mich, stützte seine Unterarme neben meinem Kopf ab, und kam mir so nahe, dass ich seinen Atem spüren konnte. »Sicher?«, fragte er nach.

Etwas eingeschüchtert zwinkerte ich. »Ja ... außer, er ... ist gerade nicht da.«

Amistad lächelte und küsste mich.

Es war mir unangenehm, denn Santiago war sehr wohl da ... und zwar gar nicht weit von uns. Er stand mit Natalie an der Brüstung. Trotzdem konnte ich nicht verhindern, dass Amistads fordernde Küsse ihre Wirkung in meinem Körper zeigten – mir wurde augenblicklich heiß zwischen den Beinen – doch plötzlich rief Santiago nach Amistad. Ich dachte zuerst, er hätte ein Problem damit, dass Amistad an meinen Lippen hing, aber er deutete hinaus aufs Meer.

Auch ich wurde nun neugierig, nahm Jana an die Hand und wir gingen ebenfalls nach vorn an die Brüstung. Mein Blick fiel auf ein riesiges Kreuzfahrtschiff.

»Das ist jetzt das zweite Mal in diesem Monat, dass sie den Abstand nicht einhalten!«, beschwerte sich Santiago.

»Ja, offensichtlich nützt eine schriftliche Beschwerde nichts. Wir sollten den Fall unserem Anwalt übergeben«, schlug Damian vor. »Es ist auch immer dieselbe Linie, exakt alle vierzehn Tage.«

Hinter vorgehaltener Hand beschrieb ich Jana, welche Ausmaße dieses Schiff hatte, ich zählte die Stockwerke und schätzte grob, wie nahe es der Insel war.

»Die offizielle Route verläuft mindestens eine Meile weiter westlich von hier. Der Kapitän gehört suspendiert!«, meinte Amistad.

»Da siehst du mal wieder, wie interessant eine Privatinsel für die Leute ist. Sie wollen sehen, wie die Reichen leben. Bestimmt sind jetzt Hunderte Ferngläser auf uns gerichtet«, entrüstete sich Santiago. »Ich komme mir vor, wie ein Schimpanse im Zoo!«

Ich musste lachen. Alle mussten lachen. Der Vergleich hinkte ein wenig. Wir kehrten dem Kreuzfahrtschiff bewusst den Rücken und Santiago begann, sich mit Natalie abzulenken.

Wenig später – wir lehnten noch immer an der Brüstung – war das Schiff hinter dem Hügel der Insel verschwunden. »Es fehlt noch, dass sie hier anlegen«, scherzte Santiago und strich durch Natalies lange blonde Haare. »Ich könnte Eintrittskarten verkaufen ... für eine Kellerbesichtigung«, schmeichelte er.

Natalie lächelte und kam ihm mit ihren Lippen entgegen, um ihn zu küssen. Offenbar versuchte auch sie, ihn diese Verletzung seiner Privatsphäre vergessen zu machen. Wir alle waren stets um seine gute Laune bemüht.

Im Augenwinkel beobachtete ich die beiden, verspürte einen Hauch von Eifersucht und musste an Jana denken, die direkt neben mir stand, aber von all dem kaum etwas mitbekam. Sie ersparte sich eine ganze Menge, dachte ich, so entspannt, wie sie gerade an der Brüstung lehnte und vermutlich ihren Gedanken nachhing.

Plötzlich fiel neben mir klirrend ein Glas zu Boden und im selben Moment flog Natalie quer über die Terrasse. Einige Mädchen schrien auf. Ich griff erschrocken nach Janas Hand und mein Herz pochte wie verrückt. Er hatte Natalie geschlagen, mit einer Wucht, sodass sie erst kurz vor dem Pool auf ihrem Bauch liegen blieb. Und jetzt wirkte er so außer sich, als hätte man ihn geschlagen! Seine Augen waren weit aufgerissen und seine Blicke starr – wie im Schock! Im nächsten Moment bückte er sich, nahm eine Glasscherbe, und stürzte auf Natalie zu, bevor sie aufstehen konnte. Er kniete sich über sie und drückte ihren Kopf zu Boden. Sie schrie und wehrte sich. Damian und Amistad eilten zu Hilfe und versuchten, ihn zu beruhigen, aber sie gossen damit nur Öl ins Feuer.

»Sie hat mich ANGEFASST!«, brüllte Santiago Damian an. »HALT SIE!«

Mir wurde schlecht. Sogar Jana schlug sich eine Hand vors Gesicht. Die beiden Männer hielten Natalie fest, während Santiago ihr mit der Glasscherbe eine Wunde an ihrem Hinterkopf zufügte. Natalie schrie und schlug mit ihren High Heels auf den Boden, sodass ich meinte, sie würden jeden Moment in tausend Teile zerbersten. Dann stand er auf, packte sie wutentbrannt an einem Arm und einem Bein und warf sie in hohem Bogen in den Pool. Zu dritt blieben die Männer am Rand stehen und beobachteten, wie Natalie in ihrem ersten Schock unterging. Rote Schlieren zogen sich aus ihren hellblonden Haaren und färbten das Wasser. Als sie wieder auftauchte, war sie hysterisch. Sie fasste sich zittrig in ihre Haare, sah das Blut, schrie und schaffte es kaum, sich über Wasser zu halten. Aber Santiago stand, fest entschlossen, ihr nicht zu helfen, an der Kante des Pools. Er atmete schwer, noch immer in Rage strafte er sie mit einem verächtlichen Blick und deutete den Männern an, sie sollten noch warten. Erst als sein Vergeltungsdrang befriedigt war, gab er den Befehl, sie zu retten. Gleichzeitig sah er zum ersten Mal in die Runde und schenkte uns allen eine Miene, als wollte er uns fragen, wer es als Nächstes mit ihm aufnehmen wollte ...

Wir alle waren schockiert. Er hatte sich den perfekten Tag für eine solche Aktion ausgesucht, denn mit Ausnahme von Cheyenne waren alle auf der Terrasse versammelt und standen nun sprachlos rund um den Pool. Die Mädchen waren kreidebleich, hatten ihre Hände über Mund und Nase gefaltet und Tränen in den Augen. Selbst ich hätte nie gedacht, dass er auf diese Regelverletzung so drastisch reagieren würde. Offensichtlich gab es für ihn einen deutlichen Unterschied, zwischen einer erlaubten Berührung und einer unerlaubten. Santiago nahm das Entsetzen in der Runde wohlwollend zur Kenntnis. Dann wandte er sich vom Pool ab und kam auf mich zu. Ich schluckte. Aber er sah mich nur an und ging weiter zu Jana. Er fasste an ihre Taille und raunte in ihr Ohr: »Liebe mich!«

Sie ließ ihren Kopf an seine Schulter sinken, als hätte er sie mit seinen Worten betäubt. Daraufhin nahm er sie auf seine Arme und verließ mit ihr die Terrasse.

Damian gab den Befehl, alle anderen Mädchen in den Keller zu bringen, während Amistad Natalie verarztete. Er machte ihr einen Druckverband und musste sie anschließend sogar mit drei Stichen nähen.

Santiago bekamen wir den ganzen Tag nicht mehr zu Gesicht und ich war so eingeschüchtert, dass ich erst gar nicht nach unten gehen wollte, nur, um ihm bloß nicht zu begegnen. Auch später im Bad ließ ich mir unverhältnismäßig viel Zeit, ich gönnte meiner Haut ein aufwendiges Peeling, eine Intensiv-Kur und eine teure Pflege-Maske, ich stylte in aller Ruhe meine Haare, zupfte meine Augenbrauen und verpasste meinen Fingernägeln einen neuen Anstrich. Nur ungern trennte ich mich schließlich von meinem Spiegelbild und trat wieder hinaus auf den Flur. Vor der Tür lauschte ich erst, ob Jana schon allein war …

Plötzlich kam Amistad aus seinem Zimmer. Er sah mich mit dem Ohr an der Holzvertäfelung und lächelte. »Was tust du da?«

»Ist Santiago da drin?«, flüsterte ich.

»Nein. Er ist mit Cheyenne nach Miami gefahren. Schon vor zwei Stunden.«

Erleichtert atmete ich auf.

Amistad legte mitfühlend eine Hand an meine Wange. »Keine Angst, er hat sich schon wieder beruhigt.«

»Wie geht es Natalie?«, fragte ich besorgt.

»Das geht dich nichts an!«, entgegnete er.

Ich nickte, während Amistad mit seinem Daumen seltsam verführerisch über meine Lippen streichelte.

»Darf ich gehen?«, fragte ich.

Er überlegte ... Dann nahm er seine Hand von mir.

Ich nickte dankbar und verschwand in Janas Zimmer. Sie lag im Bett und hatte den Fernseher an. Ich musste schmunzeln. »Geht's dir gut?«, fragte ich sie.

»Ja ... warum nicht?«

Ich krabbelte zu ihr ins Bett. »Na ja, das Letzte, was ich von dir gesehen habe, war, wie du mit ihm die Terrasse verlassen hast. Und ehrlich gesagt, ich hätte in diesem Moment nicht mit ihm allein sein wollen!«

Jana schüttelte den Kopf. »Er war nicht grob«, beruhigte sie mich. »Wir sind in sein Zimmer gegangen und er hat mit mir geschlafen. Er war so begierig, so übertrieben begierig, als hätte er monatelang keinen Sex mehr gehabt. Aber er war nicht grob.«

»Das ist krank!«, stolperte über meine Lippen.

»Pass auf, was du sagst!«, ermahnte sie mich.

Sie hatte recht. Trotzdem ... »Weißt du überhaupt, was da oben passiert ist? Was er getan hat?«

»Ich will es nicht wissen! Und ich muss es auch nicht wissen, Zahira. Ich liebe ihn!«

Beleidigt verschränkte ich meine Arme und sprach nicht mehr mit ihr. Sie machte es sich meiner Meinung nach viel zu einfach. Nur weil ihre Augen blind waren, musste sie sich doch nicht komplett vor der Wahrheit verschließen. Plötzlich fielen mir wieder Santiagos Worte ein ... Ich hätte kein Recht, über ihn zu urteilen, und dass er mich hier gefangen halten würde, jeglicher moralischen Kritik über ihn beraubt. Ich beneidete Jana um ihre Gelassenheit und versuchte, mir an ihr ein Beispiel zu nehmen.

Wir schwiegen ... hörten der Moderation einer Quizsendung zu ... und irgendwann entschuldigte ich mich bei ihr. Dann schlief sie ein und ich stand wieder auf, weil ich nicht schlafen konnte. Mit einem Buch setzte ich mich in den großen Fauteuil und war froh, dass Jana das Licht nicht störte. Wenig später hörte ich das Speedboot am Steg anlegen und sah aus dem Fenster. Aber es war zu dunkel, um jemanden zu erkennen. Ich las bestimmt noch eine Stunde und gerade, als ich wieder zu Bett gehen wollte, öffnete jemand lautlos unsere Tür. Es war Damian, er deutete mir, ich solle herauskommen.

Jana schlief fest. Ich legte mein Buch zur Seite und folgte ihm.

»Santiago hat getrunken«, erklärte er leise. »Er ist unten im Wohnzimmer und will dich sehen. Allein! ... Sei vorsichtig, was du sagst! Momentan ist er zwar eher depressiv, aber das kann sich schlagartig ändern.«

Ich nickte.

»Ich beobachte euch von meinem Zimmer aus«, erklärte Damian weiter, »über die Kameras ... nur für den Notfall.«

»Okay«, hauchte ich.

Damian nahm mich an die Hand und führte mich hinunter ins Wohnzimmer. Auf den letzten paar Metern gab er mir einen motivierenden Klaps auf den Po und ließ mich allein, während er selbst im Flur unter der Treppe verschwand.

Santiago saß lässig ausgebreitet auf einem bequemen Kuschelsofa. Seine Füße hatte er auf dem Glastisch abgelegt und selbst war er so weit auf dem Sofa nach unten gerutscht, dass er genau genommen eher lag als saß. In einer Hand balancierte er ein Glas Whiskey auf seinem Bauch, in der anderen hielt er eine kalte Zigarette. Seine Haare waren zerzaust. Seine Augen glänzten wässrig, leicht rötlich – wie entzündet – und sie fanden kaum einen Anhaltspunkt in der Umgebung. So betrunken hatte ich ihn noch nie gesehen.

Schwerfällig zog er eine Augenbraue hoch, als sein wirrer Blick meinen Körper erfasste. »Sssn... nu... hier?«, lallte er.

Ich erschrak vor seiner Stimme. »Du hast mich rufen lassen«, antwortete ich. Mein Herz klopfte. Seine Verfassung machte mir Angst. Ich hoffte, er würde sitzen bleiben. Wie konnte mich Damian mit ihm nur allein lassen ... in diesem Zustand. Ängstlich betrachtete ich sein Gesicht ... wie seine Augen angestrengt nach mir suchten ... und seine Lippen, die erneut zu einer Frage ansetzten. »Ssss... fff... feuer?«

Feuer ... seine Zigarette ... klar! Aber wo um Himmels Willen sollte ich Feuer hernehmen? Ein kurzes Nachthemd und High Heels, mehr hatte ich nicht anzubieten. »Warte, ich hol dir Feuer«, versprach ich ihm, eilte zur Bar und suchte so hektisch nach einem Feuerzeug, als hätte ich inzwischen ein Kleinkind auf der Autobahn zurückgelassen. Kurz darauf war ich wieder bei ihm. Ich setzte mich vorsichtig an seine Seite, um ihn nicht zu erschrecken, und hielt ihm – etwas außer Atem, aber stolz – eine Flamme vor die Brust.

Verträumt betrachtete er das Licht. Dann erinnerte es ihn offenbar an die Zigarette, die er sich daraufhin in den Mund steckte. Ich hielt das Feuer. Aber er atmete nicht tief genug ein, zumindest nicht durch den Mund, stattdessen musterte er nun eingehend meine Brüste, die sich durch das transparente Nachthemd aufreizend abzeichneten. Und seine Augen rollten dabei, als würde ihn dieser Anblick schwindelig machen. Ich überlegte, ihm zu sagen, dass er tiefer einatmen musste, aber plötzlich ließ er das Glas los und fasste mir an die Brust. Ich reagierte blitzschnell, machte das Feuer aus, hielt das Glas fest und stellte es auf den Tisch. Zwei- oder dreimal knetete er meinen Busen, ich war mir nicht sicher, ob mich das nun erregen sollte, dann streichelte er über mein Dekolleté und ließ schließlich seine Hand erschöpft in meinen Schoß sinken. Mit seiner anderen Hand nahm er sich die Zigarette aus dem Mund und reichte sie mir. Ich wollte sie weglegen, aber da hatte ich ihn offenbar falsch verstanden. Mit einer überraschend schnellen Bewegung fasste er an meinen Unterarm und seine Stimme klang nun entschlossen herrisch: »FEUER!«

Ich schluckte. Falls das zu bedeuten hatte, dass ich ihm die Zigarette anzünden sollte, dann gab es da ein kleines Problem ... Ich hatte noch nie geraucht, es mit meinen achtzehn Jahren noch nicht mal versucht. Aber Santiago war gewohnt, dass man ihm Zigaretten anrauchte. Also hielt ich sie an meine Lippen, entfachte die kleine Flamme und atmete zaghaft ein. Ich wollte den Rauch nur in meinen Mund und keinesfalls in meine Lungen bekommen. Leider reichte das nicht aus, um die Zigarette zum Glühen zu bringen. Mir blieb gar nichts anderes übrig, als tief einzuatmen. Und siehe da ... sie leuchtete auf. Im selben Moment bekam ich einen Hustenanfall.

Santiago nahm mir die Zigarette aus der Hand und grinste mich amüsiert an. Er inhalierte und blies erleichtert dichten Nebel in die Luft. Als ich mich wieder eingekriegt hatte, wanderte seine Hand erneut langsam meinen Körper hoch. Er zerrte etwas ungeschickt die Spaghettiträger über meine Schultern, und als er meine Brüste freigelegt hatte, begann er, sie lustvoll zu kneten. Er drückte und presste sie abwechselnd. Ich versteifte mich komplett und sah meine Herausforderung darin, meine Brüste wehrlos einem Betrunkenen zum Spielen zu überlassen. Jeden Moment rechnete ich damit, dass er mir gröber wehtun würde. Aber er tat es nicht. Im Gegenteil, nach einer geraumen Zeit des Knetens öffneten sich seine Lippen und er hauchte verunsichert: »Jungfrau?«

Das durfte wohl nicht wahr sein! Wusste er überhaupt noch, wer ich war? Was sollte ich ihm darauf antworten? Wenn ich »Nein« sagte, würde er mich vielleicht von der Couch stoßen. Also nickte ich überzeugt. »Ja. Jungfrau!« Und etwas leiser fügte ich hinzu: »Ich war Jungfrau, bis ich dich traf.«

Er streichelte mich weiter, wandte seinen Blick von mir ab und seine Hand fiel wieder in meinen Schoß. Er rauchte. Plötzlich zogen sich seine Augenbrauen gequält zusammen, er atmete tief ein, sammelte alle Kraft und setzte zu einem jämmerlichen Schrei an ... »DAVID!«

Ich erschrak.

Dann sah er mich an, hielt sich verkrampft an meinem Nachthemd fest und flehte mich förmlich an: »David!«

Mir schossen sofort Tränen in die Augen, aber zum Glück bemerkte er das nicht, sondern versuchte jetzt, an sein Glas auf dem Tisch heranzukommen. Ich half ihm, reichte ihm seinen Whiskey und sah betroffen zu, wie er das Glas in einem Zug leer trank. Dann gab er es mir zurück und ich stellte es wieder auf den Tisch. Er kaute an seinem Daumennagel und hielt dabei die Zigarette gefährlich nahe an sein Gesicht. Ich musste auf ihn aufpassen wie auf ein kleines Kind. Und während ich ihn beobachtete, kullerten ein paar Tränen über seine Wangen. Schon wieder war ich schockiert. Ich hatte ihn noch nie weinen gesehen. Seine Augenbrauen waren noch immer schmerzlich verzerrt, seine Stirn von tiefen Falten gezeichnet und er schluchzte nun hörbar. Wie gern hätte ich ihn in diesem Moment in meine Arme genommen und getröstet. Ich war so hilflos. Mit einem herzzerreißend traurigen Blick sah er mich wieder an und sprach nun überraschend deutlich: »David llllieb mich!«

Hielt er mich jetzt für David?

»Er llllieb mich!«, fügte er etwas lauter hinzu.

»Ja.« Ich nickte betroffen. »Er liebt dich! David liebt dich! ... Und ich liebe dich auch.«

Er wischte sich seine tropfende Nase ab und ich musste ihm die Zigarette aus der Hand nehmen. Dann versuchte er, sich an mir aufzurichten, doch mittendrin merkte ich, dass er sich eigentlich mit mir hinlegen wollte. Er zog meine Beine auf die Couch und streckte sich mit mir gemeinsam der Länge nach aus. Anders als gewohnt rutschte er an meinem Körper etwas tiefer und legte sein Gesicht auf mein Dekolleté. Wären die verfluchten Kameras nicht gewesen, ich hätte ihn in meine Arme geschlossen. Aber so klammerte er sich nur an mir fest.

Kurz darauf glitt seine Hand zwischen meine Beine und er fragte mich noch einmal: »Jungfrau?«

Erneut gab ich meine kleine Notlüge zum Besten: »Ja! ... Bitte tu mir nicht weh!«

Er sah mir ins Gesicht und drang überraschend gefühlvoll, langsam und vorsichtig mit zwei Fingern in mich ein. Ich hauchte ein leises Stöhnen und war dankbar für seine Zärtlichkeit. Dann verließ ihn jedoch die Kraft und er sackte auf mir zusammen.

Sein Kopf lag auf meiner Brust und ich hätte ihn so gern gestreichelt oder festgehalten, ihm ein Gefühl von Geborgenheit und meine Liebe geschenkt. Himmel, war er schwer! Etwas ängstlich suchte ich nach den Kameras an der Decke und fragte mich, ob Damian rechtzeitig kommen würde, falls mir die Luft ausging. Santiago schien spontan eingeschlafen zu sein, mit zwei Fingern in mir! Ich seufzte.

Als hätte ich ihn gerufen, stand plötzlich Damian neben mir. Er kontrollierte Santiagos Atem und kam zu dem Schluss: »Er schläft.«

Ich lächelte.

»Willst du so liegen bleiben oder ist er dir zu schwer?«, flüsterte Damian. »Kriegst du Luft?«

»Ja. Lass ihn! Bitte, weck ihn nicht auf!« So etwas Ähnliches wie Mutterinstinkt erwachte in mir.

»Okay. Ich leg mich auf die andere Couch. Falls er wach wird, weck mich sofort! In diesem Zustand darf er nicht unbeaufsichtigt sein!«

»Ja, versprochen«, hauchte ich, »ich kann so eh nicht schlafen.«

Damian nickte.

»Damian?«

»Ja?«

»Er hat zwei Finger in mir.«

Damian lächelte. »Dann wünsch ich ihm wilde Träume – für dich.«

Ich grinste und zog meine Muskeln eng um Santiagos Finger zusammen. Er erwiderte es mit einem leichten Zucken – vermutlich ein Reflex. Schwerfällig seufzte ich. Aber lange musste ich diese atemraubende Stellung nicht durchhalten. Eine gefühlte halbe Stunde später schreckte Santiago plötzlich in die Höhe. Im nächsten Moment musste er sich übergeben. Auf wackelige Arme gestützt, befreite er sich über meinem Brustkorb von seinem Mageninhalt. Es war wohl eine ganze Flasche Whiskey gewesen. Sofort wandte ich mein Gesicht von ihm ab und wartete angespannt darauf, dass ich meinen Mund wieder unbeschadet öffnen konnte. Nach meinem ersten Atemzug schrie ich: »DAMIAN!«

Santiago zuckte zusammen und starrte mich verdutzt an – möglicherweise erstaunt darüber, dass seine Kotze sprechen konnte.

Damian war sofort bei mir. Er griff Santiago unter die Arme und half ihm, sich aufzusetzen. »Bleib kurz liegen«, bat er mich. Gleichzeitig tippte er in sein Handy. Dann zog er sein eigenes T-Shirt aus und wischte Santiago, der sich selbst nur am Kinn feucht bekleckert hatte, damit ab.

Verschlafen kam Edward um die Ecke. »Bah!« Er schlug sich die Hand vor den Mund.

»Komm her, hilf mir!«, ersuchte ihn Damian. »Wir legen ihn auf die andere Couch, er schläft bestimmt gleich weiter.« Zu zweit halfen sie ihm hinüber und, wie vorausgesagt, fiel Santiago sofort wieder ins Koma.

Edward holte ein großes Laken, wickelte mich ein und brachte mich unter die Dusche. Danach schlüpfte ich, leicht verwirrt, aber um eine Erfahrung reicher, zu Jana ins Bett.

***

Am nächsten Morgen waren alle Spuren beseitigt, das Wohnzimmer erstrahlte wie gewohnt in perfekter Ordnung und nichts deutete mehr auf die nächtliche Entgleisung hin. Nur das Frühstück mussten wir ohne Santiago einnehmen. Es hieß, er wäre in seinem Zimmer und müsse sich noch ausschlafen. Ich traf ihn erst am Nachmittag – am Strand.

Edward und Marcus waren zum Surfen draußen und ich sah ihnen vom Ufer aus zu. Ein angenehm warmer Wind wehte landeinwärts. Ausnahmsweise trug ich diesmal eine lange Bluse über meinem Bikini, hauchdünn und transparent. Mir war nicht kalt, doch ich verschränkte meine Arme und hoffte, der feine Stoff würde mich ein bisschen vor Wind und Sonne schützen. An der sanften Brandung merkte man kaum, wie hoch die Wellen weiter draußen wogten, aber die beiden Jungs waren unbestritten gute Surfer und ich fand es alles andere als langweilig, sie zu beobachten. Bestimmt eine Stunde stand ich schon hier, ohne dabei an die Zeit zu denken. Ich trat auf der Stelle hin und her, weil ich mich bewegen wollte, und versank dabei abwechselnd mit meinen High Heels im weichen Sand ... als ich plötzlich Santiago hinter mir bemerkte. Er schlang seine Arme um mich und ich war erleichtert, dass es ihm sichtlich wieder besser ging. Langsam drehte ich mich um, blickte zu ihm auf, in seine großen dunklen Augen, die mich nun wieder bewusst und gezielt erfassten ... Er wirkte sehr ernst, als ob ihn etwas bedrückte. Ich wollte ihn küssen, aber er begann zu reden. »Ich hab mir das Video von gestern angesehen ...«

Zögerlich nickte ich und wartete auf eine Kritik, was ich falsch gemacht hatte.

»Wegen David ... Das mit David ist vorbei!«, erklärte er. »Genau so, wie deine Zeit als Jungfrau vorbei ist.«

Ich lächelte. »Ja, ich weiß.«

»Ich ... ich verstehe nicht, dass Damian ...« Genervt fuhr er sich durch die Haare und seufzte. »Ich wollte nicht, dass du mich so siehst ...«

Das konnte ich nachvollziehen. Aber ich wollte es! Ich wollte auch dann bei ihm sein, wenn es ihm schlecht ging. »Ich liebe dich!«, versicherte ich ihm. »Und ich liebe dich heute genauso wie gestern. Bitte glaub mir! Es war bloß der Whiskey. Ich hab deshalb nicht meine Achtung vor dir verloren!« Ich musste ihm das sagen, egal, wie es auf ihn wirkte. Er hatte zum ersten Mal in meinem Leben Schwäche gezeigt und ich war ihm so dankbar dafür. Noch nie zuvor hatte ich die Gelegenheit gehabt, so für ihn zu empfinden – nicht nur seinem Glanz, seiner Schönheit und seiner Macht zu erliegen, sondern das Gefühl zu haben, ihn wirklich aufrichtig zu lieben. Ich wollte nicht, dass er sich für irgendetwas entschuldigte.

Und das tat er auch nicht. Stattdessen streichelte er zärtlich über meine Wange und nickte. Das hieß für mich, er war zufrieden, er glaubte mir und er würde es auch so sehen. Ich küsste seine Hand. Er schlang seine Arme um mich und hielt mich fest. Minutenlang. Ich hörte sein Herz, fühlte die kräftigen, ruhigen Schläge. Irgendwann, ganz unmotiviert, ließ er sich mit mir in den Sand fallen. Zuerst war ich erschrocken, aber dann sah ich ihn lächeln. Er legte sich auf mich, mit der ganzen wundervollen Schwere seines Körpers.

»Magst du das?«, fragte er mich.

»Ja«, hauchte ich glücklich.

Santiago nickte wissend und küsste mich so leidenschaftlich, als wäre es unser allererster Kuss. Ich fühlte mich von seinen Lippen begehrt und von seiner Zunge besessen, ließ mich verzaubern, berauschen, trank seinen Atem und seine Liebe.

Nach einer ungewissen Zeit streichelte eine seichte Welle unsere Füße. Santiago löste sich von meinem Mund und blickte hinter sich. »Die Flut.«

Ich nickte traurig.

Ein letztes Mal küsste er meine hungrigen Lippen und half mir anschließend auf die Beine. Ich schüttelte den Sand aus meinen Haaren und von meiner Bluse. Santiago legte seine

Hand um meine Taille und wir spazierten gemeinsam zurück zur Villa. Mitten auf dem Weg fiel ihm schließlich doch eine Kritik zu meinem Verhalten am Vortag ein. »Sollte ich dich jemals wieder ersuchen, mir eine Zigarette anzuzünden, dann ruf um Hilfe! Ich möchte nicht, dass du rauchst!«

Santiagos Geburtstag

»Zahira, wach auf! ... Jana!«

»Was ist passiert? Wie spät ist es?«, fragte ich verwirrt. Draußen war es noch dunkel. Jana rieb sich verschlafen die Augen.

»Sechs Uhr«, flüsterte Damian. »Santiago hat heute Geburtstag!«

»Heute? ... Warum sagt uns das niemand?«, beschwerte ich mich.

»Jetzt ist früh genug! Geht ins Bad und macht euch fertig! Um halb sieben erwarte ich euch vor seinem Schlafzimmer.«

»Ja ... aber ... was passiert heute? Wer schenkt ihm was? Dürfen wir ihm auch etwas schenken?«

»Das werdet ihr alles sehen. Geht mal ins Bad. Beeilt euch! Wir haben große Pläne.«

Ich seufzte. »Was sollen wir anziehen?«

»Die goldenen Seidenkimonos. Darunter nichts.«

***

Wie bestellt standen wir eine halbe Stunde später perfekt gestylt und reichlich nervös vor Santiagos Schlafzimmer ... Insgeheim hoffte ich, an Santiagos Geburtstag nicht selbst zur Attraktion werden zu müssen. Am Ende hatte Amistad irgendeinen exotischen Bondage-Kurs belegt, der nun Früchte tragen sollte. Aber damit wollte ich Jana nicht belasten.

»Denkst du, wir müssen singen?«, fragte ich sie leise.

»Nackt?« flüsterte sie mit Entsetzen in ihrem Gesicht.

»Also ich kann weder nackt noch angezogen singen«, versicherte ich ihr.

»Weißt du ... seit ich blind bin ...«, erklärte sie mir flüsternd, »finde ich es viel schlimmer, nackt zu sein, denn ich kann selbst nicht kontrollieren, wie ich aussehe, fühle nur die Blicke auf meinem Körper, wie unzählige Hände, aber ich weiß nie, ob sie mich bewundern oder auslachen ...«

»Dafür hast du mich. Und ich sage dir, du siehst sensationell aus, Jana! Sexy und bildhübsch. Niemand lacht über dich!« Sie war wirklich sexy, und ich beneidete sie um ihre schönen Brüste. Während meine eher klein und rund waren, standen ihre spitz verlaufend von ihr ab, als wollten sie uns durch die anschmiegsame Seide hindurch den Weg weisen.

Plötzlich kam Amistad aus Santiagos Schlafzimmer und nahezu gleichzeitig stieg Damian aus dem Lift. Mit leiser Stimme, aber beschwörendem Tonfall begannen sie, gemeinsam auf uns einzureden.

»Das Wichtigste«, erklärte Damian, »Santiago mag es nicht, wenn man ihm gratuliert!«

»Das erübrigt sich jedoch«, nahm Amistad ihm das Wort aus dem Mund, »denn ihr werdet nicht sprechen.«

Damians Handy piepte. »Ich muss hinunter!«, entschuldigte er sich und war weg.

»Zahira!« Amistad griff nach meinem Kinn. »Du bist für sein ›positives Erwachen‹ zuständig. Du bist die Einzige, die das verlässlich hinkriegt!«

»Mit meinem Mund meinst du?«

»Ja. Aber er schläft noch. Ich möchte, dass du es vorsichtig angehst, langsam. Er soll so spät wie möglich davon erwachen.«

»Bin ich allein mit ihm?«

»Nein, ich gehe mit euch.« Er ließ mein Kinn los und griff

nach Jana. »Du wirst dich um Cheyenne kümmern.«

Erschrocken schnappte ich nach Luft. »Cheyenne ist auch da drin? Das geht nicht!«, protestierte ich leise. »Ich darf das nur machen, wenn ich mit Santiago allein bin. Er ist da sehr empfindlich!«

Amistad lächelte. »Empfindlich?«

»Ich kann nicht darüber reden. Es ist ein Geheimnis.«

»Santiago hat vor mir keine Geheimnisse! Und Jana wird es nicht mitbekommen.«

»Weißt du überhaupt, wovon ich rede?«

»Ja, Baby, ich weiß, worum es geht. Mach dir keine Sorgen, auch nicht wegen Cheyenne! Es ist meine Anweisung und meine Verantwortung.«

Ich schluckte. Amistad öffnete lautlos die Tür. Mein Herz klopfte. Lieber hätte ich gesungen ...

Santiago lag bäuchlings ausgebreitet auf dem überdimensionalen Doppelbett. Er hatte sein Gesicht von Cheyenne abgewandt und ein Bein leicht angezogen. Jana hatte es einfacher. Cheyenne lag auf dem Rücken, bis zur Hüfte mit einem leichten Tuch bedeckt, jedoch so dicht neben Santiago, dass sich ihre Arme berührten ... und ihre Hände, nein, ihre Finger waren ineinander verschränkt. Santiago hielt seinen Geliebten sogar im Schlaf fest.

Wir legten unsere Kimonos ab und Amistad half zuerst Jana auf das Bett. Vorsichtig kniete sie sich zwischen Cheyennes Beine und durch das dünne Tuch hindurch begann sie, sanft seine Lenden zu liebkosen. Amistad zeigte ihr, wo sie ungehindert ihre Hände aufstützen konnte und er ermahnte sie, dass sie auf ihre Haare achten sollte, um ihn nicht zu kitzeln. Dann beobachtete er sie kurz und streichelte über ihren gebogenen Rücken, zum Zeichen, dass sie es gut machte.

Amistad deutete auf die andere Seite des Bettes und ich folgte ihm. Auf dem Weg legte auch er selbst seinen Morgenmantel ab und zum Vorschein kamen eng anliegende weiße Shorts, die mich sofort in ihren Bann zogen. Beinahe wäre mir lieber gewesen, er hätte sie ausgezogen, denn es war kaum zu ertragen, wie dieses feine weiße Material seine Männlichkeit nur noch unterstrich und kaum etwas von der gesamten Pracht dem Auge vorenthielt. Ich war sofort erregt von dem Anblick und befand diese Shorts eindeutig als nicht jugendfrei. Amistad griff an mein Kinn und zwang meine Augen, sich von seinen Lenden zu lösen. Ich schluckte schwer und strich verlegen durch meine langen Haare. Wie gern wäre ich vor ihm niedergekniet und hätte mein Gesicht in dieser Verlockung vergraben, um tief einzuatmen und seinen Duft zu inhalieren. Er lächelte, als könnte er meine Gedanken lesen – doch er deutete auf Santiago.

Ich seufzte und erinnerte mich wieder an meine eigentliche Aufgabe – an meine Ehre, Santiago an seinem Geburtstag aus den Träumen holen zu dürfen. Lautlos krabbelte ich auf die zum Glück recht feste Matratze, so vorsichtig, als könnte sie jeden Moment unter meinen spitzen Knien zerplatzen. Etwas zurückhaltend blickte ich unter sein leicht angezogenes Bein und stellte fest, dass dort bereits eine ausgewachsene Erektion auf mich wartete. Ich fragte mich, ob er vielleicht gerade von mir träumte? Und wie sollte ich am besten an ihn herankommen? Aber, noch bevor ich einen Plan geschmiedet hatte, fasste Amistad mit einem gekonnten Griff in meine Haare und führte mein Gesicht an Santiagos Lenden – als bräuchte ich seine Hilfe dafür. Zwangsläufig musste ich mich auf die Seite legen. Gerade mal mit meinen Lippen konnte ich nun die pralle Spitze seines Gliedes erreichen. Ich hauchte feuchte Hitze auf seine sensible Haut, um ihn nicht zu erschrecken, bevor ich ihn behutsam in meinen Mund aufnahm. Gleichzeitig merkte ich, dass Amistad sich hinter mich legte. Vorsichtig begann ich ein sanftes Zungenspiel an dem Objekt meiner Begierde.

Plötzlich seufzte Cheyenne. Er streckte sich und ich spürte, dass Amistad etwas unruhig hinter mir gestikulierte. Im selben Moment drehte sich Santiago auf den Rücken. Ich folgte seiner Bewegung und nun konnte ich erstmals etwas sehen. Cheyenne war wach, er hatte das Tuch zur Seite gezogen und seine Hand wohlwollend in Janas Haaren vergraben. Santiagos Augen waren noch geschlossen, seine Hände regungslos und er atmete tief. Sein Penis war nun steil aufgerichtet und verlangte direkt nach meiner Behandlung. Zum zweiten Mal begrüßte ich ihn mit meiner warmen Zunge, hüllte seine Spitze in geschmeidige Feuchtigkeit und ließ meine Lippen langsam über die gesamte Länge gleiten. Aufmerksam hielt ich meine Haare aus dem Geschehen und schenkte ihm großzügige Bewegungen, die tief in meiner Kehle landeten, wo er unausweichlich gegen meinen natürlichen Widerstand stieß. Ich empfand diesen Punkt stets als meinen lustvollsten bei dieser Praktik, denn er signalisierte völlige Hingabe und ich wusste, dass ich ihm damit tiefe Befriedigung verschaffen konnte. Gleichzeitig lösten diese sanften Stöße unzählige Reaktionen in meinem Körper aus, über die ich keine Kontrolle hatte, aber so berauschend fand, dass ich es immer wieder tun musste. Wie ein kleines Kind, das zum ersten Mal von einer Zitrone probiert, für einen Moment erstarrt, bis die Wirkung der Säure sich entfaltet, der Reiz im Gehirn eintrifft und den gesamten Körper zu unkontrolliertem Schütteln motiviert. Es fühlt das Prickeln, die Gänsehaut, und reißt geschockt die Augen auf, um kurz darauf verblüfft zu lachen und voller Neugier ein zweites Mal in die spannende Frucht zu beißen. Ich war bereits süchtig nach der Gänsehaut, den erzwungenen Tränen, den bedrohlichen Zuckungen in meinem Magen ... und nach der spannenden Frucht. Nachdem ich meine erste Gier gestillt hatte, widmete ich mich seiner empfindlichsten Stelle, der prallen Knolle, die nun violett glänzte und von den beherzten Stößen deutlich angeschwollen war. Ich umkreiste sie mit meiner Zungenspitze, massierte den kantig abgesetzten Ring und saugte sanft an der ganzen Schönheit. Zwischendurch warf ich einen verstohlenen Blick in die Runde – alles war ruhig, Santiago schlief. Amistad hatte befohlen, ich solle mir Zeit lassen, aber mir wurde bereits heiß zwischen den Beinen und ich fühlte meine eigene Erregung wachsen.

Mutig wagte ich mich nun an die kleine trichterförmige Öffnung heran, von der ich wusste, dass Santiago dort besonders empfindlich war und er antwortete mir auch prompt mit einer heftigen Kontraktion. Ich wechselte sofort wieder zu ein paar tiefen Stößen, aber plötzlich richtete er seinen Kopf auf und sah mich an. Er wollte gerade sein Wort erheben, als Amistad ihn zärtlich niederdrückte und mögliche Einwände mit einem Kuss erstickte. Santiago wollte nach meinen Haaren fassen, aber Amistad fing seine Hand ab. Er schien ihn zärtlich überwältigen zu wollen. Und es gelang ihm. Santiago gab nach, wehrte sich nicht mehr und ließ mich gewähren.

Von Neuem vertiefte ich mich in ein Wechselspiel aus intensiven Stößen und gezielter Zungentechnik. Ich war ganz versessen darauf, ihm höchstes Vergnügen zu bereiten ... Und mit Erfolg ... Santiago atmete schwer, sein Schwanz war hart erregt und zuckte kraftvoll in meinem Mund. Ich war dankbar für alle Zeichen, die mir verrieten, wie gut er sich fühlte. Immer kürzer wurden seine Atemzüge und die Bewegung seines Beckens deutete bereits Verlangen nach mehr an. Dann kam der Moment, wo er einladend sein Bein aufstellte ... und plötzlich wandte sich auch Cheyenne Santiago zu. Mit dieser Annäherung war er zum ersten Mal ins Fadenkreuz meiner Eifersucht gerückt, im Affekt warf ich ihm einen giftigen Blick zu, aber mein verbaler Protest ließ noch auf sich warten. Eilig benetzte ich die Finger meiner linken Hand mit meiner eigenen Feuchtigkeit und legte sie sanft an die Rosette meines Geliebten. Mit vollem Mund, aber wachsamen Augen, führte ich einen Finger in seine glühende Höhle ... um kurz darauf festzustellen, dass mich niemand daran gehindert hatte und ich aufatmen konnte.

Ich schloss meine Augen und gab mich der innigen Vertrautheit hin, die dieser Akt erforderte. Kleine Vibrationen, sanfte Stöße mit meinem Finger und gleichzeitig die Enge meines Mundes ließen Santiagos Liebesmuskel unter meinen Bemühungen schwellen und lustvoll zucken. Santiago drehte sich mit mir zur Seite, Amistad schloss ihn bereitwillig in seine kräftigen Arme, während Cheyenne sich nun an seinen Rücken schmiegte. Sie umklammerten ihn mit ihren anmutigen Körpern und hielten ihn gefangen in seiner wachsenden Ekstase. Eine Ekstase, die allein ich ihm bescherte! Ich konnte zwar nichts mehr sehen, aber ich fühlte eine Welle von Stolz und Euphorie, die mich überrollte. Ich war es, die ihn an seinem siebenunddreißigsten Geburtstag zum Orgasmus bringen würde! Doch es war nur ein kurzer Wunschtraum ...

Santiagos Stöhnen wurde lauter, sein Glied spannte sich unter meinen Lippen und ich spürte, er war kurz davor zu kommen ... als plötzlich eine große Hand an meinen Hinterkopf fasste – es war Cheyenne, er drückte mir Santiagos gewaltige Erektion noch tiefer in den Hals, sodass ich nicht mal mehr im Traum einen Ton herausgebracht hätte. Dann entfernte er dreist meinen Finger aus Santiagos geheimem Paradies ... und drang offenbar selbst in ihn ein. Ich war entsetzt. Wie konnte er so etwas tun? Amistad hatte es mir versprochen! Woher wollte er wissen, dass es Santiago recht war, vor meinen Augen von einem Mann genommen zu werden? Seine Erektion war jedenfalls auf der Stelle leicht abgeflaut. Dafür glich sein Stöhnen nun einem schwerfälligen Brummen.

Cheyenne hielt meinen Kopf noch immer fest in seiner Hand und die Stöße, die er Santiago versetzte, landeten indirekt in meiner Kehle. Seine Bewegungen waren voller Energie, kräftig und schnell. Tränen schossen aus meinen Augen und mein Herz raste. Irgendwann schlugen die Männer ihre Beine über mich und hielten mich in dem hitzigen Gefecht zwischen ihren Körpern gefangen. Cheyenne steckte in Santiago, Santiago in meinem Mund und Amistads harter Prügel sauste an meinem Ohr vorbei. Zu guter Letzt zog Amistad auch noch meine Arme nach oben und suchte in der so entstandenen Höhle zwischen meiner Schulter und meinem Hals mit seinem Glied nach Befriedigung. Für Santiago hielt ich meinen Mund weit geöffnet und ergab mich den tiefen Stößen, denen ich ohnehin nicht entrinnen konnte. Obwohl ich kaum noch Luft hatte, konzentrierte ich mich darauf, wehrlos zu bleiben, keine Reaktion der Abwehr zu zeigen, auch wenn mein Körper sich innerlich aufbäumte und rebellierte, so rüde benutzt zu werden. Ich wusste, es würde nicht mehr lange dauern, das Pumpen wurde immer schneller, der harte Schwanz in meinem Mund immer größer und widerspenstiger. Er drängte sich tief in meine Kehle. Ich konnte nur noch fühlen und mich meinen Reflexen ergeben ...

Plötzlich kam mir Santiago mit ungeahnter Kraft entgegen, er zitterte am ganzen Leib, stöhnte laut ... und ergoss sich in meinen Mund. Amistad hielt mich noch für einen Moment fest, während ich schluckte – dann ließ er meine Hände los und gab meinen Körper frei.

Alle drehten sich auf den Rücken. Ich flüchtete nach unten und rutschte entkräftet über die Bettkante auf den Boden. Vorsichtig bewegte ich meine Kiefer, massierte meine Wangen, die in einem einzigen Krampf schmerzten und ich überlegte, wie viel Jana wohl von all dem mitbekommen hatte. Sie saß noch immer neben Cheyenne auf dem Bett.

Kaum eine Minute später erschien Damian, um uns abzuholen. »Ist noch alles dran an mir?«, fragte ich ihn mit leicht anklagendem Ton vor dem Zimmer.

Er schenkte mir ein zynisches Lächeln, legte einen Finger auf meinen Mund und überging meine Frage. Ich fand sein Verhalten seltsam. Obwohl Santiago mittlerweile wach war, flüsterte Damian noch immer ... »Im Bad sind Dessous und festliche Kleider für euch hergerichtet. Ihr habt eine knappe Stunde Zeit. Alice und Natalie sind fast fertig, vielleicht können Sie euch helfen. Auf jeden Fall bleibt ihr im Badezimmer, bis ich euch abhole. Verstanden?«

Jana hatte nicht viel zu tun im Bad, sie sah noch fast so perfekt aus, wie vor einer Stunde. Ich hingegen fühlte mich optisch komplett zerstört und schaffte es kaum, zeitgerecht fertig zu werden. Als Damian zurückkam, war ich zwar gestylt und geschminkt, aber noch nackt. Ungeduldig wartete er, bis ich in die hübschen Dessous und das kurze Kleid geschlüpft war. Nebenbei erhielten wir neue Instruktionen ...

»Natalie und Jana, ihr werdet einstweilen in Janas Zimmer bleiben, bis wir wissen, ob er euch heute dabei haben möchte. Zahira und Alice, ihr stellt euch am oberen Ende der Treppe auf und wartet. Aber das Wichtigste, von euch allen möchte ich jetzt keinen einzigen Ton hören, egal, was ihr da unten im Wohnzimmer seht!«

Damian öffnete die Tür für uns und ich hielt mir sofort die Hand vor den Mund, um einen Laut zu ersticken. Dasselbe taten Alice und Natalie. Jana blieb zwar von diesem Anblick verschont, sie erschrak jedoch durch unsere Reaktionen, die sich für sie in stockenden Atemzügen äußerten. Es war kein Bild des Schreckens, das sich unseren Augen offenbarte, viel eher ein überwältigendes, beeindruckendes, auf jeden Fall ein höchst ungewöhnliches Bild. Aber extrem schön anzusehen.

Alice und ich stellten uns, wie besprochen, einander gegenüber auf, während Jana und Natalie sich zurückziehen mussten. Ich konnte mir nicht erklären, warum er die beiden nicht dabei haben wollte. War Santiago vielleicht auf Natalie noch böse, weil sie ihn angefasst hatte? Bei Jana konnte es nur etwas mit ihrem Augenlicht zu tun haben, denn grundsätzlich liebte er ihre Gesellschaft. Aber noch bevor ich lange darüber nachgedacht hatte, öffnete sich Santiagos Schlafzimmertür und er zeigte sich in Begleitung seiner beiden Geliebten.

Sie hatten sich offensichtlich in den Privatbadezimmern gestylt. Santiago trug einen lässig geschnittenen schwarzen Anzug, dem ein feiner Glanz anhaftete und der bei genauerer Betrachtung eine gewisse Lederoptik in sich barg. Das schwarze Seidenhemd darunter hatte er verführerisch weit aufgeknöpft, es gewährte einen Blick auf seine dekorativ gebräunte Brust. An seinem Handgelenk funkelte eine kostbare Uhr von der Sorte, die er nur ganz selten trug, genau wie die handgemachten Schuhe, sie waren auf Hochglanz poliert und schwarz wie sein Haar. Amistad und Cheyenne präsentierten sich in reinweißen Anzügen, die den Goldton ihrer Haare und die ebenfalls leicht gebräunte Haut anmutig in Szene setzten. Doch sie boten damit auch einen deutlichen Kontrast zu Santiago, der sich nun abheben sollte, wie ein Scheich aus seinem Harem, denn auch Damian war heute in Weiß gekleidet, genau wie wir … und all die anderen …

Santiagos Blick fiel als Erstes auf Alice und mich. Noch nie hatten wir ihn an der obersten Treppenstufe erwartet, um ihn auf dem Weg zum Frühstück zu begleiten. Bestimmt machte ihn unsere Anwesenheit misstrauisch, aber an seinem Geburtstag wollte er es offenbar dulden, dass nicht alles wie gewohnt nach seinen strengen Regeln ablief. Als er näher kam und sich ihm allmählich die Aussicht auf sein eigenes Wohnzimmer eröffnete, wurden seine Schritte langsamer. Dennoch ging er bis zur Kante und genehmigte sich einen umfassenden Überblick. Schwer seufzend fuhr er sich danach mit beiden Händen durch die Haare …

Ich bewunderte seine Ruhe. Wäre ich er gewesen, ich hätte vermutlich mehrmals den Flur auf und ab laufen und jedes Mal aufs Neue einen Blick ins Wohnzimmer werfen müssen, nur um zu begreifen, dass ich nicht träumte. Aber Santiago war ja einiges gewohnt und so reagierte er auch anders.

»Du übertreibst es!«, sagte er vertraulich zu Amistad.

»Ich weiß«, antwortete der gelassen.

»Wie viele sind das?«

»Einhundert.«

Santiago nickte, drehte sich gemächlich um und wich ein paar Schritte zurück. Gegen eine Wand gelehnt seufzte er und blickte – nun doch ein wenig überwältigt – Hilfe suchend zur Decke.

Ich versuchte, mir vorzustellen, was in ihm vorging …

Das gesamte Wohnzimmer war gepflastert mit Mädchen, die auf ihren Knien warteten, nur um heute eventuell von ihm auserwählt zu werden. Jeder Quadratmeter, der nicht von einem Designermöbelstück verstellt war, wurde von einer kleinen Schönheit in einem weißen, mit Perlen bestickten Bikini besetzt. Sie saßen geduldig und vermutlich nicht so bequem auf ihren mit edlen Riemchen geschnürten Fersen, denn diese speziellen High Heels gehörten zur Etikette und wurden für diesen Anlass extra zur Verfügung gestellt. Von hier oben blickte man auf ein Meer von langen Haaren in allen Farben und Strukturen, genauso beeindruckend, wie ihre grazilen Körper und ihre Gesichter, jung und strahlend, fast übermütig, und bereit für ein Abenteuer. Alles war perfekt organisiert ... nur Santiagos Laune drohte nun zu kippen.

Amistad folgte ihm mit einem versöhnlichen Lächeln auf den Lippen. »Seit wann diese Scheu?«, fragte er.

Santiago sah ihn geringschätzig an. »Wofür sind die bezahlt?«

»Für vierundzwanzig Stunden.«

»Vierundzwanzig Stunden was?«

»Das kannst du selbst herausfinden!«

»Ich denke nicht daran!«

»Es sind erstklassige Mädchen dabei«, versicherte ihm Amistad. »Du brauchst nicht mehr zu tun, als ein paar davon für die Feier heute Abend auszuwählen. Betrachte es als Casting.«

Santiago dachte nach. »Haben alle ein Attest?«

»Natürlich. Sie sind gesund.«

»Unberührt?«

»Einige.«

»Und woran erkenne ich die?«

»Sie können sprechen.«

Santiago verdrehte die Augen.

»Von welcher Agentur kommen sie?«

»Verschiedene. Teilweise auch Beziehungen. Es ist bekannt,

dass du unverheiratet bist. Einige werden vielleicht versuchen, dich zu erobern ...«

»Du meinst, sie wollen ein Brandmal und in den Keller?«

Amistad grinste. »Das würde ich nicht beschwören ...«

Er zischte verächtlich. »Vielleicht sollte ich gleich danach fragen?«

»Wie du meinst«, reagierte Amistad gelassen, »du kannst sie auch alle nach Hause schicken! Die Boote warten unten. Die Statisten sind bezahlt!«

Santiago stieß ihn zur Seite. »Ich möchte jetzt frühstücken. Sie sollen warten!« Dann sah er mich an und fragte Damian: »Wo ist Jana?«

»In ihrem Zimmer ... Willst du auch Natalie?«

»Nein. Nur Jana.«

Er begrüßte sie mit einem sanften Kuss, dann kam er zu mir und küsste mich ebenfalls zärtlich. Ich seufzte glücklich und sah es als Anerkennung für meinen Einsatz in der Früh.

»Sie sollen Platz machen!«, forderte Santiago, noch bevor er einen Fuß auf die Treppe gesetzt hatte.

Damian ging nach unten und wies ein paar Mädchen zur Seite. Andere wichen in die hinteren Reihen.

Das Unbehagen stand Santiago ins Gesicht geschrieben, als er mit uns durch die Menge schritt, ohne einzelnen Gesichtern Beachtung zu schenken, denn sein vorrangiges Ziel war der Frühstückstisch, wo sich Marcus und Edward gerade ehrerbietig erhoben.

Eine schöne Bescherung. Bis jetzt hatte er nicht mal ansatzweise Freude an seiner Überraschung. Wir nahmen unsere gewohnten Plätze ein und ich musste den fremden Mädchen somit den Rücken zuwenden. Santiago frühstückte gemütlich und unbeirrt davon, dass einhundert Augenpaare auf ihn gerichtet waren, die alle seine Gesten und affektierten Bewegungen beobachteten, um herauszufinden, ob er dem entsprach, was man ihnen angekündigt hatte ... ob er ihnen als Mann zusagte, wie viel sie bereit wären, für ihn zu tun oder wie weit sie heute Abend für ihn gehen wollten.

Verbrannt im Schnee

»Liegt die *Cuba Libre* schon vor Anker?«, fragte Santiago.

»Nein, sie wird um fünfzehn Uhr hier sein«, meldete Marcus.

»Wie sieht der Tagesplan aus?«, erkundigte er sich weiter.

»Wenn du möchtest«, schmeichelte Amistad in seiner freundlichsten Tonlage, »suchst du nach dem Frühstück einige Mädchen aus, die den Abend mit dir verbringen dürfen. Der Rest fährt nach Hause. Du kannst dich danach zurückziehen, der Masseur ist bestellt, wir haben einen kleinen Imbiss auf der Dachterrasse vorgesehen und gegen sechzehn Uhr gehen wir gemeinsam aufs Schiff. Dort verbringen wir den Nachmittag, einige Überraschungsgäste sind geladen, es gibt ein exquisites Abendessen, danach Show und ein privates Programm.«

Santiago nickte stumm.

»Wenn es dir zuwider ist, Mädchen auszusuchen, dann kann das auch Damian für dich übernehmen. Ich denke, er kennt deinen Geschmack am besten«, schlug Amistad abschließend vor.

»Zur Not würde auch ich mich anbieten«, meldete sich Edward und entlockte damit uns allen ein verhaltenes Lächeln.

Santiago stützte beide Ellbogen auf den Tisch und legte sein Gesicht in die offenen Hände, als müsse er erst mit sich selbst wieder ins Reine kommen.

Die Gelegenheit nutzte ich, um Damian etwas ins Ohr zu flüstern. »Warum ist er so schlecht gelaunt? Einhundert hübsche Mädchen ... was ist so schlimm daran?«

Damian seufzte. »Er hat die berechtigte Befürchtung, dass nicht alle von ihnen seine Neigungen teilen, Bedenken, Mädchen auszuwählen, die ihm dann auf der Yacht schockiert die kalte Schulter zeigen. Aber so ist das Leben ... es gibt nicht immer alles auf dem Silbertablett serviert.«

»Neigungen? Aber es geht doch nur um eine Party ...«

»Ja ... aber auch da wird er sich amüsieren wollen ... gerade an seinem Geburtstag!«

»Warum habt ihr dann nicht Mädchen bestellt, die seine Neigungen teilen?«

Leider bekam ich keine Antwort mehr. Damian stand auf und reichte Santiago einen ausgewählten Stapel Glückwunschkarten.

Emotionslos blätterte Santiago sie durch. An einigen blieb er etwas länger hängen. Manche entlockten ihm ein kleines Augenbrauenzucken ... und nur eine ein schweres Seufzen. Die schob er jedoch gleich zur Seite. Ich überlegte kurz, ob David ihm wohl zum Geburtstag schreiben würde, aber ich konnte nicht ergründen, von wem die besagte Karte war ...

Santiago hatte sein Frühstück beendet und zündete sich entspannt eine Zigarette an. Beiläufig riskierte er einen Blick in die Menge und zum ersten Mal huschte ein selbstgefälliges Lächeln über seine Lippen. Er blies Rauch in die Luft ... sah noch mal hin ... und dann glitzerten seine Augen. »Ich hoffe, die sind alle achtzehn?«, erkundigte er sich.

»Natürlich.« Amistad lächelte, als er merkte, dass Santiago nun endlich Interesse zeigte.

»Warum hast du keine Auswahl getroffen?«, fragte er Amistad.

»Ich dachte, wenn sie dich persönlich sehen, würden einige von ihnen vielleicht ihre Grenzen neu abstecken.« Er griff über Cheyenne hinweg nach Santiagos Hand. »Wie du siehst, knien sie nun seit über einer Stunde für dich auf ihren zierlichen Beinchen in recht unbequemen High Heels. Das ist nicht angenehm.«

»Das kommt darauf an, was du ihnen bezahlt hast!«

»Glaub mir, du würdest dir für diesen Betrag nicht ein Haar krümmen lassen!«

Santiago lächelte. »Sag es mir, damit ich ein Gefühl dafür bekomme, was sie hier leisten!«

»Eintausend Dollar.«

Santiago nickte unbeeindruckt und erhob sich vom Tisch. Mit dem Wissen, dass ihm einhunderttausend Dollar zu Füßen lagen, schritt er gemächlich durch die ersten paar Reihen und besah einige der Mädchen, die ihn ihrerseits aufgeregt, aber schweigend, mit neugierigen Blicken verfolgten. Er hielt seine Hände auffallend hoch, als müsste er ein Gehege kleiner, bissiger Hunde durchqueren ... alle, die ihn kannten, wussten jedoch, dass seine einzige Angst es war, berührt zu werden. Zur Tarnung hatte er seine Zigarette erhoben, kämmte mehrmals durch seine ohnehin perfekten Haare oder strich nachdenklich über seinen gepflegten Bartschatten. Noch bevor er alle besehen hatte, verharrte er plötzlich in der Mitte des Wohnzimmers. Dann kam er zum Tisch zurück und wandte sich an Amistad. »Ich brauche Platz – dort in der Mitte. Bringt Jana auf ihr Zimmer! Marcus, du begibst dich zum Ausgang!«

Wie gewohnt befolgten sie seine Anweisungen, ohne auch nur darüber nachzudenken, seine Worte zu hinterfragen. Santiago machte inzwischen seine Zigarette aus und deutete Alice und mir, wir sollten aufstehen und ihn begleiten. Über ein paar Mädchen hinweg stiegen wir bis zu der arrangierten Lichtung in der Mitte. Er ließ mich neben seinem rechten Fuß niederknien, während Alice sich ihm gegenüber aufstellen musste. Ich ahnte sofort, was das zu bedeuten hatte ... und Alice' Blicken zufolge, ahnte auch sie es. Jedoch konnten wir wohl beide kaum glauben, dass er diese Seite von sich so offen zur Schau stellen wollte.

Zuvor hielt er jedoch eine kleine Ansprache: »Für all jene, denen es ein Bedürfnis ist, mich näher kennenzulernen, möchte ich eine kleine Demonstration dessen geben, was sie heute Abend bei mir unter Umständen erwartet. Es steht jeder frei zu gehen. Die Tür bleibt fünf Minuten geöffnet.«

Mit einem Lächeln auf den Lippen streichelte er Alice über die Wange, und wie einen unausgesprochenen Befehl hielt er anschließend seine Hand auf. Mir schauderte. Er wollte es tatsächlich tun. Mein Herz schlug einen nervösen Rhythmus und auch mein Atem beschleunigte sich. Gehorsam gab ihm Alice ihre überkreuzten Handgelenke und er hielt sie fest. Alice sah ihn nicht an, sie blickte nur auf ihre Hände. Auch als er ausholte. Der Schlag traf sie auf die rechte Wange. Sie schien zu fallen und wäre bestimmt auch gestürzt, hätte Santiago sie nicht gehalten und an ihren Armen zurückgerissen. Einzig ihre langen Haare wirbelten herum, spektakulär und beängstigend zugleich. Alice drehte sich, fiel vor ihm auf die Knie, und als sie zum ersten Mal Luft holte, entsprang ihrer Kehle ein schrilles Schluchzen.

Wie unzählige Echos hallten Schreckenslaute durch die Menge. Alice versuchte, sich sofort zu beherrschen und kurz darauf erkannte man nur noch an ihren schnellen Atemzügen, dass ihr etwas zugestoßen war. Santiago half ihr auf die Beine und bewies seine Anerkennung, indem er sie stolz lächelnd auf den Mund küsste.

Als hätten die Pausenglocken geläutet, sprangen die ersten Mädchen auf ... Einige waren noch unschlüssig, aber schon nach wenigen Sekunden war klar, dass nur wenige die Courage haben würden zu bleiben. Santiago zog sich inzwischen zurück, trank mit Amistad an der Bar den ersten Whiskey des Tages und beobachtete nur beiläufig, wie gut siebzigtausend Dollar zur Tür hinauswanderten. Die restlichen Mädchen wurden von Damian ersucht aufzustehen und Santiago musterte sie diesmal einzeln. Er berührte ausgewählte Mädchen an der Schulter, die anderen mussten ebenfalls die Villa verlassen.

Größenmäßig hatte er nun eine mittlere Schulklasse in vier Reihen vor sich auf dem Boden knien, als wollte er eine Yogastunde leiten.

Alice und ich knieten an seinen Seiten und ich blickte etwas bange einer zweiten Machtdemonstration entgegen, die nun vermutlich mich treffen würde.

Aber zu meiner Überraschung sah er uns beide an und überließ offensichtlich uns die Wahl ... vielleicht, weil er es bevorzugte, dass man sich ihm freiwillig hingab. »Wer möchte die Nächste sein?«, fragte er, völlig unnötig, wie ich fand, denn nie im Leben hätte ich zugelassen, dass Alice sich ein zweites Mal zur Verfügung stellen musste.

Ohne zu zögern stand ich auf. Gleichzeitig drang ein schüchternes »Ich« aus Santiagos Yogagruppe an unsere Ohren. Eines der Mädchen erhob sich und versuchte angestrengt, auf den geliehenen High Heels das Gleichgewicht zu finden. Offenbar hatte sie zum ersten Mal in ihrem Leben Absätze dieser Dimension unter ihren Füßen, denn es gelang ihr kaum, ruhigzustehen. Verlegen strich sie durch ihre langen Haare und musste schließlich selbst beschämt lachen, weil sie so wackelte.

Ihr Auftreten ließ ein bisschen daran zweifeln, ob sie sich wirklich darüber im Klaren war, wozu sie sich soeben gemeldet hatte. Wie ein kleiner Engel stach sie mit ihren hellblonden, gewellten, langen Haaren aus der Menge hervor. Für Santiagos Maßstäbe hatte sie mit Sicherheit die perfekte Figur, zierlich, vielleicht etwas zu klein, dafür aber ein bildhübsches Gesicht, das nun zusehends an Farbe gewann. Sie lächelte wie in einer kitschigen Zahnpasta-Werbung, sehr gewinnend, aber trotzdem auch unschuldig und ehrlich.

Als ich meine Augen endlich von ihr losreißen konnte, blickte ich in das Gesicht eines Mannes, der geblendet und sprachlos hinter einer kontrolliert ernsten Fassade seine Pläne neu zu überdenken schien. Santiago war hingerissen von ihr und rammte mir damit ein Messer ins Herz. Nie hätte ich gedacht, dass auch nur eines dieser Mädchen hier heute zur Konkurrenz für mich werden könnte ... wenn man bedachte, was ich bereit war, für ihn zu geben!

Nachdem Santiago offenbar keine Worte fand, streckte er ihr einladend seine Hand entgegen. Er bedachte sie weiter mit einer völlig überzogen strengen Miene, von der ihr jugendlicher Leichtsinn jedoch unbeeindruckt blieb. Sie stieg unsicheren Schrittes an den knienden Mädchen vorbei, lächelte die süßesten Grübchen in ihre Wangen und reichte ihm ihre überkreuzten Handgelenke, als wäre das die normalste Art der Begrüßung auf der ganzen Welt. Santiago hielt sie fest und war wortlos bezaubert von ihrer bedingungslosen Unterwerfung.

Plötzlich wurde Damian auf sie aufmerksam und näherte sich uns. Erleichtert atmete ich auf, denn ich hoffte, er würde vernünftigerweise dieses Mädchen aus ihrer verhängnisvollen Lage befreien. Aber dann blieb er tatenlos neben uns stehen.

»Wie ist dein Name?«, fragte Santiago schließlich sein bereitwilliges Opfer.

»Lilienné«, hauchte sie scheu mit einem feuchten Glitzern in den Augen.

»Du bist keine achtzehn!«, zweifelte er sofort, obwohl Amistad beim Frühstück das Gegenteil versichert hatte.

Vor Schreck lief sie rot an.

»Wie alt?«, bohrte er nach.

»Sie ist sechzehn«, erklärte Damian und kam näher.

Sofort ließ Santiago ihre Hände los und fauchte Damian verärgert an: »Was soll das? Wollt ihr mich ärgern? Schaff sie mir aus den Augen!«

»Nein!«, protestierte sie in ihrer Angst nun etwas lauter. Ihre Stimme war hell und lieblich.

»Warte«, beruhigte ihn Damian und fasste ihm dabei an die Schulter. »Hör sie dir an. Sie ist eine Ausnahme. Die einzige Ausnahme hier. Alle anderen sind achtzehn, ich schwör's dir! Aber hör sie dir an ... sie hat gute Referenzen.«

»Referenzen?« Er lachte verächtlich. »Habe ich jetzt jemanden, der meine Frauen vorweg testet? ... Und? ... Wie ist sie im Bett? Haben wir ein Zeugnis?«

»Ich meinte Beziehungen!«, korrigierte sich Damian. »Die Kleine hat erstklassige Beziehungen.«

Skeptisch wandte sich Santiago wieder dem Mädchen zu. »Und zwar?«

»Ich ... ich warte schon seit drei Jahren darauf, hierherzukommen«, erklärte sie hastig und übersprudelnd, »nicht nur für einen Abend, ich würde gern bleiben. Estelle ist meine Schwester, ich war die letzten Monate bei ihr in der Schweiz, ich weiß, wie sie lebt, mit Keathan, und ich weiß, wie hier auf Ivory alles abläuft ... und ich wünsche es mir von ganzem Herzen.«

»Estelles kleine Schwester?« Er lächelte verzückt und musterte erneut ihren Körper. »Du bist kleiner als sie ... und deine Haare sind viel heller ... aber du siehst ihr tatsächlich etwas ähnlich.« Nach einer anfänglichen Euphorie trübte sich jedoch seine Stimmung wieder. »Das ändert aber nichts daran, dass du zu jung bist!«

»Nein, ich bin nicht zu jung! Wirklich nicht! Wieso soll ich zu jung sein? Ich hab Freundinnen, die haben schon seit zwei Jahren Sex!«, empörte sie sich.

Santiago war kurz erschrocken über ihre Direktheit. »Okay – drücken wir es anders aus – es liegt nicht an deinem Alter, es liegt an meinem Alter! Ich mache mich mit dir strafbar.«

»Nein ... Estelle ist mein Alibi ... ich wohne offiziell bei ihr ... und sie erlaubt es. Ich quäle sie seit drei Jahren! Ehrlich! Sie hat es mir für meinen sechzehnten Geburtstag versprochen!«

»Und wann war der?«

»Vor einer Woche.«

Santiago fuhr sich mit beiden Händen durch die Haare. »Ich muss mich hinsetzen.«

»Ja, vielleicht setzen wir uns auf die Couch und besprechen das in Ruhe ...«, schlug Damian vor. »Die anderen Mädchen sollen inzwischen an der Bar etwas trinken.«

»Dich brauche ich vielleicht noch!« Santiago hielt mich am Arm fest. »Und auch Alice ... Ihr setzt euch zu mir!«

Wir nahmen auf einem Kuschelsofa Platz. Lilienné kniete sich direkt neben ihn, sodass sie ihn ansehen konnte. Er verlangte nach alkoholfreien Cocktails für uns alle und zündete sich eine Zigarette an. Dann blies er Rauch in die Luft und lehnte sich entspannt zurück. »Also, was weißt du über mich?«, fragte er Lilienné.

»Alles!« Sie strahlte ihn an wie das Christkind.

»Alles?« Santiago schmunzelte. »Du machst mir Angst!«

Sie holte ihre zierlichen Hände unter ihrer Haarpracht hervor und begann, an einzelnen Fingern abzuzählen: »Ich weiß von den High Heels, vom Keller, von den anderen Mädchen ...

Männern ... dass ich mit meinen Händen aufpassen muss ... und ich möchte das Brandmal!«

»Da hast du ja große Pläne!«, lobte Santiago sie zynisch.

Keck blickte sie in seine Augen. »Wir können sofort damit anfangen!«

Santiago gab sich nachdenklich ... »Und von mir willst du nichts?«

»Doch!« ... Beschämt lächelte sie ihn an.

»Wer sagt dir, dass du mir überhaupt gefällst?«

»Sie haben mich ausgewählt! Vorhin, als die anderen Mädchen gehen mussten, sollte ich hierbleiben!«

Santiago nickte und streichelte über ihre Wange. »Du brauchst mich nicht mit ›Sie‹ anzusprechen.«

Lilienné lächelte und wurde schon wieder rot im Gesicht.

Plötzlich kam Santiago ein Gedanke, der ihn sichtlich irritierte. »Estelle hat keine Eltern mehr. Hab ich das richtig in Erinnerung?«

»Ja. Unsere Eltern hatten einen Autounfall. Estelle war damals schon mit ... dir ... zusammen. Und du hast sie für eine Woche nach Hause gehen lassen, um alles zu regeln. Sie hat mich in der Schweiz in ein Internat gesteckt ... und sie hat mir ein Foto von dir gezeigt ... und von der Insel erzählt. Sie wirkte glücklich. Ich hab sie so beneidet! Aber sie meinte, sie würde mich nie hierher bringen, nicht mal, wenn ich alt genug dafür wäre, weil du sehr ... unberechenbar wärst. Trotzdem wollte ich mit, und ich hab sie nicht in Ruhe gelassen und sie angebettelt. Daraufhin hat sie mir erzählt, dass du sie geschlagen hättest. Ich wusste nicht, ob ich ihr das glauben sollte, vielleicht hatte sie es ja nur gesagt, um meinem Drängen ein Ende zu setzen. Jedenfalls, als sie weg war, hab ich begonnen, mich danach zu sehnen ... nach dir ... egal, was du mit mir getan hättest.«

»Drei Jahre lang?«

»Ja. Estelle hat mir immer wieder E-Mails geschrieben. Und ich hab dich manchmal im Fernsehen gesehen. Bei so Promi-Veranstaltungen. Viermal mit Estelle. Aber auch mit anderen Mädchen. Sie waren alle hübsch. Und sie wirkten glücklich.«

»Aber du weißt mittlerweile, dass das stimmt, was Estelle über mich erzählt hat!«

»Ja. Estelle hat mich vor zwei Monaten zu sich geholt. Sie ist jetzt offiziell mein Vormund. Ich hab gesehen, wie sie mit Keathan lebt ... das ist ähnlich! Und sie liebt ihn.«

»Trotzdem«, entgegnete Santiago, »warum sollte Estelle ihre Einstellung mir gegenüber geändert haben? Ich kann nicht glauben, dass sie dich jetzt plötzlich zu mir schickt!«

»Doch, das stimmt«, mischte sich Damian ins Gespräch, »ich habe mit ihr lange und ausführlich telefoniert! Außerdem habe ich Lilienné schon vor vier Wochen kennengelernt, als sie in Miami war. Dir wird schwindelig, wenn du das alles hörst, was sie mir erzählt hat. Sie will es wirklich und ich halte sie nicht für zu jung ... obwohl ich einer der Letzten wäre, der so etwas befürwortet. Nur gegen ein Brandmal würde ich mich verwehren. Das kann sie mit achtzehn haben, früher nicht!«

Santiago griff ihr zärtlich ins Gesicht, offenbar gefielen ihm die beschämten Blicke und die Röte, die er damit auslöste. »Du bist Jungfrau?«, fragte er.

»Ja.«

Andächtig streichelte er mit seinem Daumen über ihren Schmollmund. »Und wie viele haben dich schon geküsst?«

»Keiner.« Vorsichtig schüttelte sie ihren Kopf, um seine Hand nicht zu irritieren.

»Warum nicht?«, raunte er.

»Für dich«, hauchte sie.

Seine Augenbrauen zogen sich zusammen, als hätte sie ihn mit ihren Worten verletzt. Daraufhin beugte er sich langsam nach vorn, verschwand mit seinem Gesicht in ihren blonden Haaren und küsste sie zärtlich auf ihre jungfräulichen Lippen. Angespannt ballte sie ihre Hände zu Fäusten, offenbar, damit sie sich selbst leichter davon abhalten konnte, ihn zu berühren.

Ich hätte sterben können ... vor Eifersucht. Und ich hätte sie töten wollen ... für ihre sechzehn Jahre. Er nahm sich so viel Zeit, sie zu küssen, dass ich wegsehen musste. Ich überlegte, ob er jetzt gleich über sie herfallen, sie hier auf dieser Couch zu seinem Eigentum machen würde, oder ob er den Anstand hatte, sie dafür auf seine Arme zu nehmen und nach oben zu tragen.

Als er sich von ihr löste, kullerten zwei Tränen aus ihren blauen Augen. »Heißt das, ich darf bleiben?«, flüsterte sie verunsichert.

Santiago lehnte sich wieder zurück und fasste sich an die Stirn. Danach hielt er die Hand vor seine Augen und seufzte schwer. Natürlich wollte er, dass sie blieb ... mir brauchte er nichts vorzumachen.

»Was meinst du?« ... fragte er auf einmal mich!

»Ich?« Was sollte ich dazu sagen? Von mir aus konnte sie sofort wieder nach Hause fahren. Obwohl sie unbestritten süß war, nett und herzig, aber eben auch bildhübsch, unschuldig und endlos sexy – eine gewaltige Konkurrenz! Wie gern wäre ich an ihrer Stelle gewesen ...

»Ja. Du!«, riss er mich aus den Gedanken.

Plötzlich ahnte ich, was er plante. Er wollte aus meinem Mund hören, wie weit er damit das Messer in mein Herz treiben könnte, wie sehr es mich verletzen würde. Er wollte Lilienné benutzen, um uns zu quälen. »Ich verstehe sie ...«, musste ich schweren Herzens zugeben. »Ich wäre auch schon mit sechzehn so weit gewesen ... und ich beneide sie, wenn du ihr das erlaubst. Ich werde sie jeden Tag beneiden, den sie hier ist.« Ein dicker Kloß würgte mich im Hals. »Ich wäre auch gern sechzehn ... für dich«, schluchzte ich.

Santiago nickte verständnisvoll und lächelte geschmeichelt.

»Die Frage ist vielleicht eher, wie sie mit Schmerzen umgehen kann!«, meinte Alice kühl. »Estelle kann ihr viel erzählen, aber wenn man das nicht am eigenen Körper erlebt hat ...«

»Estelle hat mich getestet!«, protestierte Lilienné trotzig.

Santiago zog erstaunt eine Augenbraue hoch und grinste. »Tatsächlich?«

»Also, eigentlich war es Keathan ... Estelle musste nur lange überlegen, wie sie es anstellen sollte, denn sie wollte nicht, dass Keathan mich berührt und ich sollte mich dabei auch nicht in ihn verlieben. Aber da war keine Gefahr ... Keathan gefällt mir nicht!«

»Und wie hat Keathan dich getestet?«

Objektiv betrachtet war Lilienné wirklich süß. Sie gestikulierte beim Reden noch aufgeregter als Santiago, fast so, als wären wir alle taubstumm, nur wirkte es bei ihr viel graziler und lieblicher. Man konnte einfach nicht die Augen von ihr lassen.

»Warst du mal in Davos Skifahren?«, fragte sie mit treuherzigem Blick.

»Nein«, gestand Santiago. »Ich war noch nie in der Schweiz.«

»Okay. Ist nicht so schlimm«, beruhigte sie ihn großmütig.

Santiago lächelte und wollte etwas sagen, doch als er Luft holte, sprach sie schon weiter ...

»Also, stell dir vor ... Davos, wo Keathan wohnt, vor gut einem Monat. Es war kalt, eiskalt, bestimmt minus zehn Grad. Wir hatten so viel Schnee, dass manche Leute ihre Dächer abschaufeln mussten, weil die Last für die Häuser zu schwer war. Keathan hat ein wirklich uriges Blockhaus, direkt an der Skipiste. Bei ihm reichte der Schnee auf der Bergseite bis über die Fenster! Aber drinnen hatten wir es schön warm, einen offenen Kamin ... und richtig gemütlich.«

»Klingt romantisch«, befand Santiago.

»Ja. War es auch!«, stimmte sie ihm zu. »Nur am Tag meiner Prüfung nicht. Ich wusste nicht, wann es passieren würde. Estelle meinte, das wäre Teil der Prüfung. Und so holten sie mich mitten in der Nacht aus dem Bett. Sie und Keathan hatten ihre ultramodernen Thermo-Skianzüge und dicke Fellstiefel an, ich hingegen nur ein Nachthemd. Estelle entfachte das Licht in unserer Laterne, Keathan nahm mich an die Hand und wir gingen nach draußen. Ich durfte nicht sprechen. Vielleicht hundert Meter neben dem Haus begann der Wald, aber so weit kamen wir gar nicht. Ich war barfuß ... wir gingen durch den Tiefschnee ... und schon nach ein paar Schritten begannen meine Füße einzufrieren. Dann wollte Keathan, dass ich mein Nachthemd auszog, was mir in diesem Moment sogar egal war ... mir taten bloß die Füße weh. Also gab ich Estelle mein Nachthemd und lief nackt neben ihm weiter ... bis ich nicht mehr gehen konnte. Ich setzte mich in den Schnee und hielt heulend meine Füße fest. Du kannst dir nicht vorstellen, wie weh so etwas tut! Irgendwann kann man gar nicht mehr unterscheiden, ob es Hitze oder Kälte ist, was man da spürt. Der Schmerz frisst sich durch die Knochen in deinen ganzen Körper. Lange hielt ich es auch auf meinem Popo nicht aus und ich wollte mich gerade hinknien, als Keathan meinte, ich solle mich hinlegen!«

»Mhhh ...« Santiago schnurrte wie ein genusssüchtiger Kater.

»Eigentlich wollte ich es nicht, denn ich wollte ja meine Prüfung bestehen, aber ich flehte ihn an, das nicht von mir zu verlangen.«

Während Lilienné weitersprach, zog mich Santiago zwischen seine Beine ... Ich kniete nieder, legte meinen Kopf in seinen Schoß und im selben Moment wusste ich, warum er mich dort haben wollte. Zufrieden breitete er meine Haare aus, überall dort, wo er sie brauchte, um seine offensichtliche Begeisterung für Lilienné zu verbergen.

»Keathan hätte auch fast Mitleid bekommen«, fuhr sie fort, »aber Estelle bestand darauf, weiterzumachen. Ich zitterte am ganzen Körper und meine Zähne klapperten wie ein antikes Morsegerät, während ich mich vorsichtig mit dem Rücken in den tiefen Schnee legte. Und dann bekam ich fast keine Luft mehr, weil ich solche Schüttelkrämpfe hatte. Angestrengt hechelte ich ... und sie standen nur da und sahen mir zu! Meine Haut brannte. Ich drehte mich auf den Bauch ... dann wieder auf den Rücken ... immer hin und her ... bis der Schnee unter mir platt gedrückt war ... bestimmt nur ein paar Minuten, aber es kam mir ewig lange vor. Irgendwann hob mich Keathan vom Boden und nahm mich auf seine Arme. Ich dachte, ich hätte es überstanden, aber er legte mich ein paar Meter entfernt wieder in den tiefen, lockeren Schnee, wo ich sofort einsank und die nasse Kälte mich erneut umarmte. Ich wollte schreien, aber ich hatte keine Luft dazu ... und im selben Moment stieg Keathan mit seinem Schneestiefel auf meine Brust. Zuerst war ich erschrocken, aber dann klammerte ich mich mit allem, was ich hatte, an sein Bein. Er lachte und verbot mir das ... er wollte, dass ich ruhig liegen blieb ... flach ausgestreckt ... im Schnee. Er sagte, das wäre die Prüfung, ich müsse mich überwinden. Und er hatte recht ... das war das Schwerste von allem. Ich hatte so Angst, dass er mit zu viel Gewicht auf mich draufsteigen könnte ... ich schaffte es kaum, ihn loszulassen. Und als ich schließlich meine Arme und Beine in den Schnee gestreckt hatte, meinte er, er würde bestimmen, wie lange mein Körper hier liegen müsse und ich solle nicht darüber nachdenken, sondern mich nur auf meinen Atem konzentrieren. Zuerst dachte ich, ich würde ersticken ... vor Kälte ... und unter seinem Gewicht ... aber dann beruhigte ich mich ... atmete ... und fühlte eine seltsame Erregung darin, ihm ausgeliefert zu sein. Dann stieg er von mir herunter und ich bewegte mich nicht. Er blieb neben mir, zog seine Thermofäustlinge aus und legte mir eine warme Hand auf den Unterbauch, die andere an meinen Hals. Ein unbeschreibliches Gefühl durchströmte meinen Körper. Ich war so dankbar für seine Wärme. Und, obwohl ich fror und zitterte und meine Knochen schmerzten, konnte ich auf einmal tiefer atmen. Seine Hände schenkten mir Linderung und fühlten sich wundervoll an. Die auf meinem Bauch strahlte förmlich in mich hinein, als hätte er in mich hineingegriffen und eine warme Flüssigkeit in meinem Unterleib verschüttet, die sich langsam in mir verströmte. Ich beobachtete meine Atemluft, die in weißen Wolken aus meinem Mund floss, genau wie die aus seinem. Es hatte etwas ganz Intimes, wie sich unsere Atemzüge außerhalb unserer Körper vereinten, zu einem unzertrennlichen Nebel, der mir die Sicht auf seine strenge Miene verschleierte. In meinen Gedanken war er ein Magier, der einen Feuerball in meinem Unterleib bewegte und mich damit zum Leben erweckte. Estelle meinte jedoch ziemlich bald, er solle aufhören, sie wolle das nicht. Und dann nahm er mich endlich auf seine Arme und trug mich zurück zum Haus.«

Santiago atmete bewusst tief durch und fuhr sich durch die Haare.

»Ich bin noch nicht fertig«, betonte Lilienné quirlig, offenbar hatte sie Angst, seine Aufmerksamkeit zu verlieren.

Er schluckte schwer. »Okay ... erzähl weiter.«

»Keathans grober Anzug rieb unangenehm auf meiner Haut, die eiskalt, durchgefroren und übersät mit roten Flecken war. Zuhause setzte er mich ab und noch immer schüttelte es mich unkontrolliert, ich zitterte und hechelte wie ein kleiner Hund, der zu viel gespielt hatte. Sie hatten schon vorweg die Badewanne eingelassen. Estelle versicherte mir, das Wasser wäre nur lauwarm, aber für mich fühlte es sich heiß an ... unerträglich heiß. Keathan zog sich aus, bis auf seine Shorts, und zwang mich mit sich in die Wanne. Er brauchte Kraft und seinen ganzen Körper, um mich festzuhalten und unter Wasser zu drücken. Meine Haut brannte wie Feuer. Ich kreischte bis ich heiser war. Estelle musste sogar aus dem Bad flüchten, weil sie es nicht mit ansehen konnte! Irgendwann hing ich nur noch keuchend auf Keathan ... die Schmerzen waren vorbei ... und ich hatte zwei Tage keine Stimme.«

Santiago drückte ihr stolz einen Kuss auf den Mund. »Du bleibst bei mir.«

»Wirklich?«

»Ja. An deiner Erzählung war nur eines falsch ... nicht Keathan ... ICH bin dein Magier! Und ich bin für den Feuerball in deinem Unterleib zuständig. Ich werde dich verbrennen, Baby ... tief in dir drin ... so, wie du es dir wünschst.«

Lilienné saß sprachlos und versteinert da, fasziniert von seinen Augen, betäubt von seinen Worten.

Er küsste ihren offenstehenden Mund und ich spürte seine harte Erektion unter meiner Wange kraftvoll zucken. »Die gleiche Geschichte erzählst du mir heute Abend noch mal!«, befahl er ihr.

»Ja«, hauchte sie ... und nach ein paar Sekunden realisierte sie erst, dass sie hierbleiben durfte. Voller Begeisterung griff sie mit ihren Armen ins Leere, weil sie ihm verständlicherweise um den Hals fallen wollte, dann rutschte sie in ihrer Not neben mir auf die Knie und küsste seine Hand, die sie zum Glück mit ihren Lippen freihändig erreichen konnte.

Santiago belächelte ihre Geste und fügte etwas leiser hinzu: »Besser gesagt ... morgen Abend. Heute Abend bin ich nicht hier.«

Lilienné überhörte das in ihrer Euphorie und fragte ganz aufgeregt: »Darf ich Estelle anrufen?«

Santiago war kurz perplex ... aber dann machte er für sie eine Ausnahme. »Damian ... gib ihr ein Handy!«

Mit zittrigen Fingern tippte sie aufgeregt in die Tasten und Santiago holte mich wieder neben sich auf die Couch.

»Keathan! Hi! Kann ich Estelle sprechen? Bitte!« Sie war richtig außer Atem. »Hi! ... Ja! ... Ja! ...«

Santiago nahm ihr das Telefon aus der Hand. »Estelle? ... Hi ...« Er lächelte geschmeichelt erhob sich von der Couch, um etwas entfernt von uns ungestört telefonieren zu können. »Ja, sie ist bezaubernd ... Du hast nie von ihr erzählt ... «

Als er zurückkam, wandte er sich an Damian: »Bring sie in mein Zimmer! Gib ihr ein Nachthemd und sag ihr, was sie nicht anfassen soll. Ich möchte, dass niemand zu ihr geht oder mit ihr spricht!«

»Was machen wir mit den anderen Mädchen?«, fragte Damian.

»Wie viele sind übrig?«

»Etwas über zwanzig.«

»Die können wir doch mitnehmen, oder?«

»Sicher«, meinte Damian.

Santiago setzte sich wieder neben Lilienné und legte eine Hand auf ihre Beine. »Wir sehen uns dann morgen!«

»Wieso morgen? Heute ist doch die Party!«, entgegnete sie.

»Ja, aber nicht für dich. Ich möchte, dass du hierbleibst.«

Sie sah ihn an, als hätte er sie für immer verstoßen. »Wieso?«

Er lächelte. »Du hast drei Jahre auf mich gewartet, dann wirst du einen Tag auch noch aushalten.«

»Aber warum willst du mich nicht auf deiner Party dabeihaben?«

Langsam fasste er ihr strenger in die Haare und tat ihr damit sichtlich weh. »Du musst schon mir überlassen, was ich mit dir mache. Es ist eine Ehre, in meinem Zimmer auf mich warten zu dürfen! Aber wenn du unbedingt willst, als Alternative hätten wir noch den Keller ...«

Hastig schüttelte sie ihren Kopf und er ließ sie sofort wieder los. Dann streichelte er zärtlich über ihre Wange. »Baby, ich verspreche dir, ich kümmere mich morgen um dich! Du bist mein schönstes Geburtstagsgeschenk! Zwar weiß ich nicht genau, was mich heute noch alles erwartet, aber das wird es kaum übertreffen.«

Dicke Tränen kullerten über ihre Wangen und er küsste sie liebevoll weg. Zum ersten Mal musste sie sich seinem Willen beugen. Und charmanter hätte er ihr das vermutlich gar nicht vermitteln können. Sie schwieg, weinte nur. Santiago nickte Damian zu und sie ging traurig mit ihm nach oben.

Fancy Pain

Die folgenden Stunden verbrachte Santiago mit Amistad und Cheyenne auf der Dachterrasse. Sie wollten ungestört sein … genossen vermutlich eine Entspannungsmassage und die allgemeine Ruhe vor dem Sturm. Alice folgte mir auf mein Zimmer, wo Natalie und Jana schon ungeduldig darauf warteten zu erfahren, was passiert war.

Erst kurz vor sechzehn Uhr platzte Santiago überraschend herein. Er nahm Jana zur Seite und umarmte sie liebevoll, dann besprach er sich flüsternd mit ihr und sie begann zu weinen. Man konnte sehen, dass es ihm leidtat. Aber schließlich trennte er sich wieder von ihr und zeigte im Vorbeigehen auf Alice und mich.

»Was ist mit Natalie?«, fragte Damian, der eben zur Tür hereingekommen war.

»Sie bleibt hier!«

Natalie schossen augenblicklich Tränen in die Augen und sie sank auf ihre Knie … Aber sie bettelte nicht, denn wir alle wussten, dass er das hasste.

»Nimm sie mit!«, forderte ihn Damian auf. »Vielleicht ergibt sich heute für sie noch eine Chance, dir ihre Liebe zu beweisen.«

»Weißt du mehr als ich?«, fragte Santiago.

Damian lächelte. »Was heute Abend betrifft, auf jeden Fall. Aber ich meinte nichts Bestimmtes, nagle mich nicht fest, es ist nur eine Ahnung. Du kannst sie nicht ständig einsperren, sie hat für ihren Fehler gebüßt. Jetzt sollte sie dir beweisen, wie sehr sie dich liebt. Gib ihr eine Chance!«

»Von mir aus. Dann kommt sie auch mit. Gehen wir! Cheyenne wartet schon am Steg.«

Auf dem Weg hinunter zum Speedboot erblickte ich zum ersten Mal die Yacht, die für Santiagos großen Tag gechartert worden war. Wie ein richtiges Kreuzfahrtschiff lag sie etwas weiter draußen vor Anker und trug die Aufschrift *Cuba Libre*. Ich zählte vier lange Decks, auf denen sich bereits zahlreiche Personen tummelten, zwei fremde Boote hatten Gäste abgeliefert und entfernten sich wieder, ein weiteres legte an. Die zwanzig Mädchen von heute Vormittag waren unter der Aufsicht von Amistad bereits hinübergebracht worden, erzählte uns Damian. Wir wären die Letzten. Danach würden wir in See stechen, Richtung Miami, und für den Abend würden noch weitere Gäste erwartet.

Santiago war unbeschreiblich attraktiv in seinem schwarzen Anzug und ich bedauerte mal wieder, nicht mit ihm allein ein Rendezvous haben zu können, ihn stattdessen diesmal sogar mit fremden Mädchen teilen zu müssen. Er selbst war sich zweifellos bewusst, wie umwerfend er aussah, er zelebrierte seinen Auftritt auf der *Cuba Libre* wie einen Staatsbesuch und strahlte beim Anblick der zahlreich erschienenen Gäste Stolz und Zufriedenheit aus. Jede von uns Mädchen wäre vermutlich gern neben ihm gegangen, aber bei seinem ersten Rundgang an Bord ließ er sich, wie so oft, von Cheyenne begleiten.

Ich selbst konnte mich kaum entscheiden, wo es mich zuerst hingezogen hätte, so viel Sehenswertes weckte meine Neugier. Trotzdem wollte ich mich, wie auch Alice und Natalie, stets in der Nähe von Santiago aufhalten – nur um zu sehen, was ihn in seiner Abgebrühtheit noch beeindrucken konnte.

Im Freien gab es mehrere Cocktail-Bars, einen großen Pool, zwei Whirlpools, Sonnenliegen und einen Sandplatz für Beachvolleyball. Einige Mädchen waren im Wasser oder aalten sich in der Sonne, andere unterhielten sich an der Bar. Ich fühlte mich richtig privilegiert, dass ich ein Kleid tragen durfte, im Gegensatz zu den angemieteten Mädchen, die in ihren weißen Bikinis herumhüpfen und ihre Körper zeigen mussten. Die geladenen Gäste begrüßten Santiago überschwänglich, gratulierten ihm zu dieser vielversprechenden Veranstaltung und gaben während ein paar Minuten Smalltalk hauptsächlich ihrer Freude Ausdruck, an diesem Event teilnehmen zu können. Nur die schlecht Informierten erwähnten dabei seinen Geburtstag. Edward erklärte uns, dass die Restaurants und Suiten in den obersten Etagen angesiedelt wären, wir jedoch gingen nach unten und dort sah die Welt völlig anders aus ...

Ich hatte fast das Gefühl, in eine Höhle abzutauchen, als wir die Holztreppe hinunterstiegen, zwei massive Türen hinter uns ließen und nach der letzten der Geräuschpegel abrupt in die Höhe schnellte. Rauch, Lärm und süßlicher Zigarrenduft strömten uns entgegen, während wir uns in fast vollständiger Dunkelheit verloren. Das Auge musste sich zwischen all den umherirrenden Lichtpunkten und den Lichtkegeln der Scheinwerfer erst an die Umgebung gewöhnen. Irgendwann entdeckte ich die kleine Bühne und fünf dunkelhäutige Tänzerinnen, die ihre Körper zu kubanischer Musik leidenschaftlich bewegten. Es gab auch bereits einige Gäste, die sich vom Temperament dieser Mädchen mitreißen ließen. Der gesamte Club war eine einzige Tanzfläche, die wir gemeinsam überwinden mussten, um in den nächsten Raum zu gelangen. Erleichtert atmete ich auf, als wir es geschafft hatten. Obwohl auch hier ein angesagtes Nachtlokal eindrucksvoll nachgebildet worden war, war die

Musik nun erträglich und man konnte etwas mehr als nur die Hand vor Augen erkennen.

Wieder tanzten Mädchen auf einer Bühne, diesmal jedoch weit aufreizender gekleidet, und im Gegensatz zu vorhin ... an Stangen. Gegenüber der Bühne erstreckte sich eine goldene Bar über die gesamte Länge, an einer Seite gab es eine leicht erhöhte, bequeme Liegefläche aus rotem Samt ... und an der anderen Seite drei gemütliche Logen, ebenfalls etwas erhöht. Als ich mich schließlich zweimal im Kreis gedreht hatte ... und mir so einiges bekannt vorkam, durchfuhr plötzlich ein eisiger Schauer meinen Körper ... Wir befanden uns in einer verkleinerten Nachbildung des Empires! Sofort hatte ich wieder dieses zierliche hübsche Mädchen im Kopf, das Santiago dort auf der Bühne angebunden vor den Augen aller entjungfert hatte. Während er nun einige Gäste begrüßte, suchten meine Augen nach einschlägigen Geräten auf oder neben der Bühne. Es gab jedoch nur Pole-Stangen. Ich überlegte, ob er Lilienné wirklich von dieser Party fernhalten wollte, oder ob sie vielleicht als Mitternachtsattraktion geplant war. Und wieder lief mir Gänsehaut über den Rücken.

Bevor man uns weiterführte, trank Santiago ein Glas Champagner an der Bar. Er bemerkte meine unsicheren Blicke und streckte einladend eine Hand nach mir aus. »Was bedrückt dich, mein Kleines?«

Nur zögerlich brachte ich es über meine Lippen. »Soll das ... das Empire sein?«

Er setzte sich auf einen Barhocker, nahm mich zwischen seine Beine und nickte stumm. Dabei verfolgte er aufmerksam die Reaktion in meinen Augen. Er wusste genau, dass ich damals ein gewaltiges Problem mit dieser Schau-Entjungferung gehabt hatte und vermutlich dachten wir gerade beide daran.

»Wirst du Lilienné heute noch hierher bringen lassen?«, wollte ich wissen.

Für einen Moment blieb er ausdruckslos. Dann wirkte er betroffen. »Das denkst du von mir?«

Ich schluckte. »Nein … ich … ich weiß auch nicht.«

Er nickte nachdenklich und streichelte über mein Gesicht. Ich wusste nicht, was ich von ihm denken sollte, aber ich hätte ihm alles zugetraut. Währenddessen kam er mir näher und seine Lippen legten sich auf meine. Er begann, mich ganz langsam und zärtlich zu küssen – und ich musste es in meinem Gefühlschaos erwidern, doch in seinen Armen fühlte ich meine Sorgen und Zweifel dahinschmelzen. Ich besann mich darauf, ihn nicht schon im Voraus zu verurteilen. Als er sich von mir löste, suchte ich die Nähe zu seinem Ohr und flüsterte: »Es tut mir leid. Ich liebe dich.«

»Santiago, bitte entschuldige«, störte Amistad unsere Vertrautheit. Er wandte sich ihm zu. »Darf ich dir Mr Harry Mayor vorstellen … ›The Genuine Master of Fancy Pain‹. Er ist Experte für verbotene Spiele und hat sich bereiterklärt, für uns eine kleine Privatveranstaltung zu organisieren.«

Mr Mayor und seine Show waren ein Geschenk von Christian, Santiagos bestem Freund, der mir noch als »Schlangenbeschwörer« in Erinnerung war und der leider wegen einem Spitalaufenthalt selbst an den Feierlichkeiten nicht teilnehmen konnte.

»Mr Mayor wird uns persönlich durch die nächsten Räume führen«, ergänzte Amistad.

Santiago schüttelte dem Mann im Frack höflich die Hand, während dieser auf höchst eindrucksvolle, um nicht zu sagen, amüsante Weise, mit einer komplizierten Präsentation seines Geschäftsfeldes begann. Er war gut einen Kopf kleiner als

Amistad, dafür sprach er aber mindestens doppelt so schnell und doppelt so viel in exakt derselben Zeit. Mit hektischen Bewegungen, wilder Gestik und einem unruhigen Stand verpackte er seinen Redeschwall auf so interessante Art, dass selbst Santiago ziemlich perplex in seiner eigenen Haltung erstarrte und eine ganze Weile die Geduld aufbrachte, all den übertrieben detaillierten Ausführungen zu folgen. Äußerlich war Mr Mayor von eher hagerer Gestalt, sein Gesicht kantig, sein längeres schwarzes Haar und den extravaganten Oberlippenbart trug er im Stil eines Zirkusdirektors. Durch seine spektakuläre Art zu reden gewann er jedoch zweifelsohne an Größe und bald hatte man den Eindruck, dass er mit Leichtigkeit die Aufmerksamkeit des ganzen Clubs für sich beanspruchte.

Irgendwann musste Santiago allerdings dieses Schauspiel mit einem schlichten »Ja. Gut.« beenden, denn er wollte sich mit eigenen Augen davon überzeugen, womit ihm Mr Mayor nun zur Genüge den Mund wässrig gemacht hatte. Also folgten wir dem Zeremonienmeister in sein gelobtes Land.

Es befand sich einen Stock tiefer, unter dem Meeresspiegel, wo kleine runde Schiffslukenfenster die Räume in ein besonderes Ambiente tauchten. Durch ein Entre gelangten wir in den großen Saal, in dem man auf sehr imposante Weise Naturlandschaften nachgebildet hatte – wie bei einer Mustergartenschau. Es gab Kunstrasen, einen nierenförmigen Teich und diverse auf den ersten Blick harmlos erscheinende Attraktionen, die durch Schotterwege und kleine Holzbrücken miteinander verbunden waren. Eine überdimensionale Sandkiste, knietief mit Schlamm befüllt, eine brombeerfarbene Badewanne, randvoll mit glibberiger Masse bedeckt, ein gläsernes Terrarium, in dem man vor lauter Schlangen kaum noch die Rückwand erkennen konnte, und vieles mehr. Im hinteren Bereich wurde eine großzügige Fläche freigelassen. Dort lagen Ketten und Ringe bereit, um gut zehn Personen zu fesseln. Zwei kleine Käfige hingen an Seilen von der Decke und weckten meine Neugier.

Aber Mr Mayor wollte uns vorweg das Jacuzzi noch genauer erklären, es war bereits eingelassen ... und wie bei einer Gegenstromanlage schlug der flüssige Inhalt heftige Wellen. Skeptisch traten wir alle näher. Das Wasser zeigte eine eigenartige Rosafärbung. »Mr Santiago ... wenn ich Ihnen das kurz erklären darf ...«, präsentierte er stolz seine neueste Attraktion. »Was Sie hier vor sich sehen, ist kein normales Jacuzzi, kein Sprudelbecken, kein Whirlpool und keine Massagewanne, es gibt keinen Strom, keine Technik, kein ...«

»Mr Mayor ... kommen wir zum Punkt!«, ermahnte ihn Santiago.

»Natürlich.« Er grinste. »Was Sie hier vor sich sehen ... sind vier lebendige Exemplare der Japanischen Riesenqualle! Sie bewegen das Wasser, ohne Technik, ohne alles, in einer blanken Wanne, von der Decke beleuchtet. Das ist Weltklasse!«

»Der rosa Schleim lebt also?«

»Selbstverständlich, den Tieren geht es ausgezeichnet! Jedes Einzelne von ihnen misst gut einen Meter im Durchmesser und verfügt über Millionen frisch polierter Nesselzellen.« Mr Mayor vollzog in seiner Euphorie einen kleinen Luftsprung und grinste siegessicher.

»Und Sie gehen mit diesen Tieren normalerweise baden?«, fragte Santiago provokant.

Mr Mayor lachte. »Oh nein, ich nicht, aber meine Stammkunden sind begeistert. Man sagt, das Gift wäre sehr anregend und durchblutungsfördernd ... Diese Qualle ist ganz neu auf dem Markt und ich habe bereits Vorbestellungen für die nächsten Monate!«

»Also ich weiß nicht, ob ich mich für ›anregend‹ und ›durchblutungsfördernd‹ begeistern kann«, überlegte Santiago skeptisch.

»Verstehen Sie mich nicht falsch, Mr Santiago, Sie werden es ohne ›fremde Hilfe‹ vermutlich nicht schaffen, sich in dieses Becken zu legen. Das Nesselgift ist ausgesprochen schmerzhaft, an gewissen Stellen ist es nahezu unerträglich! Die Augen sollten unbedingt geschützt werden. Und wer hier nach ein paar Minuten wieder herauskommt, dessen Haut ist höchstwahrscheinlich krebsrot und die Wirkung des Giftes hält in abgeschwächter Form noch Stunden an. Bei empfindlicher Haut sehen Sie bis zu zwei Tage lang eine Rötung. Im Gegensatz zur Feuerqualle hinterlässt sie jedoch garantiert keine Narben. Wie gesagt, dieses Tier ist einmalig und Weltklasse!«

Santiago nickte nun überzeugt und drehte sich langsam zu mir um. »Zieh dich aus!«

Ich lachte. »Nein, auf gar keinen Fall!« Das war ja wohl nicht sein Ernst.

»Du ziehst dich auf der Stelle aus!«, fauchte er und ich erschrak vor seiner aufgebrachten Miene.

»Nein, bitte nicht!«, flehte ich.

Daraufhin bohrte sich nur noch wortlos sein strenger Blick in meine Augen.

Ängstlich betrachtete ich den rosa Schleim. Die vier Quallen hatten sich vollständig ausgebreitet und es war überhaupt kein klares Wasser mehr zu sehen. Ich wollte mich da nicht reinlegen und meine Haut verbrennen lassen. Das würde mir den ganzen Abend verderben. Mir wurde übel, denn ich wusste, wenn Santiago sich einmal für etwas entschieden hatte, dann ließ er sich nicht mehr davon abbringen und jedes Flehen bestärkte ihn sogar noch in seiner Absicht. Trotzdem wollte ich es dieses Mal riskieren, mit meinem schmerzlichsten Blick und meiner unterwürfigsten Stimme. »Warum ich? Da draußen sind zwanzig Mädchen, die dir alle etwas beweisen wollen. Warum nimmst du nicht eine von denen? Ich will nicht den Rest des Abends entstellt herumlaufen. Bitte! Ich möchte auch hübsch sein an deinem Geburtstag. Du weißt, dass es mir nicht um die Schmerzen geht, ich mache alles für dich, aber warum gerade das? Und warum gerade jetzt? Bitte!«

Santiago schnaubte erzürnt und wandte sich an Amistad.

Eigentlich dachte ich, mein Schicksal wäre damit besiegelt. Amistad würde mich auch ohne Schutzbrille da hineinstoßen. Ich überlegte ernsthaft, ob ich mich wehren sollte. Doch anders als erwartet hatte Amistad tatsächlich einen Einwand zu meinen Gunsten: »Wir haben diesen Teil eigentlich erst für den späteren Abend vorgesehen, wenn Publikum dabei ist.«

Santiago sah mich unschlüssig an.

»Bitte!«, flüsterte ich.

Daraufhin nickte er verärgert und ging weiter.

Ich konnte es nicht fassen. Erleichtert atmete ich auf und hätte Amistad auf der Stelle die Füße küssen wollen. Er hatte mich aus der Todeszelle gerettet. Aber sein Blick sagte mir, dass er das jetzt nicht wollte.

Wir gingen nach draußen in den Vorraum, wo Mr Mayor noch einige organisatorische Dinge erklärte. Ich lehnte mich etwas abseits mit dem Rücken gegen eine Holzkiste und überließ es diesmal lieber Natalie und Alice, in Santiagos Nähe zu bleiben.

Die Japanische Killerqualle ... Genau genommen wollte ich auch später keine Bekanntschaft mit ihr machen, schließlich musste ich an morgen denken und krebsrot würde ich mit der sechzehnjährigen Lilienné noch viel weniger mithalten können ...

Mr Mayor erklärte, dass es vorgesehen war, die Gesellschaft zu späterer Stunde unter der Hand in zwei Klassen zu teilen ... in jene, die an der großen Show im Ballsaal teilnehmen und nach dem mitternächtlichen Feuerwerk verabschiedet werden sollten ... und jene, die von Damian oder Santiago persönlich zu der parallel stattfindenden VIP-Veranstaltung in den Räumlichkeiten hier unten geladen werden sollten. Plötzlich erschreckte mich etwas von hinten. Ich kreischte und sprang von der Kiste weg. »Sie hat geknurrt ... die Kiste ... sie hat geknurrt!«, keuchte ich panisch und wartete vergebens darauf, dass jemand mir zur Hilfe eilte. Alle sahen mich nur an.

»Ja«, bestätigte Mr Mayor, »das kann ich Ihnen aber noch nicht verraten. Der Kleine ist als krönender Abschluss der Privatveranstaltung geplant und darf daher vermutlich erst in den frühen Morgenstunden an die frische Luft.«

Santiago blickte fragend in die Runde. Alle Männer zuckten vorgeblich ahnungslos mit ihren Schultern.

Der Kleine? Wer war das nun wieder? Vielleicht sollte ich mich doch besser mit der Qualle anfreunden? In der Holzkiste waren einige kreisrunde Löcher eingefräst, aber keine Aufschrift, kein Hinweis auf den Inhalt. Dem Knurren nach musste es ein sehr großer Hund sein, vielleicht eine Dogge? Eine fette Dogge mit Bronchitis! Hoffentlich war es überhaupt ein Hund. Ich musste kurz nachdenken ... aber ... einen Löwen hatte ich noch nie knurren gehört ...

Wir kehrten zurück in den schwimmenden Empire-Club. Mittlerweile hatte Damian alle gecasteten Mädchen nach unten gelotst und sie sollten sich nun auf der Tanzfläche bewegen. Amistad und Cheyenne begaben sich in die samtrote Kuschelzone. Santiago setzte sich mit uns Mädchen an die Bar, bestellte Champagner und musterte beiläufig die fremden Grazien. Im

Scheinwerferlicht glitzerten die mit Perlen bestickten weißen Bikinis besonders auffällig. Sie zierten sehr schmeichelhaft die nackten schlanken Körper, die sich nun bewusst aufreizend bewegten, um ihm zu gefallen! Ich hoffte inständig, dass Estelle nur *eine* Schwester hatte und all die anderen gebrandmarkten Mädchen, die jemals bei ihm gelebt hatten, Einzelkinder waren!

Es dauerte nicht lange, bis er eine der kleinen Schönheiten ausgewählt hatte. Damian musste sie für ihn an die Bar holen. Santiago gab ihr ein Glas Champagner in die Hand. Sie strahlte, als hätte sie soeben den Hauptpreis gewonnen, wobei ihre Augen genauso beeindruckend funkelten wie ihre makellosen Zähne. Sie hatte hellbraune lange Haare mit künstlichen Wellen und einem perfekt geglätteten Pony, der ihre Stirn verdeckte. Das Besondere in ihrem Gesicht waren jedoch ihre hellen türkisgrünen Augen. Sie erschienen fast zu groß und gleichzeitig verwässert, so befremdend, als wäre sie nicht von diesem Planeten. Sofort war klar, warum er sich für sie entschieden hatte. Für Santiago gab es vermutlich nichts Anziehenderes, als ein Mädchen mit »permanenten« Tränen in den Augen! Eine Besonderheit, die ihm einiges an Mühe ersparte und ihn permanent in eine gewisse Sicherheit hüllte. Wenn man ihr in die Augen sah, hatte man das Gefühl, in die Südsee einzutauchen.

Auch Santiago war diesem Naturschauspiel hilflos ausgeliefert. Er hing an ihren beiden Unterwasser-Atollen fest und kam nach wenigen Worten des flüchtigen Kennenlernens sehr direkt zu seiner wichtigsten Frage: »Bist du Jungfrau?«

Daraufhin schüttelte sie etwas verlegen ihre hübschen Haare und schenkte ihm einen entschuldigenden Blick.

Man konnte direkt mit ansehen, wie sich alles in ihm verkrampfte. Aber gleichzeitig schmerzte ihn offenbar der Verlust dieser einzigartigen Schönheit so sehr, dass er sich beim nächsten Blick in ihre Augen zu etwas ganz Seltenem durchrang – er fragte weiter: »Und wie viele Lover hattest du schon?«

»Noch keinen«, gestand sie und amüsierte sich dabei selbst ein wenig über ihre Antwort.

Er lächelte verunsichert.

»Es war kein ›Lover‹ ...«, erklärte sie. »Es war ein Unfall.«

Santiago schien überrascht und erfreut zugleich. »Welche Art von Unfall?«

»Ich möchte nicht darüber sprechen«, entgegnete sie.

Normalerweise gab er sich mit einer solchen Antwort nicht zufrieden. Niemals. Aber irgendetwas in ihm ließ ihn zögern. In seinem Ausdruck sah ich einen Hauch von Mitgefühl, dann nickte er verständnisvoll und küsste sie. Sie tranken ... Er streichelte ihre nackte Taille ... und es dauerte nicht lange, bis er ihr ein eindeutiges Angebot machte ... »Ich will zwischen deine Beine, Baby. Erlaubst du das?«

Sie schüttelte den Kopf und hauchte: »Nein.« Dann streckte sie sich zu seinem Ohr und flüsterte: »Zwing mich! Ich will beherrscht werden!«

Diese Worte aus dem unschuldigen Mund einer Meerjungfrau rieselten wie Goldstaub über seine Seele. Er sagte nichts mehr, stellte sein Glas zur Seite und verließ mit ihr die Bar. Sie stiegen in einen Lift, der hinauf zu den Suiten führte.

Ich sah Alice an. Sie war die Einzige, die außer mir diese Unterhaltung mitbekommen hatte und mit der ich mein Leid teilen konnte. Auch ihr stand der Schmerz ins Gesicht geschrieben und sie suchte in meinen Augen nach Halt. In Gedanken fielen wir einander heulend um den Hals, wie zwei Kinder, deren Vater in den Krieg gezogen war. Er würde mit ihr schlafen. Kurz erinnerte ich mich an das Champagnerglas in meiner Hand und daran, es nicht im Affekt zu zerdrücken. Wieso war er so einfach einzufangen?! Wer wusste denn, ob sie überhaupt die Wahrheit gesprochen hatte? Welches Mädchen, das grundsätzlich noch Jungfrau war, nur leider einen »Unfall« gehabt hatte, würde sich in einem One-Night-Stand freiwillig »beherrschen« lassen? Okay, vermutlich wusste sie nicht, was Santiago darunter verstand. Mir reichte schon, dass ich es wusste. Was war das überhaupt für ein Unfall gewesen? War sie einem Typen auf den Schwanz gefallen? Vielleicht einem Zuhälter. Und er bestrafte sie für ihr Ungeschick, indem er sie als seine Nutte arbeiten ließ. Dabei entdeckte sie dann ihre Leidenschaft, sich von Wildfremden dominieren zu lassen?

Ich seufzte schwer und mein Hilfe suchender Blick traf sich kurz mit Amistad. Der lehnte sich gerade entspannt auf dem roten Kuschelsofa zurück und zog Cheyenne an seine Brust. Hitze stieg in mir auf. Gott, ich war eifersüchtig! Warum war es bei fremden Mädchen so viel schlimmer als bei unseren eigenen. Ich empfand nicht mal annähernd diesen Seelenschmerz, wenn er mit Jana schlief oder mit Alice, mit Natalie, egal. Vielleicht war es, weil ich wusste, irgendwann würde ein anderes Mädchen sein Herz erreichen, irgendwann würde er sich neu verlieben ... und dann würde er uns austauschen.

Amistad sieht rot

Zwei unerträglich lange Stunden später, nachdem nun auch die letzten Gäste eingetroffen waren, wurden wir alle hinauf in das Restaurant zu einem Galadinner gebeten. Und erst dort sahen wir Santiago wieder – ohne weibliche Begleitung, aber bestens gelaunt. »Arielle«, wie ich sie nannte, blieb für den restlichen Abend wie vom Ozean verschluckt. Vielleicht hatte er sie mit einem Schnellboot nach Hause geschickt oder sie durfte sich allein in der Suite erholen. Ich vermied es, jemanden nach ihr zu fragen. Hauptsache, sie war weg.

Vor dem Essen hielt Santiago eine Ansprache und begrüßte die Ehrengäste, die überwiegend an seinem Tisch versammelt waren. Er lud auch zu der im Anschluss geplanten Tropicana-Show in den großen Ballsaal. Wir Mädchen saßen an einem Tisch mit Damian, der sehr unruhig ständig auf die Uhr sah und zwischendurch zweimal aufstand, um zu telefonieren. Vielleicht hätte ich damals schon bemerken müssen, dass etwas schief lief. Damian war der Hauptorganisator der Veranstaltung und hatte sämtliche Fäden in der Hand ... vor allem aber den Zeitplan. Sein auffälliges Verhalten begründete sich zwar allein auf das verspätete Eintreffen einer einzigen Person, aber trotzdem war seine Nervosität berechtigt, denn niemand kannte Santiago so gut wie er und niemand konnte Santiagos Reaktionen so zielgenau voraussagen wie Damian. Er wusste, was passieren würde. Diese eine Person sprengte wenig später das gesamte Abendprogramm. Was Damian allerdings nicht vorhersehen konnte ... ich musste dafür büßen.

***

Die erlesene Gesellschaft der VIPs hatte sich unter Deck eingefunden und erholte sich in der Havanna Bar und im Empire Mariné von einem delikaten Dinner. Die Musik war nun allgemein etwas leiser, trotzdem gaben sich viele Tanzwillige ihrer Leidenschaft hin. Mittlerweile war die zweite Besetzung der professionellen Showgirls auf der Bühne. Santiago hatte sich wieder mal für das Empire entschieden und trank gemeinsam mit Amistad und Damian einen Digestive an der Bar. Ich bestellte pures Wasser, denn mein drittes Glas Champagner machte sich bereits in meiner Blutbahn bemerkbar. Eigentlich wäre jetzt die Zeit gewesen, wo wir alle abtauchen sollten ... in die kunstvoll arrangierte Fantasiewelt des Mr Mayor. Doch ein sanftes Donnergrollen versetzte plötzlich das gesamte Schiff in spürbare Schwingungen. Santiago hielt sich an der Bar fest und blickte Damian fragend an. Ich dachte zuerst an ein Seebeben ... aber dann wurde es immer lauter ... ein aufdringliches, konstantes Dröhnen.

»Ein Hubschrauber!«, erklärte Damian ... zu unser aller Beruhigung. Sofort griff er nach seinem Handy und entfernte sich.

Das Dröhnen der Propeller verstummte und die Lounge-Musik trat wieder in den Vordergrund.

»Fehlt noch jemand von den Ehrengästen?«, fragte Amistad.

Santiago zuckte mit den Schultern. Ich konnte regelrecht beobachten, wie sehr er sich anstrengte, in Gedanken nach einer Person zu suchen, die jetzt in diesem Moment mit dem Hubschrauber auf dem Dach der *Cuba Libre* gelandet sein könnte. Offensichtlich hatte man ihm nicht Bescheid gesagt.

Damian setzte sich wieder zu uns. »Möchtest du nach oben gehen?«, fragte er Santiago.

»Wozu?«

»Um ihn zu empfangen.«

Santiago lächelte. »Wen?«

»Deinen Überraschungsgast.«

»Wenn er mich überraschen will, muss er zu mir kommen!«, entgegnete Santiago und lehnte sich mit dem Rücken an die Bar. »Und wenn er sich nicht beeilt, dann fangen wir ohne ihn an«, fügte er großspurig hinzu.

»Okay ... dann warten wir.« Damian ließ sich von Santiagos Starallüren nicht beeindrucken, denn die waren jetzt sein geringstes Problem. Auch Amistad zeigte sich relativ gleichgültig, was sich nur darauf begründen konnte, dass er wie Santiago nicht wusste, wer kommen würde.

Ein paar Minuten später war es jedoch um die vorgebliche Gelassenheit aller drei Männer geschehen. Das Sicherheitspersonal öffnete die Tür und vier weiß uniformierte Marineoffiziere betraten den Club, jung und gut aussehend. Sie gaben sich für ihr Alter überzeichnet erhaben, verhielten sich aber gleichzeitig wie Leibwächter, und das machte sie so attraktiv und sexy, dass meine Knie augenblicklich weich wurden. »Die Chippendales!«, war mein erster und letzter freudiger Gedanke zu diesem Thema, denn kurz darauf gaben sie den Weg frei für den eigentlichen Stargast ... und dessen Auftritt raubte nicht nur mir den Atem. Allein schon die Uniform sah sensationell aus und ließ das Outfit seiner Gefolgschaft nur noch als Vorspiel verblassen. Er erschien in sattem Rot – eine Jacke, geschmückt mit goldenen Abzeichen und Kordeln. Sein Ausdruck war streng und unnahbar, geradezu majestätisch, wie auch sein Blick, der suchend durch den Raum schwebte und kurz an Santiago festhielt. Mit einem kaum sichtbaren Kopfnicken erwies er ihm die Ehre einer angedeuteten Verbeugung, dann wandte er sich seinen jungen Offizieren zu.

Mein Herzklopfen hatte sich binnen Sekunden gesteigert, denn ich kannte diesen Mann. Seine Ausstrahlung sprühte vor Souveränität. Er war deutlich älter als Santiago. In sein markantes, männliches Gesicht hatten sich bereits sanfte Spuren eines bewegten Lebens gezeichnet und eine ganze Menge silbriger Strähnen zog sich gleichmäßig durch sein dunkles Haar. Jedoch sein Alter schien bedeutungslos. Ich fühlte mich zu ihm hingezogen. Egal, wie alt er war, ich hatte unbeschreibliches Verlangen danach, vor ihm zu knien. Dieser Mann war nicht nur attraktiv, er war ein sexueller Übergriff. Ich konnte kaum nachvollziehen, dass es Santiago damals im Empire geschafft hatte, ihm den Kuss zu verweigern.

Als ich meine Augen nun endlich von ihm losriss und mich wieder unseren eigenen Männern widmete, wurde ich gerade noch Zeugin eines versuchten Rachemordes. Amistad hatte Damian einen Blick zugeworfen, der ganz klar dazu bestimmt war, ihn zu vernichten. Damian runzelte betroffen seine Stirn und signalisierte Verständnis, aber er konnte sich nicht mit Erklärungen aufhalten, denn der Gast wollte empfangen werden. Und nachdem Santiago dies nicht zu tun bereit war, sprang Damian von seinem Barhocker auf und ging ihm entgegen. Er begrüßte die Herren freundlich und wechselte ein paar Worte, bevor er ihnen den Weg in eine Loge wies. Dort blieben sie stehen und warteten.

»Er möchte sich nicht aufdrängen«, erklärte Damian, als er wieder zurück war.

»Ich hab seinen Namen nicht mehr im Kopf«, gestand Santiago.

»Ray la Comte.«

Santiago nickte, wandte den Gästen den Rücken zu und griff nach einer Zigarette. Offensichtlich wollte er sich etwas

Zeit stehlen, um nachzudenken.

Die Gelegenheit nutzte Damian für eine in eine rosa Wolke verpackte Ermahnung: »Wir haben einen Zeitplan, Santiago! Drüben in der Havanna Bar sind noch einige andere Gäste, die dir etwas bedeuten und die du auserwählt hast. Sie können es kaum erwarten, der angekündigten Vorstellung beizuwohnen. Bitte bedenke das, wenn du zu ihm gehst.«

Santiago lächelte geringschätzig bis vorwurfsvoll. »Warum kommt er dann gerade jetzt?«

»Er ist stolze vier Stunden zu spät!«, rechtfertigte sich Damian.

»Dann ist es nicht meine Schuld!«

»Das sagt ja keiner!«, mischte sich Amistad ein und legte Santiago besitzergreifend einen Arm um die Schultern. »Du begrüßt ihn einfach und lädst ihn ein, mit uns nach unten zu kommen.«

Santiago fühlte sich sofort bedrängt und stieß ihn pikiert von sich. »Lass das!«

Amistad schrak zurück und schwieg betreten. Dann nahm er sein Glas und setzte sich wieder zu Cheyenne auf das rote Sofa.

Santiago drückte seine Zigarette aus und warf Damian einen Blick zu, der davor warnen sollte, ihn noch einmal auf den Zeitplan anzusprechen. Dann machte er sich allein auf den Weg quer über die Tanzfläche, wo unzählige Mädchen sofort hellauf begeistert waren und sich ihm mit lasziven Bewegungen näherten. Er schaffte es aber dennoch unberührt auf die andere Seite und stieg die rettenden drei Stufen hinauf zu der besagten Loge.

Die jungen Männer machten Platz und ließen ihn durch zu dem Herrn in Rot, den Santiago nun doch recht freundlich begrüßte. Die beiden wechselten sehr vertraut ein paar Worte.

Santiago strich sich mehrmals durch die Haare und plötzlich hatte er ein verzücktes Lächeln auf den Lippen, das gar nicht mehr schwinden wollte. Seine Augen glitzerten, und für mich sah es aus, als würden sie flirten. Irgendwann holte der attraktive Ray eine flache Schatulle hervor und reichte sie Santiago, vermutlich als Geschenk. Der war freudig überrascht, doch als er den Deckel vorsichtig abnahm und den Inhalt betrachtete, versiegte das Lächeln in seinem Gesicht. Ab da war er nur noch gebannt von der Offensive seines Gegenübers. Er blickte Ray in die Augen. Der hob langsam eine Hand und berührte Santiago zärtlich am Hals, als wollte er testen, ob ihm das erlaubt war. Er weitete den Ausschnitt des Hemdes, trat näher und senkte seine Lippen an Santiagos Hals. Vorsichtig begann er, ihn zu liebkosen und Santiago ließ ihn gewähren. Dann löste sich Ray kurz, um das Geschenk aus der Verpackung zu heben. Es war eine dicke weißgoldene Kette mit funkelnden Diamanten besetzt. Er reichte sie einem seiner Offiziere, streichelte Santiago über Hals und Nacken und dann begann er, ihn auf den Mund zu küssen! Ohne zu zögern erwiderte Santiago den Kuss und auch die aufflammende Leidenschaft, die ihm Ray entgegenbrachte. Alles Weitere wirkte wie eine einstudierte Choreografie, der Santiago im Zauber gegenseitiger Begierde wehrlos ausgeliefert war. Die weißen Offiziere halfen ihm aus dem Sakko, einer von ihnen blieb dicht hinter Santiago stehen, sodass er dessen warmen kräftigen Körper im Rücken spüren konnte, zwei andere knieten nieder und legten sich selbst Santiagos Hände in den Nacken, als Zeichen ihrer Unterwerfung.

Rays Küsse wurden zurückhaltender, er blickte Santiago zwischendurch immer wieder in die Augen, und dann, als er den richtigen Zeitpunkt für gekommen hielt, gab er einem seiner Offiziere ein Zeichen. Der legte daraufhin die Kette um Santiagos Hals und verschloss sie im Nacken. Ray hörte auf, Santiago zu küssen, sah ihm bloß mit festem Blick in die Augen, verstärkte den Griff an seinem Nacken und wartete ...

Es war unglaublich. Es dauerte kaum ein paar Sekunden und Santiago ließ sich an Rays Körper sinken. Er schmiegte sein Gesicht an den fremden Hals, ließ sich umarmen und erduldete gleichzeitig, dass ihn diese strenge Hand nun im Nacken massierte. Ray hatte von Santiago Besitz ergriffen und es machte den Anschein, als wollte er ihn nicht wieder freigeben. Im Gegenteil, er erteilte einem seiner Männer einen Auftrag.

Ich saß noch immer neben Damian, als ein weiß gekleideter, hübscher Offizier plötzlich an der Bar erschien. »Mein Meister lässt fragen, ob Sie uns in eine Suite führen könnten.«

Damian stieß einen verächtlichen Laut aus. Seine schlimmste Befürchtung war im Begriff Realität zu werden, trotzdem unternahm er einen letzten Versuch, das Unglück abzuwenden. »So leid es mir tut, der Zeitpunkt für eine Privatveranstaltung ist äußerst ungünstig«, entgegnete Damian. »Santiago wird einen Stock tiefer im großen Saal erwartet. Aber Sie können Ihrem ›Meister‹ ausrichten, Sie sind alle herzlich zu der Vorführung eingeladen, Sie werden bestimmt nicht enttäuscht werden.«

Der Schönling nickte und entfernte sich.

Wenig später kam ein anderer, mit einer etwas schärferen Nachricht: »Mein Meister besteht auf einer Suite.«

Damians Kieferknochen verrieten erste Anzeichen von Erregung, aber noch blieb er ruhig. »Und wie kann ich Ihnen helfen? Santiago weiß, wo die Suiten sind.«

»Er ist nicht ansprechbar.«

Damian zog überrascht beide Augenbrauen hoch. »Er ist nicht ansprechbar? Dann sollten wir vielleicht besser den Arzt rufen!«

»Sie wissen, was ich meine!«

»Ja ... ich weiß, was Sie meinen!«, wurde er nun etwas lauter, »Aber ER weiß nicht, was er tut!«

Der Fremde blieb ernst. »Haben Sie ein Autoritätsproblem?«

Damian war fassungslos. Er musste sich beherrschen, um nicht ausfallend zu werden. »Ich habe kein Autoritätsproblem, unter Umständen haben Sie vergessen, wer hier der Gastgeber ist!«

»Ich glaube, Sie unterschätzen die Macht meines Meisters. Ihr Meister ist kurz davor, vor meinem Meister niederzuknien. Wenn Sie ihm diese Demütigung vor allen Leuten hier ersparen möchten, dann führen Sie uns jetzt in eine Suite.«

Damian verdrehte die Augen. Doch ihm blieb keine Wahl. Für eine Sekunde blickte er hinüber zu Amistad, mit einem Ausdruck der Verzweiflung in seinem Gesicht, die mir in diesem Moment wie eine Entschuldigung vorkam ... dann gab er dem Drängen nach. Er begleitet den jungen Mann zu seinem »Meister« und alle sechs Männer folgten ihm zum Lift. Santiago ging stolz und erhaben neben Ray, war jedoch wie in Trance. Er nahm keine Notiz von Damian, er sprach kein Wort und wurde auch die führende Hand in seinem Nacken nicht mehr los.

Komischerweise empfand ich jetzt keine Eifersucht. Ich wäre sogar liebend gern mitgegangen und hätte zusehen wollen, weil ich mir das alles so leidenschaftlich und spannend vorstellte. Ein wenig beneidete ich auch Santiago um die fünf gut aussehenden Männer, die ihn vermutlich alle begehrten.

Plötzlich dachte ich an Cheyenne und konnte gar nicht anders, als einen verbotenen Blick Richtung Kuschelsofa zu riskieren. Ich sah, dass Amistad intensiv auf ihn einredete, Cheyenne war auffallend rot im Gesicht und verhielt sich abweisend, wollte nicht zuhören. Er tat mir so leid. Ich konnte nur zu gut nachvollziehen, wie er sich jetzt fühlte. Wie gern wäre ich hinübergegangen und hätte meine Hilfe angeboten. Aber Cheyenne war tabu.

Doch dann kam Amistad zu uns an die Bar, mit Cheyenne ... und einem Befehl, der nicht viel von meiner Idee abwich. »Natalie und Alice, geht mit ihm nach oben an die Bar oder in den Pool. Wie auch immer, lenkt ihn einfach ab!«

Ich musste bleiben.

Und schon nach ein paar Minuten stellte ich fest, dass es Amistad auch kaum besser erging als Cheyenne. Vielleicht konnte er es etwas besser verbergen, aber innerlich brodelte er wie ein Vulkan ... ein gewaltiger Vulkan, der unabwendbar irgendwann ausbrechen würde.

Damian kam kurz zurück, um Amistad zu informieren, dass er sich nun mit Mr Mayor besprechen müsse, wie sie weiter vorgehen wollten. Es war abzusehen, dass Santiago die nächsten ein oder zwei Stunden außer Gefecht sein würde, wenn nicht länger, und ohne ihn könne man die Spiele unter Deck nicht abhalten. Allein schon deshalb, weil die gemieteten Mädchen von und für Santiago ausgewählt worden waren und ohne ihn kaum zu etwas zu überreden sein würden. Eine Blamage! Man hatte die VIPs der VIPs aussortiert, von der bestimmt auch sehenswerten Tropicana Show ferngehalten, um ihnen in der Zwischenzeit etwas noch viel Besseres, Einzigartiges zu bieten ... und nun musste man sie unbefriedigt nach Hause schicken. Damian war frustriert. Er nahm sich vor, mit der endgültigen Entscheidung noch eine halbe Stunde abzuwarten. Dann entfernte er sich, um Mr Mayor aufzusuchen, und ließ mich mit Amistad allein.

Die auserwählten Gäste hielten sich überwiegend an Deck oder im angrenzenden Havanna Club auf. Bei uns scharten sich die ganzen Mädchen, die jedoch kaum noch tanzten, seit Santiago fort war. Sie erholten sich in den Logen oder genehmigten sich eine Erfrischung an der Bar. Die halbe Stunde war schnell vorüber. Amistad hatte die ganze Zeit auf dem Kuschelsofa zugebracht, allein, mit einem Glas Whiskey. Ich saß noch immer an der Bar und lauschte jedem Motorboot, das sich geräuschvoll entfernte, vermutlich genau wie er. Insgeheim warteten wir jedoch beide auf dasselbe: einen Hubschrauber, der startete. Was leider nicht in Erfüllung ging. Bis ein ohrenbetäubender Knall das mitternächtliche Feuerwerk eröffnete. Und derselbe Knall brachte nun endgültig den Vulkan zum Ausbruch. Damian war zwischendurch nicht zurückgekehrt und offenbar noch immer mit der Verabschiedung der Gäste beschäftigt. Dafür stand Amistad plötzlich neben mir und knallte mir ein randvolles Glas Whiskey vor die Nase. »Trink!«

»Ich trinke keinen Whiskey«, erklärte ich ihm erschrocken.

Er sah mich nur an … und ich wusste, dass er es ernst meinte.

Also trank ich das Teufelszeug. Jeder Schluck brannte unangenehm meine Kehle hinunter.

»Beeil dich … ich will das Feuerwerk nicht verpassen!«, ermahnte er mich.

Ich stellte das leere Glas auf die Bar und er fasste daraufhin so streng an meinen Oberarm, wie er es bis jetzt noch nie getan hatte! Er zog mich vom Barhocker … aus dem Club … und stieg mit mir in den Lift. Ich stöhnte vor Schmerzen, wand mich in alle Richtungen, konnte nicht niederknien … keuchte schließlich verzweifelt an seiner Brust … aber er hörte nicht auf, mich so fest zu halten. Ich hatte Angst davor, jetzt mit ihm allein zu sein. Ich wollte in keine Suite mit ihm und schon gar keinen Sex mit ihm. Doch es kam noch schlimmer. Als wir ausstiegen, erblickte ich als Erstes den Hubschrauber.

Wir waren auf dem obersten Deck, umgeben von Explosionen, Lichtblitzen und Sternenregen. Mir blieb allerdings nur ein kurzer Moment, um das alles zu registrieren, denn sofort stieß er mich mit einer Wucht von sich, sodass ich erst ein paar Meter weiter auf dem Boden zu liegen kam. Ich schrie und hielt den schmerzenden Abdruck seiner Finger auf meinem Arm fest. Unter Tränen sah ich, wie er näher kam und ich erstarrte. Amistad hatte plötzlich eine Waffe in der Hand. Ich lag auf dem Rücken und konnte es nicht glauben. Wie konnte man jemanden wie Amistad mit einer Waffe herumlaufen lassen? Der Schreck fuhr fast gleichzeitig wie der Whiskey in meine Blutbahn. Mir wurde schwindelig und ich keuchte vor Angst, während sich das Bild vor meinen Augen drehte. Ich stemmte meine High Heels gegen den Boden und versuchte, mich von ihm wegzuschieben. Aber er griff schon wieder nach meinem Arm und riss mich in die Höhe. Dann hielt er mir die Hände zusammen und ich fiel vor ihm auf die Knie.

»Nein … warum … bitte …«, flehte ich ihn an. Meine panischen Blicke waren zwischen der Waffe und seinem Gesicht hin- und hergerissen.

»Du hast einfach Pech, dass Jana nicht hier ist«, fauchte er.

Ich wusste nicht, was er meinte und konnte auch nicht denken. Er zerrte mich hinter sich her, zu einer Kiste. Dort setzte er sich und nahm mich auf dem Boden zwischen seine Beine. Amistad legte die Waffe weg, zog sein Sakko aus und ich musste ihm meine Hände entgegenstrecken, damit er sie mit seiner Krawatte fesseln konnte.

»Mach deinen Mund auf!«, befahl er und hielt mir wieder die Waffe vors Gesicht.

Im nächsten Moment hatte ich den Lauf in meinem Mund und seine andere Hand in meinem Nacken. »Wir werden hier auf Santiago warten. Er soll zusehen!«, erklärte er. »Über dich wird er nicht so schnell hinwegkommen! Genauso, wie ich nicht so schnell darüber hinwegkommen werde, was er mich heute Abend hat ansehen lassen.«

Ich atmete panisch, griff mit meinen gefesselten Händen vorsichtig nach seinem Arm und versuchte, ihn zu berühren, zu beruhigen und verzweifelt ein »Bitte« zu sprechen, aber mit dem Eisen in meinem Mund blieb es unverständlich. Ich zitterte am ganzen Körper ... Amistad ließ mich endlos lange warten, er atmete erregt und ergötzte sich bestimmt an meiner Angst. Ich konnte kaum schlucken und würgte unter Tränen. Irgendwann zog er den Lauf aus meinem Mund und stopfte dafür ein dickes Tuch zwischen meine Kiefer. Offenbar konnte er auch meinen flehenden Blick nicht mehr ertragen, denn nun riss er an meinen Haaren, sodass ich nach unten sehen musste.

Ich saß zwischen seinen Beinen auf meinen Fersen, stützte mich mit den gefesselten Händen auf den Boden und heulte verzweifelt. Er wollte mich umbringen! Vor Santiagos Augen! Bloß, um ihm einen Denkzettel zu verpassen? Eisige Schauer liefen über meinen Rücken und in meinem Bauch rumorte es ganz schrecklich. Ich musste auf die Toilette. Mir wurde schlecht, schwindelig, ich keuchte und bekam kaum noch genug Luft durch meine Nase. Kurze Zeit war ich mir sicher, schon vorweg an dem Knebel zu ersticken, aber nach ein paar Minuten beruhigte ich mich ein wenig. Ich schaffte einige tiefere Atemzüge, versuchte, mich zu sammeln und klare Gedanken zu fassen. Und der erste wirklich große, massive Gedanke, der in mein Bewusstsein drang, erschütterte mich zutiefst. David! Ich würde David nicht mehr sehen! Er wartete in New York auf mich! Warum war ich überhaupt gegangen? David liebte mich. Er war der Einzige, der mich wirklich liebte. Wieso hatte ich ihn bloß verlassen? Ich könnte jetzt bei ihm sein. Es war doch alles bloß ein Abenteuer. Santiago war ein Abenteuer. Ich wollte mir meine kleinen übermütigen Hörner abstoßen, nur um zu wissen, was ich an David hatte. Ich musste ihm sagen, dass ich ihn liebte, viel mehr als irgendjemand anderen. Nur ihn. Ich wollte nicht sterben, ohne dass er das wusste.

Amistad zog mich die ganze Zeit schmerzhaft an den Haaren, während meine Blicke ausschließlich zu Boden gerichtet waren, er hantierte mit dem Revolver an meinem Kopf und wechselte die Hand, die mich festhielt, um zwischendurch in sein Handy zu tippen. Als sich meine feuchten Augen etwas geklärt hatten, sah ich neben der Kiste einen kleinen Nagel lose auf dem Schiffsboden liegen. Das war die Lösung! Ich streckte mich unauffällig und konnte ihn mit zwei Fingern erreichen. Sofort überdeckte eine kleine Euphorie meine Angst. Ich hielt ihn in meinen Händen und überlegte zuerst, damit etwas in den Boden zu ritzen. Aber dann kam mir eine Idee, die mir um einiges besser gefiel – vielleicht lag es am Alkohol oder an der Waffe an meinem Hinterkopf, vielleicht hatte ich auch einfach Angst, dass es auf dem Boden niemand sehen würde. Und so raffte ich mein ohnehin kurzes Kleid etwas in die Höhe und begann, mit dem Eisennagel in meine Haut zu ritzen. Mein Schluchzen und Weinen machte für Amistad kaum einen Unterschied. Das größere Problem waren meine Tränen, die mir ständig die Sicht verschleierten. Ich zwinkerte unentwegt, aber erfreute mich an jeder Linie, die mir gelungen war. Zum Schluss zitterte ich am ganzen Körper, ließ den Nagel fallen und war glücklich. Jetzt konnte Santiago kommen.

Meine Euphorie verflog jedoch, als ich tatsächlich die Lifttüren hörte. Das Feuerwerk war längst vorüber, das Schiffsdeck schlecht beleuchtet und ich durfte meinen Kopf nicht heben, um etwas zu sehen. Mein Puls dröhnte in meinen Ohren und ich keuchte panisch. Wie viele Sekunden hatte ich noch? Ich hörte Schritte. Plötzlich klickte die Waffe an meinem Kopf. Zweimal. Er hatte sie entsichert und ich erlitt fast einen Herzinfarkt.

Amistad blieb ruhig sitzen. Ich lehnte mit meiner Stirn an seinem Oberschenkel, betete, dass es nicht Santiago war. Doch das Geräusch der Schritte kam näher, jemand bückte sich zu mir herunter, umschlang mich mit einem Arm ... und zog mich an sich. Endlich konnte ich etwas sehen. Santiago! Ich schluchzte hysterisch in meinen Knebel, während er eine völlig unangemessene Ruhe ausstrahlte. »Los, lauf zum Lift«, raunte er.

Amistad bewegte sich nicht. Mein Körper bebte vor Angst ... und ich war mir nicht sicher, ob meine Beine mich tragen würden. Wackelig richtete ich mich auf, und als ich einen Schritt zur Seite gestolpert war, sah ich Damian zwei Meter hinter Amistad stehen. Er hatte eine Waffe auf dessen Kopf gerichtet. Aber Santiago machte überhaupt keine große Sache daraus. Er nahm Amistad ohne zu zögern den Revolver aus der Hand und gab ihn Damian.

»Fahr mit Zahira nach unten. Ich will mit ihm allein sein«, verlangte er von Damian in einem Tonfall, in dem ein anderer sein Essen bestellt.

Ich stand mit meinen gefesselten Händen und dem Knebel im Mund völlig neben mir, wie gelähmt, unfähig, mich zu bewegen. Mehrere Tropfen Blut liefen über mein Bein und ich hoffte, dass es in der Dunkelheit nicht auffallen würde. Plötzlich legte Damian die Hand um meine Taille und ich kam wieder zu mir. Sofort zog ich das Tuch aus meinem Mund und stakste mit ihm Richtung Lift. Die Türen schlossen sich und Damian befreite im düsteren Aufzugslicht meine Hände.

»Wieso hat er eine Waffe?«, keuchte ich voller Entsetzen. In meinem Schock fragte ich immer das Gleiche: »Wieso hat er eine Waffe? Damian? Wieso?« Ich heulte und zitterte.

Damian zog mich an sich und hielt mich fest. »Schhhh...«, beruhigte er mich und nahm mich auf seine Arme. Wir waren schon wieder auf einem anderen Deck. Damian öffnete die Tür zu einer Suite und legte mich auf dem Bett ab. Sofort zog ich die Decke über meine Beine und überschüttete ihn erneut mit Vorwürfen: »Wieso hatte er eine Waffe?! Und wieso wusste Santiago, dass er nicht schießen würde? Wieso lässt du Santiago so nahe an Amistad, wenn der eine Waffe hat? Wieso ...«

Damian hielt mir den Mund zu. »Beruhige dich ... Es ist ja nichts passiert!«

Ich schluckte. Nichts passiert?

»Amistad ist zwar kein Leibwächter, aber er hat einen Waffenschein. Bei offiziellen Anlässen trägt auch er eine Waffe«, erklärte mir Damian. »Aber der Gedanke, dass er auf einen von uns schießen würde, ist absurd. Das war nichts als ein kleines Machtspiel, das größtenteils über SMS gelaufen ist. Er war gekränkt, aber er vergöttert Santiago. Und er würde ihm nie schaden wollen.«

»Wieso standst du dann mit einer Pistole hinter ihm?«

»Das war meine Pflicht als Leibwächter. Mehr nicht.«

»Damian, ich habe gedacht, ich würde sterben!«, seufzte ich.

Milde lächelnd schüttelte er den Kopf, als hätte ich das alles nur falsch verstanden. Ich brach in Tränen aus und Damian umarmte mich tröstend.

»Soll ich dich nach Hause bringen lassen?«, fragte er.

»Nach Hause? Wie denn?«

»Mit einem Boot. Marcus fährt dich, wenn du willst.«

Ich überlegte. »Bleibt Santiago noch da?«

»Ja. Er möchte den letzten Programmpunkt noch durchziehen. Du weißt schon ... die Kiste, die dich angeknurrt hat.«

»Was ist da drin?«, fragte ich neugierig.

Damian lächelte. »Nichts für kleine Mädchen. Wenn du dir selbst einen Gefallen tun willst, dann fährst du jetzt nach Hause.«

»Nein ... ich will bleiben!«

»Hab ich mir fast gedacht.« Er küsste mich auf die Stirn und stand auf.

»Damian? Kann ich hier kurz das Bad benutzen und dann nachkommen?«

Bestimmt sah er, dass ich verheult und meine Schminke verlaufen war, also erlaubte er es mir. »Wir treffen uns in zehn Minuten auf der Ebene U2, okay?«

»Ja. Danke!«, schmeichelte ich.

Die Suite war Luxus pur! Vor allem das Badezimmer! Man merkte überhaupt nicht, dass man auf einem Schiff war. Hätte genauso gut das Hilton sein können. Ich reinigte mein Bein und die Wunde, wollte mir in diesem Moment jedoch bewusst keine Zeit nehmen, darüber nachzudenken, was ich hier getan hatte. Wie erwartet gab es bei den Erste-Hilfe-Sachen zwar Desinfektionszeug, aber kein so großes Pflaster, also musste ich einen dünnen Verband um meinen Oberschenkel wickeln. Mein weißes Kleid hatte auch Flecken davongetragen, aber mit kaltem Wasser und etwas Seife konnte ich sie zumindest soweit verblassen lassen, dass man bei schlechtem Licht nichts bemerken würde. Zum Schluss warf ich noch schnell einen prüfenden Blick in den Spiegel und beeilte mich, zum Lift zu kommen.

Die Türen öffneten sich im zweiten Untergeschoß und, als

hätte er mich erwartet, stand Amistad plötzlich so dicht vor mir, dass ich fast in ihn hineingelaufen wäre. Mir entkam ein zaghafter Schrei und ich wehrte ihn reflexartig mit den Händen ab, woraufhin er mich sofort festhielt. Er zwang mich in eine innige Umarmung – ausgiebig und besitzergreifend. Ich seufzte verzweifelt, denn ich wollte das nicht. Er streichelte über meine Haare – und ich hasste ihn. Ich hätte ihm ins Gesicht schlagen wollen. Er hatte mir Todesangst eingejagt, einfach nur zum Spaß oder um sich die Zeit zu vertreiben. Und jetzt sagte er nichts, drückte mich nur an sich – so lange, bis mir langsam klar wurde, dass ich keine Entschuldigung bekommen würde. Er wartete, bis meine Körperspannung nachgelassen und ich seine Umarmung akzeptiert hatte. Gegen meinen Willen durchströmte mich das Gefühl, ihm verziehen zu haben. Dann ließ er mich los, fasste an mein Kinn und zwang mich, ihn anzusehen. Ich ärgerte mich über mich selbst, und auch, dass ich seinem Blick kaum standhalten konnte.

Ihn amüsierte es. Für niemand anderen hörbar erkundigte er sich leise: »Hast du Damian erzählt, was ich mit dir gemacht habe?«

Ich deutete ein stummes »Nein«.

Er lächelte. »Du wirst es für dich behalten! Ist das klar? Ich werde dich dafür belohnen!«

Eingeschüchtert nickte ich, ohne zu wissen, was ich mir bei ihm unter einer Belohnung vorstellen durfte.

Amistad seufzte gequält. »Du hast mich so scharf gemacht, Baby. Ich hatte einen Harten von einem Ausmaß, wie du es nur schwer verkraftet hättest.«

Ich schluckte.

»Und jetzt knie vor mir nieder und küss meine Hand, zum Zeichen, dass du unseren kleinen Deal akzeptierst.«

Grenzenlos angewidert sah ich ihn an und stieß einen verächtlichen Laut aus. Das war ja wohl nicht sein Ernst?! Ich konnte und wollte mich ihm jetzt nicht unterwerfen. Ich hasste ihn. Mit meinen Blicken wollte ich ihn verbrennen, ich presste meine Lippen aufeinander, schnaubte vor Zorn und Verzweiflung und noch immer überlegte ich, ihm ins Gesicht zu schlagen.

»Ich sehe, was du denkst ...«, raunte er, »und ich sage dir ... du bist bewusstlos, bevor du deine Hand gegen mich erhoben hast.«

Sofort schloss ich meine Augen und versuchte, meinen Atem zu beruhigen. Was war er? Gedankenleser?

Amistad hielt weiter mein Kinn fest. »Ich will dich vor mir knien sehen! Du hast keine Wahl!«

Ich seufzte verzweifelt und sah wieder in sein Gesicht, das einerseits so schön war, andererseits so kalt und unbarmherzig. Dann senkte ich meinen Blick und kniete vor ihm nieder. Ich nahm seine Hand, führte sie an meine Lippen und sah in seine Augen. Im selben Moment schoss es wie ein Kugelblitz durch meinen Unterleib und mein innerlicher Kampf war verloren. Ich hasste mich selbst dafür, dass ich das erregend fand, aber es fühlte sich so gut an, als hätte er mir soeben seinen monströsen Schwanz eingeführt. Mit langsamen, kleinen Küssen verwöhnte ich seine Hand, schmiegte meine Wangen, meine Stirn und meine Lippen an seinen Handrücken und fügte mir damit selbst tiefste Erregung zu. Ich fühlte heftige Kontraktionen meiner intimen Muskelstränge, sie reagierten auf jeden Kontakt meiner Lippen mit seiner Haut und tränkten ganz schnell mein Höschen in erwartungsvolle Feuchtigkeit. Ich spürte den Lustreiz, den sein Schwanz in Gedanken auf mich ausübte und war plötzlich ganz versessen darauf. Doch

Amistad zog mir die Hand weg und befahl mir, aufzustehen. Mein Blick war glasig, verschleiert und sehnsüchtig. Er lächelte und streichelte achtlos über meine Wange, bevor er sich von mir abwandte und mich in eine rosa Wolke gehüllt einfach stehen ließ.

Ich lehnte mich gegen die Wand und sehnte mich nach zärtlichen Fingern, die mich dort berühren sollten, wo es nun so schrecklich schmerzte. Mein Blick war verschwommen, dennoch stellte ich überrascht fest, dass wir die ganze Zeit über nicht allein im Raum gewesen waren. Ich sah Cheyenne und erinnerte mich sofort an seine begnadeten Finger, die mir einst im *Empire* binnen Sekunden einen Höhepunkt beschert hatten. Seine Technik hätte ich blind aus Hunderten Männern heraus erkannt. Dann sah ich Santiago ... seine gepflegten Hände, seine schlanken Finger. Ein Anblick, bei dem unwillkürlich ein warmer Tropfen aus meiner Muschi quoll ... Ich sah Damian ...

»So! Wenn ich die Herrschaften jetzt in den Roten Salon bitten darf ...«, sprach Mr Mayor und riss mich aus meinen schönsten Träumen.

Die Privatveranstaltung! Ich erschrak, als die Welt vor meinen Augen plötzlich an Klarheit gewann, denn abgesehen von unserem engsten vertrauten Kreis standen nun auch mehrere schwarz gekleidete Männer vor mir, die damit beschäftig waren, Gewehre zu laden. Mein Magen krampfte zusammen, denn ich wollte heute keine Waffe mehr sehen. Andererseits war ich so froh, dass ich bei diesem Programmpunkt, der uns als Highlight des Abends angekündigt worden war, dabei sein durfte. Und immerhin war ich der Killerqualle entkommen ... also, was sollte noch viel passieren?

Ohnmächtig

Die Türen zum Roten Salon wurden geöffnet und ich erblickte eine einsame Bühne umringt von einer mit edlem Parkett ausgelegten Tanzfläche. Es war kein Platz für Logen und gab auch keine Sessel oder Tische. Mr Mayor wies uns an, ausreichend Abstand zu der erhöhten Bühne zu wahren und kaum hatten wir etwas weiter hinten Aufstellung genommen, betrat auch Ray la Comte den Raum. Santiago, der noch immer die Halskette trug, nickte ihm lächelnd zu und bat ihn neben sich. Kurz darauf folgten seine vier Männer in Weiß. Sie hielten sich unauffällig im Hintergrund, während Ray nun erstmals Amistad und Cheyenne mit einem Händedruck höflich begrüßte. Nach wie vor war er rot uniformiert und sprühte vor Charme. Ein Charme, der jedoch bei Santiagos Geliebten wenig bewirkte. Man konnte die Spannung fühlen, die in der Luft lag, und die Überwindung sehen, die es sie kostete, diesen Händedruck möglichst unvoreingenommen zu erwidern. Natalie, Alice und mir blickte Ray danach nur grußlos in die Augen, bevor er an Santiagos Seite einen Stehplatz einnahm.

Mr Mayor hielt eine kleine Ansprache, während zwei weitere fremde Männer eine Schaufensterpuppe auf die Bühne brachten. Sie hatte eine perfekte Figur, kerzengerade Haltung, ein hübsches Gesicht, rote Haare und rote Lippen. Der eine Mann schlug Eisenringe in den Boden der Bühne, fesselte anschließend die Füße der Puppe und machte sie an den Ringen fest. Der zweite Mann drehte ihre Arme nach oben, legte Manschetten um ihre Handgelenke und befestigte diese an einer dicken Kette, die von der Decke herabhing. Zum Schluss fasste er mit einer Klammer die feuerrote Haarpracht der Puppe zu einer Hochsteckfrisur zusammen. Dann kam ein anderer Mann mit einem Eimer.

Inzwischen hatte Mr Mayor seine Ansprache beendet, der Raum wurde abgedunkelt und nur noch die Bühne effektvoll beleuchtet. Dramatische Musik untermalte die Handlungen des letzten Mannes, der nun mit seiner bloßen Hand in den Eimer fasste und eine braune zähe Flüssigkeit herausholte. Er bestrich damit die Beine der Puppe, ihre Hüften und ihren Bauch. Wie eine Schlammpackung haftete das Zeug an ihrem weißen Körper. Danach kontrollierte er noch mal die Fesselungen, sammelte alle übrigen Utensilien ein und entfernte sich, sodass einzig die Puppe im Licht der Scheinwerfer auf der Bühne zurückblieb.

Irgendwie drängte sich nun der Gedanke auf, dass anstelle der Puppe genauso gut eines von uns Mädchen dort oben hätte stehen können – und das bereitete mir Unbehagen. Es entstand eine kleine Pause ... alle Akteure hatten den Saal verlassen ... und mein Herz klopfte immer lauter, je länger ich mir vorstellte, mit diesem leblosen Wesen eventuell den Platz tauschen zu müssen, vor Ray und seinen Marineoffizieren. Aber Santiago hatte versprochen, damals im *Empire*, dass er mich nie vor Fremden prostituieren würde. Die Frage war nur, konnte man das, was nun passieren würde, unter prostituieren einordnen? Und war Ray fremd? Für einen Moment dachten wir, man hätte den nächsten Programmpunkt vergessen, aber dann öffneten sich die Türen und meine Augen wurden immer größer. Vier Scharfschützen betraten den Raum. Drei von ihnen bezogen unmittelbar vor Santiago, Amistad und Ray ihre Position, einer platzierte sich etwas seitlich von der Bühne. Alle hatten ihre Gewehre auf die Tür gerichtet. Schnell erinnerte ich mich an eine der letzten Anweisungen, die Mr Mayor in seine filmreife Ansprache verpackt hatte: »Ich ersuche Sie, zu jeder Zeit Ruhe zu bewahren, sich nicht auffällig zu bewegen, und keine unmäßigen Geräusche von sich zu geben.«

Noch bevor ich zu Ende gedacht hatte, trat ein Mann ein, der unausweichlich alle Blicke auf sich zog, nicht wegen seiner selbst, sondern wegen dem, was er an der Leine führte. Meine Augen brauchten ein paar Sekunden, bis ich es in der Dunkelheit genauer erkennen konnte, aber dann begann mein Herz im wilden Stakkato zu hämmern. Wie ein gut erzogener schwarzer Hund, geschmeidig und langsam, frei von sichtbarem Tatendrang oder Unruhe, schlich dieses mächtige Raubtier bei Fuß an der Leine seines Herren. Mit Stolz und Anmut – so, wie es seinem Wesen eigen war, dem Wesen ... eines schwarzen Panthers.

Sein gepflegtes seidiges Fell schimmerte bläulich schwarz und seine Augen leuchteten bedrohlich gelb. Während er an uns vorbei zur Bühne geführt wurde, taxierte er jeden Einzelnen von uns mit bedächtiger Zurückhaltung. Nie werde ich den Moment vergessen, in dem seine Augen mich erfassten – obwohl drei Scharfschützen vor uns knieten, war es das zweite Mal an diesem Tag, wo ich meinte, es wären die letzten Sekunden meines Lebens. Das Tier atmete mit leicht geöffnetem Maul, dabei blitzten vier Furcht einflößende Reißzähne unter dem blauschwarzen Fell hervor. Selbst wenn ich es gewollt hätte, ich konnte mich nicht bewegen. Ich war wie festgefroren und angenagelt, traute mich nicht mal, zur Seite zu blicken, um zu sehen, wie es den anderen erging. Und ... ich hatte mich soeben anders entschieden, ich wollte doch lieber nach Hause, mir fehlte lediglich die Stimme, um es jemandem zu sagen.

Das Tier sprang mit einem Satz auf die Bühne, elegant und geschmeidig, aber auch voller Kraft und Energie, während der Dompteur die vier Treppenstufen benutzte. Er gab dem Panther mit einem Handzeichen den Befehl, sich zu setzen, was schließlich – wenn auch nur scheinbar – dessen Unberechenbarkeit einen Hauch abschwächte. Ich bekam die Chance durchzuatmen, blickte zu Santiago und sah, wie er von mir abgewandt mit Ray flüsterte. Gleichzeitig registrierte ich zu meiner anderen Seite Damian. Er war wie ich gebannt von dem Tier. Dann sprach der Dompteur einen scharfen Befehl und sein kleiner Schützling ließ ein donnerndes Brüllen los, das durch Mark und Bein ging. Es warf auf der Stelle mein Herz aus dem Rhythmus. Wir alle waren erschrocken – und heilfroh, als es wieder vorüber war. Die Männer brüsteten sich mit einem leichtfertigen Lachen – teils ehrlich, teils gekünstelt – während die Mädchen sich am Rande einer Ohnmacht bewegten. Dann nahm der Dompteur dem Tier die Leine ab und gab einen zweiten scharfen Befehl. Jetzt war der Panther frei. Er setzte sich in Bewegung und stolzierte in einem weiten Bogen über die Bühne, als wollte er in Ruhe alle Möglichkeiten in Erwägung ziehen, bevor er sich über die Beute im Scheinwerferlicht hermachte. Direkt vor der Puppe hielt er inne. Er schnupperte an ihrem Knie. Dann zog er seine Zunge über ihren Körper, von den Beinen aufwärts, und fand sichtlich Gefallen an dem Geschmack der braunen Paste. Im Vergleich zu der zierlichen Puppe war er so groß und übermächtig, doch allein beim Gedanken an seine Reißzähne wurde mir ganz anders zumute! Und zu allem Übel fiel mir auch noch ein, dass gleich zwei Damokles-Schwerter über mir schwebten, nicht nur, dass Santiago vermutlich in Kürze ein Mädchen bestimmen würde, das die Rolle der Rothaarigen in Fesseln übernehmen sollte, ich hatte eine Wunde am Bein! Und ich durfte mich der Zunge dieser Bestie gar nicht aussetzen. Wer weiß, wie so ein Panther reagieren würde, wenn er Blut an mir roch, oder schlimmer noch, schmeckte! Nicht vorauszusehen war jedoch auch Santiagos Reaktion auf meine Wunde. Was würde er sagen, wenn er wüsste, dass ich »David« in mein Bein graviert hatte? Ich seufzte schwer und konnte mich vor Angst kaum auf den Beinen halten. Nervös tastete ich nach der Hand, die mir am nächsten war, und hielt mich zitternd an Damian fest. Er drückte mich und wusste offensichtlich annähernd, was ich dachte, denn er fasste sich ein Herz, beugte sich zu mir herunter und flüsterte in meine Haare: »Hab keine Angst. Er wird ziemlich sicher Natalie wählen.«

Ich hätte in Tränen ausbrechen können vor Erleichterung und gleichzeitig vor blankem Entsetzen, dass Santiago tatsächlich tun wollte, was ich befürchtet hatte. Doch ich musste die Fassung bewahren. Ich sah zu, wie der Panther grob und oberflächlich über den Kunststoff leckte, sodass er zum Schluss etliche Stellen übersehen hatte. Dann kam das Kommando für den Rückzug. Der Dompteur hakte die Leine ein und dirigierte das Tier von der Bühne zu einem etwas abseits stehenden blickdichten Käfig. Die Scharfschützen entspannten sich.

Lächelnd wandte sich der Dompteur nun an Santiago und sprach mit einladender Stimme: »Es liegt an Ihnen, dieser Vorführung Leben einzuhauchen.«

Santiago nickte, als hätte er es bereits erwartet, und seine Miene war ernst, als wäre er sich tatsächlich seiner Verantwortung bewusst. Amistad und Damian suchten augenblicklich seine Nähe und redeten leise auf ihn ein.

Santiago dachte nach und er flüsterte, sodass wir Mädchen ihn nicht hören konnten. Schließlich nickte er und die Männer trennten sich wieder.

Amistad kramte kurz in seiner Jacke und mein Herz überschlug sich fast, als er daraufhin mit einem kleinen Spray in der Hand auf uns Mädchen zukam. Ich wusste sofort, dass es sich hierbei um eines der drei Wundermittel handelte, die Amistad nach Ivory gebrachte hatte, mit denen man entweder Gehör, Stimme oder Augenlicht für begrenzte Zeit auslöschen konnte. Und tatsächlich ... er griff sich Natalie und sprühte beim ersten Schrei in ihren Mund. Ich biss erschrocken in meine Hand, um keinen Laut von mir zu geben. Doch Alice hatte geschrien. Daraufhin ging er zu ihr und nahm auch ihr gewaltsam die Stimme.

Ich konnte das nicht mit ansehen. Sogar Santiago entzog dieser Aktion seine Aufmerksamkeit, als ob ihn das alles nichts anginge. Dabei war er doch der Richter. Er hatte entschieden. Vorgeblich unbeteiligt wahrte er eine strenge Miene, aber er wirkte nicht besonders glücklich. Vielleicht haderte er selbst mit seiner Entscheidung und hatte sich nur deshalb dazu durchgerungen, weil er es tief in seinem Innersten brauchte, um Natalie wieder lieben zu können. Auch wenn es ihm wehtat, ihr das anzutun ... aber er wollte sie nicht verlieren und von Ivory fortschicken.

Betroffen sank ich hinter einem der Scharfschützen auf meine Knie und versuchte mich in meiner Fülle von Haaren vor der Außenwelt zu verschließen. Meine eiskalten Finger ballte ich zu Fäusten und betete für Natalie. Ich wusste, dass sie sich wehrte, dazu musste ich nicht hinsehen. Wenn sie Glück hatte, konnte sie ohnmächtig werden.

Erst als ich merkte, dass Amistad wieder hinter mir stand ... riskierte ich einen Blick auf die Bühne. Es war grausam. Natalie war splitternackt und im Scheinwerferlicht genauso weiß wie zuvor die Puppe. Um zu verhindern, dass sie sich bewegen konnte, waren ihre Hände extrem hochgezogen, während ihre Fußgelenke auf dem Boden fixiert blieben. Dadurch befand sie sich in einer extremen Streckung, ihre Schultern wirkten schmal und ihr Kopf wurde zwischen ihren Armen nach vorn gezwungen. Ängstlich blickte sie auf die dicke braune Paste, mit der ihr Unterleib großzügig versorgt worden war.

Doch dann kam der Moment, wo mein Gebet erhört wurde. Der Panther war frei, er stolzierte seine obligatorische Runde auf der Bühne, und, noch bevor er mit seinem Furcht einflößend offen stehenden Maul Natalie erreicht hatte, wurde sie ohnmächtig. Ich war dankbar. Für den Panther machte es kaum einen Unterschied. Er ließ sich von der fehlenden Körperspannung nicht beirren und leckte Natalies helle Haut wesentlich gründlicher als die ihrer Vorgängerin. Die große Zunge des Tiers glitt über Beine und Hüften und erfreute sich ganz besonders an dem schmalen Spalt ihrer Schenkel, wo eine Fülle schmackhafter Paste klebte, an die heranzukommen jedoch nur mit etwas Mühe gelang. Ganz zum Schluss schnaubte der Panther, als wäre ihm etwas in die Nase gekommen. Dann erhielt er den Befehl zum Rückzug.

Nachdem das Tier wieder sicher verwahrt war, kümmerte sich Amistad sofort um Natalie. Er reinigte zuerst gewissenhaft ihren Körper mit einer Desinfektionslösung, feuchten Tüchern und mehreren Sprays, bevor er sie auf dem Boden liegend mit einer sanften Ohrfeige weckte. Sie brauchte einen Moment lang, den Blick in seinen Augen, um sich zu orientieren, und als sie wieder vollständig bei Bewusstsein war, brach sie sofort in Panik aus. Amistad musste sie festhalten und beruhigen, damit sie aufstehen und in ihr Kleid schlüpfen konnte.

Ich betrachtete es als ein gutes Zeichen, dass er sie so sorgfältig gereinigt hatte, denn das war in meinen Augen ohne Zweifel eine Vorbereitung für Santiago. Aber Natalie weinte bitterlich, auch wenn sie über keine Stimme verfügte, sie wirkte völlig aufgelöst, zittrig und konnte kaum gehen. Amistad führte sie zu Santiago, er half ihr, vor ihm niederzuknien, sie musste seine Hand küssen, und dann endlich nahm er sie in seine Arme. Santiago belächelte ihre Verfassung wohlwollend und flüsterte anerkennende Worte durch den seidigen Vorhang ihrer blonden Haare. Bestimmt war er stolz auf Natalie. Mit ihr würde heute Nacht wohl niemand von uns mehr mithalten können.

Eigentlich dachte ich, es wäre jetzt vorbei, also stand ich auf ... Ich empfand keinen Neid, denn Natalie hatte seine Liebe mehr als verdient, aber trotzdem konnte ich meine Augen nicht von dem schönen Bild lassen, das die beiden miteinander abgaben. Von ihr sah man nur die langen Haare ... aber er wirkte so entspannt und befriedigt, dass es da kaum noch eine Steigerung gab.

Der Dompteur, der bis jetzt noch nicht viel gesprochen hatte, wandte sich nun ein zweites Mal an Santiago. »Wir müssen die Vorstellung noch nicht beenden. Es tut mir wirklich leid, dass sie ohnmächtig geworden ist. Vielleicht gibt es ja jemanden unter Ihnen mit einem stärkeren Nervenkostüm?«

Santiago klammerte an Natalie und wollte soeben dankend seine Ablehnung verkünden, als Ray plötzlich das Wort ergriff. »Wenn du gestattest, würde ich jemanden auswählen ...«

Ich glaubte, meinen Ohren nicht zu trauen. Dieser Vorschlag konnte ja wohl nur Alice oder mich betreffen. Santiago war für einen Moment unschlüssig.

»Ich hab genau diese Show vor einem halben Jahr in Las Vegas gesehen«, erklärte Ray, »das funktioniert auch mit Männern.«

»Ja! Vielleicht hätte ich das dazusagen sollen«, entschuldigte sich der Dompteur. »Zoltan ist einer der wenigen schwarzen Panther, der auch auf Männer trainiert wurde. Es ist schwer, dies anhand einer Puppe zu demonstrieren, aber ich versichere Ihnen, ich arbeite seit vier Jahren mit dem Tier und wir werden regelmäßig von männlichen Kunden gebucht, die sein Talent hoch loben. Er ist dabei absolut diszipliniert und vorsichtig. Sie können sich auf mich verlassen.«

Santiago seufzte. »Meinetwegen. Es ist dein Spiel!«, übergab er an Ray.

Ray bedankte sich und patrouillierte daraufhin wie beim Heer vor seinen vier Marineoffizieren auf und ab. Er bedachte sie jeweils mit einem durchdringenden Blick, der vor Affektiertheit und Hochmut nur so strotzte. Sie wirkten relativ gefasst, in Anbetracht dessen, was ihnen bevorstand. Sogar ich hatte noch weiche Knie von dem kurzfristigen Schrecken.

Nachdem er lang genug überlegt hatte, trat er abermals Santiago gegenüber, respektvoll und selbstsicher. Sein Ausdruck hatte etwas von einer Entschuldigung, verlangte aber keine Worte. Er schritt langsam weiter, vorbei an Damian und an Amistad. Vor Cheyenne hielt er inne. Mit Sicherheit war er fasziniert von dessen Schönheit, von seiner Ausstrahlung, seiner Reinheit und Eleganz. Er konnte nicht widerstehen, Cheyenne ins Gesicht zu fassen, seine Finger über Wangen und Schläfen hinweg in die goldblonden Haare gleiten zu lassen, und in tiefer Bewunderung einen Moment daran festzuhalten. Cheyenne erstarrte. Zum einen geblendet von der aufdringlichen Macht, die sein Gegenüber auf ihn ausstrahlte, und zum anderen verunsichert darüber, was diese Berührung für ihn zu bedeuten hatte.

Ray ließ ihn wieder los und wandte sich mit seiner Entscheidung an den Gastgeber. »Ich wähle Cheyenne!«

Santiago holte tief Luft. Er entließ augenblicklich Natalie aus seiner Umarmung und fuhr sich mit beiden Händen durch die Haare.

Ray hatte diese Reaktion erwartet, zeigte aber dennoch Mitgefühl. »Verletze ich dich damit?«

»Ja, sehr«, gestand er. »Du hast vier eigene Männer mit! Warum Cheyenne?«

»Warum?« Ray lachte, als würde er anzweifeln, dass Santiago diese Frage ernst meinte. »Cheyenne ist unbestritten von seltener Schönheit. Und würdest du Hunderte Leute befragen, er würde jede Wahl gewinnen. Aber ich muss zugeben, ich habe gespürt, wie viel dir an ihm liegt. Und mich reizt der Gedanke, dir damit Herzklopfen zu bereiten.«

»Ich kann auf dieses Herzklopfen verzichten, Ray, ich werde ihm das nicht antun.«

Ray nickte einsichtig. »Ich verstehe dich.« Er näherte sich Santiago, als wollte er ihn küssen. »Du wirst ihn mir aber dennoch überlassen.« Ihre Lippen berührten sich und er zwang Santiago regelrecht zu einem zärtlichen Kuss. »Ich werde selbst mit ihm auf die Bühne gehen und ich werde die ganze Zeit bei ihm bleiben. Er ist bei mir gut aufgehoben«, versprach er Santiago. »Hab keine Angst, ich mache das nicht zum ersten Mal!«

Diese Worte kamen mir auf schaurige Weise bekannt vor. Aber sie hatten Erfolg. Als Ray sich wieder löste, nickte Santiago, widerwillig, und er wollte zu Cheyenne, vielleicht um ihn noch ein letztes Mal zu umarmen. Aber Ray hielt ihn auf. »Nein, geh jetzt nicht zu ihm.«

Santiago gehorchte. Er zog sich ein paar Schritte zurück und verlangte nach einer Sitzgelegenheit.

In der Zwischenzeit hatte Cheyenne mit Amistad eindeutige Blicke ausgetauscht. Er hatte auch kurz den Kontakt zu seiner

Hand gesucht, in der Hoffnung, von ihm Unterstützung zu erfahren. Aber Amistad war diesmal machtlos und kämpfte selbst mit der Rebellion in seinem Herzen. Er musste widerstandslos zusehen, wie Ray sich nun dem mehr als verunsicherten Cheyenne widmete.

Selbstbewusst stellte er sich ihm gegenüber auf und nahm sein schönes Gesicht in beide Hände. Ray sah den Schmerz und die Angst in den goldgelben Augen, er gab sich mitfühlend, schenkte ihm einen Blick voller Verständnis, aber auch voll gnadenloser Dominanz. »Gib mir deine Angst! Lass dich fallen! Ich halte dich.«

Cheyenne schloss seine Augen.

Ray küsste ihn auf die Stirn und zog ihn an seinen Körper. Jetzt wechselte der Schmerz in Rays Gesicht, er zeugte von Wertschätzung und Dankbarkeit. Er umfing Cheyenne mit der Weite seiner Arme und schenkte ihm Geborgenheit.

Inzwischen brachte man Santiago ein rotes Sofa und er setzte sich mit Natalie. Alice und ich knieten zu seinen Füßen. Ich hätte nicht auf der Couch sitzen wollen, während Cheyenne gequält wurde. Und ich wusste, dass auch Natalie lieber gekniet hätte, denn sie war Cheyennes Meistgeliebte unter all den Mädchen. Aber Santiago hatte sie auserwählt, um an seiner Seite zu sitzen.

Unmittelbar vor uns gingen die drei Scharfschützen in Position. Erneut begleitet von dramatischer Musik betrat Ray die Bühne und Cheyenne folgte ihm an der Hand, willenlos, als wäre er hypnotisiert worden. Direkt unterhalb der Ketten musste er stehen bleiben. Ray half ihm aus Hemd und Sakko und genoss es, ihn dabei möglichst langsam auszuziehen und bei jeder Bewegung diesen jungen, begehrenswerten Körper zu umschmeicheln, als wollte er sich mit dem Duft seiner Haut berauschen. Danach blickte er ihm kraftvoll in die Augen und nötigte ihn zu einem weiteren leidenschaftlichen Kuss. Gleichzeitig fasste er ihm in den Schritt und massierte ihn beherzt.

Ich lehnte die ganze Zeit über mit meinem Kopf an Santiagos linkem Knie und wusste, morgen Abend würde ich es bereuen, wenn Amistad mich für meine Blicke bestrafte, aber diese »ausgedehnte, vorsätzliche Bewunderung« konnte ich mir nicht verwehren.

Cheyenne ließ sich widerstandslos fesseln. Seine Hände wurden in Ketten gelegt und über den Kopf gezogen. Dann öffnete Ray Cheyennes weiße Hose, schob sie ein wenig nach unten und heraus sprang eine beachtliche Erektion. Er berührte sie nur kurz, strich beiläufig mit dem Handrücken über die zarte Haut und sah Cheyenne lächelnd in die Augen. Danach ging er vor ihm auf die Knie und streifte sämtliche Kleidung zu Boden. Man konnte erkennen, dass Cheyenne sich für seine Erregung schämte. Vielleicht nicht vor Ray und auch bestimmt nicht vor uns, aber immerhin waren noch fünf andere fremde Männer im Raum. Er musste aus seiner Hose steigen und Ray legte Cheyennes Füße in Ketten. Dann erhob er sich wieder, blickte kurz hinter sich und gab dem Dompteur das Zeichen für die Paste.

Liebevoll nahm er nun Cheyenne in seine Arme, wieder berührten sich ihre Lippen, Ray verzauberte ihn mit einem intensiven Kuss und verwöhnte seinen Körper mit Zärtlichkeiten. Dann hielt er nur noch seinen erigierten Penis umfasst. Er massierte ihn, widmete sich kurz der empfindlichen Spitze und reizte sie gezielt, bis sich Cheyennes Lippen ganz von selbst öffneten, und er leise stöhnte. Ray machte weiter, er verband nun das gesamte Ausmaß seiner Erektion in einen geschmeidigen Bewegungsablauf und Cheyennes Verlangen wurde immer deutlicher ... er stöhnte unüberhörbar begierig ... sodass er sich wohl oder übel dazu bekennen musste ... der Fremde mit der roten Uniform hatte ihn in seinen Bann gezogen.

Ray lächelte zufrieden. Cheyennes Stimme kannte keine Scheu mehr. Sie flehte um Erlösung und wollte es auch nicht ertragen, als Ray ihm kurz die Aufmerksamkeit entzog, um sich mit dem Dompteur zu unterhalten. Nur noch nebenbei behielt er die Spitze von Cheyennes Schwanz in seiner Hand – eingeklemmt zwischen zwei Fingern ... wie eine dicke Zigarre! Mit seinem Daumen zog er beiläufig sanfte Kreise auf der Eichel und hielt Cheyenne damit auf dem Gipfel seiner Erregung, während er ihn nicht eines Blickes würdigte und sich stattdessen mit dem Dompteur unterhielt. Ich verabscheute Ray dafür, wie er mit Cheyenne umging. Auf seinem Glied hatte sich sogar schon ein kleiner Lusttropfen gebildet, den Ray nun unbeeindruckt mit seinem Daumen verrieb, bis die gesamte Eichel im Scheinwerferlicht hübsch glänzte.

Doch dann begann erst der eigentliche Part. Ray nahm den folgsamen Penis plötzlich fest in die Hand und ließ ihn in flotten rhythmischen Bewegungen durch die ringförmige Enge seiner Finger gleiten, während der Dompteur Cheyennes Beine mit der braunen Paste eincremte. Cheyenne bekam Angst. Man sah deutlich die Panik in seinem Antlitz und sein Stöhnen machte einem hektischen Keuchen Platz. Er schüttelte seinen Kopf und zog an den Fesseln, aber Ray hielt beharrlich die ausgewachsene Erektion bei Laune. Zum Schluss fasste er selbst in den Eimer, während der Dompteur eiligen Schrittes zum Käfig marschierte, denn jetzt musste alles schnell gehen. Er legte den Panther an die Kette und führte ihn auf die Bühne. Ray verwandelte inzwischen Cheyennes Gemächt zu einem verlockenden Köder für das Tier ... überzogen mit brauner Paste. Danach reinigte er seine Hände und trat hinter ihn.

Nun hatte die »Zigarre« ihre ureigenste Farbe zurück, war etwas dicker als zuvor und Ray hatte als besondere Attraktion die empfindsame Spitze freigelassen. Sie glänzte feucht und rosa und stach aus der braunen Masse eindrucksvoll hervor. Aber nicht nur wir, sondern auch Cheyenne konnte sie sehen ... und sie war alles, worauf er sich konzentrierte. Diese Methode der Salbung half ihm, nicht zu vergessen, dass sein Schwanz unter dieser braunen Paste verborgen war und speziell seine Eichel nun einladend präsentiert werden sollte. Für Cheyenne bedeutete dieser Anblick zusätzliche Qual und trotzdem gab er sich immer wieder heftigen Kontraktionen hin, mit denen er vielleicht sogar bewusst seinen sensibelsten Punkt Richtung Körper ziehen wollte. Aber es gelang ihm nicht. Schließlich wollte er nur noch flüchten. Er riss an den Ketten und war viel zu unruhig. Sogar der Dompteur zögerte kurz, den Panther loszulassen. Ray gab sich alle Mühe, umarmte ihn von hinten, küsste seinen Nacken und redete beruhigend auf ihn ein. Dann legte er beide Hände auf Cheyennes Augen, sodass er nichts mehr sehen konnte. Er biss ihn in den Hals und nach ein paar Sekunden fügte sich Cheyenne. Er keuchte panisch, aber er zappelte nicht mehr. Einzig seine Erektion, dick überzogen mit brauner Masse, stand waagrecht von ihm ab und zuckte nervös. Bei all seiner Angst konnte er sich nicht dagegen wehren, dass Rays grausames Spiel ihn erregte.

Ein Karabiner klickte ... und der Panther war frei. Mit sabberndem Maul schlich er den Bühnenrand entlang und warf uns aus seinen gelben Katzenaugen bedrohliche Blicke zu. Zielsicher fand er sein Opfer, und obwohl es ihm einladend einen Leckerbissen entgegenstreckte und sogar etwas zittrig damit zu wedeln schien, begann er, von den Knien her nach oben zu lecken. Sogar ich bekam nun Angst um Cheyenne. Und um seinen schönen Schwanz. Erinnerungen an die einzige, aber für mich unvergessliche Nacht, in der er mich beglücken durfte, wurden wach.

Santiago! Wie konnte er das zulassen? Skeptisch blickte ich hinter mich und fuhr vor Entsetzen zusammen. Er hatte seine Hose geöffnet und Natalies Kopf unter seiner Hand. Ich schluckte und wandte mich sofort wieder ab, erhielt jedoch von Santiago augenblicklich einen Schlag auf meinen Hinterkopf, weil ich mich ohne Erlaubnis umgesehen hatte. Dabei konnte ich doch nicht ahnen, dass er sich jetzt befriedigen ließ. Ich war von dem Geschehen auf der Bühne so fasziniert und gefesselt gewesen, dass ich nichts davon bemerkt hatte. Eingeschüchtert schmiegte ich meine Wange an sein Knie und hoffte, er würde mir verzeihen.

Cheyenne bewegte seinen Kopf hektisch, er schüttelte Rays Hand ab und wollte etwas sehen, was ein folgenschwerer Fehler war, denn nun musste Ray ihm den Mund zuhalten. Er atmete so aufgebracht, dass sein ganzer Körper einer heftigen Wellenbewegung unterworfen war. Der Panther leckte zwischen seinen Beinen hoch und höher. Seine Zunge war riesig und ich fragte mich, ob sie sich auf der Haut wohl rau oder glatt anfühlte. Dann stieß er mit der Nase gegen die empfindlichen Weichteile. Cheyenne schrie in Rays Hand. Für uns klang es wie ein Brummen, aber der Panther ließ sich nicht beirren. Er merkte schnell, dass die Paste hier besonders dick aufgetragen worden war, und diesmal leckte er so genüsslich, dass sogar die leuchtenden Augen im Dunkel der Bühne verschwanden. Er fiel in eine sinnliche Phase, die Zungenschläge wurden immer kleiner und zärtlicher ... Cheyenne war außer sich, angesichts der Reize, die er nun ertragen musste, er zitterte und bebte. Und plötzlich leitete eine heftige Zuckung eine unwillkürliche Reaktion seines Körpers ein. Cheyennes Schrei wurde erstickt, doch er spritzte eine Fontäne weißen Spermas über die Bühne ... eine zweite ... und eine dritte.

Sein Antlitz verriet, wie entsetzt er selbst darüber war, gekommen zu sein. Der Panther erhielt auch sofort das Kommando zum Rückzug. Cheyenne konnte nicht aufhören zu zittern. Er sah zwar, dass noch alles an ihm dran war und das Raubtier sich von ihm abwandte, aber er war so sehr erfüllt von Angst und Scham, dass er keuchend in Tränen ausbrach. Ray stand noch immer hinter ihm und bedeckte sofort Cheyennes Augen, um seine Demütigung über diesen reichlichen Erguss zu verringern. Santiago schob indes Natalie von sich, und nachdem Zoltan hinter Schloss und Riegel war, konnte er endlich an den Scharfschützen vorbei zur Bühne.

Cheyennes Anspannung fiel nur langsam von ihm ab. Ray rief einen seiner Männer herbei, um ihm bei der Reinigung behilflich zu sein, dann befreite er ihn von den Fesseln. Noch immer nackt fiel Cheyenne auf seine Knie und hielt beschämt beide Hände vor sein Gesicht. Santiago stieg mit großen Schritten auf die Bühne und hockte sich vor ihn. Er wollte Cheyenne in eine schützende Umarmung schließen, aber der konnte ihm nicht mal in die Augen sehen und wehrte ihn ab. Santiago griff dennoch nach dem Gesicht seines Geliebten, packte seine blonden Haare im Nacken und zog ihn an sich. Cheyenne gab den halbherzigen Widerstand auf. Gegen den Mann, den er liebte, hatte er wohl keine Chance. Santiago hielt ihn fest, küsste ihn am Hals und hatte seine Ergebenheit rasch wieder für sich gewonnen.

Als wir von Bord der *Cuba Libre* gingen, stellte ich fest,

dass das Schiff inzwischen zurück im seichten Gewässer von Ivory war. Marcus brachte uns mit dem Speedboot an Land und erst auf dem kurzen Fußmarsch hinauf zur Villa hörten wir den »feindlichen« Hubschrauber starten.

Hart bestraft

Die Nacht war voller Albträume. Ich erwachte mehrmals, schwitzte und wälzte mich von einer Seite zur anderen, bevor ich wieder einschlafen konnte. Jana weckte mich am späten Morgen. Sie war längst ausgeschlafen, während ich mir noch einige Stunden gewünscht hätte. Meine Aufregung vom Vortag war noch immer zu spüren. Darum war es mir auch sehr willkommen, als sie mir mitteilte, dass das Frühstück für heute abgesagt worden war. Wir sollten uns erst gegen dreizehn Uhr zu einem verspäteten Brunch einfinden. Also blieb mir genügend Zeit, Jana von all den Ereignissen zu erzählen und gleichzeitig einen Teil davon auch für mich selbst zu verarbeiten.

Jana verzehrte sich regelrecht vor Neugier, doch ich merkte schnell, dass auch sie sich hauptsächlich für andere Mädchen interessierte, die er kennengelernt haben könnte. Ich verspürte selbst noch ein flaues Gefühl in meiner Magengrube, als ich ihr von der brünetten Schönheit erzählte, mit der er sich geschlagene zwei Stunden in eine Suite zurückgezogen hatte, und die danach nie wieder gesehen wurde. Ihre türkisgrünen Augen hatten mich an das Fabelwesen einer Meerjungfrau erinnert, obwohl sie auch das einzige Mädchen mit Stirnfransen gewesen war. Nie im Leben hätte ich vermutet, dass er sich für einen Pony begeistern konnte, wo er doch diesen Wunsch bei uns nur ein Mal hätte äußern müssen. Aber wie es aussah, hatte sie ihn mit ihrer Geschichte über irgendeinen Unfall massiv beeindruckt.

Den Vorfall mit Amistad und der Waffe behielt ich für mich. Aber immer wieder fiel mein Blick auf die Entzündung an meinem linken Oberschenkel. Der Schriftzug war nicht zu übersehen und mir bangte davor, Santiago das erklären zu müssen. Aber wenn ich an David dachte, empfand ich sofort Wärme in meinem Herzen. Und jetzt, wo ich ihn schon mal in meinen Oberschenkel graviert hatte, fiel es mir auch schwer, mich davon womöglich wieder trennen zu müssen. Bestimmt würde Santiago alles daran setzen, diese Gravur so schnell wie möglich verschwinden zu lassen.

Ich seufzte und erzählte Jana von all den tierischen Attraktionen der Party. Ich konnte noch gar nicht fassen, dass ich der Japanischen Riesenqualle entkommen war! Cheyenne und Natalie hatten mit dem schwarzen Panther nicht so viel Glück gehabt. Dafür war jedoch Ray verantwortlich! Er mochte ja durchaus ein interessanter, attraktiver Mann sein, aber er hatte gestern einige Grenzen überschritten und jetzt im Nachhinein wäre es vermutlich sogar Santiago lieber gewesen, man hätte ihn nicht eingeladen.

»Wo, denkst du, hat Santiago geschlafen?«, fragte Jana.

Ein Gedankensprung, bei dem sich mein flaues Gefühl im Magen empfindlich verstärkte. Ich wusste sofort, was sie meinte, obwohl ich Lilienné nach der gestrigen Aufregung tatsächlich fast vergessen hatte.

»Ich weiß es nicht«, gestand ich ihr, »vielleicht bei Cheyenne. Ich vermute es sehr stark.«

Ich wollte daran glauben, auch wenn ich mir sicher war, dass er der kleinen Lilienné nicht lange würde widerstehen können. Noch nie zuvor hatte ich beobachtet, dass er von etwas so hingerissen war, wie von Lilienné. Vielleicht hatte er sie tatsächlich schon heute Nacht oder jetzt am Morgen mit einer gewissen triumphierenden Erregung, gewissermaßen als krönenden Abschlusses seiner Feier, körperlich in Besitz genommen. Mir schauderte davor, dem kleinen engelhaften Plappermäulchen mit den ständig errötenden Wangen heute noch begegnen zu müssen.

***

Als wir später die Treppe hinunter ins Wohnzimmer schritten, konnte ich beiläufig einen Blick hinaus ins Freie auf Strand und Meer werfen. Dabei fiel mir auf, dass die *Cuba Libre* noch vor Anker lag. Ich dachte mir nichts weiter, stattdessen begrüßten wir Amistad, der einsam an der übergroßen, fein gedeckten Tafel saß und in einer Zeitung blätterte. Anders als bei einem Frühstück, das uns normalerweise in ausladender Üppigkeit fertig aufgetischt wurde, gab es diesmal nur das blanke Service und, abgesehen von Orangensaft, nicht viel für meinen leeren Magen. Wir mussten wohl auf Santiago warten. Ich wusste nicht warum, aber seit Jana blind war, hatte ich ständig das Bedürfnis, ihre Hand zu halten. So auch heute. Gleichzeitig wandte ich mich auf meinem Sessel um und sah hinunter auf das türkisblaue Meer ...

Und es dauerte kaum fünf Minuten, als plötzlich meine neugierigen Blicke belohnt wurden ... Ich erspähte ein Boot, das sich von der *Cuba Libre* entfernte und unserem Strand näherte. Kurz vor dem Ufer verlor ich es aus den Augen. Die hohen Palmen behinderten meine Sicht. Dann plötzlich hörten wir das dumpfe Dröhnen eines Hubschraubers, es wurde lauter, und noch bevor ich Amistad fragen konnte, wen wir erwarteten, landete er auf dem weitläufigen Vorplatz der Villa. Interessiert bemerkte ich, dass es sich um Santiagos Hubschrauber handelte, der jedoch diesmal von einem fremden Piloten geflogen wurde. Ungefähr zur selben Zeit trafen auch die Männer ein, die mit dem Boot von der Yacht gekommen waren. Ich sah Santiago – in Begleitung von Damian, Edward und Marcus. Kurz angebunden, aber sehr freundlich, verabschiedeten sie Mr Mayor, der daraufhin in den Helikopter stieg, während unsere Männer eilig unter dem Wind und dem Lärm der Rotoren das Innere der Villa aufsuchten.

Erst jetzt fiel mir auf, dass Santiago im Morgenmantel war! Ich glaubte meinen Augen nicht zu trauen – während alle anderen bereits einen Anzug trugen, schritt er mit nassen, fahrig zurückgekämmten Haaren im Morgenmantel auf den Esstisch zu und ließ sich wortlos in seinen wuchtigen Sessel sinken. Damian, Edward und Marcus setzten sich ebenfalls, nachdem wir uns zur Begrüßung kurz erhoben hatten.

Es war zwar nicht ungewöhnlich, dass Santiago im Morgenmantel zum Frühstück erschien, aber es war definitiv nicht normal, dass er derart bekleidet mit dem Boot wegfuhr, eine Yacht bestieg oder fremde Leute traf. Für einen Moment streifte mich die Frage, die Jana mir heute Morgen gestellt hatte – wo er wohl geschlafen hatte –, doch als ich ihn auf der Suche nach einer Antwort unwillkürlich mit kritischen Blicken musterte, entriss es mir langsam den Boden unter den Füßen. Sein Hals, seine Brust, seine Arme, vermutlich sein ganzer Körper ... Er war krebsrot! Zusätzlich überzog ein Glitzern seine Haut, das von einer enormen inneren Hitze zeugte, er glühte förmlich. Die Züge in seinem Gesicht waren streng kontrolliert, aber ihm stand der Schweiß auf der Stirn! Und nun lehnte er sich nach vorn, stützte sich auf seine Ellenbogen und grinste uns alle breit an – völlig unmotiviert – als hätte er den Verstand verloren.

Verwirrt klammerte ich mich an Janas Hand. In Sekundenbruchteilen stürzten Fakten auf mich ein ... die *Cuba Libre*,

Mr Mayor, ich entdeckte Abdrücke einer Schutzbrille in Santiagos Gesicht, die Rötungen. Kein Zweifel. Die Japanische Riesenqualle! Aber ... wieso er?!

»Sehr belebend! Solltet ihr alle mal probieren!«, befand er mit einer gewissen erzwungenen Leichtigkeit und fuhr sich dabei durch die Haare.

Auch Amistad wirkte leicht verwirrt. Er zeigte jedoch bewusst keine Reaktion, als könne ihn nach dem gestrigen Tag nichts mehr schockieren. Santiagos Stimmung hingegen schien kurz vor dem Supergau. An seiner Mimik sah man nun deutlich, dass sich innerlich bei ihm etwas so Gewaltiges aufgestaut hatte, dass er überhaupt nicht wusste, wo er beginnen sollte ...

»Ich muss sagen«, ergriff er schließlich das Wort, »falls dies die Absicht war, so ist es gelungen – wahrlich ein Geburtstag, den ich so schnell nicht vergessen werde!«

»Tia ...«, versuchte Amistad beruhigend auf ihn einzuwirken. »Es ist einiges nicht so gelaufen, wie es geplant war.«

Mir widerstrebte zu hören, dass er die gleiche Kurzform für Santiagos Namen verwendete wie einst David.

Santiago jedoch nickte überraschend gelassen. »Ich möchte mich nicht beschweren ...«, meinte er. »Es gibt einen, wenn auch nur einen einzigen Grund, weshalb ich den gestrigen Tag um nichts in der Welt missen möchte. Aber das ändert leider nichts daran, dass ich jetzt vor vier anderen Problemen stehe, die mir Kopfzerbrechen bereiten.«

Vier? Zaghaft strich ich mit einer Hand über meinen Schenkel. »Ich hab auch ein Problem«, flüsterte ich – mehr an mich selbst gerichtet, als an irgendwen sonst.

Doch Santiagos Aufmerksamkeit entging kaum etwas. »Du hast ein Problem?«, fragte er prompt und zog dabei eine Augenbraue hoch.

Ich hätte mich ohrfeigen können, dass mir das so unkontrolliert rausgerutscht war. Aber ich nickte.

»Dann schlage ich vor, dass wir uns zunächst meine Probleme anhören, bevor wir uns deinem widmen!«, tadelte er mich.

»CHEYENNE!«, brach es aus ihm heraus. »Es geht ihm NICHT gut!« Gleichzeitig durchbohrte er Amistad mit einem vorwurfsvollen Blick. »Du musst etwas tun. Er braucht eine Behandlung, ob er will oder nicht!«

»Ja. Ich weiß.« Amistad kniff sich mit zwei Fingern in die Nasenwurzel und seufzte schwer.

Santiago schwieg einen Moment, als müsse auch er sich erst wieder sammeln.

»Das Nächste«, fuhr er schließlich fort, »die Kleine in meinem Zimmer! Ich bin mir nicht sicher, ob wir das tun sollten. Ich hab erstens ein Problem mit ihrem Alter und zweitens ist sie – wie soll ich sagen ... unreif. Ich bin vor zirka einer Stunde bei ihr gewesen und das lief nicht so, wie ich mir das vorstelle.«

»Du warst heute schon bei Lilienné?«, wiederholte Damian überrascht.

Santiago nickte. »Kurz! Sie hat mich regelrecht angefahren, warum ich erst jetzt komme, und das in einem Ton, der auf der Stelle hätte eine Konsequenz nach sich ziehen müssen. Aber ich konnte nicht! Damian. Sie ist zu jung.«

»Du hättest mir Bescheid sagen sollen, bevor du zu ihr gehst. Das war bestimmt ein Missverständnis.«

»Ein Missverständnis? Sie hat sich einfach noch nicht unter Kontrolle, auch wenn sie das selbst vielleicht anders sieht.«

»Also ich finde, sie hat eine sehr entzückende Art und ich verstehe nicht, wo deine Bedenken liegen, wenn sie es doch selbst will!«

»Entzückend? Ja.« Santiago schnaubte verächtlich. »Glaube mir, ich hätte sie schnell im Griff, wenn sie achtzehn wäre!«

Damian und Amistad tauschten seltsame Blicke.

»Was willst du tun?«, fragte Damian.

»Ich werde sie nach Hause schicken.«

»Willst du es nicht wenigstens versuchen mit ihr? Sie ist verliebt in dich und sie wartet seit drei Jahren.«

»Verliebt? Meines Erachtens ist sie nicht verliebt in mich. Was weiß eine Sechzehnjährige von Liebe? Sie ist besessen von einer Idee, von einem Leben, das ihre Schwester hatte, zu einem Zeitpunkt, als sie es sich gewünscht hätte.«

»Du unterschätzt sie, glaub mir. Sie ist dir ergeben und sie steht auf Schmerzen, genau wie Estelle. Wenn sie dich heute angefahren hat, dann wollte sie dich provozieren.«

Santiago dachte kurz nach. »Trotzdem! ... Ich möchte nicht noch einmal das Gleiche erleben wie damals in Frankreich – dass sich so ein Gör aus purer Laune heraus überlegt, mich für etwas anzuzeigen, womit vorweg alle Beteiligten einverstanden waren! Du warst nicht in Untersuchungshaft, Damian! Ich weiß, wovon ich spreche. Und Lilienné ist sechzehn. Das würde mich diesmal weit härter treffen.«

In meinem Gehirn funkten die Synapsen ... Frankreich! Er war unschuldig? Er war damals unschuldig gewesen, bei unserem Kennenlernen, im Flugzeug, und die ganze Zeit!?

Damian und Amistad tauschten schon wieder mysteriöse Blicke. Dann fasste sich Amistad ein Herz und begann zu reden: »Tia! Die Kleine war als Geburtstagsgeschenk für dich geplant, und gestern hatte auch alles ganz nett mit ihr begonnen, wir hätten gewettet, dass du ein intimes Erlebnis mit ihr nicht länger aufschieben würdest. Du hättest den ganzen Nachmittag Zeit gehabt, dich mit ihr zu vergnügen, aber irgendwie hatte es nicht sein sollen. Fakt ist, so jung und kindlich sie auch aussehen mag, sie hätte dir ›danach‹ gestanden, dass sie bereits achtzehn ist. Sie hatte vor einer Woche Geburtstag. Ich kann dir ihre Dokumente zeigen.«

Santiagos Miene erstarrte in der Sekunde. »Sie hat mich belogen?«

»Nein«, korrigierte ihn Damian. »Es war ihr befohlen. Wir wollten dir eine Freude machen und hatten das mit ihr so vereinbart. Sie durfte nichts sagen, bevor du nicht mit ihr geschlafen hast.«

»Das heißt … es war alles Lüge?«

»Nein. Bitte, versteif dich jetzt nicht darauf. Lilienné ist echt. Alles, was sie gesagt hat, ist wahr. Jedes Wort, jede Geschichte, bis auf das mit dem Alter und der Vormundschaft. Sie war fünfzehn, als sie das erste Mal von dir gehört hat. Und sie will dich seit drei Jahren. Sie war bei Keathan in der Schweiz. Einzig die Tatsache, dass sie körperlich etwas kleiner ist, hat uns dazu verleitet, dir das mit dem Alter vorzuspielen. Wir dachten, du fändest Gefallen daran – zu deinem Geburtstag.«

»Ich kann es nicht leiden, wenn mir etwas vorgespielt wird, Damian, das weißt du genau! Ich habe nichts gegen einen kleinen Spaß unter Männern, aber ich mache mich nicht gern zum Idioten vor Mädchen, wie gestern Lilienné oder heute die beiden hier.« Flüchtig trafen seine Blicke Jana und mich. Mittlerweile rann ihm der Schweiß aus den Haaren.

»Es war auch nicht meine Idee«, betonte Damian.

Aufgebracht schwenkte Santiagos Blick zu Amistad. Der nickte und gestand leichtfertig: »Es war meine Idee.«

Santiago seufzte schwer. Er seufzte schwerer, als er je geseufzt hatte, und lehnte sich fassungslos in seinem Ledersessel zurück.

Mein Magen knurrte. Ich hatte Hunger und wusste nicht,

wie lange er heute noch diskutieren wollte ...

Lilienné war also achtzehn. Ich hoffte von ganzem Herzen, dass er nun zumindest soweit sein Gesicht vor ihr verloren hatte, dass er sie aus Verlegenheit nach Hause schicken würde.

»Hol sie!«, befahl er Damian, »und sag ihr nicht, dass ich es weiß! ... Danach holst du die Mädchen aus dem Keller, auch die beiden von Amistad. Ohne Eisen! Ich möchte alle in schwarzen Dessous. Bustier und String! Zahira, Jana, geht euch umziehen!« Mit einer leicht zornigen Geste straffte er den Gürtel seines Morgenmantels, mit einem Ärmel wischte er sich den Schweiß von der Stirn und trug anschließend dem Personal auf, nun ausschließlich für ihn das Essen zu servieren. Den restlichen Tisch ließ er abräumen.

Ziemlich eingeschüchtert nahm ich Jana an die Hand und ging mit ihr nach oben. Spontan beschloss ich, die Kratzer auf meinem Schenkel nun doch mit Make-up abzudecken, sodass sie nicht jedem gleich ins Auge fielen. Wir brauchten dadurch etwas länger, und als wir schließlich in den ausgewählten schwarzen Dessous zurückkehrten, waren die anderen Mädchen bereits vollzählig. Der Anblick Liliennes schmerzte stärker als erwartet, ich wusste nicht warum, vielleicht, weil sie die einzige Neue unter uns war oder weil sie so auffallend zierlich wirkte, aber sie sah unglaublich aus in Schwarz ...

Santiago wollte, dass wir alle einen Platz an der langen Tafel einnahmen und uns jeweils einem Gegenüber in die Augen blickend aufstellten. Danach beschloss er, wir würden nun stehen bleiben, bis er gegessen hatte.

Für mich war es die reinste Folter, mit knurrendem Magen all die herrlichen Düfte zu ertragen. Und obwohl ich meinen Blick nicht auf Santiago richten durfte, meinte ich doch ziemlich genau zu wissen, was man ihm servierte. Meine Sinne waren auch kaum mit etwas anderem zu beschäftigen. Zuerst roch es aufdringlich nach Suppe, frischem Gebäck und Parmesan, dann nach Mangold, Lauch-Soufflé, Rosmarin und gebratenem Fisch, wobei ich auf Seeteufel getippt hätte, Santiagos Lieblingsfisch, und ein Hauch von Trüffelöl lag ebenfalls in der Luft. Mein Magen verknotete sich schmerzhaft angesichts dieser erzwungenen Enthaltsamkeit. Und jedes klingende Geräusch von Besteck verstärkte meine Qualen. Doch ich war mir sicher, dass ich mit diesen Gefühlen nicht allein war.

Als er fertig gespeist hatte, erhob er sich, ließ belanglos das Wort »Damian« fallen und ging nach oben. Damian folgte ihm. Wir alle wussten über die Kameras bescheid, also wagte weiterhin niemand zu sprechen. Bestimmt eine halbe Stunde lang ließ er uns warten. Dann wurden wir von unserer starren Aufstellung erlöst.

Santiago hatte sich umgezogen, er trug jetzt enge Jeans, ein weißes Hemd, darüber ein Sakko. Damian legte ein paar Seile, Gurte und ein mehr als obszönes Teil auf den mittlerweile komplett abgeräumten Tisch.

Wir standen als kleine Gruppe vor der Tafel versammelt und Santiago suchte etwas Abstand. »Bevor wir uns einer unangenehmen Sache widmen«, meinte er, »vielleicht noch kurz ein paar Worte zu dem für mich erfreulichsten Teil des gestrigen Abends.« Wie auf Knopfdruck trat ein Glitzern in seine Augen, wie es lüsterner nicht sein konnte, und um seine Lippen tanzte ungeniert ein verzücktes Lächeln, als er fortfuhr: »Sie ist neunzehn Jahre alt, von seltener Schönheit und Reife, sie heißt Amanda ... und sie bezaubert mich.«

Das war der Todesstoß für meinen unterzuckerten Körper. Mir wurde kurz schwarz vor Augen, doch ich fing mich schnell wieder. Das musste die Meerjungfrau sein. »Amanda«. Nicht mal so weit entfernt von »Arielle«, wie ich sie auf dem Schiff genannt hatte. Der mysteriöse Unfall. Ich hatte es befürchtet. Sie hatte ihn an der Angel. Wie konnte das passieren?

»Amanda wird eine Woche benötigen, um ihr bürgerliches Leben zu sortieren«, erklärte er weiter, »ab nächsten Samstag wird sie hier sein. Das stellt uns diesmal vor ein Problem, vor allem in Bezug auf Jana. Amanda weiß nichts von meinem Lebensstil hier. Sie denkt, alle Mädchen von gestern wären Teil des Programms gewesen. Darum, Folgendes betrifft nicht dich, Jana! Wie es auch den meisten anderen von euch vergönnt war, werde ich die erste Zeit mit Amanda allein verbringen, bis sie bereit ist ... für das ›große Ganze‹.« Er lächelte verschmitzt. »Das bedeutet, drei bis vier Wochen Keller für den Rest.«

»Was interessiert das meine Mädchen?«, erlaubte sich Amistad zu fragen. Woraufhin ihm Santiago wie von der Tarantel gestochen an die Gurgel fuhr, ihn mit geballter Faust am Kragen riss und anfauchte: »DU gibst heute keinen Ton mehr von dir, es sei denn, es handelt sich um einen Schmerzenslaut!«

Amistad zuckte perplex zurück. Es hatte den Anschein, als hätte ihn in diesem Moment zum ersten Mal in seinem Leben ein Befehlston erreicht.

»Abschließend ...« Santiago wandte sich wieder an uns. »Ich möchte keine von euch mit dem Keller bestrafen, ich möchte keine zwingen, mit der es nicht vereinbart ist. Deshalb, so schwer es mir fällt, Alice, Natalie, ihr seid beide schon sehr lang bei mir, wenn ihr es vorzieht, mich aufgrund dieser Entwicklung zu verlassen, habt ihr jetzt Gelegenheit und meinen Segen. Die High Heels sind ein Geschenk.« Er machte eine kurze Pause, bevor er hinzufügte: »Lilienné wollte ohnehin in den Keller und für Zahira treffe ich die Entscheidungen!«

Ich sah Lilienné entsetzt nach Luft schnappen, als wollte sie zu einem Redeschwall ausholen, doch der Sauerstoff versiegte ungenutzt in ihrer Kehle. Es musste besonders hart für sie sein – noch nicht einmal entjungfert, degradierte er sie schon zur zweiten Wahl!

Dann sank plötzlich Natalie auf ihre Knie. Ihre anbetenden Blicke hafteten an Santiago und er schenkte ihr ein gütiges Lächeln. Augenblicklich sank auch ich auf meine Knie und Lilienné folgte mir, sogar Irina und Jessica taten es uns nach, nur Alice überlegte noch ... Ein paar Sekunden später hatte er auch ihre Unterwerfung. Woraufhin er zu den beiden »Freiwilligen« kam und sie für einen Moment innig an seinen Körper drückte. Irina und Jessica schenkte er keine Beachtung, Lilienné und mir tätschelte er liebevoll die Wange.

»Fein«, murmelte er, »dann kommen wir zum unangenehmen Teil.« Bevor er weitermachte, ließ er sich eine Stoffserviette geben, um erneut den Schweiß von Stirn und Hals zu wischen. Dann trat er direkt vor Amistad, sah ihm aus nächster Nähe in die Augen und raunte: »Zieh dich aus!«

Amistad lachte verächtlich und schüttelte ungläubig den Kopf. Santiago hingegen blieb ernst, bis sich sein Geliebter wieder eingekriegt hatte und etwas verunsichert hinter sich blickte. »Hat es etwas damit zu tun?«, fragte er und meinte die Utensilien, die auf dem Tisch lagen.

»Das wirst du merken, wenn es soweit ist«, entgegnete Santiago.

»Vergiss es!«, fauchte Amistad.

Daraufhin schlug ihm Santiago mit der flachen Hand so hart ins Gesicht, dass Amistad sich kurz besinnen musste, um zu begreifen, was eben passiert war. »Ich hab es dir viel zu lange durchgehen lassen!«, erklärte Santiago. »Du hast damals meine Schwäche ausgenutzt. Aber wir haben einen Vertrag und wenn du den einhalten willst, wirst du mir gehorchen.«

Gleichzeitig deutete er hinter seinem Rücken uns allen, wir sollten uns im Kreis aufstellen.

Amistad schnaubte. »Nie und nimmer! Schick die Mädchen weg! Schick die Männer weg und tu es selbst, wenn es dir ein Bedürfnis ist! Alles andere kannst du vergessen!«

»Wir reden von Ausziehen, mehr nicht!«, fauchte Santiago. »Du hast mich vor den Mädchen bloßgestellt. Das ist mein Dank!« Er trat zurück bis an den Rand des Kreises, zwischen Jana und Lilienné, und schenkte Amistad eine einladende Handbewegung.

»Hast du schon mal einen nackten Mann gesehen?«, fragte er Lilienné, die daraufhin sofort rot anlief, aber nickte.

Amistad zögerte. Ich überlegte, wer von uns wohl ein Problem für ihn darstellte. Marcus und Edward, die ja hauptsächlich Bodyguards waren, also genau genommen Personal und vor allem extrem heterosexuell? Oder seine eigenen beiden »Sklaven-Mädchen«, Irina und Jessica, vor denen er sich keine Blöße geben wollte. Oder Damian? Lilienné? Vermutlich war es aber eher die Situation insgesamt, die Zurschaustellung in der Gruppe. Doch plötzlich – während ich noch überlegte – tat er es.

Amistad begann, sein Hemd aufzuknöpfen und mein Herz machte einen kleinen Freudensprung. Widerwillig entblößte er seinen durchtrainierten Luxuskörper. In seiner Miene lag unterdrückter Zorn, doch er gehorchte. Als er eine Hand an seine Hose legte, spekulierte ich insgeheim sofort mit den weißen halbtransparenten Hotpants, doch die Farbe des Tages war Rot. Intensives Blutrot, verführerisch und aggressiv. Es benötigte eine weitere auffordernde Geste von Santiago, um auch dieses Teil abzustreifen. Mit den Händen an seinen Hüften blieb er schließlich stehen, so, wie man es von uns

Mädchen in einer solchen Situation erwartet hätte. Doch als Mann stellte er damit sein Geschlecht so freizügig zur Schau, wie es kein Mädchen je gekonnt hätte. Amistad war schön wie ein Kunstwerk, wie eine Statue aus Marmor, wie ein Gladiator vor dem Kampf. Und bislang sah man auch noch den Stolz in seinen Augen, der vermutlich zum Teil eine Reflektion unserer bewundernden Blicke war. Er hatte eine sanfte Erektion, doch die war ergreifend. Sein Schwanz war attraktiv geschwollen, er hatte sich ausgestreckt und abgehoben, schwebte nun frei, während sich seine übrige Manneskraft zwischen den muskulösen Beinen drängte. Santiago ließ ihn warten ... den Blicken aller ausgesetzt ... Irgendwann gab er Damian ein Zeichen, der daraufhin zwei der Utensilien holte, die auf dem Tisch lagen, einen großen runden Haken und ein Seil. Mit dem Seil fesselte er Amistads Handgelenke vor seinem Körper, danach sollte er die Arme nach oben strecken und hinter seinem Kopf abwinkeln. Das Ende des Seils hing an seinem Rücken hinab.

»Du weißt, was jetzt kommt?«, fragte ihn Santiago.

Amistad blies demonstrativ Luft aus, doch er antwortete nicht. Ich sah, wie Damian eine Tube Gleitgel zu Hilfe nahm, er benetzte damit den daumendicken Metallhaken, der daraufhin aus meinem Blickfeld verschwand. Amistad schloss seine Augen und biss seine Kiefer fest zusammen. Doch das Seil hinter seinem Rücken wurde straff gezogen, bis ein schmerzliches Stöhnen die Stille durchbrach. Seine Beschämtheit darüber war groß, als er seine Augen wieder öffnete. Selbst ich war mir nun nicht mehr sicher, ob ich ihn noch ansehen durfte. Doch niemand aus der Runde konnte seine Augen von ihm lassen. Und Santiago kannte keine Gnade. »Dreh dich um!«, verlangte er.

Amistad wagte nicht zu widersprechen, drehte sich langsam und kommentarlos um, bis wir alle sehen konnten, was Damian vollbracht hatte. Meine intimsten Muskeln zuckten lustvoll. Ich wusste nicht, warum mich das so erregte, aber es war ein unheimlich schönes Bild ... die kräftigen Schultern, seine gefesselten Hände, das Seil und das silbrig glänzende Metall, das seine Hinterbacken teilte. Damian hatte ihm das Ende des Hakens tief eingeführt und als kleines Extra konnte man nun sogar sehen, auf welcher Höhe sich Amistads geheimnisvolle Öffnung befand, denn die dicke Stange drängte seine strammen Backen auseinander, ohne von ihnen verdeckt zu werden, und sie verschwand an besagter Stelle sehr indiskret. Es war entblößend. Von seinen Handgelenken, die er im Nacken überkreuzt hatte, führte das Seil bis an die Stange, und der Zug, die Kraft der Spannung, zwang ihn in ein Hohlkreuz, provozierte ein leichtes Zittern seiner Bizepse und wohl auch eine sanfte Dehnung an intimer Stelle.

»Danke! Du kannst dich wieder umdrehen«, erlaubte ihm Santiago.

Amistad folgte schweigend.

Daraufhin kam wieder Damian zum Einsatz, er hockte sich vor ihn hin und schlang ein zweites Seil in mehreren Windungen rund um die Kronjuwelen des Gladiators. Bestimmt war es eine bewährte Bondage-Technik, denn das Ergebnis sah sehr stabil und hübsch aus, bloß ein langes Ende des Seils hing zu Boden. Damian begab sich wieder in den Kreis und sofort stellte sich mir die Frage: *Wer würde dieses Seil jetzt ergreifen?* Dabei merkte ich gar nicht, wie endlos beschämend das alles für Amistad mittlerweile sein musste.

Doch Santiago hatte nun zumindest teilweise Erbarmen. Er ging auf Amistad zu und strich liebevoll über dessen Haare. Mit einem sanften Lächeln auf den Lippen sagte er: »Ich brauche jetzt drei Männer, um dich hier hinten auf den Tisch zu bekommen. Es liegt bei dir. Wenn du meinst, wir brauchen sie nicht, dann schicke ich sie fort!«

Amistad nickte zögerlich, und Santiago kommandierte seine Männer: »Edward, Marcus, ihr könnt gehen. Danke Damian!« Mit einer kleinen Verzögerung fügte er hinzu: »Nehmt Jana mit.«

Amistad schloss für einen Moment erleichtert seine Augen und im Nu war ich nur noch von Mädchen umringt. Ohne viel Zeit zu verlieren, teilte Santiago ausgerechnet Irina und Jessica ein, ihm zu assistieren. Sie sollten ein paar Sessel zur Seite schieben, sodass Amistad an die Tischkante herantreten konnte. Er musste sich vornüber beugen, mit Bauch und Brust auf den Tisch legen, und ihm entkam ein schmerzvolles Stöhnen, als er gehorchte. Vermutlich hatte sich auch Scham in diesen Laut gemischt, denn er hatte gleichzeitig seine Beine weit spreizen müssen – da die Höhe des Tisches für ihn zu niedrig war – und diese Stellung bescherte uns Mädchen einen äußerst freizügigen Einblick – Amistads intimste Region, geschmückt mit edlem Metall von oben und einer kunstvollen Bondage-Fesselung von unten. Ich sah Lilienné nervös zwinkern, doch auch sie wollte ihre Blicke nicht abwenden.

Santiago befreite ihn nun langsam von dem qualvollen Haken. Die Handgelenke jedoch blieben gefesselt. Amistad sollte die Arme nun ausstrecken und erreichte mit seinen Fingern gerade mal die andere Kante des Tisches. Inzwischen reichte Irina unter dem Tisch das Ende des Bondage-Seils hindurch und Santiago verband es mit Amistads Handfesselung. Danach straffte er es so streng, bis ein zweiter Schmerzenslaut sein sadistisches Gemüt erfreute. Amistad zog nun praktisch unter dem Tisch selbst an seinen edelsten Teilen, ohne dass er wirklich Einfluss darauf hatte.

Wir hörten ihn zischen und brummen. Ich sah, wie er sich auf der Tischplatte streckte und wand, um den Zug zu verringern. Doch mit seinem nach unten gerichteten Blick sah er nicht, dass Santiago noch immer bei ihm stand und daraufhin den Knoten eiskalt nachjustierte, bis ein dritter Schmerzenslaut sein Gehör befriedigte.

Amistad brach augenblicklich der Schweiß aus und er konnte sich keinen Millimeter mehr bewegen. Seine Hoden waren nun professionell abgebunden und lang gezogen, sodass ihm die Verbindung mit seinen Händen keinen tieferen Atemzug mehr erlaubte – einer der wenigen Momente in meiner Zeit mit Santiago, in denen ich ehrlich dankbar war, nicht dem privilegierten Geschlecht auf Ivory anzugehören.

Ich beobachtete nun leicht verstört, wie Santiago geradezu galant Irina und Jessica in ihren High Heels auf die Tischfläche half, er gab beiden eine zierliche Peitsche in die Hand und erklärte ihnen, wo, zwischen Rücken und Po, sich die empfindlichste Hautpartie ihres »Meisters« befand. Sie stellten sich einander gegenüber auf und sollten ihn später abwechselnd mit scharfen Hieben auf das besagte Zielgebiet versorgen.

Santiago griff nun nach dem letzten obszönen Teil aus der Kollektion und fragte, an Alice und mich gerichtet: »Wer von euch beiden will es tun?«

Alice zögerte – und ich wusste mangels Erfahrung in diesen Dingen nicht hundertprozentig, wovon er sprach, aber ich meldete mich spontan, denn in mir war plötzlich ein Beschützerinstinkt geweckt, und da es nach wie vor zweifellos darum ging, Amistad mit allem Verfügbaren wehzutun, wollte ich es sein, die dies so sanft wie möglich tat.

»Das trifft sich gut«, bemerkte Santiago. »Wie viele Peitschenhiebe hast du die letzten Tage mit Cheyenne angesammelt?«

»Achtundvierzig«, gestand ich, obwohl ich mir nicht ganz sicher war.

Aber er ließ es gelten und nickte. »Gut, dann merk dir die Zahl und zieh das an.« Er gab mir einen mächtigen schwarzen Dildo mit einigen Gurten in die Hand und wandte sich wieder Amistad zu. Ich sah, wie er dessen Hinterteil mit einem feinen öligen Sprühnebel bedeckte, während Alice mir half, dieses »Zaumzeug« anzulegen. Einer der breiten Riemen legte sich genau über meine Verletzung am Oberschenkel, aber es tat nicht weh, dennoch spürte ich im nächsten Moment Hitze in mein Gesicht steigen – die Verlegenheit übermannte mich, als ich den künstlichen Phallus sah, der nun von meinem Schamhügel abstand. Er unterschied sich farblich nicht von meinen Dessous, als wäre alles bewusst aufeinander abgestimmt. Leicht beschämt stand ich mitten im Raum und wagte kaum, mich zu bewegen.

Doch Santiago winkte mich zu sich und hatte sofort ein anzügliches Lächeln auf den Lippen. »Sexy!«, schmeichelte er und ließ dabei arglos seine Hand über meinen Schwanz gleiten. Dann deutete er auf Amistads Hinterteil und meinte auffordernd: »Bitte! ... Achtundvierzig Stöße! Und sei nicht zimperlich, er ist es bei dir auch nicht!«

Amistad schnaubte geräuschvoll auf die Tischplatte und stöhnte: »Tia! Es reicht! Du hattest deinen Spaß. Das geht zu weit!«

Santiago reagierte nicht. Stattdessen wechselte er auf die andere Seite des Tisches und streichelte über die kräftigen Haare seines Geliebten. »Wie lange ist es her?«, fragte er ihn und bedeutete mir, ich solle anfangen.

Zum ersten Mal berührte ich diesen Gummischwanz, er war verdammt hart, voller Rillen und Kerben und so dick, als hätte man Amistads eigenes Maß gewählt. Vorsichtig führte ich ihn an die Ritze, die vor Öl nur so triefte, strich ein paar Mal auf und ab, bevor ich gegen seinen Eingang drückte.

»Wie lange?«, fragte Santiago erneut und nun etwas strenger.

Amistad ächzte etwas Unverständliches.

»Antworte!«, raunte Santiago. »Ich weiß genau, dass du das nicht gewohnt bist. Aber ich will wissen, wie lange es her ist!«

Amistad zischte. »Vier Jahre!«

»Mach weiter, und sei vorsichtig!«, wies er mich an.

Ich war leicht perplex ... War er sich eigentlich im Klaren darüber, dass er soeben indirekt etwas über seine eigenen sexuellen Vorlieben preisgegeben hatte? Verstohlen blickte ich zu den anderen Mädchen, aber keine wirkte irritiert. Vermutlich waren sie alle von der Situation abgelenkt. Flüchtig erinnerte ich mich an mein erstes Mal mit David, an eine gefühlvolle Vorbereitung mit schlanken Fingern und leidenschaftlichen Küssen ... doch dann war ich ganz schnell wieder mit meinen Gedanken bei Amistad.

Mit etwas Kraft stemmte ich mich auf meinen gläsernen High Heels gegen seinen strammen Körper, ich ließ ihm Zeit – wusste, er musste nachgeben, musste es zulassen. Santiago streichelte ihm über Nacken und Schultern, hielt danach seine gefesselten Hände fest. »Lass locker«, unterstützte er ihn. »Du hast jetzt die Chance, es zärtlich zu bekommen. Ich will sie nicht zwingen, brutal zu sein.«

Brutal?! Ich? Amistad keuchte kurzatmig. Santiago massierte ihn im Nacken. Und mit einem Mal war es so weit. Die Spannung seiner Muskeln gab minimal nach und ganz langsam schlüpfte diese Nachbildung einer prallen männlichen Eichel durch seinen breiten ringförmigen Muskel. Ein gepresstes Stöhnen drang aus Amistads Kehle. Ich freute mich, es geschafft zu haben und fühlte mich jetzt mit ihm verbunden. Während ich mich weiter voranarbeitete, brummte und keuchte er wie ein Tier. Ich sah, dass es ihn schüttelte, sah seine Gänsehaut und den innerlichen Kampf, den sein Körper mit mir ausfocht. Das alles erforderte weit mehr Kraft von meiner Seite, als ich erwartet hätte. Schließlich, tief in ihm versenkt, hielt ich inne, ich wusste, er musste sich an die Dehnung und das gewaltige Ausmaß erst gewöhnen. Mit meinen Fingern klammerte ich mich eisern an der Unterkante des Tisches fest und nur langsam fand Amistad zu einer normalen Atmung zurück.

Plötzlich klatschte ein Peitschenhieb auf seine Taille. Santiago hatte den Befehl an die beiden Mädchen gegeben. Amistad zuckte zusammen und brummte. Von jetzt an schlugen sie ihn abwechselnd und ohne Unterlass.

»Los, fang an!«, ermahnte er mich. »Und zähl mit! Die zwei hören nicht auf, bevor du fertig bist.«

Ich zog mich langsam etwas zurück und drängte mich wieder vorwärts, vor meinen Augen schnalzten die Hiebe auf seine Haut und mit einem Mal war ich ziemlich in Not, wusste nicht, ob ich es schneller tun oder zärtlich sein sollte. Die ersten fünf Stöße kamen noch zögerlich, doch dann versuchte ich, mich zu beeilen, ich machte schneller, dafür nicht so tief. Bis mich Santiago aufforderte, mich wieder vollständig aus ihm herauszuziehen, um die engste Stelle erneut zu überwinden. Mehrmals. Amistad stöhnte mit jeder meiner Bewegungen, er zitterte und schwitzte. Unverkennbar hatte er starke Schmerzen. Doch nicht allein wegen mir, jede Zuckung, die wir seinem Körper entlockten, riss ihn auch empfindlich an seinen Weichteilen. Er musste sich praktisch selbst kontrollieren und zwingen, die ungewohnte Penetration und die Hiebe vollkommen regungslos zu ertragen. Rote Striemen zeichneten sich auf seinem Rücken ab, er keuchte und ich musste ihn weiter und weiter mit meinen Stößen an seine Grenzen bringen.

Es war bestimmt ein reizvoller Anblick für Santiago – die beiden Blondinen in schwarzen Dessous und gläsernen High Heels, genötigt, ihren eigenen Meister zu züchtigen, und mein schlanker Körper, zwischen den gespreizten muskulösen Männerbeinen, die Bewegung meiner Hüften, meine herumfliegenden Haare und mein kläglich heller Kommando-Ton: »Achtunddreißig, neununddreißig ...«

Plötzlich stand Santiago dicht hinter mir, bei »Vierzig« umschlang er meine Taille, presste sich selbst an mich und gab einen neuen Rhythmus vor. Mir blieb keine Wahl. Mein Körper war machtlos in seinen kräftigen Händen. Und da lag nichts mehr von Vorsicht in seiner Absicht, die Stöße eines Mannes waren viel härter. Seine Bewegungen waren großzügig, schwungvoll und gelangten in ungeahnte Tiefen. Amistad ächzte und stöhnte vor Schmerzen. Meine Lenden schlugen gegen seinen Körper. Doch es gab kein Zögern, kein Warten, die letzten acht Stöße erreichten ihn mit roher männlicher Gewalt.

Mir schossen Tränen in die Augen, als Santiago von mir abließ und ich Amistad in brechenden Schmerz gehüllt, zitternd vor mir liegen sah. Die Blondinen hatten aufgehört zu peitschen, sie stiegen über zwei Sessel wieder hinunter auf den Boden, und ich musste mich erst langsam aus Amistad zurückziehen.

Ich blickte zu Lilienné. Sie war kreidebleich.

Sichtlich überfordert von all den Eindrücken, wandte sie sich an Santiago – mit der Frage, die ihr wohl am meisten am Herzen lag: »Was hat er getan?«

Santiago überlegte ... strich zärtlich durch ihre Haare ... und raunte: »Er hat mich belogen.«

Lilienné nickte wie in Zeitlupe. Doch sie blieb stumm.

»Willst du mir etwas sagen?« Mit zwei Fingern hielt er ihr Kinn hoch, sodass sie ihm in die Augen sehen musste.

Sie blinzelte verunsichert. »Du ... du weißt es schon?«

Santiago nickte und durchbohrte sie mit einem bösen Blick.

»Es tut mir so leid«, flüsterte sie.

Er blickte kurz zu Amistad, der noch immer seine Hoden unter dem Tisch schmerzhaft auf Zug gespannt halten musste. »Das kann ich mir vorstellen«, raunte er.

Lilienné machte keinen einzigen Versuch, sich rauszureden, die Schuld auf Amistad oder Damian zu schieben, die ihr schließlich das Schauspiel befohlen hatten. Entweder stand sie tatsächlich auf Schmerz und Erniedrigung, oder sie wusste, dass Santiago ein solch ergebenes Verhalten hoch schätzte. Und dieser zweite Gedanke machte mich rasend vor Eifersucht. Sie war Estelles kleine Schwester und wie es aussah, hatte sie einen gewaltigen Informationsvorsprung. Bebend vor Rage, Schmerz und Traurigkeit löste ich die Gurte von meinem Strap-on und ließ ihn zu Boden fallen.

»Was ist das?«, fragte Santiago scharf und zeigte auf meinen Oberschenkel.

Durch die Reibung hatte sich das Make-up von meiner Gravur gelöst. »Ich hab mich geritzt«, gestand ich und erstmals wurde mir bewusst, dass die Schrift aus seiner Perspektive auf dem Kopf stand, weil ich es aus meiner Sicht geschrieben hatte! »Das heißt David«, fügte ich kleinlaut hinzu. Er würde mich töten ... Ich sah mich neben Amistad, aufgespannt auf dem Tisch, gefesselt und gezüchtigt von seinen Sklavinnen, und gepfählt von Lilienné, mit jugendlicher Inbrunst und all ihrem Übereifer.

Doch Santiago war nun abgelenkt durch das kleine Engelsgesicht, das ihm so restlos ergeben war. Versonnen sah er in ihre Augen und nur noch einen Atemzug schenkte er mir, in dem er meinte: »Das ist verkehrt!« Dann küsste er Lilienné. Zärtlich, gefühlvoll und lange.

Ich konnte es nicht fassen. Das war alles, was er dazu zu sagen hatte. *Das ist verkehrt?*

Mittlerweile schien er Lilienné verschlingen zu wollen. Sein Begehren wurde immer leidenschaftlicher, obwohl sein weißes Hemd schon völlig nass geschwitzt war. »Ich bin froh, dass du achtzehn bist«, betete seine Samtstimme. Seine Hände gierten nach ihrem Körper und seine Zunge eroberte aufdringlich ihren kleinen Mund ...

Nur langsam und schwer atmend lösten sich die beiden voneinander. Seine Blicke waren verschleiert und ihre erwartungsvoll. »Meine Strafe für dich sind vier Wochen Keller!«, keuchte er. »Aber bis dahin haben wir noch Zeit. Mein ganzer Körper brennt vor Quallengift. Und ich hab es dir versprochen. Ich werde dich verbrennen, tief in dir drin!« Mit seinen letzten Worten nahm er sie auf seine Arme ...

***

Kaum war Santiago mit Lilienné im Obergeschoss verschwunden, kehrte Damian zurück ins Wohnzimmer. Er befreite Amistad eiligst von seinen Fesseln, wobei mir auffiel, dass er ihm ganz bewusst nicht in die Augen sah. Er half ihm vom Tisch, löste seine gebundenen Hände, und seine Blicke blieben gesenkt.

»Bring die Mädchen nach unten«, befahl Amistad mit rauer Stimme, bevor er sich von uns abwandte, um das letzte Seil selbst zu entfernen.

Damian deutete Irina, Jessica, Alice und Natalie, sie sollten mitkommen. Und mir schwante Fürchterliches. Lieber hätte ich mich den Mädchen angeschlossen und auf die letzte Woche in Freiheit verzichtet! Wie konnte er mich jetzt mit Amistad allein lassen?! Ängstlich sank ich auf meine Knie und senkte ebenfalls meinen Blick.

Ich hörte seine Schritte und zuerst war es nur ein Schatten, eine Bewegung in meinem Augenwinkel, doch dann sah ich seine Füße, seine Beine, und er blieb direkt vor mir stehen. Er würde doch hoffentlich nicht mich für das alles verantwortlich machen! Vorsichtshalber beugte ich mich zu Boden und küsste seine Füße, liebevoll, zärtlich ... bis er einen davon wegzog und auf meinen Rücken stieg. Ich musste mich auf dem Boden ausstrecken und er streichelte mit seinem nackten Fuß über meinen Körper, während ich ruhig liegen blieb, meine Ergebenheit und seine Macht über mich fühlte.

»Ich könnte dir verdammt wehtun, wenn ich das wollte!« Mit diesen Worten drehte er mich auf den Rücken. Er hatte sich zu mir heruntergebeugt und mich am Oberarm gepackt.

Ich nickte ergeben.

Kurz dachte er nach. Seine Blicke wanderten über meinen Körper. »Wann hast du das gemacht?«, fragte er und meinte die Gravur.

»Gestern. Ich ... ich dachte, du bringst mich um. Und ich hatte Angst, ihn nie wieder zu sehen. Da lag ein Nagel auf dem Boden, auf dem Schiffsdeck, zwischen deinen Füßen.«

Amistad seufzte. Dann hielt er sich in einer seltsamen Geste der Resignation oder Verzweiflung eine Hand vor die Augen und seufzte ein zweites Mal, etwas dramatischer, bevor er sich wieder aufrichtete und in versöhnlichem Tonfall sagte: »Komm, steh auf, wir gehen unsere Wunden pflegen.«

Ich blickte auf seine roten Hotpants und folgte ihm ins Bad.

Unmoralisches Angebot

Binnen weniger Minuten war der riesige Whirlpool mit angenehm warmem Wasser befüllt. Vier Meter breite Schlitze sorgten für wasserfallartiges Rauschen, während wir uns entkleideten. Amistad klebte ein großes wasserdichtes Pflaster auf meine Wunde, half mir aus den High Heels und wir stiegen gemeinsam die geschwungene Treppe hinauf zum Pool. Bevor ich ins Wasser durfte, hielt er mich kurz zurück. »Warte!« Unverschämt fasste er mit zwei Fingern zwischen meine Beine und lächelte herablassend. »Ich wollte es nur wissen«, sagte er.

Was sollte das bedeuten? Dachte er, es hätte mir gefallen, ihm Schmerzen zuzufügen? Das hatte es bestimmt nicht!

Während ich darüber nachdachte, schwamm er an mir vorbei und tauchte kurz unter, dann strich er seine nassen blonden Haare zurück und bettete seinen begnadeten Körper auf der bequemsten Unterwasserliege, offenbar in der Absicht, sich zu entspannen. Welch ein Anblick! Doch nach kurzem Zögern schwamm ich zu ihm, denn ich wollte das so nicht auf mir sitzen lassen.

»Was sollte das?«, fragte ich ihn mutig.

Er ließ seine Augen geschlossen. »Wieso beschämt es dich? Du siehst doch auch, wenn ich erregt bin.«

»Ja, aber du könntest daraus falsche Schlüsse ziehen!«

»Ich ziehe keine falschen Schlüsse.«

»Nicht? Was hat mich denn erregt?«

Er lächelte blind vor sich hin. »Muss ich dir das wirklich sagen?«

»Ja! Vielleicht ist es mir entgangen.«

»Das glaube ich zwar weniger, aber gut, wenn du es so willst ...« Er seufzte, drehte seinen Kopf in meine Richtung und schenkte mir nun doch einen Blick – einen tiefen Blick in meine Augen. »Dein Herz hat schneller geschlagen, ab dem Moment, wo zur Diskussion stand, ob ich mich ausziehen würde. Und es ist im Kreis gesprungen, als ich es tat. Ich schätze, die ersten Zuckungen in deiner Pussy gab's bei meinem Hemd, die nächsten bei meiner Hose und ein warmes Tröpfchen beim Anblick von meinem Schwanz. Vermutlich hast du dir vorgestellt, mir vor all den anderen einen zu blasen, was leider nicht in Erfüllung ging. Dafür gab es ein zweites Hochgefühl in deinem Höschen, als du meine Füße geküsst hast, und ich könnte mir denken, einen kleinen feuchten Erguss bei deiner Unterwerfung danach.«

Ich schluckte hart. Sofort löste ich mich aus seinen Augen und tauchte unter. Als ich wieder auftauchte, fühlte ich mich allerdings noch immer grenzenlos beschämt. »Stört es, wenn ich rausgehe?«, fragte ich ihn.

Er lachte, ergriff mein Handgelenk und sprach ein klares »Ja«.

Ich wand mich und versuchte, mich zu befreien. »Bitte«, flehte ich ihn an.

»Wieso willst du gehen?«

»Ich kann nicht bleiben!«

»Warum nicht?«

»Du ... du tust ja so, als wäre das alles eine private Peepshow gewesen! Nur für mich!«, warf ich ihm vor.

»War es das nicht?«

»Nein!«

»Was war es dann?«

Ich schnaubte und kämpfte mit seiner Hand, die mich so fest hielt. »Lass mich!«

»Was war das heute?«, fragte er mit etwas Nachdruck.

Wieder schnaubte ich und strampelte.

Er drehte sich auf seiner Liege zu mir, hielt mich mit beiden Händen fest und wurde deutlich energischer. »WAS war das heute?«

Mittlerweile war ich reichlich zornig und plötzlich fiel mir nur noch das Vokabular ein, das er so gern benutzte, und ich spuckte es förmlich in sein Gesicht. »Ich hab dich gefickt!«

Ein hohler Laut drang aus seiner Kehle. Im nächsten Moment war mein Kopf unter Wasser. Er hielt meine Hände hinter meinem Rücken fest und eine Hand würgte mich im Nacken. Als ich wieder auftauchte und nach Luft kreischte, hatte ich eine Ohrfeige im Gesicht und war sofort wieder unter Wasser. Das Ganze machte er dreimal, bis ich nur noch schrie und mich mit allem, was ich hatte, wehrte. Daraufhin ließ er mich los und plötzlich hatte ich das unbändige Verlangen, ihm das heimzahlen zu müssen.

Ich stürzte mich auf ihn, schlug mit meinen Händen nach ihm ... Doch er hielt mich sofort fest und zog mich ohne viel Anstrengung auf seinen Körper. Meine nasse Haut glitt über die seine wie geölt. Dabei spürte ich viel mehr von ihm, als ich so schnell registrieren konnte. Seine Arme und Beine nahmen mich in die Mitte, und noch bevor ich einmal ausgeatmet hatte, wurden seine Muskeln fest und er drehte sich wie ein Krokodil mit mir im Wasser. Im nächsten Moment war er über mir und sein Schwanz stieß in mich.

Ich schrie und erschauderte in seinen Armen, dann biss ich schmerzerfüllt in seine Schulter und er zog sich zurück, um ein zweites Mal zuzustoßen. Er begann einen langsamen, aber unerbittlichen Rhythmus. Tiefe Stöße, die mir bei jedem Eindringen den Atem nahmen, mein Körper bebte, ich stöhnte und bohrte meine Nägel in seinen Rücken – während er plötzlich zu reden begann!

»Was findest du an diesem David?«

Ich hatte größte Mühe zu atmen, zu fühlen, all meine Konzentration war bei dem dicken Schwanz, der mich pfählte, und außer Stöhnlauten brachte ich keinen Ton hervor.

»REDE!«, fuhr er mich an.

David? Hatte er mich nach David gefragt? Wie konnte er mich jetzt nach David fragen?! Amistad drängte sich erbarmungslos in meine Mitte. Ich jammerte und keuchte an seiner Schulter. Schließlich merkte auch er, dass ich unter diesem Druck nicht reden konnte und verlangsamte sein Tempo. Sein Gesicht kam vor meines, während sein strammer Penis nun etwas geschmeidiger unter Wasser in mir ein und aus glitt. »So besser?«, fragte er.

Ich stöhnte und nickte.

Er lächelte herablassend. »Also, dann sprich, was ist dran am Mythos David?«

Mythos David? Ich fühlte die tiefen Stöße. Doch ich konnte mich beim besten Willen nicht auf David konzentrieren ...

»Ich kann nicht!«, keuchte ich.

»Du wirst doch noch wissen, was so besonders ist an David?«

»Alles!«, fuhr ich ihn an. Wie kleine Blitze leuchteten Erinnerungen in mir auf. Kurz sah ich Davids Gesicht vor mir, seine feinen Züge, seine grünen Augen, seinen schönen Mund ... doch gleichzeitig folterte mich Amistad mit lustvoll intimen Reizen, die mein Gehirn irritierten. Als ich nicht weiter antwortete, zog er sich ein wenig zurück, beließ nur seine empfindsame Spitze an meiner zuckenden Scham und begann ein feinfühliges Spiel von kleinen Bewegungen. Seine pralle Eichel hielt mich geöffnet und schenkte mir kleine Stöße, die zwar nicht schmerzhaft, aber so lasziv und erregend für mich waren, dass ich hätte aus der Haut fahren können. Und in Kombination mit dem Anblick, den sein stattlicher Körper mir bot, fielen mir Gedanken an einen anderen Mann noch beträchtlich schwerer.

Er lächelte und drang ein paar Mal tiefer in mich ein. »Los, sag, wie soll ich es dir machen, sodass du von David reden kannst?«

»Ich kann nicht von David reden, während du …« Wieder stöhnte ich.

»Doch, du kannst.«

Ich keuchte und zischte verzweifelt. Er hörte nicht auf, meinen Unterleib mit seiner Größe für sich zu beanspruchen und über meine Gefühle zu bestimmen.

»Rede!«, fuhr er mich an und hielt plötzlich tief in mir inne. Er küsste mich seitlich am Hals, flüsterte: »Wie ist er im Bett?«, und sah mir danach wieder in die Augen.

Ich fühlte meine Muskeln an seinem Schaft zucken, während ich nachdachte und Davids schlanker Körper vor mir Gestalt annahm, seine Schönheit und Eleganz, wie er sich in Ekstase wellenförmig auf mir bewegte, ich spürte für einen Moment seine Wärme, seine Gutmütigkeit und die wohldosierte Strenge, eine Dominanz, die es nie übers Herz gebracht hätte, mich zu verletzen. Ich spürte meine Liebe zu ihm. Doch die ging Amistad nichts an! Ängstlich presste ich meine Lippen zusammen und schüttelte den Kopf.

»Ich bin in drei Wochen bei einem Ärzte-Kongress der High Society in New York«, erklärte er. »David wird auch dort sein.

Ich hab seinen Namen auf der Gästeliste gelesen. Es fällt zwar in deine Zeit im Keller, aber ... ich kann dich mitnehmen, wenn du willst.«

Fassungslos starrte ich ihn an. Ich konnte kaum glauben, was er gesagt hatte, und fragte mich sofort, ob man das wohl auf den Überwachungsvideos hören konnte. Aber er hatte sehr leise gesprochen und vermutlich schluckte das Geräusch der Whirlpool-Düsen den Rest. Während ich überlegte, begann er, sich wieder in mir zu bewegen, gefühlvoll und kontrolliert, als wollte er mich mit seinem Schwanz dazu bringen, nachzugeben. Aufmerksam beobachtete er mein Gesicht. Ich wusste nicht, was ich tun sollte.

»Ich will, dass du mir Davids Liebeskünste beschreibst«, fuhr er fort, »wie er dich von hinten nimmt, in allen Details, ausführlich, gefühlvoll und langsam ... bis es dir kommt! Und ... dreh dich um für mich ... vielleicht fällt's dir dann leichter!«

»Nein!«, stöhnte ich.

Er lachte abfällig. »Hast du nicht verstanden, ich werde dich kommen lassen! Und beides zusammen ist die Belohnung, die ich dir gestern auf dem Schiff versprochen habe. Oder verzichtest du lieber darauf, David zu sehen?«

Ich seufzte verzweifelt, doch reflexartig zogen sich meine Muskeln um seinen Schwanz zusammen. »Unter diesen Bedingungen verzichte ich!«, antwortete ich. Nie im Leben hätte ich gedacht, dass ich jemals eine Gelegenheit auslassen würde, von hier wegzufahren, um David zu treffen. Aber unsere intimsten Geheimnisse, unsere Zärtlichkeiten dafür auszuplaudern ... das war zu viel verlangt.

»Ich lasse dich kommen für ein bisschen Liebesgeflüster. Du darfst David sehen. Überleg es dir!«

Ich fühlte den Schmerz in meinem Herzen, nur wegen

David, aber ich schüttelte entschieden meinen Kopf.

Amistad zog seinen Schwanz aus mir. »Wie du willst. Dann verschwinde!«

Entsetzt sah ich ihn an.

»Verschwinde!«, fauchte er.

Mit wackeligen Knien richtete ich mich auf und stieg aus dem Whirlpool. Ich trocknete mich eilig ab und kaum war ich in meine High Heels geschlüpft und hatte sie verschlossen, betrat Irina das Bad und nahm meinen Platz ein. Er musste sie irgendwie gerufen haben.

***

Zurück in meinem Zimmer gab es endlich einen Lichtblick: Essen! Mit ein paar Brötchen setzte ich mich zu Jana aufs Bett, doch ich hatte noch immer ein mulmiges Gefühl in meinem Bauch. Ich konnte kaum fassen, was Amistad von mir verlangt hatte. Einerseits war ich erleichtert, dass er mich letztlich so einfach hatte gehen lassen. Andererseits begründete sich seine Freigiebigkeit vielleicht einzig darauf, dass er keine Erlaubnis hatte, mich härter zu bestrafen. Santiago war schließlich momentan mit Lilienné indisponiert. Mir schauderte. Ich fürchtete, dass er mich vielleicht ein anderes Mal weiterquälen würde, um seinen Willen zu bekommen.

***

Eigentlich hatte ich nicht damit gerechnet, Santiago an diesem Tag noch einmal zu sehen. Doch vermutlich hatte ich diese Ehre Jana zu verdanken. Es war bereits spät abends und ich saß mit einem neuen Buch an unserem Schreibtisch, als er das Zimmer betrat. Er trug seinen schwarzen Bademantel und sah, wie immer in diesem Outfit, atemberaubend sexy aus. Vielleicht steigerte auch die Tatsache, dass es um diese Uhrzeit meist darum ging, wo er die Nacht verbringen würde, sein

Sexappeal. Auf jeden Fall durchströmte angenehm prickelnde Nervosität meinen Körper, als ich ihn erblickte. Ich erhob mich von meinem Sessel und blieb an den Tisch gelehnt stehen.

»Wo ist Jana?«, fragte er.

»Noch im Bad.«

Er nickte und kam zu mir. Mein Herz schlug sofort schneller, als er mir gegenüberstand. Ich merkte, dass ich angestrengt nach Indizien suchte ... in seinem Gesicht, seinem Ausdruck, seinem Duft. Ich versuchte, Lilienné an ihm zu riechen. Waren das die Schultern, die sie geküsst hatte? Hatten ihre langen blonden Haare auf ihm gelegen? Erkannte ich vielleicht eine gewisse verräterische Befriedigung in seinen Zügen? Mit Sicherheit hatte er mit ihr geschlafen, doch ich wagte nicht, ihn danach zu fragen. Seine Blicke waren liebevoll, aber irgendwie erschien er mir fremd.

Santiago streichelte über mein Gesicht und kam mir näher. Seine Lippen berührten meine. Meine Nase streifte über seine Wange und wieder versuchte ich, sie zu riechen, sie zu schmecken. Doch dann war sie vergessen. Er küsste mich innig und leidenschaftlich. Seine Begierde erfüllte meinen ganzen Körper. Seine Zunge drang in mich ein und schmiegte sich wie gewohnt an meine ... und plötzlich war sie wieder da ... Lilienné ... Küsste sie besser als ich? Hatte er meine Küsse vermisst? Fast wirkte es so! Er schien starkes Verlangen nach mir zu haben. Ich wusste, dass er meine devote Leidenschaft mochte, die Art, wie er von meinem Mund Besitz ergreifen konnte, ohne dabei eine schüchterne Initiative von meiner Seite vermissen zu müssen. Meine Küsse waren sehnsüchtig und ergeben zugleich. Er durfte sich in meinem Mund nach Herzenslust bewegen, und jeder Kontakt, der mir das Gefühl gab, als würden unsere Zungen im Einklang miteinander tanzen, löste in meinem Körper eine Welle von Dankbarkeit aus, die ihm entweder nicht verborgen blieb oder der er sich ohnedies gewiss war. Doch irgendwie lief diesmal alles schief ... Die Glücksgefühle beraubten mich offenbar gleichzeitig jeglicher Scheu und Angst, denn als er sich von mir löste, sah ich in seine geheimnisvollen dunklen Augen ... und fragte ihn frei heraus: »Hast du mit ihr geschlafen?«

Er lächelte überrascht, fast verlegen, nahm langsam seine Hände von mir und steckte sie in die Taschen seines Bademantels. Noch immer lächelte er und seine Augenlider schlugen hektisch auf und nieder, er blinzelte, als hätte ich ihn mit einem hellen Licht geblendet. Aber ich bekam eine Antwort! Auch wenn es nur ein seichtes »Ja« war, aber es war eine Antwort. Und sofort hatte ich damit zu kämpfen, jegliche Reaktion darauf hinunterzuschlucken. Ich konnte kaum unterscheiden, ob ich mehr schockiert darüber war, dass er geantwortet hatte, oder gekränkt, dass er mit ihr geschlafen hatte. Doch ich wollte gefasst wirken, denn ich musste mehr erfahren. Also nickte ich, weitestgehend neutral, und fragte weiter: »War sie allein mit dir?«

Ich konnte ihm sofort ansehen, dass er diese Frage unerhört fand. Doch plötzlich entstand so etwas wie ein Spiel zwischen uns. Möglicherweise hatte er gemerkt, dass er mir genauso wehtun konnte, indem er mir etwas erzählte, wie wenn er sich komplett bedeckt gab. Allerdings wollte er das Ruder in der Hand behalten, und sich nicht ausfragen lassen. Also begann er von selbst zu erzählen ...

»Sie war nicht allein mit mir! Falls es dich interessiert, Cheyenne hat ihre Hände gehalten.« Er wandte sich ein wenig von mir ab und rieb sich das Kinn. »Sie kann tatsächlich Schmerzen gut wegstecken«, betonte er, »wobei sie noch nicht viel davon erfahren hat. Ich werde morgen den Tag mit ihr auf der *Sea Star* verbringen. In der Tat hat sie es verdient, mit mir allein zu sein. Es ist fast ein bisschen schade, dass sie ihr erstes Mal hier in der Villa haben musste. Normalerweise wähle ich einen anderen Rahmen dafür, wie du weißt. Aber es hatte sich so ergeben.«

Nun war ich leicht verlegen und senkte meinen Blick. Ich sah, dass seine Brust noch immer leicht gerötet war. »Wegen der Qualle?«, fragte ich.

»Ja. Unter anderem.«

Der Gedanke daran, dass er sich freiwillig dieser Tortur unterzogen hatte und möglicherweise jetzt noch Schmerzen litt, tat mir im Herzen weh und ich konnte nicht anders, als meine weichen Lippen an seine Haut zu pressen. Und er ließ es bereitwillig zu. Ich übersäte ihn mit zärtlichen Küssen, von seiner Brust aufwärts bis an seinen Hals. Dabei fiel mir auf, dass an meinen Lippen überhaupt nichts brannte, also vielleicht war es ja gar nicht so schlimm mit dem Gift.

»Und?«, fragte ich neugierig, als ich ihm daraufhin wieder in die Augen sah. »Hält das Quallengift, was es verspricht?«

Er lächelte. »Bedingt.«

»Bedingt?«

»Ja. Ich hatte mir mehr erwartet. Bei ihr! ... Dafür fand ich es etwas störend, dass mein Körper nahezu betäubt war ...«

Für einen Moment war ich perplex, dass er das eben gesagt hatte. Vermutlich erkannte auch er das an meinem Gesichtsausdruck, denn, noch bevor ich reagieren konnte, korrigierte er sich selbst ...

»Also ›betäubt‹ ist bestimmt das falsche Wort, aber ich hatte das Gefühl, das leichte Brennen und die innere Hitze überlagern die äußeren Reize etwas zu aufdringlich. Ich konnte ihren Körper auf meiner Haut nicht so spüren, wie ich das gewohnt bin.«

»Das tut mir leid«, bekundete ich ihm mein Mitgefühl, mit allem Ernst, den mein schauspielerisches Talent aufbringen konnte.

»Es braucht dir nicht leidzutun. Es war sehr schön«, versicherte er mir.

»Gewiss.« Ich nickte und senkte meinen Blick, um mich davor zu schützen, dass mir ein offenes Lächeln über die Lippen kam.

Doch er hob mein Kinn an und sah mir nun tief in die Augen. »Glaubst du im Ernst, ich erzähle dir von meinen sexuellen Highlights mit anderen Frauen?«

Das war die Ohrfeige, um die ich die ganze Zeit gebettelt hatte. Highlight! Ich hörte förmlich das Klatschen des Aufpralls, mit dem gleichzeitig meine illustre Seifenblase zerplatzte. Alles in mir krampfte sich zusammen. Er hatte mich nicht nur auf den Arm genommen, Lilienné war ein sexuelles Highlight in seinem Leben!

»Vielleicht willst du mir mit Lilienné einmal zusehen?«, fragte er provokativ.

»Nein!«, hauchte ich. Das konnte er sich sparen.

Er lächelte. »Doch. Ich denke, das werden wir einrichten. Nicht morgen, aber ein andermal. Ich bin mir sicher, dann vergeht dir dein übermäßiger Wissensdurst für einige Zeit!«

Schmerzlich zogen sich meine Augenbrauen zusammen. Im selben Moment kam Jana aus dem Bad zurück.

»Baby …« Er ging ihr entgegen und schloss sie in seine Arme.

Schlimm genug, dass ich mit ansehen musste, wie Janas Arme sich ebenfalls um ihn legten, dass sie ihn anfassen durfte, als einzige Frau auf dieser Welt! Jetzt auch noch diese Androhung mit Lilienné. Nächste Woche Amanda ... Ich sollte etwas gegen meine Eifersucht tun. Ich hatte noch nie erlebt, dass ein neues Mädchen hinzukam. Ansatzweise konnte ich nun nachvollziehen, wie sich Jana damals mit mir gefühlt haben musste. Sie hatte mir versichert, alle Mädchen wären neidisch auf mich, weil ich die Neue war. Doch ich konnte es kaum glauben oder verstehen. Ich war zu diesem Zeitpunkt zu verletzt und schockiert darüber gewesen, dass er die ganze Zeit hinter meinem Rücken noch fünf andere Mädchen in diesem Haus gehabt hatte. Das ersparte sich Lilienné. Sie wusste es von Anfang an. Wie krank! Sie musste wirklich eigenwillig veranlagt sein, sich absichtlich auf so etwas einzulassen. Ich hatte ja wenigstens gedacht, ich wäre seine einzige Frau. Sechs Wochen lang!

Santiago führte Jana ins Bett. Er blieb die ganze Nacht bei uns. Zwar wollte er keinen Sex, aber wir durften uns an ihn kuscheln – Jana beim Einschlafen und ich in der Früh, denn er hasste es, in der Mitte zu liegen. Dabei fiel mir bereits zum zweiten Mal etwas Sonderbares auf, das er offenbar nicht bedacht hatte. Während mein nackter Körper sich an seinen schmiegte, empfand ich weder ein Brennen noch ein Kribbeln, das von dieser Qualle herrühren konnte – obwohl seine Haut noch immer gerötet war! Da drängte sich direkt der Verdacht auf, dass vielleicht doch ein Teil seiner freizügigen Berichterstattung der Wahrheit entsprochen haben könnte. Jedenfalls klammerte ich heimlich meine Hoffnung daran. Und genauer wollte ich es gar nicht wissen. Obwohl, vielleicht war das mitunter der Grund, warum ich ihn direkt nach dem Aufwachen so hingebungsvoll mit Zärtlichkeiten verwöhnte. Er lag auf der Seite und ich küsste liebevoll seine Brust und seinen Hals. Gleichzeitig schmiegte ich meine Hüfte an seine Lenden, in verführerisch sanften, wellenförmigen Bewegungen … vielleicht wollte ich austesten, was er fühlte, ob er mich spüren konnte, ob er dem Reiz meiner Haut und meiner Liebkosungen erliegen würde. Doch plötzlich begann er ein sehr ernstes Thema, das mich meine Bemühungen einstellen ließ. Es ging um die vier Wochen im Keller. Und um Jana.

»Ich hab nachgedacht, Jana, ich möchte nicht, dass du auch nur einen Tag im Keller verbringst. Ich möchte aber auch nicht, dass du allein hier bleibst. Amistad hat sich ein bisschen erkundigt, und es gibt eine Klinik in Atlanta, die ich in Erwägung ziehe.«

»Du willst mich fortschicken?«, fragte sie entsetzt.

»So darfst du das nicht sehen. Es ist eine Privatklinik, ein wirklich erstklassiges modernes Zentrum, das auf die Rehabilitation Sehbehinderter spezialisiert ist. Dort wird in Kleinstgruppen Mobilität und Kommunikation trainiert, angepasst an die jeweilige Lebenssituation.« Er lächelte. »Wenn du möchtest, kannst du auch ein Einzeltraining haben. Es geht teilweise um ganz banale Dinge, aber auch um Blindenschrift, elektronische Hilfsmittel und High Tech Entwicklungen auf diesem Gebiet. Ich sehe das als Möglichkeit und große Chance für dich.«

Jana nickte etwas beklommen.

Er küsste ihre Hand. »Es sind nur vier Wochen, Baby. Das ist keine Ewigkeit. Und wenn es dir dort nicht gefällt, dann lassen wir uns etwas anderes einfallen, versprochen.«

»Okay«, erklärte sie sich schließlich einverstanden. »Kann Zahira mitkommen?«

»Nein.« Er lachte. »Eifersüchtige Mädchen müssen zu Hause bleiben.«

Ich schmunzelte, wollte ohnehin nicht vier Wochen in ein Blindenzentrum.

»Aber für dich habe ich auch eine Überraschung«, fügte er hinzu. »Amistad hat momentan ein striktes Verbot, dich körperlich zu züchtigen. Das ist als Schutz für die gestrige Aktion für dich gedacht. Es war ein Fehler von mir, ich hätte deine Identität wahren sollen. Leider ist es dafür jetzt zu spät. Das Verbot gilt vorläufig für fünf Wochen, also auch für die gesamte Zeit im Keller.«

Ich nickte dankbar. »Kommen wir in den vier Wochen nie nach oben?«, fragte ich.

»Grundsätzlich nicht, eventuell in den Fitness-Raum. Aber Damian wird abwägen, entsprechend meiner Aktivitäten, ob er gelegentlich eine Ausnahme macht. Und vielleicht wird sich die ganze Angelegenheit ohnehin erheblich verkürzen, denn ich plane, nur die ersten zwei Wochen mit Amanda hier zu verbringen, danach zieht es mich in die Ferne. Ich werde mit ihr vierzehn Tage auf Aruba Urlaub machen.«

»Aruba?«, hauchte ich mit großen Augen.

»Ja. Es gibt dort ein sehr schönes, relativ neues Ressort. Die rühmen sich mit einem einzigartigen Strandabschnitt – angeblich ein beliebtes Motiv berühmter Fotografen – und mit einer neu gestalteten Präsidenten-Villa, einer Auswahl an Privat-Yachten und komplettem VIP-Service. Wir haben zufällig vor zwei Wochen einen Hausprospekt erhalten. Die Bilder sehen sensationell aus.«

Unweigerlich musste ich an Ronan denken. Mein Hotelmanager. Meine kleine heimliche Affäre. Würde er sich erdreisten, Santiago einen Prospekt zu schicken? Das kam ja fast einer Einladung gleich. Wollte er ihn kennenlernen? Amanda? Ich nickte traurig. Ich wollte auch nach Aruba.

Zu gern hätte ich gewusst, von welchem Hotel er sprach. Aber ich konnte das Risiko nicht eingehen, ihn danach zu fragen. Ich wollte nicht in Erklärungsnot geraten. Schlimm genug, dass er dorthinfliegen und womöglich mit ihm Kontakt haben würde. Ronan hatte ja hoffentlich mein freizügiges Model-Bild nicht in der Lobby aufgehängt! Aber vielleicht war ich zu paranoid. Es gab viele schöne Ressorts auf Aruba ...

Santiago schlug die Decke zurück und stand auf. »Ach ja, noch eine Kleinigkeit«, ergänzte er, »solltest du noch einmal, sei es aus Eifersucht oder was auch immer, auf die Idee kommen, deinen Körper mutwillig beschädigen zu müssen, wird das ernsthafte Folgen haben. Ich hoffe, dieses Gekritzel ist in fünf Wochen weg!«

Ich nickte. Offensichtlich dachte er, ich hätte es aus Eifersucht getan.

»Wenn es in fünf Wochen nicht verschwunden ist, sehe ich mich gezwungen, es mit einem zweiten Brandmal zu überdecken!«, warnte er mich abschließend.

Ich schluckte.

Santiago verließ uns und nahm bereits das Frühstück mit Lililenné auf der *Sea Star* ein.

Nackte Begierde

Die darauffolgenden Tage vergingen wie ihm Flug. Obwohl sich kaum jemand mit Jana oder mir befasste und wir bis auf Morgensport keine nennenswerten Pflichten in der Villa hatten, kannten wir keine Langeweile. Vielleicht war es der Gedanke an meine letzten Tage in Freiheit, der mich jede Minute genießen ließ, oder der bevorstehende Abschied von Jana. Unsere gemeinsamen Stunden waren wertvoll und umso schneller verstrich die Zeit.

Cheyenne hatte ich seit Santiagos Geburtstag nicht mehr gesehen. Ich machte mir Sorgen. Es hieß, er hätte sich endlich zu einer Therapie durchgerungen, aber es würde dauern, bis die Medikamente ihre Wirkung zeigten. Offenbar zog er es vor, bis dahin auf seinem Zimmer zu bleiben.

Auch mit Lilienné hatte ich noch kein einziges Wort gewechselt. Santiago war permanent mir ihr unterwegs. Sie verbrachten die meiste Zeit auf der *Sea Star* oder er flog mit ihr zu Veranstaltungen, Shopping nach Miami, zu einem Golf-Turnier nach Orlando. Zu Hause genoss er mit ihr jedes Frühstück auf der Dachterrasse, Spiele am Strand oder Candle-Light-Dinner mit anschließender Nächtigung auf einer der »Liebesinseln«, den romantischen Kingsize-Betten am Strand. Es schien, als wollte er mit ihr binnen weniger Tage ein Programm durchziehen, welches bei mir Wochen in Anspruch genommen hatte.

Nur ein einziges Mal ergab es sich, dass er mit ihr zum gemeinsamen Frühstück im Wohnzimmer erschien. Ein Ereignis, das mir unausweichlich in Erinnerung blieb ...

Cheyennes Platz an der großen Tafel war wieder mal leer geblieben und so hatte Lilienné die Ehre, ihn besetzen zu dürfen. Voller Stolz präsentierte sie dabei ihr frisches Brandmal, indem sie ständig ihre Haare auf die andere Seite wirbelte und damit ihren Hals freilegte, sodass wir es alle sehen konnten. Immer wieder hielt Santiago liebevoll ihre Hand, wie er es mit Cheyenne nun schon länger nicht mehr hatte tun können. Seine Einstellung in Bezug auf Cheyenne schwankte. Manchmal zeigte er ehrliche Betroffenheit, manchmal merkte man ihm aber auch Unverständnis an. Amistad war nahezu täglich bemüht, Santiago hoffnungsvoll zu vertrösten. So auch an jenem Morgen ... Sie hatten bestimmt zwanzig Minuten über Cheyenne diskutiert, bevor er sich anderen Themen widmen konnte – als plötzlich einem seiner Männer ein Missgeschick passierte. Eigentlich war es nur eine kleine Unachtsamkeit, eine gedankenlose Handlung, doch in Zeiten wie diesen ... schlicht ein dummer Fehler.

Wir alle hatten fertig gefrühstückt und saßen noch ein wenig beisammen, Santiago war unschlüssig, was er mit Lilienné heute anstellen wollte, als Edward sich vom Tisch erhob und an die Fensterfront trat. Vermutlich wollte er die aktuellen Surfverhältnisse auskundschaften, Windsituation und Wellengang. Ich dachte mir nichts dabei und schenkte dem auch keine weitere Beachtung – da es hinter meinem Rücken passierte – bis mir auffiel, dass Santiagos Blicke häufig in jene Richtung schweiften. Er war sichtlich abgelenkt und ich konnte mir anfangs nicht erklären, warum, denn schließlich war es nur Edward! Doch als ich mich nach dem fünften auffälligen Blick erneut umdrehte, hätte mir eigentlich alles klar sein sollen. Aber im ersten Moment war ich lediglich verwirrt ... Edward hatte sein T-Shirt ausgezogen. Vielleicht hatte er innerlich bereits die Entscheidung gefällt, den Tag am Strand zu verbringen, und tat es in einem gedankenlosen Reflex, aus purem Leichtsinn oder einfach weil ihm heiß war ... Auf jeden Fall war diese ungewöhnliche Handlung Santiagos nachdenklichen, lüsternen Blicken nicht entgangen. Edward stand mit dem Rücken zu uns, er hatte nur noch seine etwas zu tief sitzenden hellen Jeans an und fuhr sich mit einer Hand durch seine bronzefarbenen Locken. Ich merkte, dass Santiago sehr wohl versuchte, diesem verführerischen Anblick nicht kampflos zu erliegen – er hielt Liliennés Handgelenk fest und streichelte versonnen mit seinem Daumen über ihre Handfläche, nippte abwechselnd an einem Glas Champagner und einer Tasse italienischen Espresso, doch seine wahre Aufmerksamkeit galt dem nackten Männerrücken.

Schließlich seufzte er, erhob sich und fuhr sich, genau wie Edward, durch die Haare. Dann ging er gemächlichen Schrittes auf ihn zu und ich konnte nicht anders, als ihn mit neugierigen Blicken zu verfolgen ... Direkt hinter Edward blieb er stehen und legte ihm eine Hand an die nackte Taille. Die Berührung elektrisierte mich. Sofort erinnerte ich mich an den Tag, als Edward mir bei einem Spaziergang im Vertrauen erzählt hatte, wie widerwärtig er es fand, dass er Santiago einst hatte befriedigen müssen, um diesen Job zu bekommen. Und wie froh er wäre, dass er ihn seitdem in Ruhe gelassen hatte. Es wäre nur eine Art Aufnahmeritual gewesen. Doch das hier war eindeutig ein Annäherungsversuch.

Edward blickte sich kurz erschrocken um, wollte reflexartig zur Seite weichen, um Santiago höflich Platz zu machen, doch als ihn dessen Hand entschieden davon abhielt, konnte man ihm einen zaghaften kleinen Schock im Gesicht ansehen. Edward wurde merklich nervös, seine Finger krallten sich in das T-Shirt, rollten und kneteten es in der Hand, während er für ein paar Sekunden stillschweigend über sich ergehen ließ, dass Santiago ihm zärtlich über den Rücken streichelte. Verlegen sah er zu Boden, nach draußen, dann wieder in Santiagos Augen. Mit einem freundlichen Lächeln schüttelte er seinen Kopf und hauchte flehend: »Bitte.«

Doch Santiago konnte nicht mehr von ihm lassen. Er streichelte andächtig über Brust und Schultern seines schönen durchtrainierten Leibwächters, durch dessen Haare, die großen braunen Locken, und hielt danach an seinem Nacken fest. Er lächelte das verführerischste Lächeln, das sein Charme zu bieten hatte und verlangte leise, aber bestimmt: »Küss mich!«

Edward seufzte schwer, doch er wusste auch, dass die Situation heikel war. Pflichtbewusstsein und Gehorsam nötigten ihn. Er blieb ganz ruhig, auch als Santiago ihn daraufhin vorsichtig in seine Arme schloss, sodass ihre Körper, ihre Lenden sich berührten. Doch er zögerte, ihn zu küssen. Wenige Zentimeter trennten ihre Lippen. »Küss mich!«, forderte Santiago erneut, sanft und geduldig. Er verharrte mit seinem Mund etwas geöffnet und seinem Kopf leicht schräg, bereit, Edwards Kuss gegebenenfalls zu erwidern. Offensichtlich musste der den ersten Schritt tun.

Edward schloss seine Augen und besann sich zwei Atemzüge lang, dann küsste er Santiago. Gleichzeitig verkrampften sich seine Finger, in einer Hand würgte er noch immer das T-Shirt, mit der anderen berührte er Santiago zaghaft an der Taille, während er zuließ, dass sich dessen Zunge langsam in seinen Mund drängte. Sie küssten einander innig und leidenschaftlich. Das Bild, das sich mir bot, entfachte sogar bei mir sehnsüchtiges Verlangen. Edward wusste, dass er als Mann bei Santiago nicht mit Passivität durchkommen würde. Auch wenn es von seiner Seite nicht ganz freiwillig war, zumindest musste er so tun, als ob. Und für mich wirkte es sehr authentisch. Ich sah die Begierde zweier Männer und konnte nicht anders, als zu mutmaßen, in welchem Stadium körperlicher Erregung sie sich wohl befanden. Ich kannte ihre Muskeln, ihre Kräfte, und ich kam nicht umhin, mir vorzustellen, wie es wohl wäre, hier und jetzt in deren Mitte genommen zu werden.

Plötzlich erhob sich Amistad von der Tafel, und als der Kuss eine Unterbrechung zuließ, legte er Santiago eine Hand auf die Schulter. »Komm, wir gehen nach oben!«, schmeichelte er mit versöhnlicher Stimme, offenbar, um Edward zu retten.

Doch dafür war es längst zu spät. »Setz dich!«, knurrte Santiago und Amistad wich sofort von ihm. Neuerdings hatte er gehörigen Respekt vor der Obrigkeit.

Daraufhin standen Damian und Marcus auf, bereit, in die heikle Situation einzugreifen. Doch Santiago verwies auch sie umgehend zurück auf ihre Plätze.

Edward nutzte die Gelegenheit, um sein T-Shirt wieder anzuziehen. Santiago lächelte und fasste ihm an den Nacken. »Fünftausend!«, raunte er.

Edward seufzte verzweifelt. »Ich hab mir geschworen, es nie wieder zu tun.«

»Es wird nicht wie letztes Mal«, entgegnete Santiago. »Diesmal will ich deinen Körper spüren!«

Edward wehrte entsetzt die Hand von seinem Nacken ab und flüchtete ein paar Schritte in meine Richtung. Er hielt sich an meinem Sessel fest, als könnten wir Mädchen ihm Schutz bieten. Als hätte Santiago auch nur die geringste Scheu, seine bisexuellen Begehren vor uns zu äußern. Doch das war es gar nicht, was er bei uns suchte.

»Edward!«, hakte Santiago nach. »Eine halbe Stunde ...«

Er tat mir fast leid. Es war, als müsse er betteln. Und Edward wollte nicht nachgeben. Er würde bestimmt nicht nachgeben, dachte ich. Doch Edward reagierte völlig anders, als ich es erwartet hatte.

»Zehntausend!«, entgegnete er. »Und nur wenn sie mitkommt!« Ich traute meinen Augen nicht. Er zeigte auf Lilienné! Edward wollte mit der kleinen Lilienné ins Bett!

Auch Santiago fand diese Forderung offenbar dreist und lachte. »Zehntausend!«, gestand er ihm zu. »Zehntausend, nichts weiter!«

»Ohne ein Mädchen geht es nicht!«, betonte Edward.

»Doch! Es wird gehen. Vertrau mir!«, entgegnete Santiago.

Edward wehrte erneut eine Berührung ab und blickte betreten zu Lilienné.

»Du kannst sie in zwei Wochen haben«, versprach ihm Santiago. »Da habe ich ohnehin keine Zeit für sie. Aber nicht jetzt. Ich will mit dir allein sein!«

Edward schluckte schwer und fuhr sich auf der Suche nach einem Ausweg hektisch durch seine schönen Locken.

»Komm!« Santiago zog ihn in eine freundschaftliche Umarmung und klopfte ihm auf den Rücken, als wollte er ihm seinen Beistand versichern, dann blickte er erwartungsvoll in dessen braune Augen.

Edward seufzte. »Zehntausend.«

Santiago lächelte ein unverhohlenes Siegerlächeln.

Daraufhin zogen sie sich zurück.

Kleiner Storch

Wie vorausgesagt verließ uns Jana am Freitag. Amistad hatte die Aufgabe, sie persönlich bis nach Atlanta in die Klinik zu begleiten.

Samstagnachmittag musste ich mein schönes Zimmer im ersten Stock aufgeben, genau wie Lilienné. Unsere Übersiedelung in den Keller stand bevor.

Mittlerweile waren auch Liliennés High Heels eingetroffen. Sie hatte Schuhgröße sechsunddreißig, eine Sonderanfertigung. Ich hatte kurz die Gelegenheit, sie zu beobachten, als sie auf dem Flur ihre ersten Gehversuche meisterte. Wie ein kleiner Storch auf dem Eis stelzte sie ihre ersten Meter, ständig in Reichweite einer Wand. Mit High Heels dieser Art hatte sie offensichtlich keine Erfahrung. Die kleine dicke Plateausohle war gewöhnungsbedürftig, genau wie die abartige Höhe. Das würde wohl lange dauern, bis sie einen sicheren Stand darin hatte, dachte ich. Santiago jedoch hatte offensichtlich die Absicht, sie in diesem unbeholfenen Zustand in den Keller zu führen. Natürlich durfte sie sich an ihm nicht festhalten, dafür schlang er ihr als Hilfeleistung seinen Gürtel um den Hals. Sie konnte sich kaum einkriegen vor übermütigem Gekicher, während er das tat. Erst als er das lose Ende straff in die Höhe zog! Mit beiden Händen hielt sie sich an der Schlinge fest, um nicht zu stark gewürgt zu werden. Aber es half tatsächlich, sie war nun einigermaßen ausbalanciert, während sie neben ihm herstakste.

Wenig später im Keller hatten wir unsere erste Aufstellung. Ich war weder traurig noch unglücklich gestimmt. Santiago hatte am Vorabend mit mir geschlafen. Und es war sehr intensiv gewesen. Gefühlvoll. Leicht dramatisch. Er war nicht lange bei mir geblieben, die Nacht hatte vermutlich Lilienné gehört. Dennoch hatte es für mich etwas von einer liebevollen und wertschätzenden Geste gehabt. Ein Erlebnis, das mich nun noch immer mit Endorphinen betäubte, sodass ich weder Eifersucht verspürte noch Groll gegen ihn hegte, wegen der Verbannung in den Keller. Ich fühlte mich von ihm geliebt. Und ich rechnete mit vierzehn Tagen. Danach würde er nach Aruba fliegen und wir dürften zumindest die Tage oben in der Villa oder am Strand verbringen.

Es waren auch tatsächlich ziemlich genau zwei Wochen. Doch nicht Aruba beendete unsere Zeit im Keller, das Schicksal hatte andere Pläne. Grausame Pläne. Es kam ein Tag, der das unbeschwerte Leben auf dieser Insel für lange Zeit zunichte machen sollte ... Und, so sehr ich Amanda auch verwünschte, im Nachhinein empfand ich eine gewisse Empathie für sie, denn sie hatte ihm vermutlich seine letzten unbeschwerten Tage versüßt. Ich fand nie heraus, inwieweit jenes unglückselige Ereignis mit ihr zu tun hatte, oder was genau sich in der Villa zugetragen hatte, denn mein Leben war weitestgehend auf fünf Quadratmeter beschränkt, die kaum Informationsfluss zuließen. Aber realistisch betrachtet, war sie bestimmt die Letzte, die man diesbezüglich beschuldigen durfte.

In den besagten zwei Wochen jedoch hatte ich andere Sorgen. Genau genommen handelte es sich um drei nennenswerte an der Zahl: der kleine Storch, Amistad und Damian.

Bei der Aufstellung an jenem Samstag berichtete Santiago noch einmal über seine Pläne bezüglich Amanda, danach sollten wir uns in die Verliese zurückziehen. Er wollte sich von jeder von uns einzeln verabschieden und dabei eine gewisse private Atmosphäre genießen.

Mein Blick fiel sofort auf die Matratze auf dem Steinboden, als sich die Schiebetür öffnete. Jemand hatte mir eine Matratze gestiftet, dazu ein Kissen und eine Decke, beides weiß bezogen mit einem Muster winzig kleiner rosa Herzen. Sofort wusste ich, wie ich mir während der kommenden Tage die Zeit vertreiben würde. Anstelle von Pflastersteinen würde ich wohl diesmal Herzen zählen. Auf dem Kissen lag sogar ein kleines Willkommensgeschenk, wie die Schokolade im Hotel. Es war die Narbensalbe, mit der ich bereits während der letzten Tage meine Gravur behandelt hatte, aber ich freute mich genauso, denn ich wusste, jeder Gegenstand in diesem Verlies war wertvoll. Zum Schluss entdeckte ich noch zwei Wasserflaschen. Heute war mein Glückstag. Mit all dem hatte ich nicht gerechnet. Bisher hatte es immer geheißen, man müsse sich solche Dinge erst verdienen. Fehlten eigentlich bloß noch ein paar gute Bücher.

Aufgeregt blieb ich stehen, während ich auf Santiago wartete … und wieder einmal konnte ich nicht verhindern, dass ich breit und glücklich strahlte, als er mein kleines Reich betrat. Sofort hatte ich ihn mit meinem Lächeln angesteckt und im selben Moment streiften mich all die süßen Erinnerungen an gestern Nacht und ich fragte mich, ob er in diesem Moment wohl auch daran dachte. Ich war mir sicher, er tat es. Er kam auf mich zu und küsste mich zärtlich.

»Danke für die Matratze«, sagte ich.

Er lächelte. »Wirst du mich vermissen?«

»Ich tu es jetzt schon.« Mit sehnsüchtigen Blicken himmelte ich ihn an.

Er nickte. Seine Finger berührten die feine Spitze an meinem BH und er küsste mich nochmals. Diesmal länger und intensiver. Gleichzeitig umfasste er meine Hand, um sich selbst damit im Schritt zu streicheln. Er war erregt, führte meinen Handrücken über seine Härte und mir wurde augenblicklich heiß zwischen den Beinen. Ich stöhnte in seinen Mund und wimmerte, denn ich wusste, diese Erektion gehörte nicht mir ... in einer halben Stunde würde Amanda auf Ivory eintreffen und er würde sich mit ihr vergnügen.

»Willst du dich von ihm verabschieden?«, fragte er mich.

»Ja«, hauchte ich ergeben. Er hatte mich gegen die Mauer gedrückt und mir blieb kaum Platz, mich zu bewegen, doch ich schaffte es, niederzuknien. Indes öffnete er seine Hose und holte seinen Schwanz heraus. Die Anspannung versetzte ihn in eine verlockende Biegung, vom Schaft bis zur Eichel. Mit verliebten Augen verfolgte ich, wie er ihn einige Male durch seine hohle Hand gleiten ließ. Ich konnte es kaum erwarten. Mehr als unbequem balancierte ich auf meinen Knien und den Spitzen der High Heels auf dem harten Boden, als Santiago mir endlich seine gebogene Lanze in den Mund schob. Dankbar umschloss ich sie mit meinen Lippen, hüllte sie in reichlich Feuchtigkeit, und seine Hüften begannen, sich sanft zu bewegen. Eine Hand fasste an meine Kehle, die andere in meine Haare, während er langsam und geschmeidig in mich eindrang. Ich hielt meinen Mund für ihn geöffnet und genoss diese letzte intime Nähe, seinen Duft, seinen Geschmack, seinen Rhythmus.

Gerührt blickte ich zu ihm hoch und konnte sein Gesicht kaum erkennen, denn in meinen Augen schwammen Tränen. Doch ich hörte seinen tiefen Atem, der mir Gewissheit gab, dass es ihm gefiel. Mit langsamen Stößen rieb seine Eichel über meinen Gaumen, er massierte mich angenehm und jagte mir wohlige Schauer durch den Körper. Meine Zungenspitze liebkoste die sensible Unterseite seines Geschlechts. Vereinzelt stieß er tiefer, drang bis in die hinterste Enge meiner Kehle vor. Ich liebte es, wenn er das tat, denn ich wusste, dass er so kommen würde, doch er zog sich jedes Mal rechtzeitig zurück. Ich saugte mit Hingabe an ihm und fühlte seine Hände, wie sie in meinen Haaren wühlten, wie sie mich begehrten, und ich spürte die Tränen aus meinen Augenwinkeln fließen. Dann plötzlich nahm er ihn mir weg.

»Steh auf!«, verlangte er mit leicht belegter Stimme.

Ich folgte.

Er küsste mich auf die Wange, kam mit seinen Lippen ganz dicht an mein Ohr und flüsterte: »Ich werde dich auch vermissen, Baby.«

Ein letzter Kuss und er war fort.

Ich schlug mir die Hände vors Gesicht und schluchzte. Ich schluchzte bitterlich. Jetzt war ich doch eifersüchtig. Japsend gierte ich nach Luft, konnte kaum atmen, mein Herz schmerzte. Hysterisch und verzweifelt schrie ich in meine eigenen Hände. Dann lief ich die drei Meter auf und ab, die meine Matratze von der Bodenfläche übrig gelassen hatte und schlug mit der Faust gegen die Mauer – zornig über meine eigene Unbeherrschtheit, meinen emotionalen Ausbruch – und das half. Es schmerzte ungemein. Der Stein war härter als jede Wand zuvor.

Langsam bekam ich wieder Luft, meine Tränen ließen nach und ich beruhigte mich. Ich hasste solche Gefühlsausbrüche. Zwei Wochen Keller! Damit würde ich wohl fertig werden. Gerade wollte ich mich hinsetzen, als plötzlich erneut meine Schiebetür sich öffnete. Erstaunt erblickte ich Damian mit Lilienné.

»Sie bleibt heute bei dir«, sagte er.

»Wieso?«, hauchte ich.

»Du sollst ihr alles erklären. Verhaltensregeln, Tagesablauf ... Du weißt schon, so, wie Jana damals bei dir. Meistens machen das die Mädchen, die zuletzt hinzugekommen sind, und das bist in ihrem Fall du. Du kannst dich am besten in sie hineinversetzen. Santiago hat es so entschieden.«

In sie hinein versetzen? Mit beiden Händen wischte ich die Tränen aus meinen Augen und schniefte. Lilienné stand mit unschuldigem Blick neben ihm. Sie konnte ja nichts dafür, aber ... obwohl uns nur ein halbes Jahr trennte, fühlte ich mich plötzlich viel älter. Damian gab ihr einen anzüglichen Klaps auf die Pobacke und ließ uns allein.

Da stand sie nun, die Sechzehnjährige, die bereits achtzehn war. Ein Engelchen mit blauen Augen, dichten Wimpern und lasziven Lippen. Kaum war Damian weg, erwachte ihr kleines Plappermaul zum Leben. Alles begann mit einem sanften Lächeln und einem undefinierbaren Funkeln in ihren Augen ...

»Hast du geweint?«, fragte sie.

»Ja«, antwortete ich und blieb reserviert auf der anderen Seite der Matratze stehen.

Sie presste ihre voluminösen Lippen kurz aufeinander und nickte. »Musstest du ihm auch einen blasen?«

Sprachlos sah ich sie an. Ich war fassungslos über ihre Ausdruckweise! Und noch viel mehr über ihren Gedankengang. »Wie kannst du so etwas sagen!?«, entgegnete ich schockiert. »Ich musste nicht, ich wollte!«

»Ja, klar«, sagte sie.

Skeptisch taxierte ich den Ausdruck in ihrem Gesicht.

»Wie auch die beiden anderen«, fügte sie hinzu.

»Du nicht?«, fragte ich.

Sie lief dezent rot an. »Doch ... ja, dann waren es drei vor dir.«

Ich lächelte. »Daran wirst du dich gewöhnen müssen. Es sind meistens einige vor dir.«

Sie nickte und fragte weiter: »Liebst du ihn?«

»Ja. Du?«

»Ich kann Sex und Liebe trennen.«

Mir fielen fast die Augen aus dem Kopf. Große Worte! Etwas altklug, aber groß. »Das heißt, du liebst ihn nicht?« Sofort hoffte ich, Damian würde ihm einen Schnitt von der Szene machen! Das war ja wohl der Hammer. Selbst wenn sie so empfand, wie konnte sie das aussprechen? Sie wusste ja noch nicht mal, ob sie mir vertrauen konnte!

»Im Augenblick ist es eher etwas Sexuelles«, meinte sie kühl.

»Aha. Weiß er das?«

»Ich denke ja.« Sie kämmte mit ihren Fingern durch ihre blonden Engelslocken und mit jeder Minute wurde sie mir suspekter. »Machst du es gern?«, fragte sie.

»Was?«

»Ihm einen blasen.«

Das war vermutlich ihr Lieblingswort. »Ich mache alles mit ihm gern!«, betonte ich.

Sie lächelte. »Und macht es dich geil?«

Diesmal kam meine Antwort zögerlich. »Ja.« Ich wusste nicht, warum es so kommen musste, aber irgendwie ließ es sich nicht verhindern, dass sie das Gespräch anführte. Vielleicht wollten sie mich testen? Wurde sie abgesandt, um mich zu testen?

»Wirst du dabei feucht?«, fragte sie.

Ich war im falschen Film! »Das geht dich nichts an.«

»Warum nicht?« Sie machte ein paar unsichere Schritte auf mich zu, an der Matratze vorbei. »Wir sind doch unter uns Mädels«, sagte sie. »Ich werde immer feucht, wenn sein Schwanz in meinem Mund ist.«

»Gratuliere!« Ich wich einen Schritt vor ihr zurück, doch da war schon die Mauer.

»Vielleicht bist du es sogar jetzt noch?«, flötete sie.

»Lilienné!«, warnte ich sie.

Schneller, als ich reagieren konnte, fasste sie mich an. Sie presste sich gegen meinen Körper und schob ihre Hand in mein Höschen.

Entsetzt packte ich sie an den Schultern und stieß sie weg. »LASS DAS!« Doch ihre zierlichen Finger hatten mich bereits berührt.

»Bist du verrückt!«, fauchte ich. »Das kannst du dir gleich merken, Santiago verabscheut so etwas. Wir dürfen uns gegenseitig nicht berühren. Hier sind Kameras!«

»Was verabscheut er?«

»Lesbische Liebe! Du darfst mich überhaupt nicht anfassen! Du darfst dich nicht mal selbst anfassen! Wenn er vierzehn Tage lang nicht mit dir schläft und auch niemand anderen mit dir schlafen lässt, dann hast du vierzehn Tage keinen Sex!« Ich hoffte, sie hatte es jetzt verstanden.

Abwesend starrte sie auf ihre feuchten Finger und ihre Stimme wechselte in eine neue Melodie. »Und was passiert, wenn wir uns regelwidrig verhalten? Hast du Angst vor der Strafe?« Sie lächelte mich schelmisch an, machte erneut einen Schritt auf mich zu und packte meine Haare im Nacken. Binnen einer einzigen Sekunde presste sie ihre Lippen auf meine, streckte ihre Zunge in meinen Mund und ihre Finger in meine Muschi. Sie drang ohne jegliche Scheu in mich ein und, da sie ohnehin kaum ihr eigenes Gleichgewicht halten konnte, klammerte sie sich an mich. Sie musste den Verstand verloren haben! Ich schrie in ihren Mund, entledigte mich ihrer unverschämten

Hand und stieß sie mit Knie und Händen von mir. Plötzlich waren wir in eine Rangelei verstrickt.

»Spinnst du!«, fuhr ich sie an.

Sie lachte, hielt mich an den Armen fest und ihr Engelshaar flog durch die Luft. Mit aller Mühe konnte ich mich an ihr vorbeischieben und sie abschütteln, ich floh Richtung Tür und drückte den Emergency Button. Ich sah keine andere Möglichkeit. Lilienné war gerade dabei, wieder sicheren Stand zu finden und ihre Haare aus dem Gesicht zu sortieren, als zu meiner Erleichterung Damian erschien.

»Was gibt's?«, fragte er.

»Damian, ich ... ich versteh mich nicht mit ihr!«, klagte ich, noch immer außer Atem, aber aus tiefster Überzeugung.

Er sah mich konsterniert an. »Willst du mich ärgern?«

»Ich will dich nicht ärgern. Hast du es nicht gesehen? Sie fasst mir andauernd ins Höschen!«

Er lachte. »Ich bin mir sicher, du kannst dich wehren! Sie ist jünger. Sie ist kleiner!«

»Damian. Bitte, tu mir das nicht an! Nicht die ganze Nacht!«

Er seufzte schwer.

»Sie hat mir an die Muschi gefasst! Sie hat mich geküsst! Sieh dir das Band an! Wo bleibt die Strafe?« Ich war außer mir.

Damian nickte nun einigermaßen überzeugt. »Stimmt das?«, fragte er Lilienné.

Sie nickte betroffen und entschuldigte sich. »Es wird nicht mehr vorkommen.«

Zu meiner Überraschung forderte Damian sie nun auf, mitzukommen. Ich war erleichtert, als sie weg war, und setzte mich auf die Matratze. Doch es dauerte nicht lange und sie kam zurück, mit gut zwanzig Striemen von einem Rohrstock auf ihrem niedlichen Po.

»Zufrieden?«, fragte sie mich.

Ich zischte verächtlich. »Das wollte ich nicht. Du hast mir keine Wahl gelassen.«

Sie kniete sich neben mich auf das weiche Kissen. Sitzen konnte sie vermutlich nicht mehr. Also rückte ich etwas zur Seite, sodass sie sich hinlegen konnte. Das tat sie auch. Und so, wie sie dalag, empfand ich fast ein wenig Mitleid mit ihr. Jedes listige Lächeln war aus ihrem Gesicht gewichen, sie wirkte erschöpft, aber auch irgendwie beruhigt. Sehr seltsam. Ich war versucht, durch ihre Haare zu streichen, aber ich hielt mich zurück.

»Willst du schlafen?«, fragte ich.

Sie schüttelte den Kopf.

Ich saß unbequem auf der Kante und wollte mich auch hinlegen, also ersuchte ich sie, etwas zu rutschen, und legte mich hinter sie. Kurz war es still, dann begann ich zu reden. Ohne in ihr Gesicht sehen zu können, erzählte ich ihr vom Tagesablauf im Keller, wie es war, wenn kein Neuankömmling die Villa oben blockierte, von den Aufstellungen, vom Lauftraining und vom Fitness-Center. Sie war ganz ruhig, ich merkte nur an kleinen Bewegungen, dass sie nicht schlief. Irgendwann drehte sie sich zu mir. Sie sah mir in die Augen und da war nichts Bösartiges mehr in ihrem Glitzern. Es war eher feucht. Sehr feucht. Ihre Finger zitterten und sie brach von einem Moment auf den anderen in Tränen aus. Leise schluchzend erklärte sie mir, dass es ihr leid täte. Sie sagte, ihr würde so etwas immer wieder passieren. Und sie fühle sich nur gut, wenn sie Schmerzen hätte.

Ich war direkt schockiert über ihre plötzliche Aufrichtigkeit. Sie war ziemlich sicher ein Fall für einen Psychiater. Wo war er jetzt, Amistad, unser Doppel-Doktor, Psychologe, Neurologe oder was immer ihn auszeichnete ...

»Du hattest ein schweres Leben bisher«, sagte ich ihr. »Du hast viel durchgemacht.«

Sie nickte.

»Es muss schrecklich sein, die Eltern so früh zu verlieren. Wenn ich denke, ich lüge meine nur an, und das fühlt sich schon schlimm an.«

Sie nickte wieder und schniefte. Mein Gott, ich konnte ihr doch auch nicht helfen. Vorsichtig streichelte ich über ihre Schläfe, bedacht darauf, nicht gleich wieder ihre Begierde zu wecken. »Es hat bestimmt etwas mit deinem Lebenslauf zu tun«, erklärte ich ihr. »Ich bin kein Psychotherapeut, aber ich könnte mir vorstellen, dass du mit körperlichen Schmerzen vielleicht etwas anderes verdrängen willst.«

»Ja. Ich weiß. Ich bin gestört!«, sagte sie mit einem scheuen Lächeln.

»Das darfst du nicht sagen! In deinem Fall ist das irgendwie nachvollziehbar und verständlich. Fraglich ist nur, ob Santiago der Richtige für dich ist oder ob du dein Glück nicht auch anders finden könntest.«

Sie schüttelte den Kopf. »Ich hab lange genug auf ihn gewartet!«

»Ich will es dir auch nicht ausreden«, versicherte ich ihr. Ich wollte nicht, dass sie am Ende dachte, ich sagte das alles nur, um sie loszuwerden. »Vielleicht ist er ja der Richtige. Für eine gewisse Zeit. Vielleicht ergibt sich alles Weitere irgendwann von selbst, wenn du bereit dafür bist. Vielleicht etwas ganz anderes, viel Schöneres ... und viel Liebevolleres.« Ich schluckte. Plötzlich kamen mir auch fast die Tränen. Ich wusste nicht warum, aber für einen Moment hatte ich an Ronan gedacht.

Lilienné sah mich an, wischte langsam die Tränen aus ihren Augen und vollzog einen kleinen Gedankensprung. »Die Neue ist auch gestört«, meinte sie.

Ich musste kurz überlegen. »Amanda?«

»Ja. Er hat mir von ihr erzählt und mir sogar ein Foto gezeigt.«

Sieh mal einer an. Jetzt wurde das Gespräch endlich auch für mich interessant. »Sie hatte einen Unfall, soviel ich weiß«, teilte ich mein bescheidenes Wissen mit ihr.

»Unfall? So würde ich das nicht nennen.« Zum ersten Mal sah ich so etwas wie Kummerfalten auf Liliennés Stirn. »Amanda wurde missbraucht. Von ihrem Vater.«

Mir lief ein eisiger Schauer über den Rücken. *Das* hatte sie als »Unfall« bezeichnet? »Ich hab selbst gehört, wie sie es vor Santiago als Unfall bezeichnet hat! Und sie sagte auch, dass sie darauf stehe, zum Sex gezwungen zu werden!«

»Ja, also ... vielleicht Unfall im entferntesten Sinne«, meinte Lilienné. »Angeblich war es nur ein einziges Mal und er war sturzbesoffen. Amanda war damals fünfzehn und noch Jungfrau!«

»Mein Gott. Und dann fängt sie etwas mit Santiago an und sagt ihm, sie will beherrscht werden?«

»Mir hat er erzählt, er hätte sie nicht angerührt.«

»Bitte?«

»Ja. Er meinte, er hätte bisher nur mit ihr geredet.«

»Er war auf dem Schiff zwei Stunden mit ihr allein in einer Suite!«, empörte ich mich.

»Kann sein. Aber ich glaube ihm. Amanda ist ihm wirklich sehr wichtig.« Lilienné verzog ihren hübschen Mund, leicht schief, als wollte sie mir damit Bedauern ausdrücken! »Aber das mit dem Beherrschen stimmt«, fügte sie hinzu.

Ich nickte zögerlich und war mir nicht sicher, ob ich noch mehr hören wollte, aber einmal in Schwung, war Liliennés Redelust kaum zu bremsen ... »Angeblich ist Amanda seit Jahren in Therapie deshalb. Sie hat Probleme, Sex zu haben.

Kriegt Panikattacken und so. Sie möchte aber! Santiago hat gesagt, dass er ihr viel Zeit lassen würde und dass er ihr nie wehtun wolle. Scheint für ihn so eine Art Herausforderung zu sein.« Sie seufzte. »Ich glaube, er liebt sie. Auf dem Foto sah sie auch ziemlich hübsch aus.«

»Sie ist hübsch«, musste ich ihr bestätigen. »Und ihre türkisblauen Augen sind das pure Gift für ihn.«

»Harte Konkurrenz!« Lilienné biss sich auf die Unterlippe. »Dieser Cheyenne dürfte es ihm ja auch angetan haben.«

Ich schmunzelte. »Ja. Cheyenne ... Er ist sein Augenstern. Da kann keine Frau mithalten.« Plötzlich fiel mir auf, dass sie »dieser Cheyenne« gesagt hatte, das klang ja fast so, als würde sie ihn noch nicht genauer kennen.

»Hattest du schon die Ehre mit Cheyenne?«, fragte ich sie.

»Die Ehre? Wie meinst du das? Ich hab ihn nur gesehen, nicht angerührt.« Sie kicherte.

»Aber er war doch bei deinem Ersten Mal dabei ...«

»Ich hatte mein Erstes Mal mit Santiago!«, widersprach sie.

»Ja. Klar. Aber jetzt sag bloß, du warst allein mit ihm!«

»Also, mir ist kein zweiter Mann aufgefallen.«

»Und wer hat deine Hände gehalten?«, half ich ihr auf die Sprünge.

Sie hob überrascht beide Augenbrauen gleichzeitig. »Hat dir bei deinem Ersten Mal jemand ... die Hand gehalten?«

Ich seufzte. »Nicht wie du denkst. David und Keathan haben meine Handgelenke festgehalten, während Santiago das erste Mal in mich eingedrungen ist, damit ich ihn nicht versehentlich berühre oder kratze – keine Ahnung. War auf jeden Fall ein sehr eigenartiges Gefühl.«

»Ach so, das meinst du! Er hatte meine Hände ans Bett gefesselt. Aber ich war allein mit ihm.«

Ich nickte, erfüllt von Neid, und fragte sie leise: »War es schön?«

Sie ersparte mir die Antwort und deutete nur ein stummes Ja an. Wie rücksichtsvoll. Das machte es aber nicht unbedingt besser. Ich wäre auch gern mit ihm allein gewesen.

Zum ersten Mal streichelte Lilienné mir nun über die Haare. »Verzeihst du mir, dass ich dich vorhin angefasst habe?«, fragte sie.

»Ja. Du hast mich ganz schön erschreckt!«, gestand ich ihr.

Plötzlich hatte sie wieder dieses Funkeln in ihren Augen. »Hat dich schon mal eine Frau angefasst?«

Ich seufzte, denn ich hasste es, zu lügen. Und ich hasste es, dass sie mich schon wieder an Aruba erinnerte. »Nein«, sagte ich und war mir der Kameras mehr als bewusst. Sie jedoch dürfte alles schon wieder vergessen haben.

»Du hast noch nie mit einer Frau rumgemacht?«, fragte sie entsetzt.

»Nein! Du?«

»Ich war in einem Mädchen-Internat!«, meinte sie, als würde das alles erklären.

»Du hattest etwas mit Mädchen?«

»Warum nicht?«

Ich hätte nicht fragen sollen. »Lilienné, die Kameras!«

»Ich hab keine Angst vor den Kameras!«

»Aber Damian beobachtet uns vielleicht!«

»Wenn er das tun würde, wäre er doch vorhin schon gekommen! Er hat sicher etwas Besseres zu tun«, mutmaßte sie.

»Und wenn sich Santiago morgen die Aufzeichnung ansehen will?«

»Dann soll er!« Offensichtlich legte sie es darauf an, bestraft zu werden. »Wenn du willst, zeige ich dir etwas«, flötete sie verführerisch und sah mich dabei ganz besonders sinnlich an. Ihre Hand berührte mich zärtlich an der Taille.

»Lilienné, ich bin nicht bisexuell!«

Sie strahlte bis über beide Ohren. »Wenn du mich dich nur ein einziges Mal lecken lässt, dann bist du es! Wetten?«

Ich zischte fassungslos. »Lilienné, bitte! Wenn du bestraft werden willst, dann ist das deine Sache. Zieh mich da nicht mit rein!« So leise ich konnte, fügte ich hinzu: »Abgesehen davon, ich kann es nicht ausstehen, wenn das jemand bei mir macht. Ich will das nicht.«

Schockiert sah sie mich an. »Du machst Scherze! Von einem Mann auch nicht?«

»Nein, von einem Mann schon gar nicht!«

Plötzlich zog sie die Decke über uns und ihre Finger schlichen sich schon wieder zwischen meine Beine.

»Lilienné!«

»Lass mich, nur ein Mal!«, flüsterte sie. »Bitte. Nur zwei Minuten. Gib mir zwei Minuten. Ich bin wirklich gut!« Ihre schlanken Finger berührten meine Schamlippen, als wäre es das Selbstverständlichste auf der Welt.

»Nein!« Eilig stieß ich ihre Hand weg. »Ich drück auch ein zweites Mal den blöden Knopf, wenn du es so willst!«, warnte ich sie.

Doch unnötig. Ein elektrisches Summen, ein heller Lichtstrahl und Damian stand bereits neben uns. »Ich würde sagen, es reicht jetzt!«, knurrte er. »Aufstehen!«

Na herrlich! Er hatte uns beobachtet. Während wir uns aufrichteten, packte er die Decke und das Kissen und warf beides hinaus auf den Gang. Darauf folgte die Matratze.

»Damian. Bitte ...«, flehte ich ihn an. »Ich hab nichts gemacht!« Sehnsüchtig sah ich meinen Luxusgütern hinterher.

So sehr hatte ich mich auf eine ruhige Nacht gefreut, darauf, die kleinen rosa Herzen zu zählen, meine Wunden zu pflegen, von Santiago zu träumen und mir vielleicht morgen in dieser romantischen Bettwäsche mit einem speziellen Dienst an Damian ein gutes Buch zu verdienen. Jetzt flogen sie durch die Tür ... all meine kleinen Herzen und meine Träume.

Davon abgesehen machte Damian jedoch nicht den Anschein, sich sonderlich aufzuregen, er tippte bloß geschäftig in sein Handy. »Ihr zwei habt ein besonderes Talent«, meinte er, »das ist der einzige Verstoß, der nach seiner Person verlangt! Allerdings könnte der Zeitpunkt kaum schlechter gewählt sein.« Plötzlich kam eine SMS retour. Damian nickte, als wollte er sich damit selbst bestätigen. »Santiago kommt!«

Mir wurde heiß und kalt gleichzeitig. Besorgt blickte ich zu Lilienné. Santiago war noch nicht mal eine Stunde weg und ich hatte nicht damit gerechnet, ihn vor Ablauf eines Monats wiederzusehen. Ich wusste, dass es für ihn nichts Verabscheuenswerteres gab als lesbische Liebe. Ich selbst hatte noch nie Probleme damit gehabt, mich zumindest hier auf Ivory daran zu halten und jetzt war ich plötzlich unversehens und ohne zu wissen, welche Strafe darauf stand, mitten in eine solche Geschichte verstrickt.

Flammender Schmerz

Wir alle hörten die Fahrstuhltür. Damian ging auf den Flur hinaus, ihm entgegen. »EINE STUNDE!«, brüllte Santiago und mein Herz donnerte gegen meine Rippen. Damian erklärte ihm im Eiltempo leise flüsternd, was passiert war. Kurzatmig presste ich mich mit meinem Rücken gegen die Mauer nahe dem Eingang, während Lilienné in die hinterste Ecke meiner Zelle flüchtete.

Ich sah Santiagos dunkle elegante Gestalt, seine verbitterte Miene, seine harten, schnellen Schritte, und mich erfasste ein warmer Luftstoß, als er an mir vorüberzog – wie ein Tropensturm – ich roch ein fremdes Parfum und einen Hauch feuchtwarmer Meeresbrise. Er musste von draußen gekommen sein. Vielleicht von der Dachterrasse. Ohne zu zögern packte er Lilienné an den Armen und schlug ihr mit der Hand ins Gesicht. Sie fiel vor ihm auf die Knie, doch er schlug sie dreimal. Dann umklammerte er mit einer Hand ihren Hals, hob sie in die Höhe und drückte sie gegen die Mauer.

»HÄNDE WEG!«, schrie er sie an, als sie im Reflex, nicht stranguliert zu werden, ihn anfassen wollte. Sie würgte und wimmerte, doch sie ließ sofort von ihm ab. Ihre kleinen Füße samt High Heels zappelten gut zwanzig Zentimeter über dem Boden, während sie ihren restlichen Körper offenbar dazu zwingen konnte, wehrlos zu hängen.

Santiagos Gesicht kam dicht vor ihres. »Du widerst mich an!«, fauchte er. »Mir kommt die Galle hoch, wenn ich dem

Glauben schenken muss, was mir Damian erzählt hat. Weißt du, was ich mit Mädchen mache, die sich an anderen Mädchen vergehen? ... Du willst es nicht wissen, glaub mir!«

Er ließ sie abrupt fallen und sie wand sich keuchend vor ihm auf dem Boden. »DAMIAN!«, schrie er. Gleichzeitig schubste er sie mit seinem Schuh und stieg ihr auf den Rücken, um sie zu fixieren. »Ich werde dir den Teufel austreiben. Du wirst lernen, dich zu benehmen, solange du unter meiner Obhut stehst.«

Damian war sofort zur Stelle. Er gab ihm Halt, während Santiago sein Gewicht verlagerte. Mir kamen die Tränen, als ich sah, was sie mit Lilienné machten. Zwei ausgewachsene Männer, die ein zierliches Mädchen in einer Ecke zu Boden zwangen. Ich konnte mich nicht erinnern, ihn jemals so erschreckend brutal gesehen zu haben. Santiago drückte seinen Fuß auf ihren Rücken, erst nach Sekunden gab er wieder nach und sie kreischte nach Luft. Das machte er mehrmals. Lilienné konnte nicht Luft holen, wenn er das nicht zuließ. Und sie konnte ihre Luft nicht bei sich behalten, wenn er das nicht erlaubte. Am Schluss machte er es schneller, zwang ihr den Rhythmus eines hechelnden Hundes auf, und als er schließlich damit aufhörte, brach sie in Tränen aus. Sie krümmte sich zusammen und drängte sich wimmernd in eine Ecke. Damian reichte Santiago eine Tube mit Creme.

»Spreiz deine Schenkel!«, befahl Santiago gereizt, hockte sich vor sie auf den Boden und öffnete die Tube. Lilienné gehorchte zitternd und schluchzend. Sie schob ihre Knie auseinander und zeigte ihm ihre intimste Stelle.

»Ich gebe dir eine letzte Chance!«, knurrte Santiago. »Sollte die Therapie nicht anschlagen, wirst du es bitter bereuen.«

Er streifte einen Handschuh über, drückte etwas von der Creme auf seine Finger und wies Damian an: »Halt sie!«

Damian fasste ihre Handgelenke zusammen, während Santiago die Creme mit seinen Fingern auf ihrer zartesten Haut verstrich. Mit etwas Verzögerung begann Lilienné zu keuchen. Sie schnappte nach Luft, schrie und brüllte wie am Spieß, als sich die Wirkung der Creme entfaltete.

Santiago erhob sich und streifte den Handschuh ab. »Mach du weiter!«, forderte er Damian auf. »Ich muss nach oben!«

Als er an mir vorüberschritt, funkelten mich seine Augen diabolisch an. Dann war er fort.

Lilienné schrie noch immer. Sie kreischte, als würde man sie verbrennen oder foltern. Damian hielt ihre Hände fest, damit sie sich selbst nicht berühren konnte.

Ängstlich zitternd lehnte ich an der Mauer. Mich plagten die Schuldgefühle. Es hätte nicht so weit kommen dürfen. Ich hätte sie forscher aufklären sollen. Von Anfang an. Ich war die Ältere. Tränen kullerten über meine Wangen.

Als Lilienné ihre erste Hysterie hinter sich gebracht hatte, nahm Damian sie in seine Arme und hielt sie ganz fest. Doch sie schrie unentwegt und wand sich vor Schmerzen.

»Es ist nicht deine Schuld«, versicherte mir Damian, als er meine Tränen sah. »Sie macht das ständig. Sie provoziert ihn.«

Ich nickte verunsichert. »Was ist das für eine Creme?«, fragte ich.

»Feuersauce! Eine Mischung aus Chili, Ingwer und spanischem Pfeffer. Auf Schleimhäuten brennt das wie die Hölle.«

Damian nahm Lilienné auf seine Arme und brachte sie aus meiner Zelle. Vermutlich musste sie nun in ihrem eigenen Verlies bleiben. Es gab Schlimmeres. Fast war ich ein wenig erleichtert. Doch plötzlich drangen erneut spitze Schreie an mein Ohr. Durch die dicken Wände war die Lautstärke zwar nun deutlich gedämpft, jedoch an Intensität standen sie den ersten um nichts nach. Es war, als wäre Liliennés Hysterie meilenweit entfernt erneut ausgebrochen. Ich hatte mich noch keinen Zentimeter von der Stelle bewegt, stand wie versteinert neben der geschlossenen Schiebetür und lauschte den herzzerreißenden Tönen. Erst nach einer guten Weile verschwanden sie aus meinem Hörbereich.

Nach einer weiteren undefinierbaren Zeitspanne öffnete sich meine Tür erneut. Damian kam zu mir zurück und irgendwie fiel es mir schwer, ihn nach dieser Aufregung um meine Matratze oder mein Kissen zu bitten. Abgesehen davon hatte er noch immer die Creme-Tube in der Hand.

»Wieso hat Lilienné noch mal geschrien?«, fragte ich ihn.

»Das hast du gehört?«, fragte er erstaunt.

»Ja.«

Damian schien überrascht, aber er erklärte es mir: »Ich musste auch ihre Lippen und ihre Zunge bestreichen, schließlich wollte sie dich lecken. Jetzt ist sie gefesselt und geknebelt, das Brennen wird bald eine Spur leichter, aber gewöhnlich hält es über Nacht an.«

Ich nickte betroffen. Ob sie sich da wohl nicht übernommen hatte? Auch wenn sie ihn bewusst provoziert hatte, sie konnte ja vorweg nicht wissen, wie er sie bestrafen würde. Das Risiko erschien mir doch ein bisschen hoch. Und ihre Strafe unvorstellbar hart. Auf jeden Fall beschloss ich, heute nicht mehr nach meiner Matratze zu fragen.

»Zahira!« Mit ruhiger Stimme holte mich Damian aus meinen Gedanken. »Wir müssen bei dir das Gleiche machen.«

»Bitte?« Entsetzt starrte ich ihn an.

»Nicht dein Mund, nur deine Schamlippen«, erklärte er.

»Aber ... warum?« Mein Herz begann wie verrückt zu rasen. »Ich hab nichts getan. Ich hatte nicht mal eine böse Absicht!«, verteidigte ich mich panisch.

»Das ist egal. Wenn wir zwei Mädchen erwischen, bestrafen wir immer beide. Zum Teil geht es auch darum, dass bei dir keine erotischen Fantasien in diese Richtung aufkommen.«

»Bei mir kommen keine Fantasien auf. Wirklich nicht!«, versicherte ich ihm.

Er lächelte. »Es ist am besten, du setzt dich auf den Boden.«

»Damian ...« Flehend wimmerte ich seinen Namen. Ich war fassungslos. Mir war, als hätte er mich jeglichen Glaubens an das Gute in der Menschheit beraubt.

Doch es half nichts. Ich musste mich ausziehen und auf den Boden setzen. Indes holte er von draußen eine Stange, wie ich sie noch nie gesehen hatte. Sie war durch einen Metallring in der Mitte unterbrochen, zwei kleinere bildeten die Enden und Manschetten hingen ebenfalls daran. Ich fing an, ängstlich zu keuchen, während er den mittleren, den größten Ring um meinen Hals legte und meine Hände links und rechts davon in kleinere Ringe zwang. »Schhh...«, beruhigte er mich, als er meine Aufregung angesichts dieser Kopf-Hand-Fessel mitbekam. Doch es hielt ihn nicht davon ab, weiterzumachen. Unter meine Knie legte er die Manschetten und zog sie mit Ketten in Richtung meiner Hände, sodass ich meine Schenkel an meinen Brustkorb heranziehen und extrem spreizen musste. »Bitte, Damian«, flehte ich ihn an.

»Ich tu dir nichts«, meinte er. »Amistad will es machen.«

Ich erschrak. »Amistad? Warum Amistad?! Er darf mich nicht bestrafen!«

»Das ist etwas anderes. Die Strafe ist von Santiago angeordnet. In diesem Fall ist es egal, wer es tut. Es macht für dich auch nicht viel Unterschied!« Er lächelte entschuldigend. Dann erhob er sich. In der Tür erschien Amistad und sie wechselten kurz einen respektvollen Blick der Begrüßung. Der eine ging, der andere kam.

Amistad hatte nun die Creme in der Hand. Mir schauderte. Ich konnte kaum das Gleichgewicht halten, saß auf meinen Pobacken, die Handgelenke seitlich auf Schulterhöhe, genau wie meine Knie. Bloß mit den Absätzen meiner High Heels konnte ich ein wenig Halt finden. Ich sah sofort, dass Amistad keine Eile hatte. Er war offensichtlich hoch erfreut darüber, dass er nun doch eine Gelegenheit zur Revanche an mir bekommen würde. Ganz offiziell!

Langsam trat er näher und blickte auf mich herab. Ich machte mich auf einen Tritt von ihm gefasst, auf einen Fuß, der mich aus meinem Gleichgewicht schubsen und nach hinten werfen würde. Der Gedanke, mir dabei vielleicht meinen Kopf zu stoßen, machte mir Angst. Doch Amistad schubste mich nicht. Stattdessen hockte er sich vor mich hin und sah mich gespielt mitleidig an. »Wie sich das Blatt doch wenden kann«, raunte er süffisant.

Ich verdrehte die Augen.

Amistad griff vorsichtig nach meiner linken Brust, bedacht darauf, mich nicht umzuwerfen. Er nahm sie in seine Hand, massierte sie zärtlich und drückte sie zwischendurch bis nahe an meine Schmerzgrenze. Ich war verzweifelt. Wie lange wollte er die Zeit ausdehnen?

»Ich hätte dich ganz anders gefesselt«, erklärte er. »Damian ist reichlich einfallslos bei diesen Dingen.«

Ich biss mir auf die Lippe und ertrug weiter, dass er nun meine zweite Brust gefühlvoll knetete und mich auf meine Bestrafung warten ließ.

»Hast du Angst?«, fragte er.

»Ich hab Lilienné schreien gehört«, sagte ich.

Er nickte. »Es ist etwas anderes, wenn du für mich schreist. Hast du vergessen, dass du einst freiwillig für mich leiden wolltest? Um mich glücklich zu machen?«

Ich schüttelte den Kopf. Das hatte ich nicht vergessen, aber zwischen Schmerzen an meinen Knien und Feuersauce in meiner Muschi war für mich ein gewaltiger Unterschied.

»Siehst du. So machen wir das heute auch«, versprach er und stand auf. Mit einer Hand fasste er sich demonstrativ in den Schritt, um meine Aufmerksamkeit auf seine Hose und die kräftige Ausbuchtung zu lenken. Vor meinen Augen öffnete er sie und holte eine prachtvolle Erektion heraus. Ich fühlte meine intimen Muskeln lustvoll zucken und warf einen Blick nach unten, zwischen meine Schenkel, wo ich tatsächlich die kleine Bewegung meiner Schamlippen sehen konnte. Sie hoben und senkten sich minimal bei jeder Vorstellung von seinem Schwanz. Amistad spreizte seine Beine weiter, damit er mir sein bestes Stück in den Mund geben konnte. Im selben Moment wünschte ich, es wäre doch lieber Damian gewesen, denn dessen Maße waren erträglich im Vergleich zu jenen von Amistad. Bereits die Hälfte davon füllte meine Mundhöhle aus. Seine dicke Eichel drückte sich gegen die hintere Wand in meinem Rachen. Ich konzentrierte mich darauf, meine Kiefer locker zu lassen, meine Lippen nicht um seinen Schaft zu schließen und keine anderweitige Geste der Abwehr zu machen, ganz so, wie er es mich gelehrt hatte. Amistad seufzte wohlig und lehnte sich mit dem Rücken gegen die Mauer. Er hielt meinen Kopf fest und besorgte es sich heftig in meinem Mund. Mein Hals produzierte glucksende Geräusche, ich hoffte, dass es ihm gefiel, denn vielleicht hatte er dann Erbarmen bei der Menge an Creme, die er später auftragen würde. Doch bald vergaß ich meine Sorgen. Die Reize in meinem Mund forderten mich enorm. Ich kämpfte mit meinen Reflexen, mochte aber das vertraute geschmeidige Gefühl in meiner Kehle und die Gewalt seiner Hände. Sein Spiel erregte mich zweifellos. Irgendwann hielt er mich fest und drängte sich tief in meinen Hals. Ich musste in dieser Position für ihn schlucken, und stellte fest, dass sich seine Eichel dadurch noch ein wenig tiefer in meine Kehle schob. Tränen schossen in meine Augen. Es fühlte sich an, als hätte ich ihn tatsächlich verschluckt und für ein paar Sekunden bekam ich keine Luft, aber dann erlöste er mich.

Langsam legte er mich nun auf den Rücken. Er achtete auf meinen Kopf und streichelte über meine Brüste. Mit angezogenen Oberschenkeln lag ich vor ihm, als er die Gummihandschuhe überstreifte und etwas Creme auf zwei Finger seiner linken Hand drückte. Ängstlich hob ich meinen Kopf so weit ich nur konnte. Ich wollte sehen, was er machte. »Darf ich zusehen?«, fragte ich.

Amistad lächelte. »Wenn du willst.«

Er berührte mit nur einem Finger der rechten ungefährlichen Hand meine Spalte, verteilte die Feuchtigkeit, die sich bei mir gebildet hatte, und zog kleine Kreise über meine Schamlippen. Dann nahm er einen zweiten Finger dazu und imitierte die Form einer Pinzette. Er ziepte an meinen inneren Lippen, glitt über deren ganze Länge, zupfte und zog daran. Dann massierte er die äußeren, plötzlich waren es drei Finger, die mein aufgefächertes Geschlecht verwöhnten. Skeptisch blickte ich in Amistads Augen. Das war verdammt angenehm, was er da machte!

Beiläufig ließ er nun den Mittelfinger immer wieder in mich gleiten. Sehnsüchtig öffnete sich mein Mund und ich stöhnte. Amistad brachte meine zarte Haut zum Pulsieren und ich mochte es, so offen und verwundbar vor ihm zu liegen und seine Finger zu beobachten, wie sie mich bearbeiteten. Gleichzeitig bereitete mir der Anblick seiner anderen Hand

Herzklopfen. Ich sah den dicken Streifen Creme und wusste, dass sie auf mich wartete.

Amistad hatte nun seine Hand umgedreht und stieß mit zwei Fingern in mich, während seine Handfläche nach oben zeigte. Ich stöhnte lustvoll und schließlich musste ich meinen Kopf wieder ablegen. Seine Finger waren lang und fühlten sich dick an, er hielt sie steif und leicht gebogen, berührte damit ganz empfindliche Stellen in meinem Inneren. Mein Stöhnen wurde immer begieriger. Ich schloss meine Augen und entschied, ihm zu vertrauen, mich ihm völlig hinzugeben. Irgendwann würde er die Creme auftragen, das war gewiss. Und ich hatte keinen Einfluss darauf, wann es sein würde ... und ob er mich davor kommen lassen würde. Doch plötzlich fiel mir ein, dass ich ihn darum bitten durfte. »Darf ich kommen?«, keuchte ich. Mein Kopf schnellte in die Höhe und meine Augen suchten nach einem Zeichen seiner Erlaubnis. »Bitte, Amistad, darf ich kommen.« Seine Finger pumpten ein anspruchsvolles Tempo und ich war ohnehin bereits kurz davor, mitten in eine süße Explosion zu geraten, wenn er doch nur vielleicht einmal kurz meinen Kitzler berührt hätte. Sein Spiel machte mich verrückt. »Bitte ... bitte ... bitte ...«, winselte ich in höchster Tonlage.

Amistad lächelte. »Du darfst. Aber ich will es vorher wissen!«, ermahnte er mich. »Sag mir, wenn es dir kommt! Exakt mit diesen Worten. Und wiederhole es, so oft du kannst, bis es vorüber ist. Wenn du vorher aufhörst, höre ich auch auf.«

Ich nickte eilig und stöhnte. Amistads Wortwahl machte mir gröber zu schaffen. Doch ich liebte seinen kräftigen Unterarm und dessen kurze ruckartige Bewegungen, die von meiner Mitte freudig empfangen wurden. Ich konnte nicht mehr denken. Es war wundervoll. Alles in mir prickelte, ein heftiges Ziehen erfüllte meinen Unterleib ... »Es kommt mir! ...

Gott! ... Es kommt mir!«, keuchte ich aufgeregt. Meine Blicke waren Hilfe suchend. Er würde doch jetzt nicht aufhören. »Es kommt mir!« Mein Körper verkrampfte sich, als plötzlich Amistads rechte Hand sich mir näherte und die Feuersauce direkt auf meinen Kitzler auftrug. »Es kommt mir!«, stöhnte ich, während ich diese Teufelstat beobachtete. Er schob sogar kurz meine kleine Vorhaut zurück, sodass ich die Creme besser aufnehmen konnte. Im nächsten Moment spürte ich den Schmerz, doch Amistad hörte nicht auf, mich mit beiden Händen zu bearbeiten. »Es kommt mir!«, keuchte ich, sah in seine Augen und er nickte zustimmend. Amistad massierte die Chili-Paste in meine kleine Perle und stieß mit zwei Fingern seiner anderen Hand weiter in mich. Ohne Unterlass. »Es ...« Plötzlich erzitterte ich am ganzen Leib. Ich warf meinen Kopf in den Nacken, zuckte und schrie. Der Schmerz an meinem Lustpunkt erfasste wie ein loderndes Feuer meinen Körper, während der Orgasmus mich wilden Spasmen unterwarf, die gewaltiger und lustvoller nicht sein konnten. Langsam zog Amistad seine zwei Finger aus mir heraus und ich spürte, dass er die Creme nun mit seiner ganzen Hand verteilte, obwohl meine Scham noch immer im Orgasmus zuckte.

Eine Erinnerung an meine Chili-Session in New York flackerte auf. Diesmal würde niemand kommen, um mich mit kalter Milch zu begießen und mich vor den Flammen zu retten. Ich schrie und kreischte, zwischendurch fehlte mir komplett der Atem. Meine lustvolle Ekstase hatte sich verflüchtigt, doch der beißende Schmerz war geblieben. Mein empfindlichstes Organ brannte wie die Hölle und ich konnte meine Arme nicht bewegen, meine Beine nicht schließen. Schweiß brach aus all meinen Poren. Nach ein paar Minuten wurde es minimal leichter. Erst jetzt bekam ich wieder genügend Luft. Und erst jetzt hatte ich den Gedanken, meine Augen zu öffnen und nach Amistad zu sehen. Er stand noch immer bei mir, hatte seinen Schwanz in der Hand und rieb sich selbst lustvoll, während seine Blicke auf mich gerichtet waren. Wie eine Schildkröte lag ich auf dem Rücken, völlig aufgelöst.

Als er bemerkte, dass ich mich wieder einigermaßen orientieren konnte, half er mir hoch auf meine Pobacken, und ehe ich mich versah, hatte ich seine Erektion zum zweiten Mal in meinem Mund. Wie ein lebendiger Knebel erstickte sie meine Schreie. Ich jammerte und konnte mich kaum darauf besinnen, was er mit mir trieb, denn all meine Aufmerksamkeit lag zwischen meinen Beinen. Die Hitze, die Glut und der Schmerz lähmten meine Gedanken. Ich hielt bloß meinen Mund für Amistad geöffnet, damit er sich in meiner Kehle Erlösung verschaffen konnte. Zum Glück musste ich nicht lange warten. Bereits nach ein paar tiefen Stößen trat er von mir zurück, kniete sich vor mich hin und spritzte einen beachtlichen Erguss auf meinen Bauch und meine Muschi. Danach lächelte er mich befriedigt an, fasste an meine Wange und küsste mich auf die andere, auf meine Stirn und meine Lippen ... War er jetzt mein Held? ... Hatte er mich gelöscht oder wie sollte ich das verstehen? Bei mir brannte alles noch genauso wie zuvor! Amistad jedoch packte seinen Schwanz weg, erhob sich und verließ den Raum.

Ich konnte kaum glauben, dass er mich tatsächlich zurückgelassen hatte, ohne mir zu helfen, mich wieder hinzulegen. Auf meinen Pobacken und den Absätzen meiner High Heels balancierte ich mein ganzes Gewicht. Nach vorn konnte ich fast nicht fallen, aber ohne die harte Anspannung meiner Bauchmuskeln würde ich nach hinten kippen. Wieder jammerte ich klägliche Laute, ich war heiser, doch ich ächzte vor

Schmerzen. Bei einem längeren Blick zwischen meine Beine konnte ich beobachten, wie Amistads Sperma über meinen Venushügel in meine Spalte lief. Aber es brachte keine Linderung. In meiner Verzweiflung begann ich zu spucken. Ich sah meine Schamlippen und versuchte sie zu treffen. Ich zielte auf meinen Kitzler, aber nichts half. Rein gar nichts.

Schließlich machte ich meinen Rücken rund, weil ich keine Kraft mehr hatte, mich aufrechtzuhalten. Mit ein bisschen Überwindung ließ ich mich nach hinten rollen und blieb erschöpft liegen. Allein würde ich mich wohl nie wieder aufsetzen können, das war mir bewusst. Diese Fesselung war die reinste Zumutung. Doch mit Sicherheit war sie besser als jede, die Amistad an mir vorgenommen hätte.

Es dauerte ewig, bis der Schmerz zwischen meinen Beinen nachließ ... Niemand kam, um mich von der Stange zu befreien, und wider Erwarten musste ich irgendwann eingeschlafen sein.

Das Lesezimmer

Erst am nächsten Morgen kam Damian, um mir zu helfen. Er nahm mir die Stange ab. Vorsichtig streckte ich meine Beine aus ... meine Hüften waren wie eingerostet und ich hatte das Gefühl, mich nicht mehr normal bewegen zu können. Auch zwischen meinen Schenkeln gab es kaum Besserung. Auf meiner zartesten Haut loderte ein vermeintlicher Sonnenbrand.

Damian erklärte mir, dass ich später duschen durfte, jedoch allein. Die anderen Mädchen würde ich während der nächsten drei Tage nicht zu Gesicht bekommen. Das wäre Teil der Strafe, also gab es für mich in dieser Zeit auch keine Aufstellungen.

Erst am vierten Tag war die Welt wieder halbwegs in Ordnung. Ich hatte keine Schmerzen mehr und durfte wieder an der Aufstellung teilnehmen.

Neue Dessous von einem Londoner Designer waren eingetroffen, Höschen und BHs in Azurblau, kombiniert mit feinen schwarzen Bändchen und schwarzer Spitze. Mir fiel auf, dass neuerdings auch Amistads Mädchen einheitlich mit uns gekleidet waren. Zu sechst standen wir einander gegenüber – und unweigerlich musterte ich Lilienné mit kritischen Blicken. Sie hingegen vermied es, mich anzusehen. Ich konnte es ihr nicht verdenken. Mir wäre es bestimmt auch unangenehm gewesen, wenn ich sie in so eine Geschichte hineingeritten hätte. Prinzipiell hatte ich ja nichts gegen sie, seit Neuestem kannte ich auch ihre Probleme, ihre Motivation und ihre

Schwächen. Dennoch beschloss ich für mich selbst, dass sie es in nächster Zeit verdammt schwer haben würde, meine Freundin zu werden.

Das Summen der Aufzugstür unterbrach meine Gedanken. Amistad erschien in lässiger Freizeitkleidung, Jeans und Polo-Shirt. Er informierte uns, dass für nächste Woche, kurz bevor Santiago mit Amanda nach Aruba aufbrechen würde, noch eine Party anberaumt war, an der alle Mädchen teilnehmen sollten. Jedoch inkognito. Santiagos Begleitung wäre selbstverständlich Amanda und sie dürfe über unsere Beziehung zu ihm nichts erfahren. Sie sollte denken, wir wären Hostessen, von einer Agentur zur Unterhaltung der Gäste angemietet. Schließlich bestünde Gefahr, dass sie manche von uns noch von der Geburtstagsparty in Erinnerung hatte.

Nach seiner kleinen Rede verschwand Amistad mit Irina und Jessica in einem der hinteren Kellerräume. Die Aufstellung war beendet und so wie all die anderen Mädchen zog auch ich mich in mein Verlies zurück.

»Darf ich dich sprechen?«, fragte ich Damian, bevor sich meine Tür schloss.

Er folgte mir in meine Zelle und sah mich erwartungsvoll an.

»Was muss ich für eine Matratze, ein Kissen und eine Decke tun?«, fragte ich ihn sehnsüchtig.

Er lächelte und nickte, als hätte er bereits gewusst, was mein Anliegen sein würde. »Ich hab mir etwas Schönes für dich überlegt, etwas, das vielleicht auch dein Ansehen bei Santiago steigern könnte«, meinte er. »Komm mit, wir gehen duschen.«

Ich hatte zwar schon geduscht, aber das wusste er schließlich, also folgte ich ihm. Insgeheim machte ich mich auf einen kalten Kneipp-Guss zu seinen Füßen gefasst, doch diesmal lief es anders. Wir duschten im Stehen. Ich durfte seinen schönen

Körper einseifen und er machte es genauso bei mir. Das warme Wasser lief uns über Gesicht und Haare und ich bewunderte seine stattliche Figur, die sonnengebräunte Haut und seine schönen Muskeln, die nass verführerisch glänzten. Ich merkte, dass ich verzückt strahlte, während ich Shampoo auftrug und ihn andächtig damit massierte. Auch sein Geschlecht durfte ich einseifen, es war weich und entspannt, aber dennoch von beachtenswerter Größe. Ich schätzte mich glücklich für die intime Berührung, die er mir erlaubte. Und ich genoss es unheimlich, wenn er dasselbe bei mir machte. Anfangs gab es kein Zeichen der Unterwerfung, das er von mir verlangte, im Gegenteil, wir sahen einander mehrmals lächelnd in die Augen. Bei mir war es wohl die Verlegenheit, als sich meine Hände in seiner Leistengegend aufhielten, bei ihm vielleicht eher die Vorfreude auf das, was er mit mir plante – ich konnte es nicht sagen, aber ich mochte die Atmosphäre, den Wasserdampf und den Duft von Kokosmilch. Zwischendurch küsste er mich sogar auf den Mund, zärtlich und gefühlvoll. Und während unsere Zungen einander spielerisch liebkosten, glitten seine Hände ebenso ehrfürchtig über meinen Körper, wie meine es bei ihm taten. Manchmal fragte ich mich direkt, ob er etwas für mich empfand. Hatte er nicht mal gesagt, er würde zu mir halten? Anstelle von David wäre er nun auf meiner Seite? Vielleicht bildete ich mir seine Zuneigung aber auch nur ein. Vielleicht war er zu allen Mädchen gleich.

Abschließend seifte er sich selbst noch einmal ein und ich fand es fast übertrieben, doch ich sagte nichts. Dann spülten wir uns ein letztes Mal gründlich ab und er machte die Dusche aus. Mit den Händen strich er das überschüssige Wasser von seinem Körper, drückte seine langen Haare aus und griff nach einem Handtuch, um sein Gesicht zu trocknen. Ich sah ihm zu und fühlte mich veranlasst, genau das Gleiche zu tun, doch ich bekam kein Handtuch. Damian lächelte und legte seines beiseite. Ohne etwas zu erklären, nahm er mich an die Hand und führte mich ein paar Schritte weiter zu den Schminktischen. Auf einem davon machte er etwas Platz und stellte einen Fuß auf die Tischplatte. Ich hielt noch immer seine Hand, stand dicht bei ihm und mutmaßte über die Bedeutung dieser Pose – selten zuvor hatte mir ein Mann so offenherzig sein Geschlecht präsentiert und dieser Anblick betörte mich ungemein. Damian sah die Verunsicherung in meinen Augen, und ich wusste nicht, sollte ich ihn anfassen oder vor ihm niederknien, wollte er mich auf akrobatische Weise nehmen oder sollte ich mich gar umdrehen? Doch er fasste mit einem gekonnten Griff in meine Haare, holte mein Gesicht dicht an seinen Körper, sodass meine Lippen seinen Hals berührten, und er raunte mit sanfter Stimme: »Küss mich, und lass dich von mir führen!«

Ein wohliges Prickeln verströmte sich in meinem Unterleib, Vorfreude gepaart mit Erregung. Ich schmiegte mich an ihn, legte meine Hände an seine Hüften und begann zärtlich, seine feuchte Haut mit meinen Lippen zu verwöhnen. Seine Hand gab mir die Richtung vor und wie von selbst sank ich sehr schnell auf meine Knie. Ich saugte, leckte und lutschte hingebungsvoll, alles, was er wollte. Doch seinen Schwanz durfte ich nicht haben. Er führte mich tiefer zwischen seine Beine und bei einem erneuten Versuch, einen Teil seines Geschlechts in meinen Mund aufzunehmen, war es mir plötzlich gewährt. Damian ließ meine Haare los und ich deutete es als ein Zeichen, angekommen zu sein. Wie es aussah, war es meine heutige Aufgabe, seine Hoden zu verwöhnen. Vorsichtig leckte und saugte ich an ihnen. Er hielt mit einer Hand seinen

Schwanz beiseite, damit er mich beobachten konnte. Und da ich in dieser Kunst zugegebenermaßen keine Erfahrung hatte, gab er mir Anweisungen. Damian befahl mir, sie vollständig aufzunehmen und lehrte mich eine spezielle Zungentechnik, mit der ich sie in meinem Mund verwöhnen sollte. Das allein nahm einige Zeit in Anspruch. Danach sollte ich an seinen Bällen saugen, mal einzeln, dann gemeinsam. Er erklärte mir die richtige Spannung meiner Lippen, mit der ich sie festhalten und langsam aus meinem Mund gleiten lassen sollte, bis eine geschmeidig fließende Bewegung entstand, die sich von einer freihändigen Technik, an einem Schwanz zu saugen, kaum noch unterscheiden ließ, doch ungleich schwieriger zu erlernen war. Die Hoden eines Mannes zu verwöhnen, fand ich in der Tat sehr anspruchsvoll. Auch die Stellung war nicht die bequemste. Doch es wurde noch um einiges unbequemer. Damian nahm erneut seine Hand zu Hilfe und führte mich tiefer. Er befahl mir zu lecken, und wünschte sich einen starken Druck meiner Zunge. Ich musste meinen Hals überstrecken, damit ich seinen Damm massieren konnte. Immer wieder lobte er mich und ich fühlte meine eigene Erregung wachsen. Insgeheim wünschte ich mir, dass vielleicht alles nur ein Vorspiel für etwas noch Ungewisses war, denn der sinnliche Kontakt mit seinen Hoden machte mir gehörig Lust auf einen Schwanz. Doch der blieb mir weiter verwehrt, obwohl ich mir allergrößte Mühe gab, ihn zu erregen und Damian mehrmals befand, dass ich es sehr gut machte. Seine Hand lenkte mich weiter und plötzlich überkam mich leichtes Unbehagen, als sie mich an seine enge Öffnung heranführte. Nur zögernd küsste ich ihn, leckte im Kreis und in seine Mitte. Aber bald merkte ich, dass die intime Berührung an dieser Stelle mein Verlangen noch viel mehr steigerte. Er musste es mir nicht befehlen, ich wollte in ihn eindringen. Mutig machte ich meine Zunge spitz und drängte sie in seinen Anus. Damian lehrte mich auch hier eine anspruchsvolle Technik, die ihm angenehm war. Für mich schien dies die schwierigste Disziplin – vermutlich, weil ich es nicht gewöhnt war, meine Zunge so lange Zeit und bis an meine Grenze herauszustrecken. Auch die schlängelnden Bewegungen und die rhythmischen Stöße, die er sich wünschte, erforderten einiges an Geschick. Aber Damian war ein guter Lehrmeister. Er war geduldig und legte großen Wert auf Details und Perfektion.

Schließlich durfte ich mich wieder erheben. Mein Nacken schmerzte, genau wie meine Zunge und meine Kiefer. Aber dennoch strahlte ich Damian glücklich an. Vielleicht, weil ich insgeheim ahnte, dass ich diesen Kurs für Santiago belegt hatte. Doch auch Damian lächelte zufrieden. Und er sah eine kleine Verwirrung in meinem Gesicht. »Was ist?«, fragte er leise.

»Nichts, ich ... ich hab mich nur gewundert.«

»Weswegen?«

»Weil ... du nicht bisexuell bist ... und ich hab mich gefragt, ob dir das überhaupt gefällt.«

Damian schmunzelte. »Es gefällt mir. Glaub mir, das gefällt nahezu jedem Mann.«

»Okay«, hauchte ich. Dennoch hoffte ich, es irgendwann für Santiago tun zu dürfen.

Nachdem wir uns fertig abgetrocknet hatten, führte mich Damian zurück in mein Verlies und ich bekam eine Matratze als Belohnung.

Damian holte mich auch in den darauffolgenden Tagen zu einer gemeinsamen Dusche, die jedes Mal damit endete, dass ich ihn auf exakt dieselbe Weise mit Lippen und Zunge kunstvoll verwöhnen musste. Ich empfand es als Training – für

Santiago. Ich merkte, dass es mir am dritten Tag bereits leichter fiel, dass ich mehr Ausdauer hatte und ein besseres Gefühl für den Wechsel zwischen den unterschiedlichen Praktiken. Schließlich bekam ich auch mein Kissen und meine Decke zurück. Ich betrachtete meine Ausbildung als beendet, doch am vierten Tag hatte Damian eine Überraschung für mich …

»Du wirst heute Abend Santiago sehen«, verkündete er in meinem Verlies. »Die letzten drei Tage waren Vorbereitung dafür, was heute Abend stattfinden soll. Du und Alice, ihr werdet gegen dreiundzwanzig Uhr von mir nach oben gebracht, dort erhältst du noch eine kleine Einweisung und danach darfst du dein Können unter Beweis stellen.«

»Bei Santiago?«, fragte ich aufgeregt.

»Ja. Natürlich.«

»Und Alice? Was macht Alice?«

»Das wirst du früh genug erfahren.«

Er ließ mich allein und brachte mir etwas später einen hauchdünnen schwarzen Cat-Suite, den ich anziehen sollte. Er half mir mit meinen High Heels und mit dem Reißverschluss im Rücken. Fasziniert und leicht skeptisch betrachtete ich den Schlitz zwischen meinen Beinen, durch den man freien Zugang zu meiner Intimzone hatte. Ansonsten war das feine Material hochgeschlossen bis zum Hals. Während ich meine Haare im Nacken zu einem Zopf flocht, hoffte ich inständig, dass Santiago allein erscheinen würde, und nicht mit Amanda.

Wenig später traf ich Alice vor dem Lift. Sie war exakt gleich gekleidet wie ich. Gemeinsam mit Damian, der nun einen eleganten schwarzen Morgenmantel trug, fuhren wir hinauf in das Erdgeschoß der Villa und betraten einen der hinteren Räume. Dort gab es keine Fenster und kein Tageslicht. Es roch wie in einer alten Bibliothek, leicht modrig, nach

Zigarren und feuchtem Holz. Vielleicht waren die dunklen Teakholz-Regale an den Wänden und die feuchte Meeresluft dafür verantwortlich. Die Anzahl der Bücher jedenfalls hielt sich in Grenzen. Auch das schummrige Licht schien mir nicht geeignet für ein Lesezimmer.

Alice und ich wurden zu einer frei im Raum stehenden Sitzgruppe geführt. Zwei niedrig geschwungene Ledersessel standen einander an einem quadratischen Holztisch gegenüber. Obwohl die Sessel über keine Polsterung verfügten, Sitzfläche und Rückenteil einfach aus durchgehend gespanntem Leder gefertigt waren, wirkten sie von ihrer Form her sehr exklusiv und gemütlich. Doch als ich genauer hinsah, fiel mir etwas höchst Eindrucksvolles auf. Beide Sessel hatten in der Sitzfläche eine ovale Öffnung, ein Loch in der Lederbespannung, wodurch man auf den Boden sehen konnte. Schockiert sah ich Damian an und er wusste bestimmt, was ich dachte. Umso mehr schockierte es mich, dass er zustimmend nickte!

Mein Puls beschleunigte sich, während mir mehr und mehr bewusst wurde, was wir hier zu tun hatten. Aber das war noch nicht alles. Nun befahl mir Damian, mich vornüber zu beugen. Ich sollte meine Hände auf den Knien abstützen und in dieser Position verharren, während er eine Tube Gleitgel zur Hand nahm und mich kurz darauf mit seinem Daumen in meiner Po-Ritze aufdringlich massierte.

»Amistad kommt gleich«, erwähnte er beiläufig – als würde mich das beruhigen.

Dann ging er zu Alice, um sie ebenfalls zu salben. Inzwischen hielt ich unter größter Überwindung meine Pose. Nicht nur, dass ich mich fragte, wozu Amistad kommen sollte, mir liefen auch Schauer über den Rücken, weil ich mit meinem Po Richtung Tür stehen musste.

Amistad trat ohne anzuklopfen ein. »Die Yankees haben verloren! 3:5 im eigenen Stadion! Jämmerlich ...«, informierte er Damian. Als würde sich hier irgendjemand für Baseball interessieren. Nebenbei legte er eine durchsichtige Verpackung auf den Tisch und ich verfolgte bange, wie er eine kleine Gummischlange herausholte. Sie war vielleicht zwanzig Zentimeter lang, er hielt sie mir vor die Augen und ich erschrak, als sie sich plötzlich zu bewegen begann. Das spaghettiförmige Ding beherbergte offensichtlich in dem ovalen Kopf eine winzige Batterie und einen Sender. Es konnte sich winden und drehen und zappelte wie eine kleine Schlange.

»Das kommt in deinen Popo!«, erklärte Amistad.

»Nein!« Entsetzt löste ich mich aus meiner Pose.

»Ich hab dich nicht nach deinem Einverständnis gefragt«, fauchte er. »BÜCK DICH!«

Schockiert sah ich ihn an ... doch ich wollte keine Ohrfeige riskieren – und er war kurz davor – also wandte ich mich wieder um und fasste zögerlich mit den Händen an meine Knie.

Amistad streichelte über meinen Rücken und führte das vordere Ende der Gummischlange in mich, schob sie tiefer und tiefer, bis schließlich der lange spitze Schwanz in mir verschwand. Der Reiz in meinem Inneren wuchs zu einem fürchterlichen Kitzeln – als hätte ich Tausende Ameisen und Hummeln in mir.

»Damian wird dich damit steuern«, erklärte Amistad. »Du wirst grundsätzlich Santiagos Hoden verwöhnen, aber wenn du die Bewegung der Schlange fühlst, wirst du die Position wechseln und dich seiner engen Öffnung widmen. Hast du verstanden?«

Ich nickte.

»Das Kitzeln soll dir nicht nur den Befehl, sondern auch

die Motivation dafür geben«, erklärte er weiter. »Du wirst sehen, je mehr es dich quält, umso eifriger wird deine Zunge in der fremden Höhle nach Erleichterung suchen – auch wenn es überhaupt nichts hilft. Das ist ein primitiver Reflex in deinem Gehirn.«

Ich schluckte. Eine nette Erklärung! Ich hatte größte Mühe, diese Demütigung still zu ertragen und ächzte einen kleinen Protestlaut.

Amistad schaltete das Gerät wieder ab.

Danach versorgte er Alice ebenfalls mit einer Gummischlange, und als er fertig war, legte sie sich unter einen dieser Lochsessel auf ihren Rücken.

»Sie hat es schon mal gemacht!«, erklärte Damian und wies mich auf den Platz unter dem Sessel ihr gegenüber.

Ich sollte mich genauso positionieren wie sie – auf meinem Rücken liegend, sodass nur die untere Hälfte meines Körpers unter dem Sitzmöbel hervorragte. Meine Arme musste ich über den Kopf strecken und er fesselte sie mit Handschellen an die Tischbeine. Dann zog er noch einen Gurt unter meinen Kopf. Dadurch musste ich ihn nicht selbstständig halten. Der Gurt brachte mich mit dem Gesicht nahe an die ovale Öffnung im Leder heran.

»Santiago wird sich eine Zigarette anzünden«, erklärte Damian. »Das Klicken des Feuerzeuges ist dein Startsignal. Vorher hältst du dich zurück. Verstanden?«

Leicht verlegen sah ich ihn durch das Loch hindurch an und bejahte seine Frage.

Amistad verabschiedete sich und Damian dankte ihm für die Unterstützung. Danach warteten wir gespannt und es dauerte nicht lange, bis sich die Tür öffnete und Santiago den Raum betrat. Ich konnte kaum etwas sehen, aber ich erkannte seine Stimme und er setzte sich tatsächlich in meinen Sessel. Offenbar trug er ebenfalls einen Morgenmantel, denn in der Sekunde, als er sich setzte, erkannte ich gleich noch viel mehr von ihm. Seine Hoden legten sich auf meine Stirn und ich merkte, dass er sich bewusst so hinsetzte, dass seine Hinterbacken vom Leder auseinandergehalten wurden. Wie umsichtig. Er machte es mir leichter.

Ich inhalierte seinen intimen Duft und am liebsten hätte ich auf der Stelle mit meiner Aufgabe begonnen, aber ich musste auf das vereinbarte Zeichen warten. Etwas verwunderlich erschien mir, warum Damian etwas steuern sollte, was Santiagos Befriedigung diente ... Und zum ersten Mal fragte ich mich, was die beiden da oben überhaupt machten ... Saß Damian in dem zweiten Sessel, Santiago gegenüber? Vermutlich. Warum hatte er sonst einen Morgenmantel an. Abgesehen davon, war außer ihm niemand anderer im Raum. Alice verwöhnte also Damian und ich Santiago.

Ich hörte ein undefinierbares Klimpern und Klopfen auf dem Holztisch, das minutenlang kein Ende nehmen wollte. Dann verlor es sich und Santiago zündete sich eine Zigarette an. Das war mein Startsignal. Es gab mir zu verstehen, dass ich mit meiner Arbeit beginnen durfte. Bereitwillig nahm ich seine Hoden in meinem Mund auf und umspielte sie mit meiner Zunge, wie Damian es mich gelehrt hatte. Ich fand, dass Santiago weit besser ausgestattet war, als mein Lehrmeister und kämpfte ein wenig mit dem Volumen, trotzdem gelang mir die bewährte Technik mit meiner Zunge recht gut. Ich saugte gekonnt an seinen Hoden.

»Wen haben wir diesmal?«, fragte Santiago.

»Zahira unter dir. Alice unter mir«, antwortete Damian.

Hieß das, er hatte zuvor nicht mal gewusst, dass es mein

Mund war, der sein wertvolles Organ in Empfang genommen hatte? Ich war schockiert, aber ich hatte keine Zeit, ihm deshalb böse zu sein, denn im nächsten Moment schenkte er mir eine Berührung, für die ich ihm wohl alles verziehen hätte ... Er beugte sich nach vorn und streichelte mit zwei Fingern über meine offen auf dem Boden liegende Handfläche. Ich empfand es als sehr liebevolle Geste der Begrüßung und mit seinen Hoden im Mund kamen mir fast die Tränen – wo ich doch nur ganz selten jemals seine Finger auf meiner Handfläche gefühlt hatte.

Von nun an widmete ich mich mit umso größerem Tatendrang und liebevoller Hingabe meiner Pflicht. Ich leckte über die verführerisch duftende Haut meines Liebsten, seinen Damm und seine Hoden, um danach die ganze Pracht in meinen Mund aufzunehmen und mit Eifer daran zu saugen. Mit reichlich Unterdruck und pumpender Kopfbewegung schenkte ich ihm eine gefühlvolle Bewegung, als wäre es sein erigierter Schwanz, der meinen Mund ausfüllte und an dem meine Lippen entlangglitten ... bis sich plötzlich die dünne Gummischlange in mir zu regen begann und das Kitzeln beraubte mich nahezu jeglicher Vorsätze. Ich wechselte meine Position, doch es kostete mich Überwindung, meine Beine und meinen Körper ruhig zu halten. Ich hätte wild zappeln und um mich schlagen wollen! Stattdessen stieß ich meine Zunge so tief ich konnte in den Anus, den meine Lippen nun berührten. Und es war fast so, wie Amistad es prophezeit hatte, ich suchte mit meiner Zunge verzweifelt nach Erlösung bei Santiago – für einen quälenden Reiz, den ich bei mir selbst verspürte. Als ich nicht tief genug kam, begann ich, ihm rhythmische kleine Stöße zu versetzen und merkte, wie sich der enge Muskel, den ich bearbeitete, langsam entspannte. Plötzlich fiel mir alles ein gutes Stück leichter, ich konnte ohne viel Mühe in ihn eindringen und mich in ihm bewegen. Ich konnte meine Zunge in seiner Öffnung kreisen lassen oder darin neugierig und forschend herumspielen.

Dann beruhigten sich die Hummeln in meinem Popo und ich wechselte wieder zu Santiagos Hoden. Erleichtert begann ich, daran zu nuckeln und versank sogar in eine leichte Trance, überglücklich, dass dieser Kitzelreiz an meinem Schließmuskel nachgelassen hatte, bis ich mich wieder daran erinnerte, meiner Aufgabe allen Ehrgeiz zu widmen, beherzt zu saugen und zu lecken. Nebenbei hörte ich ein unverkennbares Klimpern und plötzlich war ich mir sicher, dass es sich um die Steine eines Brettspiels handelte! Santiago und Damian spielten gegeneinander! Vielleicht Schach? Ich hatte mal mitgekriegt, dass Santiago gelegentlich Schach spielte. Eifrig schmatzte und saugte ich an seinen Hoden. Konnte er besser spielen, wenn ich das machte? Würde er gegen Damian gewinnen? In Schlangenlinien ließ ich meine Zunge um seine dicken Bälle kreisen und zum ersten Mal kam mir der Gedanke an die Millionen Babys, für die sich die Anlagen nun in meinem Mund befanden. Lauter potenzielle Nachkommen eines der reichsten und schönsten Männer Amerikas. Ob er wohl jemals einer Frau erlauben würde, ein Kind von ihm zu kriegen? Ich musste schmunzeln und zog sie mit mäßigem Lippendruck in die Länge, bis die beiden Bälle prall hervortraten, dann zeichnete ich mit spitzer Zunge deren Konturen nach. Ich war mir sicher, dass er das gut fühlen konnte. Seine gespannte Haut war fast so zart und glatt, wie die seiner Eichel. Zwischendurch entließ ich ihn wieder aus meiner Enge, als sich die zappelnde Schlange meldete. Ich schenkte ihm eine beherzte Bewegung meiner Zunge, all meine Kraft und Anstrengung und besorgte es ihm wie mit einem kleinen Penis von hinten. Ich fühlte, dass ich schwitzte und außer Atem geriet, dann endlich durfte ich wieder zu seinen Hoden wechseln. Hingebungsvoll leckte ich über die Geschmeidigkeit seines Geschlechts und bearbeitete mit meiner Zungenspitze die oberflächlichen Nervenzellen. Und ich freute mich jedes Mal wie verrückt, wenn ich spürte, dass meine Bemühungen eine körperliche Reaktion bei ihm hervorriefen, wenn seine gesamte Pracht kontrahierte, sich zusammenzog und leicht anhob. Ich fühlte mich geschmeichelt, dass er so mit mir kommunizierte, sah jede krampfartige Bewegung von ihm als Belohnung für meinen Eifer und als Aufforderung, ihn lustvoll weiter zu verwöhnen.

Noch unzählige Male musste ich die Position wechseln, das Kitzeln in meinem Hintern trieb mich regelmäßig in den Wahnsinn und sorgte dafür, dass die Energie meiner Zunge praktisch nie nachzulassen schien. Hektisch schlängelnd kreiste ich in seinem Anus, während mein Gehirn sich auf nichts anderes, als meine eigenen quälenden Reize konzentrieren konnte und an der Ausweglosigkeit fast verzweifelte. Für diese Folter konnte mich selbst das sinnliche Saugen an Santiagos Hoden nicht entschädigen. Gegen Ende tat mir alles weh – mein Nacken, mein Kiefer, meine Zunge ... Dann hörte ich tatsächlich mehrmals das Wort »Schach«. Ich hatte recht mit meiner Vermutung. Und wenig später war es vorüber.

Mit einem schweren Seufzen lehnte sich Santiago in seinem Sessel zurück. Ich war mir nicht sicher, was das zu bedeuten hatte. Er beugte sich kurz nach vorn und löste die Fesseln von meinen Handgelenken.

»War sie bezahlt?«, fragte er.

»Nein, sie hatte keine Ahnung«, entgegnete Damian.

Santiago streichelte noch ein Mal über meine Handflächen, dann erhob er sich.

Bezahlt? Was meinte er? Ich hatte es doch nicht für Geld getan! Hatte er nicht gemerkt, dass ich mit all meiner Liebe und Hingabe an seinen Hoden gesaugt hatte?

»Pech im Spiel, Glück in der Liebe«, sagte Damian.

Santiago lachte verhalten, wünschte Damian eine gute Nacht und zog sich zurück.

Ich konnte es nicht fassen. Er musste doch gemerkt haben, dass ich ihm unverhüllte, aufrichtige Leidenschaft geschenkt hatte, obwohl ich mir ganz einfach hatte ausrechnen können, dass er nun, angeheizt und gut gelaunt zu Amanda ins Bett steigen würde?

»Ihr könnt aufstehen«, erlaubte uns Damian.

Langsam schob ich mich unter dem Sessel hervor. »Was meinte Santiago mit ›bezahlt‹?«, fragte ich Damian vorwurfsvoll. »Und wovon hatte ich keine Ahnung?«

Er reichte Alice und mir ein Glas Whiskey. »Santiago wollte wissen, ob ich dich dafür bezahlt hatte, dass du für mich spielst, oder ob du über die Regeln nicht Bescheid wusstest.«

»Ich hab für dich gespielt? Wieso? Was hab ich falsch gemacht?«

Damian lächelte. »Gar nichts! Zahira. Ich hab dich gesteuert und er hat Alice gesteuert. Ihr hattet die Aufgabe, den Gegner so weit zu verwirren, dass er sich nicht aufs Spiel konzentrieren kann. Es ist verdammt schwer, mehrere Züge vorauszudenken, wenn einem jemand die Eier leckt!«

Völlig perplex starrte ich ihn an. Wie dumm von mir! Warum hatte ich das nicht früher durchschaut. »Wieso hast du mir das nicht gesagt?«, warf ich Damian vor.

Er lachte. »Hättest du dann zu mir gehalten und dein Bestes gegeben?«

Ich musste nachdenken ...

»Siehst du!«, nahm er mir die Antwort ab. »Das geht nur beim ersten Mal. Alice erging es vor einem halben Jahr genauso wie dir heute. Solltest du ein weiteres Mal für mich antreten müssen, werden wir dir dafür einen finanziellen Anreiz bieten. Das meinte er mit ›bezahlt‹.«

»Wie oft spielt ihr das?«

Damian lachte. »Keine Sorge. Es wird dir so schnell nicht wieder passieren. Trink jetzt aus, wir gehen! Die Schlange gebt ihr mir morgen zurück, wenn sie von allein wieder ans Tageslicht gekommen ist.«

Widerwillig trank ich den Whiskey. Ich konnte noch gar nicht begreifen, was ich getan hatte! All meine Anstrengung der letzten zwei Stunden hatte offenbar einzig dem Zweck gedient, Santiago zu schaden! Er musste mich verwunschen haben, für jedes angenehme Gefühl, dass ich ihm bereitet hatte, für meine Zunge, meinen Mund. Vielleicht waren seine Kontraktionen sogar eine Abwehrreaktion gewesen, ein angestrengter Versuch, die Fassung zu bewahren, auf den ich ahnungslos mit noch mehr Einsatz und Eifer reagiert hatte. Und das Schlimmste, er hatte die ganze Zeit über die Vermutung gehabt, ich wisse Bescheid und wäre bezahlt – ich würde für Geld gegen ihn spielen! Vor diesem schrecklichen Hintergrund war ich gleich noch viel mehr dankbar, dass er abschließend meine Hand gestreichelt hatte, denn mit dieser kleinen Geste gab er mir zu verstehen, dass er mir verzeihen würde.

Wir verließen das Lesezimmer und im Lift blickte ich in den Spiegel. Welch eine Niederlage! Und ich hatte Santiago nicht einmal gesehen! Bestimmt wusste er doch, wie sehr ich ihn vermisste und wie wertvoll die Gelegenheit für mich gewesen wäre, wenn ich nur einen Moment lang in sein Gesicht hätte sehen können. Es hätte meine einmonatige Durststrecke, die

Zeit, die er plante, sich ausschließlich Amanda zu widmen, unterbrochen. Ich hätte in sein Gesicht sehen wollen.

Luftdicht verschlossen

Die nächsten Tage war ich mehr als schlecht gelaunt. Ich nahm zwar an den Aufstellungen und an Gemeinschaftsduschen teil, für zwei ausgiebige Trainingseinheiten durften wir sogar ins Fitness Center im Erdgeschoß, doch ich war auf rein überhaupt nichts und niemanden gut zu sprechen. Am wenigsten auf Damian oder Lilienné. Ich wollte nichts von Santiago und Amanda hören. Und ich war froh, wenn Amistad mir fernblieb. Bei jedem Gedanken daran, dass mich Santiago hier gefangen halten würde und ich von der Insel nicht wegkonnte, selbst wenn ich das wollte, fiel mir David ein und ich versank in Schuldgefühlen und Selbstmitleid. Fast glaubte ich schon, an einer Depression zu leiden. Nicht mal meine bescheidenen Luxusgüter, die ich mir verdient hatte, konnten mich erfreuen. Am liebsten hätte ich den ganzen Tag darin geschlafen, doch selbst das wurde mir vermiest, denn seit geraumer Zeit knatterte Baustellenlärm durch die Villa, der zwar gedämpft und durchaus erträglich bei mir ankam, jedoch bei gänzlich fehlender geistiger Ablenkung, wie es bei mir der Fall war, zum absoluten Nervtöter wurde.

Irgendwann nahm ich mir schließlich vor, Damian darauf anzusprechen, und er erklärte mir, dass für die geplante Feier Umbauarbeiten im Wohnzimmer durchgeführt würden. Details wollte er nicht verraten. Beizeiten würden wir ohnehin alles sehen, meinte er. Wenigstens gab mir diese Aussage Hoffnung, dass die Lärmbelästigung bald vorüber sein würde. Denn der Termin für die Party war heute Abend.

Mir schauderte davor, Santiago gemeinsam mit Amanda sehen zu müssen. Doch ich wusste, dass es auch für sie nicht leicht sein würde, ihn mit anderen Mädchen zu beobachten. Vielleicht nutzte er diese Gelegenheit auch, um sie auf das »große Ganze« vorzubereiten. So, wie er es mit mir damals gemacht hatte – bei meiner ersten Party hier auf Ivory ...

Ich erinnerte mich nur zu gut an die bitteren Minuten, als ich ihm gegenübersitzen und zusehen musste, wie er ein fremdes Mädchen küsste – eine zierliche junge Tänzerin. Oder an die Szenen im Penthouse, als er sich wie ein römischer Kaiser in einer Lounge von zwei blonden Schönheiten sexuell verwöhnen ließ. All die gebrandmarkten Mädchen waren damals bereits dabei gewesen. Bloß ich hatte sie noch nicht gekannt. Ich war zu diesem Zeitpunkt noch festen Glaubens, ich wäre seine einzige Geliebte hier auf Ivory.

Vielleicht sollte es diesmal Amanda genauso ergehen? Vielleicht durften wir ja Santiago nicht nur sehen, sondern nach der Feier gemeinsam mit ihm ins Penthouse! Bei unserer Verabschiedung hatte er gesagt, er würde mich vermissen ...

Plötzlich fiel mir ein, was Lilienné mir erzählt hatte. Vielleicht vermisste er mich ja sogar mehr, als ich mir vorstellen konnte ... wenn er mit Amanda »nur redete«.

Meine Chancen standen gut. Und meine Hoffnungen waren groß für diesen Abend. Zu groß.

Viel zu groß!

***

Gegen neunzehn Uhr holte uns Damian aus den Verliesen. Wir nahmen einen Umweg mit dem Lift hinauf in den ersten Stock und die Treppe hinunter in die Empfangshalle, wo Amistad und Edward bereits warteten. Die Bauarbeiten waren beendet und heute war der Tag der großen Feier. Genau genommen war es eine Stunde vor Beginn der Veranstaltung.

Man hatte einen Heidenaufwand betrieben, der halbe Boden des Wohnbereichs musste aufgerissen worden sein, um Veränderungen wie diese durchzuführen. Auf den ersten Blick konnte man es nicht gleich erkennen. Als wir die breite Marmortreppe hinunterschritten, fielen mir nur die kleinen neuen Teppiche auf, die man willkürlich im Raum verteilt hatte, ohne offensichtliches System – doch als wir direkt davor standen und Amistad mit einem Fuß einen dieser Teppiche beiseiteschob, geriet mein Herz in Panik ...

Natalie, Alice, Lilienné und ich hatten uns hübsch zurecht gemacht, wallende Haare, glamouröse Schminke und seidige Kimonos, die die Dessous für heute Abend und unsere teilweise Nacktheit vorläufig noch verhüllen sollten.

Wir alle waren geschockt, als der Teppich weggezogen wurde, denn gleichzeitig wurde klar, was man von uns heute Abend erwartete. Anstelle des Steinbodens kam eine Glasplatte zum Vorschein, und darunter lag ... Irina!

Das entspiegelte Glas bedeckte einen seichten Hohlraum, der weiß ausgekleidet und gerade mal groß genug war, sodass sich eine schlanke, zierliche Person hineinlegen konnte.

Alle starrten Irina an ... Sie bewegte sich ... Doch viel Spielraum hatte sie nicht. Ihre Hände waren neben ihren Hüften mit Riemen an den Seitenwänden befestigt, sie konnte bloß mit ihren Füßen wackeln oder ihren Kopf nach links und rechts drehen, für alles andere war kein Platz.

»Wie geht das auf?«, fragte Lilienné neugierig, während sie die Glasplatte mit unsicheren Schritten auf ihren High Heels umrundete und Irina fasziniert betrachtete.

Amistad zeigte uns eine Fernbedienung in seiner Hand. »Das Glas schiebt sich automatisch zur Seite«, erklärte er.

»Sie hat Nippelpiercings!«, stellte Lilienné überrascht fest. Offensichtlich hatte sie Irina noch nie oben ohne gesehen.

Amistad schmunzelte. Wie wir alle, trug Irina heute bloß ein transparentes, silbrig glitzerndes, kleines Höschen. Es bestand vorwiegend aus Bändchen, und das Stück Stoff, das unsere Intimzone bedeckte, war mit funkelnden Edelsteinen besetzt und bestimmt ein Vermögen wert.

»Und wie bekommt sie Luft?«, fragte Lilienné weiter.

Amistad belächelte ihre Wissbegierde. »In der Unterkonstruktion ist eine Lüftung eingebaut«, erklärte er. »Die Glasplatte schließt luftdicht mit dem Steinboden ab. Das heißt, ihr hört da drin nichts von den Gesprächen im Raum. Das ist Panzerglas, es lässt keine Geräusche durch. Nicht mal laute Musik. Eventuell spürt man den Bass vibrieren, aber das ist auch schon alles.«

»Und wenn etwas passiert? Wenn mir schlecht wird?«, fragte ich ängstlich.

»Ihr bekommt einen Alarmknopf in die Hand. Er wird als Ring an eurem Finger sitzen.«

Leicht verunsichert gingen wir zum nächsten Teppich. Darunter lag Jessica. Ebenfalls mit Nippelpiercings.

Der Anblick war abartig. Aber mir wurde noch seltsamer zumute, als ich mir am eigenen Leib vorzustellen versuchte, in einem schmalen gläsernen Sarg unter einem Teppich zu liegen.

Der dritte Glaskasten war leer. Amistad demonstrierte uns, wie sich die Platte öffnete. Er drückte einen Knopf auf der Fernbedienung, das Glas senkte sich einen oder zwei Zentimeter ab und schob sich nahezu lautlos unterhalb der Steinplatten zur Seite.

»Alice!« … Amistad nickte ihr auffordernd zu.

Sie gab Edward ihren Kimono und setzte sich in die Vertiefung. Vorsichtig streckte sie sich aus, bis sie flach auf dem Rücken lag. Damian band ihre Hände an den Seiten fest. Dann zog er ihr Höschen ein Stück nach unten und entblößte ihre Scham. Erschrocken hob Alice ihren Kopf, um zu sehen, was er machte …

»Ihr bekommt noch einen Snakeball, zur Unterhaltung der Gäste«, erklärte Amistad.

Alice musste ihre Schenkel spreizen und Damian öffnete eine Plastikverpackung.

»Ich muss aufs Klo!«, meldete Lilienné.

»Ich auch!«, schloss ich mich an.

Vermutlich wussten die anderen nicht so genau, was ein Snakeball war, aber ich hatte das grauenvolle Ding noch sehr gut in Erinnerung … drei eng verbundene Kugeln in einer Silikonhülle, die in meinem Unterleib vibrierten, sich drehten und bewegten, ganz so, wie es Santiago mit seiner Fernbedienung wollte, jedoch nie lange genug, um mich zum Orgasmus zu bringen. Er hatte es beim letzten Mal lediglich darauf angelegt gehabt, mich in völliger Dunkelheit mit unerwarteten Einsätzen zu erschrecken. Ich war mir nicht sicher, wie sich das heute gestalten sollte, aber vor versammelter Gesellschaft konnte ich auf einen Orgasmus auch gut verzichten.

Damian entließ uns beide für einen Moment. Eilig verschwand ich mit Lilienné hinter der Treppe in der Toilette gleich gegenüber dem Fitness Center. Kurz darauf traf ich mich mit ihr im Vorraum bei den Waschbecken wieder. Sie stand mit einem Taschentuch am Spiegel und trocknete ihre Tränen. Ich konnte mir nicht helfen, aber sie weckte mein Mitleid.

»Was ist passiert?«, fragte ich leise.

Sie schniefte. »Nichts.«

»Hast du Angst? ... Platzangst?«, rätselte ich.

Sie schüttelte den Kopf.

»Soll ich dir vielleicht erklären, was ein Snakeball ist?«, bot ich ihr an.

Lilienné lächelte kummervoll. »Ich weiß, was ein Snakeball ist. Aber ich weine nicht deshalb. Es wäre alles nicht so schlimm ... wenn er nicht dabei wäre.«

»Er? ... Wer?«

»Ich will nicht, dass er mich so sieht ... mit dem Snakeball.«

Ich verstand überhaupt nichts. »Lilienné! Wer?«

Sie schluchzte und schniefte in das Taschentuch. »Edward.«

Edward? ... Edward?? Sieh mal einer an. Da wird doch nicht jemand verliebt sein? Und hatte nicht Edward erst unlängst sein Interesse an ihr bekundet? Vor Santiago! »Machst du dir was aus Edward?«, fragte ich sie.

Sie schüttelte hastig den Kopf. »Nein, aber ich kenne ihn noch nicht so gut.«

»Tja, all die anderen, die heute auf die Party kommen, wirst du auch nicht kennen. Wo ist da der Unterschied? Und wie gut kennst du Amistad oder Marcus? Du bist erst zwei Wochen hier.« Ich fand ihr Argument unlogisch.

Lilienné zuckte mit den Schultern und gab keine Antwort.

»Du machst dir etwas aus Edward!«

»Er ist hübsch. Mehr nicht!«, flüsterte sie. »Trotzdem – ich weiß nicht wieso – ich will nicht, dass er zusieht.«

Ich schmunzelte. Mit ziemlicher Sicherheit empfand sie etwas für ihn. Aber vermutlich wusste sie das selbst noch nicht. »Vielleicht hast du Glück und er sieht bei dir nicht hin«, ermutigte ich sie. »Es ist bestimmt viel los auf der Party und du bist ja nicht die Einzige in so einer Glas-Vitrine.«

Wir wussten beide, dass Edward hinsehen würde. Er würde bereits jetzt zusehen, wenn sie den Snakeball eingeführt bekam. »Und wenn schon«, beruhigte ich sie, »mach dir keine Sorgen um Edward, er hat schon viel erlebt und was immer er heute zu sehen kriegt, er wird nicht großartig schockiert sein ... Aber komm jetzt, wir sollten gehen, das dauert schon zu lange!«

Lilienné seufzte und nickte.

Als wir zurückkehrten, war Alice bereits unter einem der Teppiche verschwunden. Natalie lag in der nächsten noch offenen Vertiefung. Ihre Hände waren an den Seiten festgeschnallt und ein großer Ring zierte ihren rechten Mittelfinger. Amistad betätigte die Fernbedienung und die Abdeckung schloss sich.

»Lilienné!« Ihr Name wurde aufgerufen und ich erschrak mit ihr. Sie musste sich in einen Glaskasten in der Nähe des Eingangs legen. Ihren Kimono gab sie Edward. Ich merkte, dass sie unübersehbar nervös war. Ihre Knie und ihre Finger zitterten, als sie sich in der seichten Wanne ausstreckte. Als Damian ihr Höschen nach unten zog, lief sie im Gesicht hochrot an. Eine solche Hitze hatte ich an ihren Wangen noch nie gesehen. Edward stand neben ihr und beobachtete das Prozedere, genau wie bei allen anderen Mädchen zuvor. Ich hatte keine Ahnung, ob er wusste, dass sie sich vor ihm genierte. Ob zwischen den beiden schon etwas gelaufen war? Ob sie mir die ganze Wahrheit erzählt hatte oder in ihrer Panik nur der für sie beängstigendste Teil aus ihr herausgesprudelt war? Aber Edward stand mir schräg gegenüber, und während Damian sich Lilienné mit dem Snakeball näherte, durfte ich etwas äußerst Bemerkenswertes miterleben. Edward wandte sich unauffällig vom Geschehen ab. Er verzichtete freiwillig darauf, zuzusehen. Wie edelmütig! Doch diese Reaktion stimmte mich gleich noch viel misstrauischer. Die beiden hatten etwas miteinander! Als die Glasplatte geschlossen wurde, drehte er sich wieder um und für einen Moment fiel sein Blick in meine Augen. Dabei bemerkte er offensichtlich, dass ich ihn beobachtet hatte und noch immer leicht verwirrt war. Doch er dachte nicht einmal daran, vielleicht aus Verlegenheit, seinen Blick von mir abzuwenden, im Gegenteil, er sah mir daraufhin mit wilder Entschlossenheit in die Augen und in seinem Ausdruck lag alles, wirklich alles, was er mir dazu nur hätte sagen können: Er forderte Verschwiegenheit – gab mir gleichzeitig ein Geständnis; ich sah Stolz, Alarmiertheit und auch große Wertschätzung für etwas ganz Besonderes. Und ich sah einen unbändigen Beschützerinstinkt. Mir stockte der Atem, während er mich mit diesem aggressiven Blick durchbohrte, und ich war die Erste, die sich aus dieser Verbindung lösen musste. Demütig blickte ich zu Boden. Dabei war es mir sehr willkommen, dass er diese Geste auch in selbigem Sinne verstehen mochte. Ich würde ihn nicht verraten. Warum hatte ich den Eindruck, dass er das von mir dachte? Ich würde ihn nie verraten!

»Bitte sehr, das ist deine Vitrine!« Amistad sah nun mich auffordernd an und zeigte auf eine Glasplatte in der Nähe der breiten prunkvollen Treppe. Damian steckte mir den Notfall-Ring auf meinen Mittelfinger, danach legte ich mich in die vorgesehene Vertiefung. Er machte meine Hände fest und zog mein Höschen nach unten, um mir den Snakeball einzuführen. Es dauerte, bis ich mich wieder besinnen konnte. Erst, als ich den kalten, feuchten Gegenstand zwischen meinen Beinen fühlte, war ich wieder bei der Sache. Offensichtlich war er mit einem Gleitgel benetzt, denn das glatte Material rutschte extrem stark. Aber Damian hatte ihn gut in der Hand, er sah in mein Gesicht, während er den Druck langsam verstärkte.

Mein Atem ging schwer, ich war so aufgeregt, obwohl nur noch Amistad und Edward zusahen. Es fühlte sich fast an, als wollte er vor den Augen der beiden selbst in mich eindringen. Dann passierte es und ich konnte ein lustvolles Stöhnen nicht zurückhalten. Das unförmige Ding glitt langsam in mich und setzte mich dabei einer angenehmen Dehnung aus, bis es vollständig in mir verschwand. Damian lächelte und tätschelte meine Schamlippen, als wollte er mich loben. »Du kannst es nicht erwarten, oder?«, fragte er mich und schob mein Höschen wieder hoch. Eigentlich wollte ich aus dieser Beschämung flüchten, indem ich meinen Blick senkte, doch aus irgendeinem Grund musste ich gleichzeitig breit grinsen, was mich noch viel mehr beschämte. Amistad und Edward lachten. Damian legte mir zur Beruhigung kurz seine warme Hand auf den Bauch. Danach erhob er sich und das Glas schloss sich nur wenige Zentimeter über meiner Nasenspitze. Mit einem Mal war es totenstill in meinem Terrarium. Zwei Sekunden später war es auch noch stockdunkel!

Wie versteinert lag ich da und es dauerte eine ganze Weile, bis ich in dieser Umgebung etwas auftaute und mich bewegen konnte. Vorsichtig tastete ich mit meinem Daumen nach dem Notfall-Knopf. Ich hoffte, er funktionierte. Meine High Heels fühlten sich klobig an, und als meine Anspannung nachließ, fielen sie leicht auseinander. Ich dachte an Lilienné – und an Edward. Ich hätte ihr sagen sollen, dass sie sich Edward aus dem Kopf schlagen musste. Sie brachte sich selbst in Teufels Küche, wenn Santiago von ihrer heimlichen Verbindung erfahren sollte. Hoffentlich hatte Edward das im Griff ... Die Zeit verging nicht. Meine Knie schmerzten in dieser Position. Ich musste meine Füße bewegen. Vorsichtig drehte ich sie nach links und rechts. Als ich ein Bein leicht anhob, stieß ich mit der Schuhspitze sofort gegen das Glas. Es konnten maximal drei Zentimeter Spielraum sein, ähnlich wie bei meiner Nase. Ich seufzte. Nicht der kleinste Lichtstrahl wollte durch diesen Teppich dringen! Nun schlich sich ein Bild von Amanda in meine Gedanken – und Bruchstücke dessen, was mir Lilienné vor ein paar Tagen über sie erzählt hatte. Ich war mir nicht sicher, ob ich mich an die Hoffnung klammern durfte, dass er mit ihr keinen Sex hatte. Es war unfassbar, dass er für sie geduldig und verständnisvoll sein wollte. Sie musste ihn verzaubert haben mit ihren beiden Südsee-Atollen, mit ihren seltenen, anbetungswürdigen türkisblauen Augen, die permanent wässrig glänzten, als wäre sie zu Tränen gerührt. Ich fürchtete den Moment, wo ich sie an Santiagos Seite erblicken würde. Und ich machte mir noch eine ganze Reihe anderer Sorgen ... Doch dann war es plötzlich so weit ... helles Licht blendete meine Augen und ich musste sie unweigerlich schließen. Sie hatten meinen Teppich weggezogen ...

Verzweifelte Lust

Zaghaft blinzelte ich. Die Deckenbeleuchtung strahlte direkt auf mich herab und es dauerte ein paar Sekunden, bis ich mich daran gewöhnen konnte. Ich sah Menschen um mich herum. Viele Menschen. Es war schwer, sich zu orientieren oder jemanden aus dieser Perspektive zu erkennen. Einige fremde Gesichter sahen mich an, musterten meinen Körper demonstrativ ungeniert, andere standen einfach wie unbeteiligt daneben. Offensichtlich war ich nicht die Erste, die man aufgedeckt hatte. Auf jeden Fall war das Publikum gemischt. Schlanke nackte Beine in High Heels und elegante Anzugshosen wechselten einander ab. Wobei die nackten Beine wesentlich aufregender zu beobachten waren, da sie gelegentlich spektakuläre Einblicke gewährten. Plötzlich riss mich ein Reflex zur Seite und mein Herz sprang mir fast aus der Brust. Ein Herrenschuh war mir mitten ins Gesicht gestiegen und spontan zuckte ich, als hätte er mich tatsächlich treffen können. Um ein Haar hätte ich versehentlich Alarm ausgelöst! Ich war unsäglich erschrocken und keuchte aufgebracht. Der fremde Schuh drehte sich über meinem Gesicht und ich betete, dass das Glas halten würde. Danach rutschte er in Richtung meiner Brust. Es waren zwei Schuhe. Und ein Stock. Ein Stock, der nun langsam mein Gesicht nachzeichnete. Ich kannte diesen Mann mit dem Stock. Es war Christian! Santiagos bester Freund. Der »Schlangenbeschwörer«. Der Mann bescherte mir

Albträume! Er hatte angekündigt, mich eines Tages auf sein Anwesen einzuladen, weil ich so fabelhaft zu seiner Anakonda passen würde. Christian lächelte mich an und nickte mir zu, als wollte er mich grüßen. Ich schloss kurz die Augen und konzentrierte mich auf meinen Atem. Gänsehaut lief über meinen Körper und ich spürte, wie sich meine Nippel unweigerlich aufstellten. Als ich meine Augen wieder öffnete, war er verschwunden.

Sofort versuchte ich, mich darauf einzustellen, dass mir das wieder passieren könnte. Er war bestimmt nicht der Letzte heute Abend, der auf das Glas getreten war. Ich musste darauf vorbereitet sein. Und zum ersten Mal fühlte ich mich ziemlich eigenartig bei dem Gedanken, dass Herrenschuhe und High Heels achtlos über mich hinwegspazieren sollten, während ich luftdicht verschlossen im Boden lag. Bis jetzt hatte ich immer auf dem Boden gelegen, wenn Santiago mit einem Designer-Schuh auf mich getreten war, ich hatte sein Gewicht, seine Bewegung, seine Leibhaftigkeit auf mir gespürt. Aber im Boden zu liegen, bedeutungslos wie ein Muster im Teppich, bedeutungsloser als ein Stolperstein in der Landschaft, und um das lustvoll prickelnde Erlebnis betrogen, meinen Peiniger auf mir fühlen zu dürfen, während er mir Erniedrigung schenkte, das war hart.

Santiago!! Ich hatte Santiago gesehen! Jetzt wandte er mir wieder seinen Rücken zu, aber er war es eindeutig. Aufgeregt verfolgte ich seine Schritte, seine Bewegungen. Warum sah er mich nicht an? Seinen rechten Arm hatte er um einen anderen Mann geschlungen. Einen blonden Mann ... Cheyenne! Jemand hatte doch tatsächlich Cheyenne dazu bewogen, heute Abend unter Leute zu gehen. Und wie gewohnt scheute Santiago nicht davor zurück, seine Zuneigung für ihn offen kundzutun.

Ich konnte sogar mehrmals beobachten, wie er ihn stolz und glücklich anlächelte, ihn vor allen Leuten auf die Wange küsste oder gar auf den Mund. Offenbar ging es Cheyenne wieder besser. Ich freute mich so sehr, ihn zu sehen.

Während ich weiter die Aktivitäten der Leute studierte, kam es mir vor, als würden sie sich in Gruppen scharen und bewegen. Mal versammelten sie sich rechts von mir, dann wieder hinter oder vor mir. Manchmal verschwanden sie, bis auf ein paar einsame Ausreißer, völlig aus meinem Blickfeld. Doch irgendwann versammelten sie sich alle rund um mich und mein Puls beschleunigte sich merklich. Zum ersten Mal war es mir beschieden, in unzählige Gesichter zu sehen. Und unzählige Gesichter sahen mich an. Das machte mich nervös. Aufgeregt drehte ich meinen Kopf hin und her. Was würde jetzt passieren? Einige von ihnen hielten Champagnergläser in der Hand. Ich erkannte Damian. Und wieder Christian. Und plötzlich begann es, in mir drin zu vibrieren ...

Die Kugeln bewegten sich. Sie vibrierten und drehten sich. Beides wurde rasch stärker, doch nicht zu stark, gerade angenehm. Ängstlich verspannte ich mich. Sie würden nun alle zusehen und verfolgen, wie sich diese Stimulation auf mich auswirkte. Ich versuchte herauszufinden, wer die Fernbedienung hatte, doch ich konnte niemanden damit ausmachen. Die Kugeln wanden sich in meinem Unterleib. In verschiedenen Positionen hielten sie inne und verstärkten die Vibrationen. Dann wechselten sie in eine schlängelnde Bewegung, gleichzeitig brummte und vibrierte alles. Doch irgendwann lag die unterste Kugel in der Nähe eines äußerst sensiblen Punktes und ich musste stöhnen ... Bange registrierte ich, dass alle Leute auf meine tiefen Atemzüge achteten, die Bewegungen meines Brustkorbs, meiner Rippen, meiner Brüste, die ich mit meinen Händen nicht bedecken konnte. Wenigstens hörte man meine Geräusche nicht, was mir zumindest die größte Schmach ersparte. Niemand konnte mich hören und zum ersten Mal ließ ich meiner Stimme dabei freien Lauf. Dadurch, dass ich meine äußerlichen Reaktionen zu zügeln versuchte, meinen Körper so unbewegt wie möglich hielt, entfalteten sich all meine Gefühle in lustvollen Tönen. Ich stöhnte, und während ich mir selbst zuhörte, wurde meine Erregung noch viel größer. Nebenbei haderte ich mit der Entscheidung, meine Augen zu schließen oder offen zu behalten. Aber um mich selbst zu beruhigen, wollte ich in die Gesichter der Leute sehen und verfolgen, wie sie auf den Anblick meines Körpers reagierten. Ob sie sich über mein Gebaren lustig machten. Die Erniedrigung für mich war groß, doch sie war auch Lust bringend, berauschend, und ich wollte dafür nicht ausgelacht werden.

Wieder massierte der Snakeball meine geheimsten Punkte und langsam trat nun einer der Herren aus der Menge hervor. Er kam von unten, stieg auf das Glas in Höhe meiner Füße, meiner Knie, meiner Hüften. Dann blieb er stehen und sah mir mit festem Blick in die Augen. Ich hatte keine Ahnung, wer das war. Ein völlig Fremder, nicht unattraktiv, dunkelhaarig, elegant gekleidet und schöne Hände. Er hielt die Fernbedienung für mich gut sichtbar. Und wieder wurden die Vibrationen stärker. Mit einem Fuß stieg er auf meine Brust, wobei er mich weiter mit aufdringlichen Drehbewegungen versorgte. Ich merkte, dass es sich verlockend gut anfühlte, ihm dabei in die Augen zu sehen, und bald war meine Erregung nicht mehr zu zügeln. Wie in Trance fixierte ich seine Augen und zu meiner Beschämung nahm mein Becken selbstständig eine wellenförmige Bewegung auf, als wollte ich sein Wirken voller Ungeduld mit aktiven Stößen unterstützen. Bestimmt konnte man das von außen beobachten, doch genau konnte ich es nicht sagen, denn ich sah all die Leute nicht mehr, die rund um meinen Unterkörper standen. Der Fremde verdeckte mir die Sicht, er war noch etwas näher gerückt, vermutlich sah er mein Gesicht jetzt zwischen seinen Schuhen, aber ich konzentrierte mich ausschließlich auf seine Augen. Und mir war heiß. Er wusste genau, was er tat. Binnen weniger Minuten hatte er mich so weit, dass ich jegliche Scham und die Kontrolle über meine Gesichtszüge verlor. Mit weit offenem Mund stöhnte ich begierig und wartete auf den zündenden Impuls, der mich die Schwelle überschreiten ließ. Ich spürte, dass ich kommen musste. Schweiß brach aus all meinen Poren. Der fremde Mann stieg von mir und gab den Blick frei für alle. Nun konnte ich mich auf rein gar nichts mehr konzentrieren. Ich stöhnte lustvolle Laute, meine Stirn drückte sich gegen die Glasplatte, es dauerte ... All die Reize waren gut, aber nicht perfekt. Es schien, als wollte er mich hinhalten und mir einfach den letzten Hauch an Wohltat nicht vergönnen. Ich zitterte vor Anstrengung, wanderte auf einem sehr hohen Grat der Erregung, doch ich konnte nicht kommen. Dann merkte ich, dass die Vibrationen wieder leichter wurden und schließlich musste ich aufgeben. Ein verzweifeltes Schluchzen floss über meine Lippen, ich ließ locker, mein Kopf fiel zurück und ich keuchte. Erschöpft rang ich nach Luft. Meine Brust hob und senkte sich wie nach einem Langstreckenlauf. Meine kleinen Nippel standen steif von mir ab. Die Lüftung blies sanft über meinen Körper. Nun sah ich einige Leute lächeln. Die Menschen verteilten sich in alle Richtungen, während ich erschöpft unter dieser Glasplatte lag und mich nur langsam erholte. Ich spürte kalte Schweißperlen, die der Schwerkraft folgten, und Rinnsale, die mich an der Taille und in den Kniekehlen kitzelten, bevor sie trockneten.

Vielleicht eine halbe Stunde hatte ich Pause. Dann kam der Nächste mit einer Fernbedienung zu mir. Er machte kein großes Aufsehen, stellte sich einfach breitbeinig über mich und ließ den Snakeball für sich arbeiten. Sein Geschick war nicht vergleichbar mit dem des ersten Mannes, doch sein Ziel war dasselbe. Entsprechend länger dauerte es. Ich registrierte, dass Santiago kurz neben mir stand und mich beobachtete, doch ich konnte seine Blicke nicht erwidern, da ich gerade zum zweiten Mal stöhnend und zitternd in lustvollen Wogen auf einen Orgasmus zusteuerte, den ich wieder nicht erreichte.

Etwas später wurde die Beleuchtung gedimmt, sie war nun nicht mehr so grell und ich konnte die Gesichter der Leute besser ausmachen und gewöhnte mich sogar an die Regenwurmperspektive.

Ich sah Damian. Er beehrte mich mit einem kurzen Blickkontakt, gleichzeitig richtete er die Fernbedienung auf mich und mein Snakeball sprang schon wieder an. Diesmal blieb jedoch niemand bewusst bei mir stehen. Ich sollte mich praktisch ganz allein mit der leichten Stimulation beschäftigen. Und plötzlich sah ich sie. Amanda! Offensichtlich hatte sie sich erst jetzt der Party anschließen dürfen, denn alles deutete auf Szenen einer Begrüßung hin. Ihr makelloser Anblick versetzte meinem Herzen einen Stich. Sie trug ein kurzes enges Kleid, in matten Grünschattierungen, stellenweise hellblau durchzogen, wie ein Aquarell, ihre nussbraunen Haare glänzten in edlen Locken und ihre türkisblauen Augen strahlten glücklich. Sie strahlten Santiago unbefangen an. Und er schien nicht minder erfreut, sie zu sehen. Dennoch fiel mir auf, dass eine seltsame Ruhe von ihm ausging, während er mit ihr redete. Als wären alle anderen Leute verschwunden und nur noch ein Liebespaar auf dieser Veranstaltung, nur noch ein Mädchen, dem er seine ganze Aufmerksamkeit widmete. Vielleicht kam es aber auch bloß mir so vor, weil mein ganzes Interesse den beiden galt. Er küsste Amanda zärtlich und fast vergaß ich die vibrierenden Kugeln in meinem Unterleib. Ich fragte mich, warum ich die ganze Zeit über stimuliert werden musste, wenn es doch ohnehin niemanden kümmerte. War es, um diesen Anblick leichter zu ertragen? Hatte er sich ausgerechnet, es würde mich und all die anderen Mädchen unter den Glasplatten glücklicher stimmen, ihn mit seiner neuen Flamme zu sehen, wenn wir sexuell erregt waren? In der Tat fiel es mir schwer, mich nun in eine neutrale Sinneslage zu versetzen. Die erneute Vorbereitung auf einen Orgasmus beeinflusste mich zugegebenermaßen. Und obwohl es mich sogar selbst ärgerte, war ich erfüllt von sexuellem Verlangen. Ich fühlte mich benebelt und reichlich unempfindlich gegenüber den Dingen, die sich vor meinen Augen abspielten. Noch bis gestern hätte ich mir nicht träumen lassen, dass ich auf den Anblick von Santiago und Amanda so gleichgültig reagieren würde. Aber nun war alles anders.

Dankbar registrierte ich, dass sich die Menschen wieder verteilten. Doch dann versammelten sie sich zum zweiten Mal rund um mich, und mir wurde klar, ich sollte erneut zur Attraktion werden. Santiago trennte sich von Amanda, löste sich aus der Menge, und genau wie der erste Mann, der mit mir gespielt hatte, schritt er gemächlich über meinen Körper hinweg bis auf die Höhe meiner Brüste. Dort blieb er stehen. Er hatte eine glühende Zigarette, ein Glas Champagner und die Fernbedienung in seinen Händen. Ich versank mit meinem unterwürfigsten Blick in seinen Augen und er erhöhte die Intensität meiner intimen Reize. Vermutlich hätte er das nicht mal tun müssen, denn unter ihm zu liegen, hätte für mich völlig ausgereicht, um prickelnde Erregung zu empfinden, doch so ging alles noch viel schneller. In Windeseile hatte er mich, den Tränen nahe und um Erlösung flehend, keuchend zwischen seinen Füßen. Ich begehrte ihn. Ich liebte ihn. Und ich wollte für ihn kommen. Mein Becken wippte und zuckte vor Verlangen. Egal, wie viele Leute mich beobachteten, ich wusste, er würde zum Schluss von mir steigen und mich ekstatisch zuckend den Blicken der Gäste aussetzen ... und ich würde mich gehen lassen, wenn er das so wollte, ich würde der Menge einen spektakulären Orgasmus liefern, sie sollten sehen, dass er es am besten konnte, am besten von allen. Er war mein Gott, mein Geliebter, und er hatte mich in der Hand. Ich stöhnte völlig benebelt in sehnsüchtiger Hingabe, doch plötzlich geschah etwas Grausames ... Santiago ließ das Glas Champagner fallen – genau über meinem Gesicht. Das Teil explodierte förmlich vor meinen Augen. Und der Aufprall traf mich wie ein Stromschlag. Ich kreischte. Im Affekt stieß ich mit Kopf und Knien gegen die Glasplatte, riss an meinen Manschetten und im selben Moment ertönte die Sirene. Ich hatte Alarm ausgelöst! Sogar unter der Panzerglasscheibe konnte ich das hören! Mein Puls schnellte in ungeahnte Höhen. Schlotternd beobachtete ich, wie jemand mit einem Lamellenwischer kam und über die Glasplatte fuhr, bis sich meine Aussicht wieder klärte. Santiago gab ein Handzeichen und der Alarm verstummte.

Ein Mädchen reichte ihm ein neues Glas Champagner. Er nahm es dankend entgegen und zog genießerisch an seiner Zigarette.

Mir war heiß, meine Ohren glühten, und mein Herz konnte sich kaum beruhigen. Das hatte er absichtlich getan! Ich sah, wie ein kleines Lächeln in seinen Mundwinkeln zuckte. Sofort hatte ich Angst, dass er das Gleiche noch mal tun könnte. Nie wieder würde ich mich entspannen können!

Doch der Snakeball gab keine Ruhe ... Er massierte mich nun viel aufdringlicher als zuvor. Santiago trat mit der Fernbedienung zur Seite und begab sich in eine Reihe mit den anderen, wieder neben Amanda. Ich sah, wie er seinen Arm um sie legte und sie zu meinem Entsetzen aufforderte, ebenfalls auf die Fernbedienung zu drücken. Ich stöhnte jämmerlich verzweifelt, doch ich konnte mich nicht dagegen wehren, dass sie nun zu zweit an mir herumspielten.

Santiago gab ihr eine kurze Unterweisung. Er führte ihr einige Kunststücke vor, die diese ausgeklügelte Technik zu bieten hatte und erklärte mich wie ein ferngesteuertes Auto. Ich empfing all die Impulse direkt in meinem Unterleib, keuchte und schwitzte unsagbar. Amanda hörte ihm zu und nickte, bis sie es nochmals selbst versuchen durfte. Und tatsächlich fühlte es sich nun besser an. Meine Erregung wuchs von Neuem. Die Anstrengung und die Hitze wurden unerträglich. Mein Höschen war nass, meine Haare feucht, und ich rutschte sogar schon in meinen Schuhen. Die beiden fanden sichtlich Gefallen daran, mich lustvoll bis zur Erschöpfung zu quälen. Ich wettete, dass man einzelne Bewegungen der Kugeln sogar von außen sehen konnte. Dann fing ich wieder an, den Rhythmus ungeduldig mit meinem Becken zu unterstützen. Ich hasste mich selbst dafür, dass ich das tat. Und ich hasste mich noch mehr dafür, dass ich jedes Mal aufs Neue daran glaubte, dass man mich kommen lassen würde. Ich keuchte und stöhnte, bis mir die beiden schließlich einen Reiz schenkten, den ich bisher vermisst hatte. Sie kitzelten mich mit himmlischen Vibrationen ... und plötzlich war er da ... mein Höhepunkt. Meine Augen verdrehten sich unwillkürlich, meine Lider zuckten, während mein Unterleib immer wiederkehrenden starken Spasmen ausgeliefert war. Mein Körper spannte sich und bebte unter dieser Glasplatte. Ungebremste Lustschreie drangen aus meiner Kehle. Ich konnte mich kaum erinnern, dass ich jemals so heftig gekommen war.

Kurz bildete ich mir ein, gesehen zu haben, wie Santiago Amanda küsste. Meine Ohren sausten. Die ganze Außenwelt offenbarte sich mir nun wild flimmernd wie eine Fata Morgana. Nervös versuchte ich, meinen Blick zu klären, aber es wollte mir nicht gelingen! Alles blieb verschwommen. Kein einziges der Gesichter wurde deutlich. Panisch blickte ich um mich und begann, an meinen Sinnen zu zweifeln, bis ich schließlich begriff, dass sich die Panzerglasscheibe beschlagen hatte!

Es dauerte einige Minuten, bis die Lüftung diesen Zustand wieder ausgleichen konnte. Die meisten Leute waren bis dahin verschwunden ... Es war mein letzter Einsatz an diesem Abend gewesen.

Die Gesellschaft auf der anderen Seite meiner Glasplatte wurde immer entspannter. Die Attraktionen verlagerten sich und bald fühlte ich mich wie ein minder interessantes Objekt in einer Galerie. Doch gerade in dieser abflauenden Stimmung gab es auch einen Moment, der mir unauslöschlich in Erinnerung blieb. Ganz gleich, wie exorbitant mein Orgasmus gewesen war und wie sehr ich es zu schätzen wusste, Santiago gesehen und seine Aufmerksamkeit erhalten zu haben ... letztlich war es Cheyenne, der mich an diesem Abend glücklich machte. Vielleicht hatte ich es damals noch nicht so erkannt, oder nur in bedingtem Maße, aber im Nachhinein tat ich es umso mehr.

Die ersten Gäste hatten die Party bereits verlassen, es waren kaum noch Leute in meinem Umkreis, als Cheyenne plötzlich neben mir stand. Er betrachtete versonnen meinen Körper – weder lüstern noch herablassend, viel mehr, als schwebe er in Gedanken in einer anderen Welt. Irgendwann jedoch landete sein Blick in meinen Augen und ich erschrak. Für einen Moment war ich mir des Verstoßes gegen die Regeln bewusst, doch im selben Moment war es auch schon zu spät. Ich hatte ihn angesehen. Und ich tat es noch immer. Es würde wohl erneut auf eine »ausgedehnte vorsätzliche Bewunderung« hinauslaufen, denn auch Cheyenne wollte sich aus der Verbindung nicht mehr lösen. Er kam mir sogar näher, hockte sich unmittelbar vor mich hin und ich konnte die seltene Gelegenheit nutzen, sein schönes Gesicht aus der Nähe zu betrachten. Seine Miene war weit entfernt von jedem Lächeln. Ich konnte nicht sagen, ob er betrübt war oder traurig, ob er mir damit vielleicht nur sein Mitgefühl ausdrücken wollte oder ob er es bedauerte, nicht mit mir sprechen zu können, aber seine Augen glänzten in einer breiten Palette von goldgelben Reflexen, und ich bildete mir ein, ich sah ein paar Tränen darin. Ich wollte lächeln, um ihn aufzumuntern, doch es gelang mir nicht. Viel zu atemberaubend war sein Anblick. Und als er das hilflose Zucken meiner Lippen sah, legte er seine flache Hand ausgebreitet über mein Gesicht. Er berührte die Glasplatte und ich sah zwischen seinen Fingern hindurch. Seine hübschen blonden Haare fielen ihm zu beiden Seiten in die Stirn. Ich wollte ihn anfassen und halten, einen einzigen sentimentalen Augenblick mit ihm genießen. Ich wünschte, Santiago hätte mir jemals die Chance gegeben, ihn mit meiner Liebe zu heilen. Doch das Einzige, was ich tun konnte, war, ihn anzulächeln, und nicht mal das wollte mir gelingen. Es tat mir so leid. Schließlich hob ich mein Kinn an, führte meinen Mund an die Glasplatte und küsste seine Finger von unten. Ich sandte ihm all die Zuneigung, die ich für ihn empfand, durch das Glas. Daraufhin senkte er seinen Blick und nahm langsam seine Hand weg. Cheyenne war unsagbar schön.

Doch als ich meinen Kopf wieder ablegte, erschrak ich. Meine Lippen hatten auf dem Glas einen rosa Kussmund hinterlassen! Cheyenne wollte sich gerade erheben, als er es ebenfalls bemerkte, und auch er erschrak im ersten Moment. Doch dann lächelte er. Ich musste auch lächeln. Aber das durfte nicht so bleiben, der Abdruck war exakt über meiner Nase. Jeder würde ihn sehen. Also neigte ich meinen Kopf nach vorn und verrenkte mir fast den Hals, bis ich mit meiner Stirn an das Corpus Delicti herankam. Dann polierte ich es mit meinem Haaransatz weg. Vollständig gelang es mir nicht, aber zumindest war es als Kussmund nicht mehr zu identifizieren. Cheyenne hatte mir die ganze Zeit zugesehen. Er hatte gelächelt. Und er hatte auch noch einen Hauch von diesem Lächeln auf seinen schönen Lippen, als er von mir ging.

Die Party endete, wie fast befürchtet, nicht im Penthouse. Nachdem alle Gäste die Insel verlassen, Santiago, Amanda und alle anderen sich zurückgezogen hatten, wurden wir aus den Glas-Vitrinen befreit. Alle Mädchen durften im Keller noch schnell duschen. Danach empfing mich die Matratze in meinem Verlies. Und in jener Nacht träumte ich von Cheyenne. Es war das zweite Mal.

AUSERWÄHLT

»Damian! Wie lange? Wie viele Tage noch? Wie lange wird er noch hier sein? Wird er sich von uns verabschieden? ...« Verzweifelt führte ich Selbstgespräche in meiner Zelle. Ich hatte während der letzten Tage völlig den Überblick verloren ... Es gab keinen Kalender und ich hatte schreckliche Angst, Santiago würde verreisen, ohne sich zuvor noch einmal im Keller zu zeigen. Ich wollte nicht, dass er mit Amanda ein Flugzeug bestieg, ohne dass ich ihn zum Abschied geküsst hatte. Und falls es wirklich so laufen sollte, dann musste uns doch zumindest jemand Bescheid sagen, dass er jetzt fort war! Hatte es nicht geheißen, wir dürften dann nach oben, unsere Tage in der Villa und am Strand verbringen? Wie es schien, war er also noch hier.

Und dann – ich hatte die Hoffnung schon fast aufgegeben, als in der letzten Nacht das Unerwartete geschah ...

Ich schlief, hörte keine Tür und auch sonst kein Geräusch, ich erwachte bloß durch das Gewicht und die Hitze, die sich auf mir verteilten. Es fühlte sich angenehm an, drückte meine Beine auseinander und umfasste meine Handgelenke. Schlaftrunken hob ich meine Lider und blickte in die Augen von Santiago. Nahezu im selben Moment drang er in mich ein. Er hatte seinen Morgenmantel über mich gebreitet und mein kurzes Nachthemd ein Stück hochgeschoben. Mit beherzten Bewegungen stieß er in mich. Dann ließ er meine Hände wieder los, senkte seinen Blick und küsste mich am Hals. Sein Atem ging schwer, während sein Schwanz weiter in mich pumpte. Ein lustvolles Stöhnen brach aus meiner Kehle und da begriff ich erst, dass ich nicht träumte! ... Santiago! In meinem Verlies! Auf meiner Matratze! Was machte er hier?! ... Warum liebte er mich auf dem Boden? Im Keller? Und warum so schnell, so begierig, ohne jegliches Vorspiel ... Wieder stöhnte ich. Er küsste mich auf den Mund und erstickte mit seiner Leidenschaft all meine unausgesprochenen Fragen. Und plötzlich wusste ich es ... Es war mein Geschenk. Zum Abschied!

»Ich liebe dich!«, keuchte ich. »Ich liebe dich!« Und ich war so dankbar für dieses Höchstmaß an Zuneigung, das er heute Nacht unmöglich allen Mädchen zuteilwerden lassen konnte. Die Präsenz seines Körpers überforderte mich fast. Seine Härte, seine Kraft ... »Darf ich dich anfassen?«, fragte ich, verleitet durch die Surrealität der Situation und obwohl ich wusste, dass ich darum nicht betteln durfte.

»Nein«, hauchte er.

»Bitte!«, keuchte ich sehnsüchtig. Ich hob meine Hände an die Seiten seines Kopfes, respektvoll und ohne ihn zu berühren. »Bitte!«, flehte ich.

»Nein«, raunte er geduldig – aber bestimmt.

Ich seufzte verzweifelt und brach in Tränen aus.

Er nahm mich in seine Arme und hielt mich ganz fest. Und während ich an seinem Ohr aufgelöst schluchzte, stöhnte er weiter, hemmungslos, unbeirrt ... und kam zum Orgasmus.

Ich liebte ihn.

Ich liebte ihn trotzdem.

Ich wusste, dass er das brauchte. Er konnte nicht anders. Und ich war stolz, dass er mich in dieser Nacht auserwählt hatte, dass er mich geliebt und es ihn befriedigt hatte. Ich fürchtete bloß, dass er nun aufstehen und wortlos gehen könnte. Doch das tat er nicht. Er war noch in mir und machte keine Andeutungen, daran etwas verändern zu wollen. Ich fühlte seine pralle Erektion, die sich nur langsam entspannte. Noch konnte ich ihn mit meinen intimen Muskeln umschließen und festhalten, ohne fürchten zu müssen, ihn dadurch zu verlieren. Ich klammerte mit aller Kraft an seinem besten Stück und küsste ihn an der Schläfe. Innerlich trauerte ich um jede Sekunde, die verstrich. Ich begann, die Gegenwart bereits als Vergangenheit zu betrachten. In meiner Fantasie blickte ich bereits zurück auf diese kostbaren Augenblicke, als er in meinen Armen lag. Und die Vorstellung schmerzte.

Wieder küsste er mich zärtlich am Hals. Danach im Gesicht. Bestimmt schmeckte er all das salzige Nass, meine Ergebenheit, meine Liebe. Langsam zog er sich aus mir heraus und rutschte neben mich. Ich durfte auf seinem Oberarm liegen bleiben und er sah mich mitfühlend an. »Warum die Krokodilstränen?«, fragte er.

»Ich liebe dich!«, sagte ich.

Santiago nickte.

Ich wusste, das war die einzig mögliche Antwort, denn es stand mir nicht zu, meine Eifersucht in Worte zu fassen.

»Wir werden uns morgen noch sehen«, meinte er. »Ich möchte mit euch allen gemeinsam frühstücken. Amanda ist bereits vorausgefahren. Sie hat morgen in der Früh in Miami etwas zu erledigen. Wir treffen uns erst mittags mit ihr.«

Erleichtert atmete ich auf. Also war es jetzt gar kein Abschied. Ich würde ihn morgen noch sehen. Ohne Amanda! Ein verzücktes Lächeln huschte über meine Lippen.

Santiago erwiderte es und küsste mich auf die Stirn. »Ich muss zu Cheyenne«, flüsterte er.

Ich nickte und war glücklich. Es gab wohl kaum jemanden, in dessen Arme ich ihn lieber gewünscht hätte, als in die von Cheyenne.

Santiago stand auf, und ich erhob mich ebenfalls. Mit einer Hand fasste er an meinen Hals und drückte mich gegen die Mauer. »Wenn ich von Aruba zurückkomme«, raunte er, »dann möchte ich, dass du die Erste bist, die meinen Schwanz lutscht.«

Ich nickte ergeben.

»Willst du das auch?«, hakte er nach.

»Ja«, hauchte ich.

»Dann bitte mich darum!«

»Wenn du von Aruba zurückkommst, wäre ich gern die Erste, die deinen Schwanz lutschen darf ... bitte.«

Santiago nickte hochmütig. »Wirst du auf dem Bootssteg auf mich warten?«

»Auf meinen Knien!«, antwortete ich.

Er lächelte. »Leg dich nieder, bevor du meinen Samen verlierst!«

Gehorsam folgte ich. Die Schiebetür öffnete sich und er ließ mich allein ... mit Millionen seiner Spermien, die noch tagelang in mir weilen sollten, während er längst mit Amanda auf Aruba Urlaub machen würde.

***

Doch bei dem angekündigten gemeinsamen Frühstück kam alles anders. Die Stimmung war gedrückt. Obwohl wir alle die Überraschung und Santiagos unerwartete Gesellschaft sehr zu schätzen wussten, wollte keine heitere Laune aufkommen. Wie üblich war reich aufgetischt worden, es fehlte an nichts und nach zwei Wochen im Keller – einem Leben von Energieriegeln und Wasser – hätte ich erwartet, dass zumindest mein Magen sich über die unverhoffte Vielfalt an Delikatessen freuen würde, doch ich hatte keinen Hunger.

Abgesehen von Amistads Gespielinnen und Cheyenne waren alle anwesend. Santiago unterhielt sich mit seinen Leibwächtern und aus dem Gespräch erfuhr ich, dass Marcus und Damian ihn ebenfalls nach Aruba begleiten sollten. Interessiert folgte ich jedem einzelnen seiner Worte und mischte mir nebenbei ein Müsli mit frischen Früchten. Irgendetwas musste ich schließlich essen. Währenddessen überlegte ich angestrengt, ob ich es nicht vielleicht doch wagen sollte, ihn beiläufig nach dem Namen des Hotels zu fragen, in das er wollte. Nachdenklich beobachtete ich Santiago, der nun ebenfalls gedankenverloren in seiner Tasse italienischem Espresso rührte. Ich versuchte, seine Gemütslage einzuschätzen, etwaige Launen oder Reaktionen vorherzusehen ... als plötzlich alle Visionen in meinem Kopf explodierten.

Ein ohrenbetäubender Knall erschütterte die Villa.

Ein Schuss, eine Granate, eine Bombe – ich hatte keine Ahnung. Santiago verschüttete seinen Kaffee, im selben Moment erstarrte er. Und während er erstarrte, erfroren wir alle mit ihm in unseren Bewegungen. Doch Santiagos Augen stachen nun weit aufgerissen in die von Amistad. Die nächsten Sekunden liefen vor mir ab wie in Zeitlupe. Amistad schien etwas sagen zu wollen, doch er stieß nur leere Luft aus. Genauso tat es Santiago. Und plötzlich wusste ich es. Cheyenne!

Mein Magen krampfte sich zusammen. Ich betete, dass ich mich irrte. Amistad erhob sich, er stolperte förmlich auf Santiago zu, der sich nun in seinem Sessel mit einem zweiten Keuchen zurücklehnte. Er legte ihm eine Hand auf die Brust. Damian war nahezu gleichzeitig zur Stelle. Beide hielten ihn beruhigend fest.

»GEH!«, stöhnte Santiago.

Amistad versicherte sich kurz bei Damian, der nickte, deutete auf sein Handy, dann lief er nach oben. Marcus folgte ihm. Edward eilte zu Santiago. Der war nach wie vor regungslos, seine Finger krallten sich in die Armlehnen. Auch niemand anderes gab einen Ton von sich oder wagte, sich zu bewegen. Die Stille war unerträglich. Dann endlich piepte das Handy. Damian meldete sich, hörte kurz zu, sagte bloß »Ja«, doch sein Blick sagte alles.

Santiagos Miene verzog sich im Schmerz. Er überkreuzte die Unterarme vor seinem Gesicht, aber noch immer wirkte er halbwegs gefasst.

»Bring die Mädchen weg!«, verlangte Damian von Edward.

Ein Schrecken fuhr in meine Glieder. Ich wollte jetzt nicht weggebracht werden. Ich hatte Angst – oder wohl eher einen Schock – und ich wusste nicht, was passiert war. Während wir alle uns erhoben, kam Amistad die Treppe wieder heruntergelaufen. Er hatte seinen Arztkoffer bei sich. Auch Marcus war wieder bei ihm. Und als ich an Santiago mit zitternden Knien vorbeiwankte, fasste der nach meiner Hand und hielt mich fest.

Fragend blickte ich Damian an.

Der rang kurz mit seiner Entscheidung, dann nickte er.

Ich durfte bleiben!

Dankbar kniete ich neben Santiago nieder und hielt weiterhin seine Hand fest. Zum ersten Mal in meinem Leben auf eine Art, wie man normalerweise eine Hand hält. Doch dieser Impuls ging von ihm aus. Alle anderen Mädchen folgten Edward. Ich presste Santiagos Hand an meine Lippen, an meine Wange und schließlich an meine Brust. Dann begann ich zu weinen und ich glaubte fast zu ersticken, während ich hören musste, was Amistad sagte. Cheyenne hatte sich erschossen ...

***

Santiago atmete immer schwerer. Sein Brustkorb hob und senkte sich viel zu schnell und sein Gesicht verlor zusehends an Farbe. Verzweifelt blickte er zu Amistad auf. »Die Waffe!«, keuchte er. »Wo hat er die Waffe her?!«

Amistad zog eine gelbe Flüssigkeit in eine Spritze. »Ich glaube, es ist mein Revolver«, flüsterte er. »Er muss irgendwie an den Schlüssel gekommen sein.« Langsam injizierte er das Serum in Santiagos Oberarm.

»Lass mich schlafen!«, bat ihn Santiago mit zittriger Stimme. »Lass mich schlafen ... Eine Woche ... Einen Monat!«

»Das geht nicht!«, weigerte sich Amistad.

»Doch! TU ES!«

»Nein. Ich möchte, dass du vorher mit mir nach oben kommst.«

Santiago sah ihn erschrocken an.

»Es ist wichtig«, erklärte ihm Amistad. »Für dich! Und wenn du willst, dass ich dich ruhigstelle, dann musst du jetzt entscheiden. Man wird ihn nachher wegbringen.«

»Ich kann nicht!«

»Doch, du kannst!«, drängte Amistad weiter. »Ich hab ihn gesehen und ich kann es verantworten. Vertrau mir! Deine Spritze wirkt bereits und ich bin bei dir.«

Santiagos Augenbrauen zogen sich gequält zusammen. Er fuhr sich durch die Haare und dachte nach. Ich sah, wie Wasser in seine Augen trat. Doch schließlich schüttelte er entmutigt den Kopf. »Ich kann es nicht!«

Wir alle waren betroffen über seine Reaktion. Wir konnten nicht glauben, dass er sich einfach zurückziehen und Cheyenne gehen lassen wollte, ohne ihn ein letztes Mal gesehen zu haben.

»Lass mich schlafen!«, verlangte er erneut.

Und diesmal nickte Amistad. »Es ist deine Entscheidung.«

Er setzte ihm eine Nadel und legte eine Infusion, während Damian die Lehne des wuchtigen Sessels in Liegeposition brachte.

»Ich will in dein Zimmer!«, sagte Santiago zu Damian, und »Lass meine Hand nicht los«, sagte er zu mir.

Dann fiel sein Kopf langsam zurück, er entspannte sich und sank in einen erlösenden Schlaf.

Amistad versorgte ihn gewissenhaft.

»Ist gut«, meinte er schließlich. »Wir lassen ihn kurz hier ... Ich hab die Polizei schon gerufen. Vermutlich kommen die auch noch mal mit einem Amtsarzt. Wir können die Mädchen nicht im Keller lassen. Das Frühstück! Wir haben eine Videoüberwachung. Die Polizei wird das alles sehen wollen.«

»Ja ... Keine Sorge!«, beruhigte ihn Damian. »Es hat ja niemand ein Verbrechen begangen und wir tun hier nichts Illegales! Das mit den Mädchen ist alles vertraglich geregelt. Alle, die ein Brandmal haben, haben unterschrieben, und Amanda ist nicht hier.«

»Okay«, seufzte Amistad. »Dann brauche ich jetzt fünf Minuten für mich. Ich bin kurz draußen.« Er ließ Santiagos Hand los und schritt eilig durch das Wohnzimmer hinaus ins Freie. Die Glastür schloss sich hinter ihm. Ich sah, wie er noch einige Schritte schaffte und dann in der Mitte des Vorplatzes zusammenbrach. Er fiel auf seine Knie, schlug sich die Hände vors Gesicht und schrie. Er schrie so laut, dass es selbst durch das Sicherheitsglas meinen Puls noch in die Höhe trieb.

Erneut schossen mir Tränen in die Augen. »Ich möchte David anrufen!«, wimmerte ich.

»Was hat David damit zu tun?«, fragte Damian.

»Er ... er hat gesagt ... er will wissen, wenn etwas passiert«, schluchzte ich.

»Bist du verrückt? David ist in New York. Amistad ist unser Arzt. Wir werden David auf gar keinen Fall anrufen!«

»Aber ich möchte es!«, bettelte ich Damian an.

Der schüttelte bloß den Kopf und beachtete mich nicht weiter. Nachdem Edward aus dem Keller zurückgekehrt war, wies er ihn an, alle Flüge und Buchungen zu stornieren. »Danach informierst du die Security von Amanda. Sie soll vorerst in Miami im Hotel bleiben. Wir müssen abwarten bis Santiago wieder zu sich kommt. Er wird alles Weitere entscheiden.« Edward griff nach seinem Handy und entfernte sich.

Wie ein Häufchen Elend saß ich auf dem Boden und heulte. Cheyenne war tot ... Allein die Vorstellung war der blanke Horror. Ich überlegte, ob ich ihn würde sehen wollen, falls mir das jemand anbot. Wobei ich sehr stark bezweifelte, dass mir das jemand anbieten würde, und auch das machte mir Angst. Vielleicht wollte ich ihn ja sehen! Doch dann erreichte die Erinnerung an die letzte Party mein Bewusstsein ... als ich seine Hand geküsst hatte, durch die Glasplatte. Ich sah sein hübsches Gesicht vor mir, seine sanften Züge, seine blonden Haare und das Glitzern in seinen Augen. Ich sah ihn lächeln. Der Gedanke an sein Lächeln schmerzte unvorstellbar! Doch ich war gleichzeitig so dankbar, dass mir dieses Erlebnis mit ihm vergönnt gewesen war, dass dieser Augenblick nur mir allein gehört hatte und er mir damit eine wundervolle Erinnerung geschenkt hatte. Dieser Kuss war mein Abschied. Und ich beschloss, dass ich es dabei belassen wollte.

»Zahira ... Du kannst seine Hand loslassen. Er kriegt nichts mehr mit«, erklärte Damian mit ruhiger Stimme.

Aber ich konnte Santiagos Hand nicht loslassen. Außerdem durfte ich sie nicht loslassen. Er hatte es mir befohlen! Entschlossen deutete ich ihm: »Nein«.

Damian seufzte. »Okay.«

Mittlerweile hatten sich mehrere Leute vom Hauspersonal im Wohnzimmer eingefunden. Die Aufregung war groß. Alle wollten wissen, was passiert war. Bis ins hinterste Zimmer der Villa hatte man den Schuss gehört. Edward und Marcus hatten zu tun. Das Getümmel um mich herum wurde immer größer, doch ich nahm es nur am Rande wahr. All die Menschen, die Geräusche und das Entsetzen verschwanden für mich in den Wogen des Schmerzes. In meinem Empfinden war ich mit Santiago allein. Allein auf dieser Insel. Allein in diesem Ozean. Allein auf der Welt. Eine seltsame Ruhe erfüllte mich. Und plötzlich wusste ich, wir würden das schaffen. Auch ohne David. Ich würde Santiago all meine Liebe geben. Ich hatte genug für zwei. Es fühlte sich an, wie eine fremde Energie, die in mich geflossen war, die mir Vertrauen schenkte und mir Mut machte.

Wachträume

Als Amistad sich ein wenig gefangen hatte, brachte man Santiago in Damians Zimmer. Es war viel größer als die meisten hier in dieser Villa – ein richtiges Appartement mit getrennten Wohn- und Schlafbereichen. Es gab tropische Pflanzen, breit gerahmte Bilder und viele Spiegel. Wie fast überall waren auch hier dunkle Holzmöbel auf hellen Steinböden arrangiert worden, dennoch unterschied sich die Atmosphäre hier sehr deutlich von der der anderen Räumlichkeiten. Es fehlte die kühle, klassische Eleganz, stattdessen brachten derbe, grob gefertigte Möbel kubanischer Herkunft Urlaubsfeeling mitten in all den spröden Luxus.

Die Männer legten Santiago auf dem großen Doppelbett ab und Amistad entkleidete ihn. Dann bedeckte er ihn bis zur Hüfte mit einem dünnen weißen Laken, während ich mich behutsam neben ihm ausstreckte. Die Holzjalousien warfen ihre Schatten genau in unsere Richtung, sodass Santiagos Körper, wie auch meiner und das ganze übrige Zimmer, von einem sanften Streifenmuster überzogen wurden. Ich war so glücklich, dass ich bei ihm bleiben durfte.

Nachdem Amistad gegangen war, war es endlich still. Nur das leise Summen der Deckenventilatoren drang an meine Ohren. Noch immer hielt ich Santiagos Hand. Ich kuschelte mich dichter an ihn und küsste seine nackte Schulter. Es war merkwürdig, einen Bewusstlosen zu küssen. Nicht zu wissen, was er davon mitbekam. Fast war es eine Überwindung, darauf zu vertrauen, dass er ganz bestimmt nicht erwachen würde, egal, was ich machte. Doch ich wusste auch, dass ich die Situation nicht ausnutzen würde – wegen der Kameras! Und ich wusste, dass ich sie nicht ausnutzen konnte – wegen Marcus. Er war abbestellt worden, Santiago zu bewachen, und hatte es sich im angrenzenden Wohnbereich auf einer Couch bequem gemacht. Ich brauchte nur meinen Kopf zu heben, dann konnte ich ihn sehen. Amistad wünschte, umgehend informiert werden, falls Santiago aufwachen sollte.

Doch das passierte lange Zeit nicht ...

Ich schlief neben ihm und hielt seine Hand. Drei Tage, drei Nächte. Man brachte mir Essen und ich durfte Damians luxuriöses Badezimmer benutzen, in dem ich vor einigen Wochen schon mal das Vergnügen gehabt hatte, mit ihm zu duschen. Das Risiko, für diese wenigen Minuten Santiagos Hand loszulassen und damit gegen seine Anordnung zu verstoßen, nahm ich auf mich, denn immer wenn Amistad ihn medizinisch versorgte, musste ich ebenfalls aus dem Zimmer gehen. Die übrige Zeit vertrieb ich mir mit Lesen oder hing meinen Gedanken nach. Traurigen Gedanken. Obwohl ich noch immer eine gewisse friedliche Stimmung in mir spürte, weinte ich auch sehr viel. Es tat mir unfassbar leid, dass Cheyenne so früh hatte gehen müssen. Und dass ich nie die Gelegenheit gehabt hatte, ihn besser kennenzulernen. Ich fand mein Denken selbstsüchtig, denn ich wusste, dass es sehr stark von Verlangen geprägt war. Cheyenne war zweifellos ein schöner Mann gewesen – sexy und geheimnisvoll. Und Santiago hatte mit seinem Bestreben, ihn mir vorzuenthalten, mein Verlangen sogar eher noch geschürt. Vielleicht hatte ich insgeheim die Hoffnung gehabt, dass diese Restriktionen sich eines Tages in Luft auflösen würden. So wie in jener Nacht, als Santiago alle Gesetze und Regeln über Bord geworfen hatte, um mich ohne Einschränkung gemeinsam mit Cheyenne lieben zu können ... Ich weinte um jene Nacht. Doch ich schämte mich auch, neben Santiago zu liegen und einen fremden Mann zu begehren, also gab ich mir Mühe, diese Gedanken so schnell wie möglich zu verdrängen.

Die Tage vergingen und ich fand es faszinierend, wie viele Leute sich um Santiago kümmerten. Pflegepersonal, ein Friseur und unterschiedliche Therapeuten. Alle waren jung, auffallend attraktiv und vor allem männlich. Als Amistad wieder einmal nach dem Rechten sah, fragte ich ihn, ob ich vielleicht fernsehen durfte. Doch ich machte mir nicht viel Hoffnung. Umso überraschter war ich, als er mir tatsächlich die Fernbedienung gab und meinte: »Leise! Nichts Aufregendes! Sieh dir Naturfilme an oder lass ruhige Musik laufen!«

Ich nahm sie glücklich entgegen und hielt mich strikt an seine Anweisung. Alles, was ich mir ansah, war für Santiago. Und dennoch verging mir die Zeit nun viel schneller. Ich berieselte ihn mit sanfter fernöstlicher Musik, mit buddhistischen Tempelklängen oder Yogastunden, die von sonoren Männerstimmen begleitet wurden. Dann entdeckte ich einen Kanal, der ausschließlich Dokumentationen über ferne Länder und fremde Kulturen brachte. Und bald fand ich selbst großen Gefallen an dem Programm. Ich sah mir alles über Hawaii und die Südsee an, über Indien und Bali. Ich mochte das satte Grün der balinesischen Reisfelder, den Dschungel, die Vulkane, die Tempel und all die schönen Farben. Ehrfürchtig hielt ich Santiagos Hand und genoss mein Privileg, mit ihm allein sein zu dürfen. Wie sich das Schicksal doch wenden konnte. Anstatt mit Amanda in der Karibik Urlaub zu machen, lag er nun neben mir. In meiner Fantasie bereiste ich mit ihm all diese fernen Länder. Ich kuschelte mich an seine Brust und malte mir aus, wie schön es sein musste, mit ihm in diesen Reisfeldern spazieren zu gehen, die ganzen Tempel und Farben in natura zu sehen und im tiefsten Dschungel in einem Baumhaus zu wohnen. Ich wollte mit ihm die schönsten Plätze dieser Erde erkunden – zu zweit. Nur wir zwei. Zu Tränen gerührt hielt ich mich an seiner Hand fest und wusste, dass das alles niemals passieren würde. Aber niemand konnte mir meine Fantasie verbieten.

Von den ganzen organisatorischen Dingen rund um Cheyennes Tod bekam ich kaum etwas mit. Ich hörte bloß mehrmals den Hubschrauber landen und wieder aufsteigen. Marcus erzählte mir, dass die Polizei auf Ivory gewesen war, aber keine Schwierigkeiten gemacht hätte. Angeblich hatte Cheyenne sogar einen Abschiedsbrief hinterlassen. Und seine psychischen Probleme wären seit Jahren bekannt gewesen.

Amistad ließ Santiago auch phasenweise aufwachen, um wichtige Dinge mit ihm zu besprechen. Wenn er das tat, erschauderte ich jedes Mal vor seiner Verfassung. Es war wie eine Befragung unter Hypnose. Santiago sprach dabei völlig klar und emotionslos, als ob nichts passiert wäre, seine Pupillen waren jedoch abartig geweitet und er hatte leichte Schwierigkeiten, Amistad geistig zu folgen. Ich war mir auch nicht sicher, ob er realisierte, dass ich neben ihm saß und seine Hand hielt, denn er schenkte dem keinerlei Beachtung. Amistad meinte aber, seine Entscheidungen wären in diesem Zustand absolut ernst zu nehmen. Höchstwahrscheinlich würde er sich später nicht daran erinnern, aber wir hätten dann Videoaufzeichnungen darüber.

Ich fand es beängstigend, ihn so zu sehen. Fast war er mir mit einer Flasche Whiskey in der Blutbahn lieber. Doch Amistad hatte ihm während dieser Befragungen die Aussage zu zwei wichtigen Dingen entlockt. Zum einen sah sich Santiago nicht imstande, bei Cheyennes Beerdigung, die in dessen Heimatstadt Sandy Springs im Kreise seiner Familie stattfinden sollte, anwesend zu sein. Und Amanda müsse sich noch gedulden, aber er hatte vor, sie in den nächsten Tagen zu kontaktieren. Danach entschwand er wieder in die Welt der Träume.

Eine weitere Woche verging. Amistad bestimmte über unseren Tagesablauf, über Santiagos Ruhe- und Wachphasen, doch die überwiegende Zeit war ich mit ihm allein und beobachtete ihn beim Schlafen. Regelmäßig küsste ich seinen ganzen Körper voller Liebe und Hingabe, von seinen Zehen bis zum Hals. Bloß vor seinem Gesicht machte ich halt, um ihn nicht zu stören. Oftmals beobachtete ich dabei, dass er sexuell erregt war, doch Amistad hatte mir verboten, mich darum zu kümmern. Offenbar durfte man einen Bewusstlosen nicht befriedigen. Santiago seufzte gelegentlich oder gab ein unverständliches Geräusch von sich, die meiste Zeit aber schlief er ruhig und entspannt.

Amistad flog allein zur Beerdigung nach Sandy Springs. Für den Tag seiner Abwesenheit wurde ein fremder Arzt engagiert, der sich um Santiago kümmerte. Doch dann kam endlich der Moment, in dem Amistad beschloss, Santiago aufwachen zu lassen. Er würde ihn zurückholen in die bittere Realität und ihm nötigenfalls erklären, dass er es aus gesundheitlichen Gründen nicht länger verantworten könne, ihn weiterhin unter Drogen zu setzen.

Ich freute mich, denn ich erhoffte mir, dass ich nun meinen Geliebten wieder zurückbekommen würde – so, wie ich ihn kannte ... wie ich ihn liebte und brauchte. Und tatsächlich befand sich Santiago in erstaunlich gutem Zustand, als er die Augen aufschlug. Als Erstes entriss er mir seine Hand.

Ich musste schmunzeln, denn ich hatte fast damit gerechnet. Doch er strafte mich mit keinem einzigen bösen Blick, offensichtlich wusste er noch um seine Erlaubnis Bescheid und es war mehr eine Art Reflex gewesen.

Amistad saß neben ihm auf der Bettkante. Er beobachtete, wie sich Santiago gequält durch die Haare fuhr, sich räusperte und stöhnte.

»Wie geht es mir?«, fragte Santiago mit belegter Stimme.

Amistad lächelte. »Gut. Es geht dir gut.«

Santiago nickte.

»Dein Kreislauf ist noch schwach«, fügte Amistad hinzu. »Du solltest dich schonen. Vielleicht machen wir heute Abend einen Spaziergang an der frischen Luft, aber erst, wenn die Sonne untergegangen ist.«

»Ich möchte duschen!«, brummte Santiago.

Amistad nickte und half ihm hoch. Er führte ihn in das angrenzende Badezimmer und blieb bei ihm. Ich hörte das Wasser rauschen, doch ich hörte keine Stimmen. Die Badezimmertür war aus durchlässigen Lamellen und so konnte ich mit ziemlicher Sicherheit sagen, dass sie sich nicht unterhielten, obwohl sie gut zwanzig Minuten verschollen blieben. Als Santiago zurückkam, trug er eine weiße lange Leinenhose, seine Haare waren nass und er duftete frisch und verführerisch. Beschwerlich ließ er sich wieder neben mir auf dem Bett nieder. Er war außer Atem, als hätte er Sport betrieben. »Ich möchte mit ihr allein sein!«, erklärte er. »In einer halben Stunde schickst du mir Damian.«

Amistad zögerte einen Moment, doch dann verließ er den Raum.

»Marcus ist nebenan«, informierte ich Santiago.

Er drehte sich zu mir und streichelte zärtlich über meine Wange. »Hast du eine Ahnung, wie viel Zeit vergangen ist?«, hauchte er.

»Vielleicht zwei Wochen«, mutmaßte ich. »Angeblich soll Jana morgen zurückkommen.«

Santiago nickte. »Warst du die ganze Zeit bei mir?«

»Ja.«

»Du warst nie draußen?«, fragte er überrascht.

»Nur wenn Amistad mich weggeschickt hat, weil er irgendetwas bei dir machen musste.«

Nachdenklich seufzte er. »Und? ... Hab ich im Schlaf gesprochen?«

Ich grinste. »Ja. Von anderen Frauen! Wir sollten mal ein ernstes Wort miteinander reden!«

Er schmunzelte. Doch er konnte nicht wirklich lachen. Im Gegenteil. Santiago fand sofort wieder seine Fassung und sah mich vorwurfsvoll, fast angewidert an. Eine Reaktion, die mich erschrecken ließ. Da merkte ich erst, dass ich bereits zwei Wochen Vorsprung hatte und ihm noch überhaupt nicht zum Lachen zumute war. Ihm war nicht mal danach zumute, mich für meine vorlaute Meldung zurechtzuweisen.

»Bitte entschuldige!«, sagte ich.

Er seufzte. »Hast du mich angefasst?«

»Nur deine Hand. Und ich hab dich geküsst. Am ganzen Körper.«

»Überall?!«

»Nein.« Ich lächelte verlegen. »Amistad hatte es mir verboten.«

Santiago nickte und schon wieder musste er mir ein Lächeln verzeihen. Doch diesmal zog er mich in eine innige Umarmung und hielt mich minutenlang fest. Zwischendurch küsste er meine Haare, meinen Scheitel. Dicht an seine Brust gepresst hörte ich sein Herz schlagen und fühlte, wie schwer er atmete. Dann fasste er an mein Kinn, um in mein Gesicht zu sehen. »Dir geht es schon wieder gut oder täusche ich mich?«, fragte er.

Meine Augenbrauen zogen sich schmerzlich zusammen. Er durfte das nicht falsch verstehen. Von gut war noch gar keine Rede, ich konnte noch immer auf Knopfdruck weinen, wenn ich an Cheyenne dachte. »Für mich ist es leichter«, flüsterte ich, »ich brauche nur dich, um glücklich zu sein.«

Er senkte betroffen seinen Blick und ich machte mir sofort Sorgen, schon wieder das Falsche gesagt zu haben. Ich wollte ihn nicht traurig machen. »Ich liebe dich«, fügte ich hinzu. Und dann kullerten bei mir doch ein paar Tränen.

Daraufhin küsste er mich zärtlich auf die Stirn und hielt mich weiter fest, bis es an der Tür klopfte.

Damian trat ein und wir lösten uns voneinander.

»Schön, dich zu sehen!«, sagte Damian mit angenehm warmer Stimme.

Santiago nickte, wies ihn auf einen Sessel neben dem Bett, und drehte sich zu ihm. »Was hab ich versäumt?«, fragte er.

»Die Beerdigung«, entgegnete Damian unverblümt.

»Ich kann mich dunkel erinnern, gefragt worden zu sein«, bekundete Santiago. »War Amistad dort?«

»Ja. Habt ihr noch nicht gesprochen?«

»Nein, ich frage dich!«

Damian nickte verwundert. »Amistad ist allein gereist. Die Beerdigung war in Sandy Springs. Amistad hat in Atlanta genächtigt und sich auch Zeit genommen, Jana im Sanatorium zu besuchen. Wir alle hielten es für besser, ihr die traurige Nachricht ehest möglich zu überbringen, sodass sie es nicht morgen erfahren muss, wenn sie nach Hause kommt.«

»Ich freue mich auf Jana«, gestand Santiago. »Was gibt es sonst Neues?«

»Vielleicht das Geschäftliche zuerst ... Wir haben morgen einen Anwaltstermin, den sollten wir nicht absagen. Die adaptierten Verträge von Consort-Invest müssen besprochen und endlich unterzeichnet werden.«

Santiago seufzte und nickte. »Nicht vor siebzehn Uhr!«

»Der Termin ist erst abends«, beruhigte ihn Damian. »Und wir haben vereinbart, es hier stattfinden zu lassen, dann brauchst du nicht extra nach Miami zu fliegen.«

»Okay.« Santiago fuhr sich durch die Haare. »Wie geht es den Mädchen?«

»Unterschiedlich«, meinte Damian. »Natalie macht mir Sorgen. Sie hat es am schlimmsten getroffen. In Gesellschaft mit den anderen Mädchen ist sie abgelenkt, aber ich sehe, dass sie viel weint, wenn sie allein ist. Immer noch.«

Santiago dachte nach. Doch bevor er etwas dazu sagen konnte, sprach Damian weiter: »Aber wir sollten uns besser über Amanda unterhalten. Was planst du mit ihr? Sie ist inzwischen wieder zu Hause in Boston.«

»In Boston? Wer hat das genehmigt?«

Damian lachte. »Wer soll es ihr verbieten? Sie hat vier Tage in Miami auf ein Zeichen von dir gewartet, danach ist sie abgereist.«

Santiago zischte verächtlich. Mein Herz machte Freudensprünge. Amanda ade! Ich sah, wie er nach Worten rang. »Weiß sie, was passiert ist?«, fragte er empört.

»Ja. Und sie macht sich große Sorgen um dich. Sie würde dich gern sehen, doch sie wollte lieber zu Hause warten, als im Hotel. Ich denke, es ist verständlich in ihrem Fall.«

»Du nimmst sie immer in Schutz! Alle, Damian!«

»Amanda hat ihre Firma aufgegeben. Es ist verständlich, dass sie bei ihrem Bruder nach dem Rechten sehen will, wenn sie schon die Chance hat. Abgesehen davon ist sie äußerst verunsichert, weil du sie nicht sehen wolltest, als es dir nicht gut ging. Sie befürchtet, dass sich durch dieses Unglück an deinen Gefühlen für sie etwas geändert hat und dass du vorhast, deswegen mit ihr Schluss zu machen. Ich telefoniere jeden zweiten Tag mit ihr. Sie möchte nichts lieber, als dich zu sehen. Sie kann morgen hier sein, wenn du es willst.«

Santiago rieb sich nachdenklich über die Stirn. »Okay«, meinte er schließlich. »Übermorgen! Aber ich hab nicht die Zeit, sie auf irgendetwas vorzubereiten. Entweder sie akzeptiert, was sie hier erwartet, oder sie lässt es.«

Damian nickte. »Gut. Ich organisiere das.«

»Ich möchte die Mädchen sehen!«, verlangte Santiago. »Und tausch Marcus da draußen gegen Edward aus!«

»Okay«, erwiderte Damian. »Wie sieht es mit meinem Zimmer aus? Wann bekomme ich das zurück?« Er lächelte hoffnungsvoll.

»Nicht so bald! Lass mein Bett austauschen! Und lass neu streichen! Sie sollen etwas Farbe in meine vier Wände bringen. Vielleicht grün. Der Architekt soll sich auch etwas einfallen lassen. Mehr Stoffe. Vielleicht etwas Orientalisches. Ich möchte überrascht werden!«

»Ich werde es weitergeben. Sonst noch etwas?«

»Ja. Ich habe Hunger! Zuerst die Mädchen, danach Suppe, dann ein Steak!«

Damian lachte. »Dein Wille geschehe!«

Santiago verzog keine Miene.

Sein langjähriger Freund und erster Leibwächter nickte und

machte sich auf den Weg.

Wenig später hörte ich bereits das unverkennbare Trippeln der hochhackigen Schuhe auf dem Steinboden. Damian war mit den Mädchen zurück. Sie trugen alle dasselbe wie ich – blassrosa Spitzenhemdchen aus hauchdünner Seide, tief ausgeschnitten, gerade mal die Hüften bedeckend, und die obligatorischen High Heels. Offenbar hatte Damian sie mir anpassen müssen, da ich mich ja nicht entfernen und umziehen konnte. Santiago orderte sie ins Bett und ich rutschte etwas zur Seite, sodass wir zu viert im Halbkreis neben ihm knien konnten, wobei für Natalie ein Blick in Santiagos Augen reichte, um sofort wieder in Tränen auszubrechen.

Santiago legte eine Hand auf ihr Knie, während sie nicht aufhören konnte zu schluchzen und mit zittrigen Fingern über ihr Gesicht wischte. Doch er sagte nichts und musterte inzwischen Alice und Lilienné. Kurz sah er auch mich an. Wir alle waren betroffen über Natalies Gefühlsausbruch, aber wir wussten auch, worin er sich begründete. Sie war Cheyennes Favoritin gewesen. Er hatte immer sie gewählt, wenn er Gelegenheit dazu gehabt hatte. Und ich war immer schon der Meinung gewesen, dass sie von uns allen am besten zu ihm gepasst hatte, sowohl äußerlich, als auch von ihrem sensiblen, feinfühligen Wesen her. Sie hatten einander in faszinierender Weise geglichen. Ich fragte mich, wann sie wohl ihre letzte Nacht mit ihm gehabt hatte. Aber vermutlich war das Datum egal. Jeder Gedanke an ihn musste eine schmerzende Erinnerung für sie sein.

Santiago griff nun nach ihrer Hand und zog sie zu sich. Natalie durfte sich neben ihm ausstrecken und er begann, sie zu küssen – langsam und in zärtlicher Begierde. Mit einer Hand hielt er ihre Arme über dem Kopf zusammen und mit seiner anderen streichelte er über ihren Körper, während ihr Weinen mehr und mehr von seinen Küssen erstickt wurde. Es dauerte nicht lange, und er lockerte das Band an seiner weichen Leinenhose und drang in sie ein. Natalie stöhnte auf. Es klang schmerzerfüllt und sehnsüchtig zugleich. Ich glaubte, mein Herz müsse in Stücke brechen, während ich realisierte, dass er sie nun vor unseren Augen zu beglücken gedachte, wo doch ich ihm zwei Wochen lang all meine Liebe und Fürsorge geschenkt hatte. Vielleicht hätte ich diese Zeit als mein Privileg verstehen sollen, während Natalie von ihm nun ein anderes bekam, aber in diesem Moment konnte ich das nicht. Ich verzehrte mich nach jeder Hüftbewegung, mit der er sich in sie schob. Wir alle verfolgten seinen Rhythmus, ihren schlanken hellhäutigen Körper unter dem seinen, ihre gedrungenen Stöhnlaute. Natalies Beine waren angespannt und die Absätze ihrer High Heels bohrten sich ungnädig in die Matratze. Doch auch er stöhnte erregt und immer lauter. Schweißperlen glänzten auf seinem Rücken. Mir fiel auf, dass er etwas an Muskelmasse eingebüßt hatte, die letzten Wochen. Das alles wirkte viel anstrengender als sonst. Und er sollte sich doch schonen ...

Aber er hörte nicht auf, sich an ihr zu verausgaben und gewann sogar noch etwas an Energie, bis er sein Ziel erreicht hatte. Sein Körper bog sich in letzten kraftvollen Wellen, er zitterte und ein lüsternes Stöhnen brach aus seiner Kehle, während Natalie unter ihm zuckte. Santiago rollte sich zur Seite und blieb erschöpft liegen.

Schwer atmend griff er zu seinem Handy am Nachttisch. Er tippte zwei Tasten und kurz darauf wurden wir Mädchen abgeholt.

***

Natalie durfte duschen, während Alice, Lilienné und ich im Lounge-Bereich des Wohnzimmers warten sollten. Gemeinsam beobachteten wir, wie das Servicepersonal das bestellte Essen vorbeitrug. Als Natalie wieder bei uns war, orderte uns Damian auf ein langes Sofa, wo wir uns zu viert nebeneinander platzieren sollten. Er wies uns an, aufrecht sitzen zu bleiben, mit geschlossenen Beinen und geradem Rücken, und es wäre ausdrücklich untersagt zu sprechen. Stattdessen sollten wir die Augen schließen und an Santiago denken.

Mir wurde etwas unbehaglich zumute, als ich das pelzige Leder der Couch in direktem Kontakt mit meiner intimsten Stelle fühlte. Wie auch die anderen Mädchen hatte ich untenrum praktisch nichts an. Das rosa Hemdchen endete an meiner Hüfte. Und ich machte mir Sorgen, noch Spuren der Erregung zwischen meinen Schenkeln zu tragen – schließlich hatte ich gerade erst Santiago mit Natalie beobachtet. Aber den anderen Mädchen erging es vermutlich nicht viel anders.

Natalie saß direkt neben mir, sie roch frisch geduscht, ihre langen blonden Haare waren noch feucht, sie berührten mich an der Schulter, und ich fragte mich, ob sein Sperma wohl noch in ihr war oder ob sie es ausgewaschen hatte. Meine intimen Muskeln kontrahierten lustvoll bei dieser Überlegung und sofort versuchte ich, an nichts Erotisches mehr zu denken, doch je mehr ich mich bemühte, desto weniger gelang es mir. Gedanken an Santiago kamen ganz automatisch, und das Material an meinen bloßen Schamlippen fühlte sich sehr prickelnd an. Färbte sich hellbraunes Rauleder eigentlich dunkel, wenn es feucht wurde?

Damian informierte uns, dass Santiago uns später hier abholen würde, um mit uns gemeinsam seinen Strandspaziergang zu machen … Langsam musste ich mich wohl damit abfinden

– dieses Sofa war ausgewählt worden, um uns zu demütigen. Man ließ uns bestimmt zwei Stunden warten.

Als die Sonne schon fast untergegangen war, durften wir die Augen wieder öffnen. Alle Männer kamen ins Wohnzimmer. Sie besprachen mit Amistad, ob man es aus medizinischer Sicht verantworten könne, Santiago mit uns Mädchen allein an den Strand gehen zu lassen. Schließlich einigten sie sich darauf, dass zumindest Damian und Edward uns begleiten sollten.

Santiago hatte ein kleines Lächeln auf den Lippen, als er sah, auf welchem Sofa wir saßen. Offenbar war es ein ganz Spezielles, denn er wusste sofort Bescheid. Wie es schien, hatte man ihn mit dieser kleinen Einlage überrascht.

Die Männer kamen näher und Damian wies uns an, aufzustehen. Während ich gehorchte, blickte ich verstohlen hinter mich ... und was meine Augen zu sehen bekamen, war noch weit erniedrigender als befürchtet. Nicht nur, dass vier dunkelbraune Flecken auf dem Sofa glänzten, die Muster waren entblößend. In meiner Beschämung bekam ich gar nicht mit, dass man uns beobachtete, wie wir betreten unsere eigenen Abdrücke mit den anderen verglichen.

Bei Lilienné war der größte Fleck. Er war kreisrund und hatte den Vorteil, dass er keine Rückschlüsse mehr auf ihre Anatomie zuließ, während bei Alice und mir schmetterlingsartig sogar noch Formen von Schamlippen und Schenkeln zu erkennen waren. Dafür bedachte Edward speziell Liliennes Fleck mit größter Neugier und einem heimlichen Blick gespielter Entrüstung, für den sie vermutlich am liebsten im Boden versunken wäre. Natalies Abdruck war der zarteste, doch es klebte ein weißlicher Klecks exakt in der Mitte. Santiago verpasste ihr dafür augenblicklich eine Ohrfeige, er fasste grob in ihre Haare und sie musste vor den Augen aller niederknien und ihn weglecken.

Abschließend wählte Santiago Lilienné aus. Sie durfte neben ihm gehen.

Entscheidung am Strand

Die feuchtwarme Meeresluft umschmeichelte unsere Körper, als wir hinaus ins Freie traten. Es war noch relativ hell, die Sonne musste gerade erst hinter dem Horizont verschwunden sein. Dabei hatte sie das Meer und den Himmel in wunderschön rotviolette Farben getaucht. Ich entdeckte zwei dunkle Wolken in der Ferne, die sich zu einem gigantischen Vulkan formierten. Mit den letzten Sonnenstrahlen spie er orange glühende Lava in den Ozean.

Santiago bestimmte ein langsames Tempo. Er ging mit Lilienné, Damian und Edward voraus und vertiefte sich in eine Unterhaltung, bei der er hauptsächlich zuhörte, während Damian redete. Ich genoss die laue Brise, die durch unsere Haare und unsere hauchdünnen Kleider wehte. Edward hielt sich dicht neben Lilienné, und ich beobachtete, dass er ab und zu ihren Arm streifte oder in einer flüchtigen Beschützergeste über ihren Rücken streichelte, obwohl sie die ganze Zeit an Santiagos Hand ging. Wie gern hätte ich Lilienné gefragt, ob sie bereits etwas mit ihm gehabt hatte …

Nach einer Weile bogen wir vom gewohnten Weg ab, vorbei an ein paar Büschen und Palmen hinunter ans Meer. Den breiten Strandabschnitt mit all den Himmelbetten und Prachtpalmen hatten wir bereits hinter uns gelassen und vor uns eröffnete sich ein naturbelassener Sandstrand, den ich bloß vom Vorbeilaufen kannte. Er war etwas schmaler und nicht so perfekt saubergekehrt wie der andere. Sofort versanken meine Schuhe im tiefen Sand. Aber wir Mädchen mussten nun ohnehin stehen bleiben, denn Santiago wollte mit Edward allein weitergehen.

Ein paar Meter neben uns lag eine umgestürzte Palme im Sand und kurz überlegte ich, mich dort hinzusetzen, doch dann sah ich, wie grob und rau der Stamm war ... Ich zögerte, denn ich wollte mich unbedingt mit Lilienné unterhalten und sie hätte bestimmt nichts dagegen. Die anderen Mädchen schon eher. Schließlich fragte ich Damian um Erlaubnis und er machte eine gleichgültige Handbewegung. Lilienné folgte mir. Und wie ich es geahnt hatte, blieben Natalie und Alice lieber stehen.

Vorsichtig setzten wir uns. Ich musste dreimal hin und her rutschen, bis ich eine halbwegs erträgliche Stelle gefunden hatte, die nicht so wehtat. Lilienné sah mich an und lächelte mit einem Ausdruck der Befriedigung in ihrem Gesicht. Sie hatte offenbar gleich auf Anhieb eine gute Stelle gefunden.

»Wir könnten uns auch anders hinsetzen«, schlug sie vor und machte eine Andeutung, ihr Bein über den Stamm schwingen zu wollen.

»Nein, ich möchte Santiago sehen!«, widersprach ich eilig. Ich würde mir diese Palme bestimmt nicht zwischen die Beine klemmen! »Bist du nicht eifersüchtig, wenn er mit Edward allein sein will?«, fragte ich, um sie auf andere Gedanken zu bringen.

Lilienné suchte nach Worten. »Ja«, meinte sie schließlich und ihr übermütiges Lächeln verebbte.

Wir sahen hinüber zu den beiden Männern, die knapp vor der seichten Brandung stehen geblieben waren und hinaus zu den dunklen Wolken blickten.

»Hattest du schon etwas mit Edward?«, fragte ich sie leise.

Lilienné nickte.

»Im Ernst?! Wann?« Ich war schockiert, doch ich zügelte bewusst meine Lautstärke.

»Er hat mich schon viermal geholt«, flüsterte sie.

»Weiß das Santiago?«

»Er hat es selbst erlaubt. Du warst doch dabei!«

Kurz musste ich nachdenken. »Ja, er hat gesagt, Edward kann dich haben, wenn er auf Aruba ist. Aber er war nicht auf Aruba!«

»Er hat gesagt, Edward könne mich in zwei Wochen haben, da hätte er ohnehin keine Zeit«, korrigierte sie mich. »Und er hatte keine Zeit!«

Okay. Sie hatte recht. Vermutlich war sie auch eifersüchtig auf mich, weil ich bei Santiago hatte sein dürfen. Außerdem wollte ich mit ihr nicht streiten, also nickte ich. »Und? Ist es Liebe oder eher etwas Sexuelles?«, fragte ich sie schmunzelnd.

Sie strahlte wie auf Knopfdruck, glücklich bis über beide Ohren ...

Das sagte alles. »Wirst du mit ihm fortgehen?«, fragte ich.

»Nein«, hauchte sie. »Ich brauche Santiago. Wir warten noch.«

»Aha.« Ob sie wohl wusste, wie riskant dieses Spiel war? Vermutlich nicht für Edward, denn ich hatte noch nie gesehen, dass er einen Leibwächter züchtigte, aber für sie! Doch da musste sie wohl selbst drauf kommen. Ich sagte nichts mehr und hing meinen eigenen Gedanken nach, während ich weiter Santiago beobachtete ...

Noch immer stand er neben Edward, dem Meer zugewandt. Er hatte seine Hände in den Hosentaschen und wippte auf seinen Füßen im Sand, als würde er ungeduldig auf etwas warten.

Doch er schien sich mit Edward zu unterhalten. Manchmal ließ er auch seinen Kopf in den Nacken fallen und blickte zum Himmel. Und manchmal strich er sich mit einer Hand über das Gesicht. Plötzlich merkte ich, dass er mit seinen Schultern zuckte, als würde es ihn innerlich schütteln, und dieses Bild versetzte meinem Herzen einen Stich. Ich wollte nicht, dass er weinte. Sprachen sie etwa über Cheyenne? Mein Gott, wo lebte ich bloß? Natürlich sprachen sie über Cheyenne!

Zum ersten Mal sah ich nun, wie Edward ihm eine Hand auf die Schulter legte, dann begann er, Santiago über den Rücken zu streicheln und wenig später schloss er ihn sogar in seine Arme. Lilienné und ich rissen die Augen auf. Eine gute Minute standen sie so da. Danach fasste Edward an Santiagos Schultern, um ein wenig Distanz zu gewinnen, und fing an, auf ihn einzureden – bedächtig, aber beharrlich, als würde er ihm etwas versprechen. Zum Schluss nahm er seine Hände wieder von ihm. Sie schwiegen noch einen Moment. Dann kam Edward zu uns zurück und Santiago blieb allein an der Brandung stehen.

Edwards Augen glänzten feucht. Er war sichtlich ergriffen. Damian entfernte sich mit ihm ein paar Meter von den anderen Mädchen. Sie flüsterten und ich konnte kaum etwas hören, bloß der Wind wehte einige Bruchstücke ihrer Unterhaltung zu uns.

»Hart! Unvorstellbar hart!«, sagte Edward. »Das Gleiche wie vor vier Monaten. Nur schlimmer.«

»Verstehe nicht, wozu er die Mädchen hierher schleppt«, meinte Damian.

»Keine Ahnung«, sagte Edward.

»Fällt dir auf, dass er Amistad meidet?«

Edward nickte nachdenklich und ging noch ein Stück weiter

von uns weg, sodass wir nichts mehr hören konnten.

Santiago hatte sich inzwischen dicht am Ufer in den Sand gesetzt. Ich spürte, wie mein Herzschlag sich beschleunigte. Sollte ich mich nun schuldig fühlen? Ich war aus seiner Sicht ja verantwortlich dafür, dass David ihn damals verlassen hatte und jetzt musste er das Gleiche noch mal durchmachen ... Was überlegte er da unten? Warum konnte ihm Amistad nicht helfen? Was brachte es, jemanden zwei Wochen ins Koma zu versetzten, wenn es ihm danach nicht besser ging?! Wir alle machten uns Sorgen um ihn, während wir geduldig warteten. Fast sah es so aus, als wollte er zu irgendeiner Entscheidung kommen – als suche er nach einer Lösung. Und vielleicht hatten ja doch wir Mädchen etwas damit zu tun. Ich wurde immer nervöser. Mittlerweile war es schon ziemlich dunkel. Doch dann endlich erhob er sich und kam zu uns zurück. Lilienné und ich standen ebenfalls auf und gingen zu den anderen.

»Haben wir einen Knebel?«, fragte Santiago.

Damian sah ihn an, als hätte er ihn falsch verstanden. Doch sofort war er wieder bei der Sache. Nur leider hatte er absolut nichts dabei. »Ist es wichtig?«, fragte er.

Santiagos Miene war plötzlich todernst. »Ja. Knebel sie!« Mit seinem Kinn deutete er auf Natalie.

Mein Herz klopfte mir bis zum Hals. Nicht des Knebels wegen, aber wegen seiner Miene!

Damian schlüpfte aus seinem eigenen Hemd und riss es in drei Stücke. Eines davon rollte er klein zusammen und stopfte es Natalie in den Mund. Einen langen Streifen band er über ihre Lippen und verknotete ihn hinter ihrem Kopf. Und nach einem kurzen Blickkontakt mit Santiago fesselte er mit dem restlichen Hemd ihre Hände auf dem Rücken.

Santiago nickte befriedigt und verkündete: »Ich hab mich

entschlossen, Natalie zu opfern.« Langsam trat er vor sie. »Ich werde mich von dir trennen, Baby. Es fällt mir schwer, aber ich tue es für Cheyenne. Wir machen es mit einer Zeremonie in drei Tagen. Bis dahin sollst du dich geistig darauf vorbereiten. Ich werde nicht mehr mit dir sprechen. Das Ritual wird jemand anderes durchführen ... Das ist mein Abschied!« Er küsste sie auf die Stirn.

Wir alle standen völlig neben uns und Natalie bekam durch ihre Nase kaum genug Luft, um zu verkraften, was er gesagt hatte. Opfern? Was meinte er mit Opfern?

Santiago fasste Edward am Handgelenk und zog ihn von uns weg. »Ich möchte nicht, dass Amistad es macht! Lass Maurizio kommen, er ist perfekt für so etwas. Wir machen es hier ...« Er deutete hinaus aufs Meer, dann wieder auf die Palmen neben uns ... Plötzlich brach Natalie ohnmächtig zusammen. Damian nahm ihr sofort den Knebel aus dem Mund und legte sie flach auf den Boden.

Santiago machte sich mit Edward auf den Weg zurück zur Villa, während wir warteten, bis Natalie wieder das Bewusstsein erlangte. Als sie zu sich kam, war sie noch leicht benommen, aber ruhig – ungewöhnlich ruhig und gefasst. Es hatte sogar den Anschein, als wollte sie uns beruhigen! Sie sagte: »Es ist gut. Es ist okay!«

Schließlich machten auch wir uns auf den Weg zur Villa, und während wir langsam gingen, erklärte Natalie mehrmals, dass es für sie okay wäre, sie hätte es erwartet und sie freue sich darauf, eine Zeremonie zu bekommen und nicht einfach so fortgeschickt zu werden – etwas, das vielleicht auch Santiago in Erinnerung bleiben würde. Sie meinte, es hätte sich schon abgezeichnet, als er heute mit ihr geschlafen hatte. Er hätte wohl gefühlt, dass sie auf Ivory nicht mehr glücklich werden konnte, ohne Cheyenne. Darum wollte er sie lieber gehen lassen.

***

Von Lilienné hörte ich am nächsten Tag jedoch eine leicht andere Version – vertraulich, aber aus guter Quelle. Santiago hatte für Natalie etwas geplant, das bei einigen Völkern in der Südsee als Bestattungsritual üblich war – abgeändert und erweitert, um dem Ganzen eine persönliche Note zu verleihen. Damit wolle er nachholen, was er bei Cheyenne versäumt hatte. Natalie wäre für ihn ein Teil von Cheyenne. Es falle ihm aufrichtig schwer, sich von ihr zu trennen. Aber er wollte Abschied nehmen und trauern.

***

Am nächsten Morgen war bereits zeitig heller Aufruhr. Zuerst kam der Architekt, danach einige Arbeiter, die unverzüglich mit der Umgestaltung von Santiagos Zimmer begannen. Dann kam Maurizio. Er sollte in ein paar Tagen die Zeremonie mit Natalie durchführen. Zunächst hatte er ein Gespräch mit Santiago, danach eines mit Natalie im Keller. Sie musste sich angeblich nicht nur geistig, sondern auch körperlich auf dieses Ritual vorbereiten.

Ich hatte die Nacht bereits wieder in meinem alten Zimmer im ersten Stock verbracht – zur Einstimmung auf Jana. Es war mittags, als sie mit dem Hubschrauber auf dem Vorplatz der Villa landete. Doch sie wurde zuerst zu Santiago geführt, bevor ich sie auch nur begrüßen konnte. Und sie verbrachte den ganzen Nachmittag mit ihm in Damians Zimmer. Erst als er seinen Termin mit dem Anwalt hatte, kam sie zu mir in den ersten Stock ...

Wir fielen einander sehnsüchtig in die Arme. Jana war mittlerweile fast wie meine Schwester. Sie wirkte aufgedreht und glücklich, obwohl natürlich auch Cheyenne gleich wieder ein Thema war, aber sie war – so wie ich – auch schon ein wenig über den größten Schmerz hinweg und sie hatte so viel zu erzählen. Gemeinsam packten wir ihre Sachen aus. Wir redeten über Natalie und rätselten, wie eine solche Zeremonie wohl ablaufen könnte ... Danach legten wir uns ins Bett und sie begann von ihrem Kuraufenthalt zu berichten ...

»Es war so hart!«, stöhnte sie. »Du kannst dir nicht vorstellen, wie es ist, plötzlich unter fremden Menschen zu sein ...«

Vorsichtig kuschelte ich mich zu ihr. »Warst du ganz allein in einem Zimmer?«, fragte ich.

»Ja. Aber das meine ich gar nicht. Der ganze Therapieablauf war sehr anstrengend. Am Anfang wollten sie, dass ich lerne, mit einem Blindenstock zu gehen, aber ich weiß nicht warum, ich hatte so eine Aversion dagegen, dass sie mich zum Psychiater geschickt haben! Ich kann mir auch heute noch nicht vorstellen, mit einem Stock vor mir her zu tasten. Bis jetzt hatte ich immer Menschen, an denen ich mich festhalten konnte und die auf mich geachtet haben. Und nach drei Stunden beim Psychiater hieß es dann plötzlich, es gäbe auch andere Möglichkeiten – Sensoren, die man an Schuhen und Kleidung festmacht und die denselben Zweck erfüllen.« Jana seufzte. »Aber nicht nur das war ungewohnt, ich hatte auch noch nie so engen Kontakt mit Leuten, die ich nicht kenne und wo ich in der Erinnerung kein Gesicht dazu habe. Weißt du, wie seltsam es ist, wenn du mit einem Therapeuten jeden Tag stundenlang zusammen bist, dich ihm anvertrauen sollst, aber nur eine Stimme hast, an die du dich halten kannst?«, klagte sie.

»Wie hieß er denn?«, fragte ich schmunzelnd.

Sie lächelte und stockte. Ein paar Sekunden zögerte sie,

bevor sie eine Antwort gab. »William.« Gleichzeitig stupste sie mich aber unter der Decke mit ihrem Fuß an!

Ich erschrak. Wollte sie mir tatsächlich etwas verschweigen? William? Sofort nahm ich mir vor, sie das nächste Mal dazu zu befragen, wenn wir von Kameras unbeobachtet waren.

»Durftest du denn sein Gesicht nicht anfassen?«, fragte ich neugierig.

»Doch. Bei ihm schon. Er war sehr nett«, blieb sie förmlich. »Aber trotzdem! Das ist doch nicht dasselbe! Ich weiß, wie Santiago aussieht, wie du aussiehst oder Damian, aber, berühr mal ein fremdes Gesicht und versuche, dir ein Bild von einer Person zu machen! Außerdem hatte ich ja nicht nur einen Therapeuten. Du kannst auch nicht alle anfassen. Ich war in Gruppen mit anderen Leuten, ähnlich wie in Schulklassen. Oder beim Essen, Ärzte, Professoren, Psychologen ... Jeder will etwas von dir. Und sie alle waren nur Stimmen!«

Ich nickte betroffen. »Das klingt heftig.« Jetzt tat es mir doch ein wenig leid, dass ich nicht als Unterstützung mit ihr mitgefahren war. »Aber ... warst du nicht schon einmal in einem Spital?«, fragte ich Jana. »Damals, als es passiert ist?«

»Ja«, meinte sie. »Aber da war Amistad bei mir. Er hat mich damals von allen möglichen Spezialisten untersuchen lassen und ist bei mir geblieben. Ich hab ihm wirklich angemerkt, dass es ihm leid tat und er ein schlechtes Gewissen deswegen hatte. Er ist nicht von meiner Seite gewichen und hat sehr für mich gekämpft. Leider ohne Erfolg. Als wir nach Hause kamen, gab es dann die Auseinandersetzung mit Jude ... Santiago war auch betroffen und schockiert über die schlechte Nachricht, aber Jude war völlig außer sich! Er konnte das nicht als Unglück sehen und auch nicht verstehen, dass Santiago sich aufgrund dessen nicht von Amistad trennen wollte. Schließlich hätte der dieses Augenspray besorgt! Das war dann auch das Ende zwischen Jude und Santiago. Santiago hing zu dieser Zeit schon viel mehr an Amistad und Cheyenne.«

Ich schluckte. »Das hast du mir noch nie erzählt.«

»Ja. Ich kann jetzt leichter über manche Dinge reden«, gestand sie.

»Und hattest du diesmal Heimweh?«, fragte ich.

Sie nickte. »Ja, zu Beginn. Aber Amistad hatte mir schon angekündigt, dass es hart werden würde, trotzdem meinte er, ich solle nicht gleich aufgeben, denn es wäre immens wichtig für mich. Und es wurde auch tatsächlich besser, abgesehen davon, dass ich weiterhin zur Psychotherapie musste! Ich musste für diese Therapeuten einen ganzen Lebensalltag erfinden, um etwas erzählen zu können!« Jana fuhr sich genervt durch die Haare. »Aber die vielen Vorträge waren interessant. Ich hatte auch Multimedia-Kurse. Es gibt spezielle Programme, mit denen ich mich sogar im Internet und auf sozialen Plattformen zurechtfinde, obwohl ich noch keine Brailleschrift kann. Aber die werde ich auch noch lernen. Ich hab ein eigenes Keyboard dafür mitbekommen, das man nur an einem PC anstecken muss, und dazu ein sprachgesteuertes Lernprogramm.«

»Heißt das, du kriegst einen Laptop?«, fragte ich euphorisch.

Jana lächelte vielsagend ... »Sind wir mit demselben Mann zusammen?«

»Du hast ihn schon gefragt?«

»Ja! Er meinte, ich bräuchte für ihn keine Brailleschrift!«

Schockiert sah ich sie an. »Im Ernst?!«

»Ja, so ähnlich. Er versteht nicht, wozu ich das lernen will. Brailleschrift würde mit dem Fortschritt der Technik bald überholt sein, meinte er, und auf Ivory würde ich sie nie brauchen! Wenn mir aber so viel daran liegt, kann ich von Edward einen

Laptop ohne Internetzugang bekommen, aber für maximal eine Stunde pro Tag. Mehr will Santiago von seiner Zeit nicht opfern.«

Von seiner Zeit? Wir hatten doch ohnehin nichts zu tun den ganzen Tag! Vor einem Monat wollte er Jana noch standhaft motivieren, in diese Klinik zu gehen, um etwas für ihr Leben zu tun und jetzt hatte das alles keine Bedeutung mehr. Aber was sollte ich vor den Kameras dazu sagen? »Besser eine Stunde am Tag als gar nichts«, entgegnete ich schließlich.

Jana nickte.

Ich hielt ihre Hand und betrachtete ihr Gesicht. Wie gern hätte ich sie noch etwas zu diesem »William« gefragt. Und wie schade, dass ich in ihren Augen nicht lesen konnte. Ich musste mir direkt auf die Zunge beißen, um nicht die Kameras zu vergessen. »Warst du in dieser Klinik auch bei einem Arzt?«, fragte ich sie.

»Ja, weißt du das gar nicht?! Sie haben sogar mehrmals Rücksprache mit Amistad gehalten, weil sie ein neues Medikament an mir testen. Es kommt aus der Genforschung und bei Vergiftungsschäden hätten sie damit angeblich schon einige überraschende Erfolge erzielt. Aber es kann bis zu einem Jahr dauern, bevor sich eine Wirkung zeigt.«

»Nein. Das hat mir niemand erzählt!«, beschwerte ich mich. »Heißt das, es besteht Hoffnung, dass du vielleicht wieder sehen kannst?!«

Jana schüttelte den Kopf. »Die Chancen sind gering. Aber der Arzt meinte, einen Versuch wäre es wert, denn wir könnten nur gewinnen.«

Freudig fiel ich ihr um den Hals. Das war die beste Nachricht seit langem.

»Mach dir nicht zu viele Hoffnungen«, seufzte sie leicht entmutigt.

»Aber Santiago erlaubt doch, dass du das Medikament nimmst, oder?«

Jana schnaubte. »Natürlich! Wie kommst du auf so eine Frage?« Ihr Gesicht verzog sich zu einer angewiderten Grimasse. »Denkst du, er will, dass ich blind bleibe?«

»Nein«, hauchte ich.

Betreten schwiegen wir beide für einen Moment. Ich schämte mich direkt, dass mir das so rausgerutscht war. »Hast du dort auch eine Freundin gefunden?«, fragte ich sie ein wenig später.

»Ja, mehrere. Aber keine engere, wenn du das meinst. Das hat mich übrigens Santiago auch schon gefragt. Und er war auch auf meinen Therapeuten eifersüchtig«, betonte sie noch einmal.

»Mich wundert ja, dass er dich nicht hat überwachen lassen!«, sagte ich.

»Ich hatte soeben einen Bluttest und eine Untersuchung bei Amistad!«, entgegnete sie.

»Ja, aber trotzdem ...«

»Bist du eifersüchtig, weil ich allein fort war?«

»Nein.« Ich lächelte. »Ich hatte hier auch eine aufregende Zeit!« Ich seufzte und erzählte ihr von meinen Erlebnissen mit Lilienné im Keller, von der Glasboden-Party, von Damian und dem Schachspiel ... doch dann fielen uns die Augen schon fast zu und wir beschlossen zu schlafen, worüber ich sehr froh war, denn ich wollte am nächsten Tag gut aussehen ... Wie ich es verstanden hatte, war nun endgültig der Tag gekommen, an dem Amanda eintreffen und uns kennenlernen sollte.

BAHIA AZUL

Zeitig in der Früh war als erstes Morgensport angesagt. Diesmal nutzten wir den großen Fitnessraum im Erdgeschoss. Und nach einer erfrischenden Dusche informierte uns Damian, dass wir gemeinsam mit den anderen Mädchen in einer Stunde auf die *Sea Star* gehen würden. Er gab uns neue Bikinis und als Treffpunkt nannte er für uns den Bootsanlegesteg.

Neugierig betrachtete ich den verworrenen schwarzen Stoff in meiner Hand. Jana hatte dasselbe Gewirr in Rot bekommen. Es dauerte etwas, bis wir uns orientieren konnten, und wie sich herausstellte, waren es gar keine Bikinis, sondern Monokinis – knappe Bikiniteile, verbunden durch einen schmalen Stoffstreifen über dem Bauch. Ich probierte meinen an und fand, er sah sehr ungewohnt, aber auch sehr edel und hübsch aus. Das Höschen saß extrem tief auf der Hüfte, dadurch wirkte die nackte Taille lang gestreckt und schmal, und das Oberteil hatte zwischen den Körbchen einen großen silbernen Ring, in dem der Schriftzug »Santiago« eingestanzt war. Von dem Ring aus führte eine silberne Kette anstelle von Trägern um den Hals. War gar nicht so leicht, dieses filigrane Ding anzuziehen. Aber schließlich hatten wir es beide geschafft und stellten amüsiert fest, dass dieser Schnitt unheimlich dazu verleitete, sich ständig gegenseitig an die Taille zu fassen. Und wenig später bekamen wir auch gleich Gelegenheit dazu …

***

Eng aneinandergeklammert, mit offenen Haaren und modischen Sonnenbrillen stakten wir den Schotterweg hinunter zur Bootsanlegestelle. Dieser Weg war wirklich eine Zumutung. Ich verstand nicht, warum Santiago den nicht befestigen ließ. Vielleicht sollte er sich selbst mal mit verbundenen Augen und in High Heels darauf versuchen, dachte ich. Zum Glück holte uns auf halber Strecke der Rest der Gruppe ein, Marcus nahm Jana ungefragt auf seine Arme, da Edward bereits Lilienné auf Händen trug. Ihr Monokini war violett, der von Natalie blass rosa und der von Alice aubergine. Zum ersten Mal hatten wir alle verschiedene Farben an. Aber noch etwas fiel mir auf – Natalie hatte einen neuen Kopfschmuck, einen seltsamen Stirnreifen mit Verzierungen, der an den Schläfen unter ihren Haaren verschwand, und sie hatte auch als Einzige von uns eine Badetasche dabei. Vielleicht gehörte beides zu der Vorbereitung auf dieses Ritual? Doch darüber konnte ich mir jetzt keine Gedanken machen ... Langsam realisierte ich, dass außer Edward und Marcus uns keiner der Männer begleiten würde, und während wir mit dem Speedboot hinaus zur Yacht fuhren, erhärtete sich der Verdacht, dass Santiago uns bloß loswerden wollte. Er schickte uns von der Insel, damit er mit Amanda allein sein konnte!

»Wohin fahren wir?«, fragte ich Marcus, als wir an Bord der *Sea Star* gingen.

»Zu den Riffen nach Bahia Azul!«

»Bahia Azul? Ist das das Korallenriff, wo ich mit Santiago an meinem ersten Tag hier auf Ivory war?«

»Ich denke ja!«, meinte er.

Na toll! Das war gute zwei Stunden entfernt. Ein Tagesausflug.

Marcus begab sich zwei Stockwerke höher, auf das oberste

Deck, von wo aus er die Yacht steuerte, und Edward blieb bei uns.

Ich wusste nicht recht, sollte ich mich freuen, Amanda nicht begegnen zu müssen, oder war es eher ein schlechtes Zeichen und hatte es zu bedeuten, er wollte uns noch weiter vor ihr geheim halten? Aber was auch immer seine Absicht war, ich konnte es nicht beeinflussen, also beschloss ich, wenigstens den Tag an der Sonne für mich zu genießen.

Als wir nach zwei Stunden Fahrt im ruhigeren Riffgewässer vor Anker lagen, durften wir unsere High Heels ausziehen und Edward erlaubte uns, Schwimmen und Schnorcheln zu gehen. Er selbst wollte auch mitkommen und verteilte Flossen und Schnorchelbrillen. Für Jana hatte er sogar eine riesige silbrig glitzernde Luftmatratze mit. Sie sah sehr stabil aus und war für mindestens zwei Personen gedacht. Spontan entschied ich mich, bei ihr zu bleiben, denn man konnte sie ja schlecht auf dem Meer allein lassen. Obwohl auch ich gern geschnorchelt hätte. Ich hatte die Unterwasserwelt von Bahia Azul als unfassbar schön und farbenprächtig in Erinnerung und war schon länger nicht mehr hier gewesen.

Vorsichtig kletterte Jana vom Heck der Yacht die Treppe hinunter auf eine Plattform direkt am Wasser. Mit Edwards Hilfe schaffte sie es sogar, komplett trocken auf die Doppel-Luftmatratze zu gelangen. Ich sprang ein paar Meter neben ihr ins Meer und schwamm zu ihr. Jana schniefte und wischte sich ab, weil ich sie angespritzt hatte.

»Du wirst erst richtig nass, wenn ich zu dir auf die Matratze komme!«, drohte ich ihr und lachte. Dann stieß ich uns schnell und kräftig von der Yacht weg.

»Ist egal, ich möchte später auch ins Wasser«, seufzte sie.

Das Meer war angenehm warm, und ich genoss es, in der

Hitze der Mittagssonne unterzutauchen und mit nassen Haaren zu schwimmen. Jana streckte sich gemütlich aus und ich schubste die große Matratze mühsam vor mir her. Nach dem Krafttraining in der Früh taten mir noch die Beine weh, aber ich wollte unbedingt einige Meter von der Yacht wegkommen, um ungestört zu sein. Ich ahnte, dass Marcus an Bord bleiben und ein Auge auf uns haben würde, darum wollte ich zumindest aus seinem Hörbereich gelangen.

»Wie weit sind wir schon?«, fragte Jana nach einigen Minuten.

»Vielleicht hundert Meter«, schätzte ich grob. »Ich glaube, das reicht.«

Jana nickte und drehte sich auf den Bauch. »Ist es hier tief?«

»Ja. Tief genug, falls du reinspringen möchtest.«

»Ich weiß nicht.« Sie zögerte und hielt scheu ihren Zeigefinger ins Wasser.

Ich lachte. Daraufhin konnte ich nicht anders ... Ich zerrte an der Luftmatratze und rüttelte daran, bis sie schließlich kippte. Jana kämpfte, kreischte und lachte ebenfalls. Sie fiel neben mir ins Wasser und wir tollten eine Weile herum, bis wir genug hatten. Dann zogen wir uns beide wieder hinauf auf unser schwimmendes Luftbett und blieben erschöpft nebeneinander liegen.

Erst jetzt bemerkte ich, dass wir ein Sichtfenster hatten, wo man nach unten blicken konnte. Ich drehte mich auf den Bauch und sah auch prompt ein paar kleinere Fische. Schwarz-weiß gestreift und leuchtend blau. Aufgeregt paddelte ich ein paar Meter weiter, wo eine seichtere Stelle und mehr Leben war. Dort sah ich Doktorfische, kleine Riffbarsche, Nemos und sogar einen Babyrochen getarnt im Sand. Eifrig berichtete ich Jana über all die Fische, die Farben und die Korallen. Ich freute mich über jeden neuen Meeresbewohner, den ich entdeckte, aber irgendwann merkte ich, dass Jana keinen Spaß mehr daran hatte und wir paddelten zurück ins tiefere Wasser.

»Dann erzähl mir etwas!«, forderte ich sie auf. »Vielleicht von William«, flötete ich und grinste.

Doch Jana war gar nicht zum Lachen zumute. Sie drehte sich zu mir und beschwor mich: »Santiago bringt mich um, wenn er das erfährt!«

»Du hast ihn betrogen?!«, hauchte ich entsetzt.

Ängstlich schüttelte sie den Kopf.

»Von mir erfährt er nichts, Jana.«

Doch sie zögerte noch immer. Schließlich musste ich ihr versprechen, ihr danach ein mindestens gleichwertiges Geheimnis anzuvertrauen, erst dann konnte sie sich überwinden, zu reden ...

»William war mein Therapeut vom ersten Tag an«, begann sie zu erklären. »Sein Fach war Körperarbeit und Mobilisierung, er hatte aber auch eine Spezialausbildung in Mimik und Körpersprache für Sehbehinderte. Da geht es darum, eine Natürlichkeit im Ausdruck zu bewahren. Weißt du, was ich meine? Eine koordinierte Augenbewegung, Zwinkern, Lächeln und eine ganze Reihe von Gesichtsausdrücken, die man mit der Zeit verlernt oder die sich verändern, wenn man sich nicht bewusst damit beschäftigt. William sagte, wenn man aber richtig gut darin ist, merkt ein Gegenüber fast nicht, dass man blind ist.«

»Ja. Ich glaube, ich weiß, was du meinst«, sagte ich.

Jana lächelte. »Auf jeden Fall war er mir von Anfang an sympathisch. Ich mochte seine Stimme und durfte bei den Übungen auch sein Gesicht anfassen. Dadurch sind wir uns schnell nähergekommen. Er hat gescherzt und damit angegeben, er würde aussehen wie Prinz William von England.« Jana lachte. »Aber ich weiß nicht. Für mich hatte er jedenfalls ein sehr schönes Gesicht. Irgendwie ist es auch reizvoll, zu einer Stimme einen Fantasie-Mann zu konstruieren und fest daran zu glauben.« Sie schmunzelte.

»Mach es doch nicht so spannend, Jana!«, klagte ich.

Sie seufzte. »Okay. Nun, es hatte die ganze Zeit schon geknistert zwischen uns und wir verbrachten durch die Therapie viele Stunden miteinander, aber es ist nie etwas passiert. Erst nachdem Amistad zu Besuch war und mir von Cheyennes Tod erzählt hatte! Das war in der letzten Woche. Ich war schrecklich traurig und bin immer wieder in Tränen ausgebrochen. William hat mich sehr einfühlsam getröstet. Und irgendwie – ich weiß auch nicht, wie es passiert ist – sind wir in meinem Zimmer und im Bett gelandet.«

»Ich dachte, du hättest Santiago nicht betrogen«, unterbrach ich sie.

»Hab ich auch nicht! Zumindest nicht richtig. Wir haben uns nur geküsst und ausgezogen. Ich durfte mit meinen Händen seinen ganzen Körper erkunden und bin vor Begierde fast gestorben. Cheyenne verschwand aus meinen Gedanken und auch Prinz William kann dem Mann, der in meiner Fantasie entstanden ist, als meine Hände über seinen Körper glitten, nicht das Wasser reichen. William hat einen tollen Körper. Wir haben uns gegenseitig berührt und gestreichelt. Aber er wusste ja, dass es bei mir einen anderen gab, den ich nicht betrügen wollte. Trotzdem hat er meine Hand auf seinen Schwanz gelegt und mich geküsst. Er hat mir Komplimente gemacht, mir gesagt, wie hübsch ich wäre, und ich hab ihn zärtlich gestreichelt. Irgendwann konnte er sich nicht mehr zurückhalten und er kam in meiner Hand. Daraufhin hat er sich entschuldigt und mich reumütig in seine Arme genommen. Und er hat sich bei mir bedankt! Kannst du dir das vorstellen? Bei mir hat sich noch nie ein Mann bedankt!«

Ich lachte. »Wie alt ist William?«

»Fünfundzwanzig.«

»Und habt ihr das noch mal gemacht?«

»Nein. Mein schlechtes Gewissen war viel zu groß. Ich konnte nicht mehr. Sogar beim Abschied haben wir uns nur auf die Wange geküsst. Aber das macht nichts. Ich hätte ohnehin nichts von ihm gewollt.«

Ich seufzte. »Dann fällt es dir jetzt wenigstens leichter, ihn zu vergessen!«

Jana nickte. »Ja. Ich glaube, ich hab ihn schon vergessen.« Sie lächelte. »Aber jetzt bist du an der Reihe! Und wehe, deine Geschichte ist nicht mindestens genauso verfänglich!«

Unwillkürlich blickte ich zur Yacht und stellte fest, dass wir ihr immer näherkamen. Wir trieben zurück, auch auf die anderen Mädchen und Edward zu, aber waren gerade noch in einer Entfernung, wo man bedenkenlos Gespräche führen konnte.

Angestrengt überlegte ich, was ich ihr erzählen konnte, und dachte dabei auch kurz an meine Affäre auf Aruba. Ich hatte damals David betrogen, auf ganz ähnliche Weise … und irgendwie auch Santiago, wenn man bedachte, dass ich ihm das bei meiner Rückkehr nach Ivory verschwiegen hatte, obwohl er gezielt nach anderen Männern gefragt hatte. Es war wohl das einzig gleichwertige Geheimnis, das es von meiner Seite gab. Trotzdem fühlte ich mich reichlich schlecht dabei, wenn ich mir vorstellte, es auszuplaudern, denn im Gegensatz zu Jana, war ich in Ronan wirklich verliebt gewesen.

Plötzlich hörten wir einen schrillen Pfiff. Edward deutete

uns, dass wir zurückkommen sollten! Erleichtert atmete ich auf.

Ich versprach Jana, dass ich ihr morgen etwas erzählen würde, und versicherte ihr, dass sie sich keine Sorgen zu machen brauchte, ich würde von William ganz bestimmt niemandem etwas verraten.

***

Zurück auf der *Sea Star* mussten wir unsere High Heels wieder anlegen, danach gab es alkoholfreie Cocktails an der Bar und wir durften uns in der Sonne aufwärmen.

Edward genoss sichtlich, dass er heute das Sagen hatte. Wie erwartet, konzentrierte sich seine Aufmerksamkeit vorwiegend auf Lilienné, er wusste aber auch, dass er es nicht übertreiben durfte. Zumindest durfte er keine Anzeichen der Verliebtheit zeigen. Also beschäftigte er sich zwischendurch immer wieder mit anderen Mädchen. Einzig Natalie war aus dem Rennen. Sie musste den restlichen Tag unter Deck verbringen und Edward wies uns an, sie nicht zu stören.

Ich selbst kam bei ihm zweimal zum Zug. Ich sollte seinen ganzen Körper mit Sonnenmilch eincremen und ihn anschließend liebevoll massieren, während Lilienné bloß zusehen durfte. Ein anderes Mal ging er mit mir in den Pool, um mich unter Wasser minutenlang anzufassen, zu streicheln und zu küssen. Dieser Monokini ließ sich spielend leicht zur Seite schieben, egal wo man hinwollte. Seine Finger, seine Hände und seine Küsse erreichten mich an empfindlichen Stellen. Und er konnte auch grob zupacken, genau wie Santiago. Vielleicht war das ein Grund, warum er solche Faszination auf Lilienné ausübte, dachte ich. Doch nicht nur auf Lilienné. Jedes Mädchen hier an Bord freute sich vermutlich über seine Berührungen. Vor allem jene, die bereits seit vier Wochen unter gänzlichem Entzug gelitten hatten, weil Santiago zuerst mit Amanda beschäftigt und danach vierzehn Tage nicht ansprechbar gewesen war. Wir alle verfügten bloß über einen ganz entscheidenden Nachteil im Vergleich zu Lilienné – Edward hatte keine Genehmigung, mit uns zu schlafen.

Und mit diesem Dilemma kämpfte ich gerade ganz gewaltig, denn er zeigte mir sogar schon seine Erektion unter Wasser. Ich durfte sie auch kurz anfassen. Dann küsste er mich weiter drängend und berührte mich mit seiner Härte zärtlich zwischen den Beinen. Ich stöhnte und wimmerte in seinen Mund. Warum tat er das? Er wusste doch, dass er mich nicht haben konnte. Vielleicht wollte er Lilienné eifersüchtig machen, doch dazu musste er doch nicht unter Wasser seinen Schwanz an mir reiben, wo es niemand sah! Oder ging es ihm um meine Erregung. Wollte er mich vorführen, allen zeigen, wie begierig er mich machen konnte? Wenn es das war, dann hatte er gewonnen. Ich klammerte an seinem muskulösen Körper und begann, ihn sogar schon leise anzuflehen, alle Vorschriften über Bord zu werfen, und mich gleich hier im Pool zu nehmen. Er rieb mich so gut, dass ich alles um mich herum hätte vergessen können. Verzweifelt fragte ich ihn, ob es hier Kameras gab, wo alles vielleicht aufgezeichnet wurde, doch er verneinte. Dann war ich kurz davor zu kommen, ich bewegte mich hektisch, versuchte, ihm entgegenzustoßen und flehte ihn erneut an, mir wenigstens seine Finger zu geben, sie tief in mich zu versenken. Mir hätte nur ein kleiner Impuls gefehlt ... Doch dann tat er, was ich befürchtet hatte. Er ließ von mir ab.

Ich keuchte und zitterte am ganzen Körper, während er aus dem Whirlpool stieg. Mit großen Freuden hätte ich ihm jetzt eine reinhauen wollen. Andererseits war mir nicht danach, jetzt einen Gegenschlag von ihm einzustecken. Zur Abkühlung wollte ich untertauchen, doch der Whirlpool war beheizt … also brachte auch das nicht viel. Hätte ich gewusst, welch überraschend glückliche Fügung mich nur ein paar Minuten später über diesen Schmerz hinwegtrösten würde, hätte es mich bestimmt nur halb so hart getroffen, aber in diesem Moment sah ich nur die Grausamkeit der Situation.

Als ich mich etwas erholt hatte, stieg ich aus dem Pool. Edward hatte sich auf einer Liege ausgestreckt und Lilienné war wieder bei ihm. Es sah so aus, als würde er sich in Kürze mit ihr zurückziehen wollen. Und kaum hatte ich mich abgetrocknet, wurde meine Prophezeiung wahr. Die beiden verließen das Deck.

Noch immer konnte ich kaum ruhig stehen vor lauter Erregung und auch an nichts anderes denken, als an diese verführerische Erektion, die ich eben noch zwischen meinen Schenkeln gefühlt hatte. Da passierte es, dass sich etwas warme Flüssigkeit in mein Höschen ergoss. Vermutlich Poolwasser, vermischt mit meiner eigenen Feuchtigkeit. Auf jeden Fall wollte ich kurz die Toilette aufsuchen, um das auszuwaschen. Und nachdem niemand in Sichtweite war, den ich hätte fragen können, sagte ich einfach den Mädchen Bescheid und machte mich eigenständig auf den Weg unter Deck.

Mit einem leicht flauen Gefühl im Bauch stieg ich die schmale Wendeltreppe hinunter, die auch zu den Schlafräumen führte. Ich suchte ein Badezimmer und bald hatte ich eins gefunden, doch als ich die Tür öffnete, erschrak ich ungemein. Natalie erschrak ebenso. Ich hatte nicht erwartet, sie hier anzutreffen. Noch dazu in einer leicht beschämenden Situation. Sie stand am Waschbecken und ließ etwas Wasser über einen gläsernen Dildo laufen.

»Tut mir leid«, entschuldigte ich mich bei ihr, »es war nicht zugesperrt.«

Sie sah mich verständnisvoll an und wandte sich wieder dem Wasserhahn zu.

»Musst du das machen?«, fragte ich neugierig. »Für die Zeremonie? Ist das die Vorbereitung?«

Natalie nickte.

Fasziniert beobachtete ich, was sie tat. »Erklärst du's mir?«

Sie stellte das Wasser ab und drehte den gläsernen Dildo in ihrer Hand. »Vermisst dich oben keiner?«, fragte sie.

Ich schüttelte den Kopf. Meine Neugier war viel größer.

Natalie fasste in ihre Badetasche und nahm zwei Samtbeutel heraus. »Maurizio war gestern bei mir«, erklärte sie leise, »er hat mir diese Glasdildos gebracht, sieben Stück in aufsteigenden Größen. Er sagte, sie wären nach seinem eigenen anatomischen Muster angefertigt worden. Alle hätten die gleiche Form, dieselben Rillen und dieselbe Biegung, nur die Größen wären unterschiedlich. Wie bei Konfektionsgrößen. Er sagte, ich solle mit dem Kleinsten beginnen, ein paar Stunden üben, und bis zur Zeremonie müsse ich den größten in mich aufnehmen können.«

»Das ist sein Schwanz?«, fragte ich schockiert.

Natalie lachte und blickte auf das Ding in ihrer Hand. »Ich weiß nicht. Er hat mir nicht verraten, welche Größe die seine ist. Auf jeden Fall ist das hier Nummer Vier. Ich hab ihn den ganzen Vormittag getragen und jetzt versuche ich Nummer Fünf.«

»Du liebe Zeit, der ist groß!«

»Ja, ich weiß. Du solltest mal Nummer Sieben sehen!«

»Aber ... aber das kann ja ewig dauern, bis du dich daran gewöhnt hast! Ich dachte, die Zeremonie wäre in drei Tagen? Das ist morgen!«

Plötzlich zuckte sie vor Schmerzen zusammen. Sie fasste sich an die Stirn und sog scharf Luft durch ihre Zähne.

»Was ist?«, fragte ich erschrocken. »Geht's dir nicht gut? ... Was ist das überhaupt für ein Stirnreifen? Tut er dir weh?«

Sie nickte und stützte sich am Waschbecken ab. »Der Reifen ...«, fuhr sie fort, »er sieht hübsch aus, aber an der Innenseite sind Zacken, die an ausgewählten Punkten sitzen, damit sie Kopfschmerzen verursachen. Und durch eine elektronische Steuerung wird er alle paar Stunden um einen Millimeter enger. Maurizio meinte, erst wenn ich den siebenten Phallus einführen könne, dürfe ich Damian Bescheid geben. Er würde dann Santiago rufen lassen, und ich müsse ihm persönlich sagen, dass ich bereit wäre und mir wünsche, geopfert zu werden. Wenn Santiago einverstanden ist, wird er die Steuerung stoppen und die Zeremonie noch am selben Abend stattfinden lassen. Es kann aber auch sein, dass er eine Zeit darüber nachdenken möchte. Maurizio meinte, das letzte Mädchen hätte er noch ein paar Stunden in ihrem Schmerz beobachtet, bevor er eine Entscheidung traf.«

Ich schluckte. Mir fehlten die Worte. Welch grausame Art, ihre Hingabe unter Beweis zu stellen! Aber vielleicht war das die Königsklasse, für die ich noch einige Monate brauchen würde, um sie zu verstehen.

Natalie gab mir ihren Dildo in die Hand, damit sie den nächsten auspacken konnte. Und der war wirklich riesig! Besonders die Form der Eichel faszinierte mich. Sie war irgendwie länglicher als alle, die ich bisher in natura gesehen hatte. Dick und länglich. »Wie machst du das jetzt?«, fragte ich sie. Gleichzeitig begann ich, mich selbst mit der Nummer Vier verstohlen zwischen den Beinen zu streicheln. »Edward hat mich gerade verrückt gemacht«, erklärte ich ihr entschuldigend.

Sie lächelte. »Ich wünschte, er hätte mich verrückt gemacht, dann würde mir das jetzt leichter fallen.«

Ich streichelte mich weiter, Natalie sah mich an, und dann blickten wir beide nachdenklich auf den großen flauschigen Teppich auf dem Fliesenboden ...

»Wenn du hier bleiben willst«, meinte sie, »dann musst du anfangen!«

Lieber hätte ich zwar einen Mann gehabt, aber Natalie vor mir und Maurizios Penis in meinen Händen sahen zusammen auch sehr verlockend aus. Und ... es war ja nur Glas! Zählte das? War das lesbisch? Nicht mal ich selbst würde mich anfassen. Aber nachdem ich mich damit schon mal streichelte, schob ich nun auch das Höschen ein Stück zur Seite, sodass ich Maurizio auf meiner Haut fühlen konnte. Die gläserne Eichel war sofort voll mit meiner Feuchtigkeit, ich versuchte, sie langsam in mich zu schieben, doch sie war wirklich groß und verdammt hart! Und im Stehen war das alles andere als angenehm.

»Ich hab noch eine Nummer kleiner mit«, meinte Natalie und öffnete den zweiten Samtbeutel.

Ich nickte sehnsüchtig, tauschte mit ihr und ließ etwas Wasser über die Nummer Drei laufen. Dann stellte ich ein Bein auf die hohe Fliesenstufe neben dem Waschtisch und probierte die Größe. Etwas kühl und gut angefeuchtet schlüpfte die gläserne Eichel in mich. Die volle Länge war eine Herausforderung, doch die brauchte es gar nicht. Die harten Rillen und die anmutige Form reichten aus. In der Bewegung fühlte sich das fantastisch an. Noch nie hatte ich die Konturen von einem Penis so deutlich gespürt. Er war steinhart, aber auch glatt und holprig und rund. Das einzig Ungemütliche war, dass man ihn selbst bewegen und gleichzeitig mit der anderen Hand das Höschen zur Seite halten musste. Abgesehen davon stand ich auf einem Bein, in einem grenzwertig hohen High

Heel, auf einer leicht schwankenden Yacht!

Natalie sah mich an und machte einen Schritt auf mich zu. Sie nahm mir den Dildo ab und begann, ihn für mich zu bewegen. Dankbar schlang ich einen Arm um ihre Schultern. Gegenseitig stützten wir uns, denn auch sie trug keine vorteilhafteren Schuhe als ich. Ich wimmerte und stöhnte, während sie mich nun mit dem Glasstab verwöhnte. Alles, was sie machte, war großartig! Schnell hatte sie einen Winkel gefunden, der mir höchste Lust bereitete. Ein euphorisches »Ja!« stolperte über meine Lippen, ein zweites und ein drittes. Natalie blieb dabei, und ich hielt für sie mein Höschen zur Seite, damit sie ungehindert in mich stoßen konnte. Das glitschige Geräusch meiner eigenen Feuchtigkeit hörte ich nur am Rande. Aber ich wusste, dass auch sie es hören konnte, und dass sie es war, die es mit jeder Bewegung verursachte. Es beschämte und erregte mich gleichermaßen. Mein Bein zitterte. Ich stöhnte lustvolle Laute und klammerte mich an Natalie fest. Ständig ging mir durch den Kopf, dass das Maurizios Penis war und wie göttlich er sich anfühlte. Plötzlich jagte eine Flut neuer Erregung durch meinen Unterleib, die mich fast zusammenbrechen ließ ... Ich unterdrückte einen Schrei und meine Erlösung kam im selben Moment. Es schüttelte mich am ganzen Körper und wir hatten zu kämpfen, uns zu zweit auf den Beinen zu halten. Doch Natalie verlor nicht den Kontakt zu mir und ich genoss all meine inneren Zuckungen, die voller Hingabe an dem gläsernen Dildo saugten.

»Ich muss mich hinlegen ...«, keuchte ich.

Natalie nickte. »Lass ihn drin!«, meinte sie, schob mir den Glasschwanz tief hinein und zog mein Höschen darüber. Gemeinsam legten wir uns auf den Boden. Auf dem weichen flauschigen Teppich war genug Platz für uns beide. Natalie befeuchtete die Nummer Fünf in ihrem Mund. Währenddessen tastete ich mit meinen Fingern das Glas zwischen meinen eigenen Beinen ab. Es dehnte meine Spalte und hielt mich geöffnet. Der Phallus war nicht nur zu groß, um vollständig in mich zu schlüpfen, er hatte an der Unterseite auch eine Verstärkung, damit das gar nicht erst passieren konnte.

»Ich wünschte, bei mir ginge es jetzt auch so einfach ...«, sagte Natalie entmutigt.

»Vielleicht solltest du dich erst mit einem kleineren vorbereiten?«, schlug ich ihr vor.

»Zahira, ich hatte die ganze Zeit die Nummer Vier drin! Und feucht bin ich auch – jetzt, nach deiner Vorführung.« Sie lächelte verzagt.

»Lass es mich machen!«, bot ich ihr an.

Nach kurzer Überwindung willigte sie ein, wir drehten uns zueinander, doch es benötigte etwas Geschick, bis wir eine bequeme Stellung gefunden hatten, denn sie wollte von mir im Arm gehalten werden. Schließlich legte sie ein Bein über mich und ich schlang meinen Arm um ihren Hals, während ich in meiner anderen Hand den Dildo zwischen ihre Beine führte. Sie nahm bloß ihr Höschen zur Seite, damit es mir nicht in die Quere kam. Dann begann ich, die gläserne Eichel an ihrer feuchten Spalte zu benetzen und langsam in sie zu drängen. Ich machte es mit kleinen Stößen und achtete auf einen Winkel, der ihr nicht wehtat, dennoch stöhnte sie gequält. Wieder und wieder versuchte ich es. Gerade mal die Spitze war nun in ihr, doch ich kam nicht weiter. Schließlich wechselten wir die Stellung. Sie legte sich auf den Rücken und ich kniete mich verkehrt herum über sie, da sie meinte, es würde sie mehr erregen und auch ablenken, wenn sie den Dildo zwischen meinen gespreizten Beinen sehen konnte. Und während ich mich vornüber beugte, auf meine Ellbogen stützte und weiter versuchte, tiefer in sie einzudringen, schoben sich ihre Finger an meinem Höschen vorbei und bewegten nun ebenfalls wieder den Phallus in mir. »Mach es genauso wie ich!«, sagte sie.

»Okay«, keuchte ich.

Sie machte das vorzüglich. Doch sie hatte es viel einfacher – der Stab in mir hatte wenigstens noch Spielraum. Ihrer hingegen schien festzustecken und es gelang mir kaum, ihn noch weiter zu drängen. Ich gab mir Mühe, aber ich wollte ihr auch nicht wehtun. Fasziniert betrachtete ich ihre rosa Schamlippen – wie zart und schmal sie waren, und wie sie sich bis auf ein Maximum gedehnt hatten. Unauffällig ließ ich etwas Speichel darüber laufen, in der Hoffnung, Nummer Fünf würde dann vielleicht besser rutschen. Und tatsächlich glitt der Dildo bei den nächsten Stößen ein gutes Stück weiter in sie. Natalie stöhnte schmerzerfüllt auf. »Ja! ... Nicht bewegen!«, keuchte sie. »Halt ihn nur!«

Ich machte, was sie wollte – drückte ihn in ihre Spalte und hielt still, damit sie sich an das Ausmaß gewöhnen konnte. Natalie hechelte aufgebracht und stieß ihrerseits Nummer Drei nun so hektisch in mich, als würde sie sich damit selbst Linderung verschaffen.

»Gott!« Ich schrie. Das Gefühl war berauschend. Jetzt stöhnte auch ich wieder und vor meinen Augen sah ich, wie Natalies Kitzler aus der zarten Haut hervortrat – eine kleine rosa Perle. Nackt und verletzlich lag sie vor mir. Was sollte ich bloß tun? Edward hatte gesagt, es gäbe hier keine Kameras. Ich haderte mit meinen Prinzipien. Bestimmt war es nicht so schlimm, wie ich immer dachte. Lilienné war doch auch ganz verrück danach. Und Natalie hatte Schmerzen. Außerdem würde sie in zwei Tagen durch irgendeine Zeremonie verschwinden ... Langsam senkte ich meine Lippen auf ihre kleine Perle. Ich küsste sie und umkreiste sie zögerlich mit meiner Zunge und befand, dass es mit Abstand die zarteste Haut war, die ich jemals an meinen Lippen gefühlt hatte. Natalies Stimme veränderte sich zu einem sehnsüchtigen Wimmern. Behutsam saugte ich an ihrem Kitzler, dann probierte ich kleine Zungenschläge, und ihr Wimmern wurde immer lauter. Gleichzeitig hörte sie nicht auf, Maurizios Penis in mich zu stoßen und ihr Rhythmus machte mich verrückt. Wellen der Lust durchströmten meinen Körper. Ich wollte stöhnen und schreien, doch ich konzentrierte mich in tiefster Selbstbeherrschung auf das Spiel meiner Zunge.

»Zahira!«, keuchte sie und zuckte, aber ich ließ nicht von ihr ab. Ihre Feuchtigkeit benetzte meinen Mund, meine Lippen, meine Wangen ... Natalie schmeckte wie ein Blütenmeer. Ein paar Sekunden später hob sich ihr Becken mir entgegen und sie erzitterte unter meinen Lippen.

»Schieb ... ihn ... tiefer!«, stöhnte sie in höchsten Tönen.

Ich presste den Dildo in sie und Natalie unterdrückte einen Schmerzensschrei, der mir unter die Haut ging, doch ich hielt ihn fest und augenblicklich war es auch bei mir wieder so weit. Maurizios Schwanz hatte nie aufgehört, sich in mir zu bewegen. Seine Härte, seine Form und Natalies Geschlecht an meinen Lippen reizten mich bis zur Ekstase. Mein Kopf flog zwischen ihren Beinen hin und her und mein Unterleib zuckte, während der Orgasmus mich erfasste. Ich keuchte. Natalie ließ den Phallus weiter ein- und ausgleiten, sodass ich all die Kerben und Rillen gut fühlen konnte, während es mir kam. Gemeinsam stöhnten wir völlig aufgelöst, bis ich nur noch zitternd über ihrem Körper hing ...

Als ich mich wieder besinnen konnte, sah ich, dass Nummer Fünf noch immer nicht ganz in ihr drin war.

»Gib mir den Gurt!«, bat mich Natalie und zeigte auf den Handtuchhalter, auf dem ein blassrosa Lederriemen hing. Er hatte dieselbe Farbe wie ihr Monokini. »Es ist wie ein Keuschheitsgürtel«, erklärte sie. Schnell zog sie das schmale Band um ihre Hüfte und führte den Riemen unter ihren Monokini. »Du musst noch ein bisschen andrücken!«, ersuchte sie mich.

Ich drückte, doch es bewegte sich nichts. Schließlich half sie selbst mit und der Dildo versenkte sich in ihr, sodass sie den Gurt fixieren konnte. Gleichzeitig liefen ihr Tränen aus den Augen, sie schluchzte und brachte kein Wort mehr über die Lippen. Mitfühlend legte ich mich neben sie und nahm sie in meine Arme. Dann küssten wir uns. Ich wusste, dass sie es gewohnt war, von Santiago geliebt zu werden, wenn sie weinte. Und ich wusste, dass sie es jetzt vorgezogen hätte, in seinen Armen zu liegen. Doch sie tat mir so unendlich leid, und ich versuchte, ihr alles zu geben, was ich nur konnte – und was auch er getan hätte. Darum küsste ich sie mit Hingabe. Und ich hielt sie ganz fest, bis ihre Schmerzen ein wenig nachließen. Dann half ich ihr hoch. Sie konnte kaum stehen und wischte sich die Tränen aus ihren Augen. Leicht beschämt sahen wir einander an. »Hast du das schon mal gemacht?«, fragte sie mich.

Ich schüttelte den Kopf. Sie war definitiv die erste Frau, mit der ich so etwas gemacht hatte. Und mit Sicherheit war sie auch die schönste Frau, die ich jemals gehabt hatte und jemals haben würde. Für immer. Nun kamen auch mir die Tränen, wenn ich daran dachte, dass sie in zwei Tagen gehen sollte. »Ich werde dich nie vergessen«, sagte ich ihr.

Sie nickte und biss sich auf die Unterlippe. Wir beide wussten, dass Santiago uns vermutlich keine Gelegenheit mehr lassen würde, uns voneinander zu verabschieden, und gerade als ich noch einmal einen Schritt auf sie zu machen wollte ... platzte Edward zur Tür herein.

»Was machst du hier?!«, fuhr er mich an.

»Ich?« Mein Gott! Edward ... Wenigstens hatte er nicht den heikelsten aller Momente erwischt. »Ich war ... auf der Toilette«, stotterte ich.

»Und warum weinst du?«, fragte er streng.

Entsetzt sah ich ihn an und zeigte ohne Worte auf Natalie, die gerade dabei war, mit zitternden Fingern ihre Sachen in die Badetasche zu packen. Sie hatte Tränen in den Augen und Schweißperlen auf ihrer Stirn. Sah er nicht, wie hübsch sie war und wie sie sich selbst quälen musste? War ein Anflug von Mitleid da so abwegig?

»Natalie geht dich nichts an!«, erklärte er. »Die Mädchen oben sagen, du bist schon lange weg. Wo warst du?«

»Auf der Toilette«, flüsterte ich.

Er schlug mir hart ins Gesicht und ich verlor das Gleichgewicht. Edward musste mich auffangen. Dann stieß er mich gegen die Tür und fauchte: »Überleg's dir noch einmal!«

»Ich war nur auf der Toilette«, hauchte ich.

Ich sah, dass er zögerte. Offenbar gab es wirklich keine Kameras an Bord. Sein Unterarm drückte gegen meinen Hals, Edward schnaubte zornig und seine Kieferknochen traten hart hervor. Aber ich hatte keine Angst vor ihm. Verglichen mit Santiagos Zorn war das harmlos. Und er konnte uns nichts nachweisen ... außer er fasste mir ... Oh mein Gott! Die Nummer Drei steckte noch zwischen meinen Schenkeln – bloß gehalten von meinem Höschen!

Edward packte mich am Oberarm und zerrte mich wütend in ein anderes Zimmer, vorbei an einer Bar, einem Esstisch, zu einem schlichten Einzelbett. Dort nahm er Handschellen und fesselte meine Hände an das Kopfende und meinen linken Fuß an das untere Ende des Bettes. »Du bleibst den Rest des Tages hier!«, erklärte er. »Wenn du Pech hast, verpasst du Santiago. Er will später mit Amanda vorbeikommen.«

»Ich hab nichts getan, Edward!«, versicherte ich ihm.

Er nickte unbeeindruckt und ging.

Verzweifelt versuchte ich, mich zu bewegen. Was war das bloß für eine Art der Fesselung? Ich konnte nur ein Bein bewegen! Mit etwas Mühe schaffte ich es, mich umzudrehen, doch ich erreichte mit meinen Händen nicht mal mein Gesicht und noch viel weniger hätte ich mir in den Schritt fassen können, um mich von dem gläsernen Dildo und aus dieser verhängnisvollen Lage zu befreien. Ich seufzte schwer. War das Berechnung? Gab es vielleicht doch Kameras und er wollte mich noch ein wenig schmoren lassen, mit meinem schlechten Gewissen?

Plötzlich hörte ich die Tür und befürchtete, er würde zurückkommen und alles aufklären. Doch es war Natalie. Rein äußerlich hatte sie sich schon wieder völlig gefangen. Sie sah blendend aus und machte sogar einen besorgten Eindruck, als sie mich sah. Leise ließ sie ihre Badetasche auf den Boden sinken. »Hat er es gemerkt?«, flüsterte sie.

»Nein. Er hat nichts gemerkt. Sag ihm bloß nichts. Hier gibt es keine Kameras«, beschwor ich sie.

Natalie nickte und setzte sich zu mir auf die Bettkante. »Ich dachte, du hättest die Tür verriegelt!«, erklärte sie leise und ein wenig vorwurfsvoll. »Edward hätte die ganze Zeit hereinplatzen können!«

»Ja. Ich weiß. Aber ich hab an gar nichts mehr gedacht, als ich dich gesehen hab ... mit diesen Dildos.«

»Das wäre fast ins Auge gegangen«, meinte sie. »Nicht für mich – mich kann er ja kaum noch bestrafen – aber für dich!« Nun drückte sie mit einer Hand mein Knie nach außen und ich ahnte, was sie wollte. Bereitwillig spreizte ich meine Beine, damit sie dazwischen konnte. Mit zwei schlanken Fingern spannte sie mein Höschen zur Seite und betrachtete mich so unverhohlen, dass mir augenblicklich die Röte ins Gesicht stieg.

»Zieh ihn heraus!«, flüsterte ich. »Worauf wartest du?« Die Situation war mir schon unangenehm genug.

»Nein«, meinte sie mit einem verschämten Lächeln. »Ich will zusehen, wie du es selbst tust.«

»Ich hab meine Hände gefesselt!«

»Ich weiß. Aber es geht. Ich kann es auch!«

»Natalie, bitte! Was, wenn Edward zurückkommt?«

»Dann solltest du dich besser beeilen!«

Ich war entsetzt. Angestrengt zerrte ich an meinen Handschellen. Am liebsten hätte ich mich losgerissen.

»Du musst pressen!«, meinte Natalie.

In meinen Gedanken sah ich bereits Edward vor mir, wie er uns ertappte, und ich legte mir Ausreden zurecht ... Sie hatte mich vergewaltigt, ich war unschuldig, ich war doch gefesselt. Er konnte mir gar keine Schuld geben. Doch dann spannte ich meinen Bauch an und begann zu pressen ... Ich zog meine Muskeln zusammen – wieder und wieder – doch es nützte nichts.

Mit kritischen Blicken beobachtete Natalie meine Scham. »Ich kann sehen, dass du dich bemühst«, meinte sie. »Aber du musst mehr von innen heraus ...«

Meine Muskeln schlossen sich kraftvoll um den gläsernen Penis. Dann presste ich wieder. Es fühlte sich an, als müsste ich Kontraktionen simulieren, um einen Mann zu täuschen, aber es passierte nichts. Im Stehen wäre er mir vermutlich sofort rausgeflutscht, aber im Liegen funktionierte das nicht.

»Hör nicht auf …«, hauchte sie. »Mach weiter!« Ihre Augen schimmerten glasig und ihr Mund stand leicht offen, so sehr genoss sie es, mir zuzusehen. Zwischendurch tippte sie mit ihrem Fingernagel gegen das Glas und ich konnte die kleinen Impulse bis in mein Innerstes fühlen. Aber der Dildo saß fest. »Bitte Natalie!«, flehte ich sie an. »Es funktioniert nicht.«

»Doch!« Sie lächelte versonnen. »Du müsstest nur einen Orgasmus haben …«

»Ich kann jetzt aber keinen Orgasmus haben! Meine Hände sind gefesselt und ich hab Angst, dass Edward reinkommt!«

Aber Natalie nickte zuversichtlich. »Ich zeig's dir!« Unvermittelt senkte sie ihr Gesicht zwischen meine Beine.

»Nein!«, fuhr ich sie an. »Bitte! Ich will das nicht!« Zaghaft wehrte ich mich, aber ich wollte ihr auch nicht wehtun. Und dann fühlte ich ihre zarten Lippen an meinem Kitzler, ihre Zunge, die Wärme und die Feuchtigkeit.

»Du musst das nicht machen!«, versicherte ich ihr hektisch. »Du schuldest mir nichts …«

Anstelle einer Antwort schlug sie ihre blauen Augen auf und sah mich an. Mein Gott, wie sehr war ich verliebt in ihre Augen, ihre Wimpern, ihre zartrosa Lippen und ihre blonden Haare. Mit einem Seufzen ließ ich meinen Kopf nach hinten fallen und ergab mich ihrem Willen. Sie leckte noch viel geschickter, als ich es bei ihr getan hatte. Zumindest kam es mir so vor. Ihre Zunge glitt meine feinen Rillen entlang und näherte sich langsam meinem lustvollsten Punkt. Die ganze Zeit über trommelten ihre Fingernägel spielerisch gegen das Glas und schenkten mir zusätzliche Reize. Ich konnte es kaum erwarten, dass die Schläge ihrer Zunge endlich meine kleine

Perle fanden. Leise stöhnte ich vor Wohltat, Ungeduld und Sehnsucht. Dann endlich hatte ich sie im Zentrum meiner Lust. Vorsichtig schlang ich mein freies Bein über ihren Rücken, wollte sie festhalten und nie wieder hergeben, meine Erregung war auf dem Gipfel, ich spürte, wie mein Kitzler anschwoll, und ich wimmerte, während sie ihn in ihren Mund saugte und daran herumspielte. Dann erlaubte ich mir einen Blick in ihr Gesicht – in ihre blauen Augen, die mich sinnlich berauscht ansahen. Plötzlich öffnete sich ihr Mund und sie streckte ihre Zunge raus, um mit der kleinen rosa Spitze auf meinem Kitzler zu kreisen ... Und plötzlich traf es mich wie ein Blitz. Mein Becken zuckte und vibrierte. Ich biss in meinen Oberarm und erstickte einen Lustschrei. Mit einem Schub Feuchtigkeit und einer unwillkürlichen Kontraktion entließ ich den Glasstab aus meiner Enge. Ich stöhnte erschrocken auf. Ihn genau in meiner größten Lust zu verlieren schmerzte. Er hinterließ ein Gefühl der Leere in mir, aber es fühlte sich auch befreiend an – befreiend und beschämend. Der Stab berührte mich an den Schenkeln und er glühte, aufgeladen mit meiner Hitze.

Keuchend beobachtete ich, wie Natalie mein Höschen wieder zurechtzupfte, aufstand und den Dildo hinter der Bar unter fließendem Wasser abwusch. Dann packte sie ihn in ihre Tasche.

Bevor sie ging, schmiegte sie ihre zartrosa Lippen noch einmal auf meinen Mund. »War auch mein Erstes Mal«, hauchte sie mit einem kleinen Lächeln. »Und ich werde dich auch nicht vergessen.« Dann war sie fort ...

Zwei lange blonde Haare lagen auf meinem Bauch. Ich schmunzelte und drehte mich ein paar Mal hin und her, bis ich sie abgeschüttelt hatte. Danach blieb ich liegen ... und schlief ein.

***

Als ich wieder aufwachte, lag die *Sea Star* noch immer unbewegt vor Anker. Das erschien mir seltsam, denn ich fühlte mich, als hätte ich Stunden geschlafen. Wenigstens hatte inzwischen jemand meine Fesseln gelöst und ich konnte aufstehen.

Leise begab ich mich in den angrenzenden Raum und bei einem Blick durch die Schiffsluken merkte ich, dass draußen bereits tiefste Nacht war. Das dunkle Meer wirkte unheimlich, aber ich hörte eine vertraute Männerstimme und folgte ihr … Eine Tür weiter traf ich auf Edward. Er lag ausgestreckt auf einer Couch und telefonierte.

Als er mich sah, entschuldigte er sich sofort bei seinem Gesprächspartner. Dabei erwähnte er auch meinen Namen … doch er legte nicht auf. »Gibt's ein Problem?«, fragte er mich.

»Ich … äh … nein. Es ist Nacht«, stotterte ich verwirrt.

Edward lächelte. »Ja. Es ist Nacht. Wir schlafen hier. Geh zurück in dein Bett.«

»Aber … du hast gesagt, Santiago würde kommen.«

»Er hat es sich anders überlegt.«

Ich nickte traurig.

»Santiago erwartet euch erst morgen zurück«, fügte Edward hinzu.

Na toll! Er wollte mit Amanda allein sein, wie ich es befürchtet hatte.

»Zahira, geh in dein Bett!«, wurde Edward nun leicht ungehalten. Gleichzeitig nahm er das Telefon wieder an sein Ohr.

»Wenn es Santiago ist, sag ihm, ich liebe ihn trotzdem!«

Edward war für einen Moment still … dann legte er das Telefon zur Seite, ohne das Gespräch zu beenden. Er stand auf und knallte mir eine Ohrfeige ins Gesicht.

»Das war für ›trotzdem‹«, erklärte er … und sofort musste

ich ihn glücklich anstrahlen. Eine größere Freude hätte er mir heute nicht mehr machen können. Es war Santiago, mit dem er telefonierte. Er hatte gehört, was ich gesagt hatte. Und er hörte noch immer zu.

»Willst du noch eine?«, fragte mich Edward.

»Ja, zehn!«, entgegnete ich.

Er zischte abschätzig. Ich reichte ihm meine überkreuzten Handgelenke und Edward begann, mich zu ohrfeigen. Er schlug nur mit der flachen Hand, dafür umso härter und geräuschvoller. Die Schläge klatschten abwechselnd auf meine beiden Wangen, bis ich vor ihm auf die Knie sank. Ich spürte Tränen in mir aufsteigen und schluchzte unwillkürlich, aber an meinem Glücksgefühl hatte sich nichts verändert. Von ganzem Herzen hoffte ich, dass Santiago in diesem Moment mit Amanda im Bett lag ... und an mich dachte!

***

Marcus weckte mich am nächsten Morgen und beim Frühstück auf dem Sonnendeck sah ich auch die anderen Mädchen wieder. Ich setzte mich neben Jana und erinnerte mich sofort daran, dass ich ihr noch etwas schuldete. Irgendwann musste ich ihr wohl ein Geheimnis anvertrauen und seit gestern hatte ich sogar eines mehr. Im »Fall Natalie« würde mich maximal Feuersauce als Strafe erwarten. Doch so unbeschwert, wie sich Jana mit mir unterhielt, hatte ich den Eindruck, sie hatte unsere Abmachung inzwischen vergessen, also begann ich, erleichtert zu frühstücken ...

Nach ein paar Minuten fiel mein Blick zum ersten Mal auf Natalie. Ich sah in ihr Gesicht und ihre Miene ließ mich erschaudern. Sie hatte Schmerzen. Sie hielt sich den Kopf, konnte nichts essen und kaum sitzen. Unter ihren blauen Augen lagen dunkle Ringe. Augenblicklich verging auch mir der Appetit. Unauffällig wechselte ich meinen Platz und setzte mich zu ihr, aber ich konnte ihr auch nicht helfen. Ich durfte Natalie nicht mal anfassen. Und sie durfte mit uns über ihre »Vorbereitung« nicht reden. Hilflos saß ich neben ihr und hoffte, dass meine Gesellschaft, ein paar nette Worte und mein ganzes Mitgefühl ihr Leid vielleicht lindern würden. Doch ich war mehr als dankbar, als nach dem Frühstück die Motoren der Yacht starteten und wir die Heimreise antraten.

Zurück im Küstengewässer von Ivory wechselten wir auf das Speedboot und Edward machte uns eilig mit ein paar Verhaltensregeln vertraut, denn als wir uns dem Bootssteg näherten, sahen wir, dass Santiago uns bereits erwartete. Er stand allein auf dem langen Steg und wirkte äußerst unruhig.

Als wir anlegten, mussten wir alle an Bord bleiben. Nur Edward stieg aus. Er begrüßte Santiago mit einer freundschaftlichen Umarmung und sie begannen eine Unterhaltung, die bestimmt eine Viertelstunde dauerte. Santiago war aufgebracht, aber künstlich beherrscht. Er gestikulierte mehrmals in Richtung Haus, während er sich in unterdrückt emotionalen Schilderungen ergoss. Edward hatte zu tun, ihn zu beruhigen. Er berührte ihn immer wieder an der Schulter und nickte verständnisvoll. Doch er redete auch auf ihn ein. Die Situation erschien mir fast dieselbe, wie vor zwei Tagen am Strand. Neuerdings pflegte er also, sich seinem Leibwächter anzuvertrauen.

Schließlich trat Edward zur Seite. Er gab ein Handzeichen und wir Mädchen durften von Bord. Der Reihe nach kniete jede Einzelne vor Santiago nieder und küsste ergeben seine Hand, doch wir durften nicht mit ihm reden. Danach gingen wir gemeinsam den Weg hinauf zur Villa. Damian hatte uns am Ende des Steges bereits erwartet und sein Empfang war direkt warmherzig im Vergleich zu dem von Santiago. Er sorgte sich vor allem um Natalie, ging die meiste Zeit neben ihr, dann befahl er Marcus, Jana auf seine Arme zu nehmen und zu tragen. Auch ich durfte kurz neben Damian gehen und er erzählte mir, wie vermutlich auch allen anderen Mädchen, von Amanda ... Sie hatte gestern ihr Brandmal erhalten.

***

»Kennst du Amandas Geschichte?«, fragte ich Jana, als ich abends mit ihr im Bett lag.

»Ja, von Lilienné!«, sagte sie.

»Dann ist es wahrscheinlich dieselbe. Ich hab sie auch von Lilienné.«

Wir schwiegen einen Moment.

»Er hatte versprochen, ihr niemals wehzutun. Jetzt hat sie ein Brandmal bekommen!«, stellte ich fest.

»Das ist etwas anderes«, meinte Jana. »Sie wollte es ja sicher.«

»Ich finde es unfassbar, dass sie nach zwei Wochen hierher kommt und nach einem knappen Tag einem Brandmal zustimmt!«, empörte ich mich.

Jana lächelte. »Damian hat erzählt, Santiago hätte seinen ganzen Charme spielen lassen. Darum wäre es ihm auch so wichtig gewesen, gestern keine anderen Frauen hier zu haben. Amistad, Damian und Santiago hätten sie zu dritt verführt und in ihren Bann gezogen. Sie hatte nicht viel Chance gehabt, Nein zu sagen.«

»Ich hab damals auch blind unterschrieben«, gestand ich ihr, »ich wollte es unbedingt. Mir war völlig gleich, ob es ein Tattoo oder ein Brandmal sein würde. Ich wollte nur ihm gehören, egal wie schmerzvoll es sein würde. Wenn ich so nachdenke, weiß ich bis heute nicht, was damals auf dem Zettel stand ... Weißt du es?«

Jana nickte. »Ja. Ich hab ihn gelesen. Bei mir war das alles anders. Ich hatte ja auch die anderen Mädchen vorweg schon kennengelernt, als ich mit meinem Vater hier zu Besuch war.«

»Und? Was steht drauf?«, fragte ich ungeduldig.

Sie seufzte. »Ja, was denkst du, was draufsteht? Es ist eine Erklärung, dass du pauschal gesagt mit allem einverstanden bist, was er dir antut – begonnen mit dem Brandmal, den High Heels, Freiheitsentzug, körperliche Gewalt, Sex mit ihm, Sex mit anderen ... Es steht aber auch drauf, dass du jederzeit gehen kannst, wenn es dir zu viel wird. Für den Fall der Trennung ist dann noch eine ganze Reihe Verschwiegenheitspflichten aufgelistet, wo er mit Klage und unvorstellbar hohen Geldbußen droht.«

»Aber was bringt ihm der Vertrag, wenn ich gar nicht weiß, was drin steht?«, wunderte ich mich.

»Du bekommst ihn vorgehalten, sobald du ihm Probleme machst. Spätestens bei einer Trennung ... Bei einer normalen Trennung!«, korrigierte sie sich. »In deinem Fall mit David war das vermutlich anders.«

Ich dachte nach ... Bei mir war offenbar einiges anders. Schließlich hatte ich derzeit auch kein Recht zu gehen. Er würde mich gefangen halten, hatte er mir zwei Wochen vor seinem Geburtstag erklärt. Unterschrieben hatte ich das zwar nirgends, doch ich war mir auch nicht sicher, ob ich damals bei meinem Brandmal genau denselben Zettel erhalten hatte wie Jana und was wirklich darauf stand. Aber damit wollte ich sie jetzt nicht belasten. Außerdem betrachtete ich es als ein kostbares Privileg, von ihm gefangen gehalten zu werden. Es fühlte sich fast an, als hätte er mich heimlich geheiratet.

»Denkst du, Amanda darf heute Nacht bei ihm schlafen?«, fragte ich Jana.

Sie schüttelte den Kopf. »Hast du es nicht gehört? Sie ist im Keller. Sie bleibt mindestens vier Tage im Verlies, abgeschirmt und allein mit ihrem Leid. Das ist die übliche Vorgehensweise. Oder war es bei dir anders? Wenn er sie danach zum ersten Mal besucht, sieht sie in ihm den großen Retter und Gönner. Dann nimmt sie auch die anderen Mädchen in Kauf. Damian meinte, dass die anderen Mädchen bei ihr eventuell zu einem Problem werden könnten.«

»Ach, und das Verlies nicht?«

Jana lachte. »Ich weiß nicht. Warum fragst du mich das alles? Du hast doch auch mit Damian geredet.«

»Ja, aber nur kurz. Er hat dir viel mehr erzählt!«, beschwerte ich mich.

Aber wenigstens war meine Neugier nun ansatzweise befriedigt. Wir entschieden uns zu schlafen. Doch bei meinen Gedanken kehrte noch lange keine Ruhe ein. Wenn Amanda vier Tage im Verlies bleiben musste, dann würde sie voraussichtlich bei Natalies Zeremonie gar nicht anwesend sein. Nie im Leben würde Natalie noch vier Tage aushalten! Vermutlich quälte sie sich gerade mit der Nummer Sechs. Ich wünschte mir aus tiefstem Herzen, bei ihr sein zu können. Ich wollte sie in meinen Armen halten. Am liebsten wäre ich mit ihr geflohen! Doch ihr Schicksal stand längst fest. Und die Zeremonie fand bereits am nächsten Tag statt ...

Die Zeremonie

Maurizio kam am späten Nachmittag. Fünfzehn junge Frauen und vier Männer gehörten zu seinem Gefolge. Noch nie zuvor hatte ich erlebt, dass Besuch auf Ivory mit einem solchen Aufgebot und mit einer Segelyacht dieser Größe eintraf.

Maurizios Schiff war aus edlem Holz mit goldenen Verzierungen, es verfügte über mehrere hohe Masten und unzählige weiße Segel – wie ein Piratenschiff der Luxusklasse. Mit zwei ebenso schmucken Ruderbooten setzten sie an Land. Die jungen Männer an Bord waren schlank, ihre nackten Oberkörper anmutig und muskulös, sie trugen weite lange Hosen aus hauchdünnen, transparenten Materialien in diversen Farben – die Frauen ebenso lange weite Röcke. Ich fand keine einzige der Farben zweimal, es gab Schattierungen von Gelb, Orange, Violett, Rot und Lila. Und wenn der Wind durch die langen Haare der Mädchen wehte, konnte man die Blöße ihrer Brüste erkennen. Maurizio war als Einziger vollständig bekleidet – mit einem reinweißen Anzug aus feinem Leinen.

In der Villa bekamen wir Mädchen Röcke im Stil von Maurizios Frauen. Er hatte extra eine Auswahl für uns mitgebracht. Meiner war blutrot und man konnte von allen Seiten problemlos durchsehen, nahezu unabhängig von den Lichtverhältnissen. Unterwäsche war uns nicht erlaubt. Auch unsere High Heels mussten wir ausnahmsweise ablegen.

In der großen Eingangshalle hatten sich schließlich alle zusammengefunden, neugierig betrachtete ich die anderen Mädchen und mit etwas diplomatischer Vorsicht auch die fremden jungen Männer, die gerade dabei waren, Trommeln auszupacken ... als plötzlich Santiago am oberen Ende der breiten Prunktreppe erschien. An seinen Seiten Damian, Edward, Amistad und Marcus in denselben farbenprächtigen hauchdünnen Hosen wie die anderen Männer. Santiago hingegen zeigte sich in einem Anzug wie Maurizio, hochgeschlossen und weiß. Er sah umwerfend aus. Und er hielt Natalie auf seinen Armen.

Ich wurde blass, als ich sie erblickte. In der Sekunde konnte ich sie verstehen. Ich beneidete sie für diesen Auftritt, halb nackt und wie ohnmächtig lag sie in seinen Armen, ihr Kopf fiel in den Nacken und ihre blonden Haare hingen zu Boden. Nur ihr Unterkörper war bedeckt von etwas weißem Stoff, der kaum mehr war als ein Brautschleier. Man konnte ihre nackten Brüste sehen, ihre schlanke Figur, ihre helle Haut und ihre bloßen Füße. Santiago wartete, bis die Männer die Trommeln zu schlagen begannen. Dann schritt er langsam und bedächtig, begleitet von den dumpfen Schlägen eines Trauermarsches, die Treppe hinab und zwischen der auseinanderweichenden kleinen Menschenmenge hindurch.

Natalies Augen waren geschlossen und der silberne Stirnreifen schmückte sie noch immer wie eine zarte Krone. Ich sah Santiagos Hände, die ihren Körper feierlich präsentierten, und konnte kaum glauben, dass er sie selbst bis hinunter an den Strand tragen wollte. Doch Maurizio hatte das so vorgesehen. Er selbst ging voraus, Santiago folgte ihm, dahinter unsere Männer und alle Mädchen in Viererreihen. Den Abschluss bildeten die Trommler, die dem ganzen Spektakel eine schauderhaft dramatische Note verliehen.

Ich hatte Herzklopfen ... Vielleicht war es doch ein Fehler gewesen, meiner Neugier, meinem Verlangen und meiner Experimentierfreude nachzugeben und mich in letzter Sekunde noch mit einem erotischen Erlebnis an Natalie zu binden. Ich fühlte für sie. Und ich fühlte in einem Maße für sie, dass ich mir selbst nicht mehr sicher war, was das für mich zu bedeuten hatte. Aber wenn er sie in seinen Armen hielt, schmerzte es durch und durch. Ich konnte kaum sagen, ob ich auf sie oder auf ihn mehr eifersüchtig war. Aber die Vorstellung, dass er ihr heute womöglich wehtun würde, unter dem Vorwand, dann selbst besser trauern zu können, stimmte mich rasend. Den ganzen langen Weg, den wir barfuß hinunter zum Strand schritten, machte ich mir Gedanken, wie ich mich wohl selbst davon abhalten könnte, zu meinen, etwas tun zu müssen, wo allein jeder Versuch schon zum Scheitern verurteilt war. Verzweifelt versuchte ich, das unbändige Verlangen loszuwerden, sie beschützen zu wollen ... denn das war unmöglich.

Unten am Strand hatte man alles sehr liebevoll mit Blumen geschmückt und eine Art Altar aus dicken Bambusstäben errichtet. Santiago legte Natalie darauf ab und bedeckte penibel ihre Brüste mit ihren langen Haaren, bevor er zurücktrat und Maurizio alles Weitere überließ. Wir standen um den Altar im Kreis und genau in dem Moment, als Santiago Natalie abgelegt hatte, öffnete sie ihre Augen. Vermutlich hatte man sie dahin gehend instruiert.

Maurizio orderte zwei seiner hübschesten Frauen als Assistentinnen an seine Seiten und ich erblickte so etwas wie einen Gabentisch direkt hinter ihm. Die jungen Männer entzündeten Fackeln und Kerzen, die auf diesem Gabentisch, dem Altar und auf langen Stäben im Sand verteilt waren und die Umgebung nun in warmes Flackerlicht tauchten. Er befahl uns, den Kreis etwas zu öffnen, damit er während der gesamten Zeremonie ungehinderten Blick auf das Meer haben konnte. Auch seine beiden Ruderboote hatte man inzwischen hierher gebracht. Danach begannen die Trommler wieder zu trommeln und die fremden Mädchen stimmten Mantras an – melodische Schwüre, die sich ständig wiederholten. Eine der Assistentinnen reichte Maurizio dünne Seile, mit denen er Natalies Hand- und Fußgelenke an die Unterlage fesselte. Für ihren Hals gab es einen kleinen Rahmen aus dicken Bambus-Stäben, der durch die Unterlage hindurchgesteckt wurde, sodass sie sich nicht mehr aufrichten konnte. Dann legte er seine Hand auf ihre Stirn und die Gesänge der Mädchen wurden lauter.

Mittlerweile war die Melodie zu einem richtigen Ohrwurm geworden, der sehr verleitete mitzusingen, doch ich fühlte mich nicht wohl dabei. Als die Mantras eine gewisse Lautstärke erreicht hatten, berührte Maurizio mit einem seiner wuchtigen Ringe Natalies Stirnreifen, woraufhin sie zusammenzuckte. Vermutlich hatte er die Elektronik und damit auch den Kopfschmerz wieder aktiviert. Sie stöhnte auf, doch er presste sofort seine Hand auf ihren Mund und die andere auf ihren Unterleib. Dann schloss er seine Augen und sang mit den Mädchen. Die Mantras ertönten nun in voller Lautstärke, während Natalie sich unter Schmerzen wand. Bestimmt zehn Minuten musste sie durchhalten – vielleicht auch länger, die Zeit erschien mir endlos. Ich merkte nur, dass Maurizios Hand auf ihrem Mund langsam an Druck verlor, doch er nahm sie nicht weg. Nebenbei löste er den schmalen Gurt von ihrer Taille, der mir noch von der Yacht als Art Keuschheitsgürtel in Erinnerung war. Danach fasste er unter ihren Rock. Durch das hauchdünne Material konnte man mitverfolgen, was er tat. Bedächtig und langsam zog er an dem gläsernen Dildo, gleichzeitig gab er Natalies

Mund frei und sie stöhnte. Er manipulierte sie auch wieder an seinem Ring und ihre Stimme wurde immer aufgebrachter. Maurizio blickte in ihre Augen und schien ihr offenes Stöhnen nun bewusst zu genießen. Auch wenn es sich nur um eine Nachbildung seiner Männlichkeit handelte und Natalies Laute viel mehr von ihrem Kopfschmerz herrührten, konnte er sich zumindest einbilden, dass sie das Herausziehen seines besten Stückes als so schmerzlich empfand. Für mich wirkte es fast wie eine Geburt. Nachdem er die Skulptur herausgezogen hatte, zeigte er sie in seiner Hand stolz aufgerichtet wie eine Trophäe herum. Abschließend befreite er Natalie von dem quälenden Stirnreifen und sie keuchte erleichtert.

Die Gesänge verstummten. Ich selbst war noch wie gebannt vom Anblick des Dildos, fand es unfassbar, dass man sich eine solche Größe einführen konnte. Beklommen stellte ich fest, dass Maurizio ihn nicht zur Seite legte, sondern ihn an einem Bambusstab über Natalies Kopf befestigte und an einer Schnur herabhängen ließ. Die gläserne Eichel ragte direkt in ihren Mund.

Maurizio öffnete nun Natalies weißen Rock in der Bauchgegend und breitete ihn nach beiden Seiten aus, sodass sie splitternackt vor ihm lag. Dann reichte ihm eines der Mädchen warmes Öl in einer Schale. Er tauchte seine Hände ein und massierte damit Natalies ebenmäßige Haut. Mehrmals berührte er sie dabei zwischen den Schenkeln. Ich hatte sogar den Eindruck, dass er sich dieser Gegend ganz besonders intensiv widmete. Seine Bewegungen wirkten kunstvoll und geschmeidig, sie verfolgten ein gewisses Schema, und dazu gehörte auch, dass seine Finger immer wieder in sie eindrangen. Gut geölt glitten sie mit einer Selbstverständlichkeit in ihre Spalte, als wäre es ihre Kniekehle oder ihre Achselhöhle. Ich beobachtete, wie

Santiago schweigend danebenstand und all die Handlungen mit ansah. Er musste ertragen, wie ein fremder Mann Natalies Körper ohne Einschränkungen berührte, während sie willig an der gläsernen Nachbildung seiner Eichel saugte.

Nach einer Weile stimmten die Mädchen wieder ihre fremdländischen Gesänge an. Natalie glänzte ölig von ihrem Hals bis zu den Füßen, bloß ihr Gesicht hatte er ausgelassen. Trommelschläge gesellten sich zu den Mantras und man reichte Maurizio ein dickes Bambusrohr. Es maß bestimmt einen Meter in der Länge und ich konnte sehen, dass es innen gänzlich hohl war. Maurizio rieb eines der Enden mit dem restlichen Öl ein, wobei mich die Geschmeidigkeit seiner Bewegungen vermuten ließ, dass das Rohr nicht nur ausgehöhlt, sondern an der Schnittstelle auch abgerundet worden war. Danach führte er das eingeölte Ende zwischen Natalies Beine, und während er mit zwei Fingern ihre Spalte öffnete, versuchte er, mit dem Rohr in sie einzudringen. Und offensichtlich hatte die Dehnung mit der Nummer Sieben einiges bewirkt, denn Maurizio schaffte es ohne größere Probleme. Als er den Eingang überwunden hatte, schob er das Rohr vorsichtig tiefer. Natalies Augen weiteten sich und sie stöhnte. Nebenbei kämpfte sie mit dem Dildo in ihrem Mund. Ich sah, dass sie sich bemühte, ihn bloß mit den Lippen zu halten, damit ihre Zähne nicht mit der gläsernen Eichel in Berührung kamen. Manchmal nahm sie auch ihre Zunge dazwischen, und es sah jedes Mal so aus, als wollte sie den fremden Penis an seiner empfindlichsten Stelle lecken.

Mittlerweile hatte Maurizio das andere Ende des Bambusrohrs zwischen Natalies Füßen mit kunstvollen Knoten befestigt, sodass es ein leichtes Gefälle zu ihrer Körpermitte hin aufwies. Dann verband er Natalie die Augen mit einem weißen Tuch und forderte uns alle auf, bei den Mantras mitzusingen.

Widerwillig schloss ich mich den Gesängen an. Man reichte Maurizio eine rote Kerze und er neigte sie feierlich über Natalies Dekolleté. Behutsam goss er dünne Fäden aus rotem Wachs über ihre blasse Haut. Im ersten Moment war sie erschrocken, sie schrie in ihren Knebel, doch sie hatte sich auch schnell wieder unter Kontrolle. Er zog mehrere rote Linien, die letztlich wie eine lange Kette an ihr aussahen, von ihrer Kehle bis zum Brustbein. Danach bekamen wir alle Kerzen, wir sollten in einer Reihe an Natalie vorbeigehen und unser flüssiges Wachs über sie gießen. Ihr ganzer Körper sollte damit verziert werden. Den Anfang machten wir Mädchen – den Abschluss die Männer.

Ich fand es besonders bitter, dass ich das tun musste. Obwohl ich annahm, dass Natalie mit verbundenen Augen nicht mitbekommen würde, wer neben ihr stand, aber so lustvoll, wie mein letztes Erlebnis mit ihr gewesen war, konnte ich mir kaum vorstellen, sie nun verbrennen zu müssen. Die Entscheidung für eine geeignete Stelle an ihrem Körper fiel mir schwer. Noch schwerer fiel es mir, währenddessen zu singen. Ich fürchtete, sie würde mich an meiner Stimme erkennen und spürte, wie sich meine Kehle zusammenschnürte. Doch wider Erwarten ließ mich meine Stimme nicht im Stich.

Tapfer singend stand ich neben ihr und konnte meinen Blick von den zarten Knospen ihrer Brüste nicht abwenden. Keines der Mädchen vor mir hatte gewagt, Wachs über diese sensible Haut zu gießen. Ihre kleinen Nippel waren so rosig wie ihre Lippen, sie hatten sich fest zusammengezogen und standen aufrecht. Ich konnte mir nicht erklären, warum dieses Bild mich bannte, warum der Gedanke mich faszinierte und warum ich es schließlich tat. Es war ein ähnliches Phänomen wie damals bei Amistad. Wenn ihr schon jemand so wehtun sollte, dann wollte ich es sein, die das besonders zärtlich tat, mit Wertschätzung und Liebe. Ich ließ mein Wachs über ihre zarten Knospen rinnen und beobachtete die Reaktionen – wie ihr Atem abrupt stockte, ihre rosa Lippen sich um die gläserne Eichel schlossen, ihr schmaler Brustkorb erzitterte, sich aufbäumte und dann unter hektischem Keuchen nur langsam wieder entspannte. Ich war versucht, sie zärtlich zu berühren. Aber ich dachte auch daran, zu singen. Verschämt blickte ich zu Santiago und mir wurde heiß und kalt, als ich sah, dass er mit Argusaugen verfolgte, was ich tat ... Ich war ihm doch hoffentlich nicht ins Revier gekommen? Hatten Natalies Brüste ihm gehört? Ich fürchtete den strengen Ausdruck im Gesicht, ging aber schließlich weiter.

Mit gemischten Gefühlen sah ich zu, wie all die anderen Mädchen auf Natalie ihre Handschrift hinterließen – leuchtend rot, als hätte man sie mit Blut übergossen. Natalie stöhnte und manchmal schrie sie auch in ihren gläsernen Knebel. Ihre Hände waren zu Fäusten geballt und die lang gestreckten Muskeln ihrer Beine zitterten in der Anspannung.

Dann kamen die Männer an die Reihe und die letzten freien Stellen an ihrem Körper erhielten rote Verzierungen – ihr Hals, ihre Hände und ihre Füße. Ich fragte mich, was Santiago dem noch hinzufügen wollte, denn sogar ihr Venushügel war bereits stellenweise mit Wachs bedeckt. Doch offenbar hatte Maurizio diese Entwicklung vorhergesehen und ihn dahin gehend beruhigt. Santiago war der Einzige, der eine Assistentin bekam, die Natalie anfassen durfte, während er sie mit Wachs übergoss.

Man entfernte den Glasdildo aus ihrem Mund und nahm Natalie die Augenbinde ab, damit sie Santiago ansehen konnte. Die Trommelschläge signalisierten einen neuen Höhepunkt. Ein braunhaariges Mädchen trat näher und legte zwei Finger an Natalies empfindsamste Stelle. Gekonnt machte sie eine Bewegung, mit der sie die kleine rosa Perle freilegte, und Santiago bekam eine Kerze. Er neigte sie langsam, presste nun seine freie Hand auf Natalies Mund und ließ das Wachs fließen. Dabei hatte er keine Scheu, auch die Finger der Assistentin in sein Wirken mit einzubeziehen. Natalie schrie unter seiner Hand und zuckte in ihren Fesseln. Ihr Becken bebte trotz der Bambusstange, die in ihr steckte. Santiago begoss nicht nur ihre Klitoris, bis diese unter einem Häubchen aus Wachs verschwunden war, er ließ sich noch eine zweite Kerze geben, mit der er ihre Schamlippen beträufelte, die sich in ihrer Dehnung straff an das Bambusrohr geschmiegt hatten. Ich beobachtete, wie einige Männer bei diesem Anblick Gefühle nicht verbergen konnten. Die weiten dünnen Stoffe hoben sich wie Fahnen, die gehisst wurden, und keiner von ihnen versuchte, diese Reaktion zu verbergen. Hin- und hergerissen zwischen all den imposanten Lustobjekten wandte ich meine Aufmerksamkeit aber sofort wieder Santiago zu, der sich in seinem blütenweißen Anzug keine Regung anmerken ließ.

Aber scheinbar war die Zeremonie schon zu Ende, denn die fremden Männer legten plötzlich ihre Trommeln nieder und widmeten sich der Konstruktion des Altars. Sie lösten die Verbindung zwischen Sockel und Oberteil. Wie es aussah, hatte Natalie die ganze Zeit auf einer Art Trage gelegen. Ich merkte, dass sie nervös in alle Richtungen blickte, um Santiago nicht aus den Augen zu verlieren. Offensichtlich wusste sie ebenfalls nicht, was nun geschehen sollte. Die Gesänge waren verstummt. Alle Männer in einem Höchstmaß erregt. Sie hatten die Trage befreit und wollten sie gerade hochheben, als Santiago abwinkte ...

Er ersuchte Maurizio um eine kurze Unterbrechung, zog sein weißes Sakko aus und gab es einem der Männer. Dann betrachtete er noch einmal Natalies gesamten Körper, die Male und Muster, die das Wachs hinterlassen hatte, die kräftig rote Farbe auf ihrer zarten blassen Haut und die hohle Bambusstange, deren Sinn ich noch immer nicht verstanden hatte. Mit einem liebevollen Lächeln beugte er sich zu Natalie herab und hielt kurz inne, bevor er seine Augen schloss und ihr einen ausgedehnten letzten Kuss gewährte.

Natalie erwiderte seine Leidenschaft und ich fühlte erneut ungewohnte Eifersucht in mir aufsteigen. Eine Eifersucht, die gleich noch größer wurde, als ich sah, dass er während des Kusses nach ihren Handgelenken tastete und ihre Fesseln zu beiden Seiten löste. Danach führte er Natalies Hände an seinen Kopf! Wir alle hörten ihr herzergreifendes Schluchzen, als sie das realisierte, und ihre Finger vergruben sich eilig in seinen Haaren. Wimmernde Laute flossen in seinen Mund, sodass er sogar mehrmals von ihren Lippen lassen musste, damit sie atmen und ihn ansehen konnte.

Diese Handlung machte klar, dass es sich heute tatsächlich um einen Abschied handelte. Für kein Schauspiel oder keine gefakte Zeremonie dieser Welt würde er sich jemals anfassen lassen. Bittere Tränen liefen aus Natalies Augen, sie schluchzte, streichelte durch seine Haare, über seinen Nacken und seine Schultern. Er ließ sich alles gefallen. Dann, in einem willkürlich gewählten Moment, war es vorbei. Er ergriff ihre Hände und löste sich sowohl von ihren Lippen als auch aus ihrer Umarmung.

Erfüllt von Verlangen und berauscht von seinen Küssen blickte Natalie seinem Gesicht hinterher, während man ihre Hände wieder fesselte. Und Santiago brach in einem Anflug von Barmherzigkeit sein Schweigen. Eigentlich hatte er nicht mehr mit ihr sprechen wollen und schenkte ihr nun doch letzte Worte, um sie nicht völlig ahnungslos ihrem Schicksal auszuliefern.

»Du wirst zwei Stunden durchhalten müssen, mein Kleines. Eine davon werde ich zusehen, die zweite wirst du allein sein. Maurizios Männer wachen über dich.« Er lächelte gütig und streichelte über ihre Wange.

Natalie nickte. Und vielleicht, weil er schon seine eigene Regel gebrochen hatte, nutzte auch sie diese Gelegenheit. »Ich liebe dich«, hauchte sie. Es war mehr eine bloße Bewegung ihrer Lippen als ein hörbares Flüstern, Santiago hatte aber dennoch verstanden und ließ seinen Handrücken langsam über ihren Mund gleiten, sodass sie ihn küssen konnte. Dann legte er eine weiße Rose zwischen ihre Lippen und trat zurück.

Die fremden Männer nahmen die Trage in die Höhe. Schnell versuchte ich noch einen Blick aus Natalies Augen zu erhaschen, bevor ich vielleicht keine Möglichkeit mehr dazu hatte. Doch sie schwebte bereits in einer anderen Welt und blickte in den dunklen Sternenhimmel. Die Männer trugen sie auf ihren Schultern andächtig und in völliger Stille hinunter zum Meer. Natalies Trage war von Fackeln und Kerzen hell erleuchtet und auch wir bekamen nun Blumengestecke und robuste Schwimmkerzen für den letzten Akt dieser Zeremonie.

Unsere eigenen Männer blieben mit Santiago am Ufer stehen, während alle anderen durch die seichte Brandung immer tiefer ins Wasser wateten. Meine Schwimmkerze war auf einem kleinen Bambusfloß festgemacht und auch die Blumen hatte man auf Bambus drapiert, sodass sie in den Wellen leichter bestehen würden. Aber das Meer war ruhig, der Höchststand der Flut bereits vorüber. Als wir eine angemessene Tiefe erreicht hatten, ließen die Männer die Trage ins Wasser. Wir taten es genauso mit all den Blumen und Schwimmkerzen. Durch die einsetzende

Ebbe würde Natalie nun in einem Blüten- und Lichtermeer hinaustreiben. Ich sah, wie ein paar kleinere Wellen gegen ihre Füße schlugen und mit einem Mal hatte ich verstanden, warum dieses Bambusrohr ein Gefälle zu ihrer Körpermitte hin aufwies. Mit den Füßen voran hatte man sie dem Ozean übergeben und mit jeder Welle, die sich an ihrem Floß brach, gelangte auch etwas Wasser in das Rohr. Zu dem oberflächlichen Brennen auf ihrer Haut würde sich die Kühle des Wassers gesellen, die ihren Körper von innen erfüllen und sie für die nächsten zwei Stunden mit neuen Reizen beschäftigen sollte.

Als wir ans Ufer zurückkehrten, stiegen die jungen Männer in ihre Ruderboote, um Natalie zu folgen. Santiago verabschiedete sich von Maurizio und wollte den Strand nun für sich allein haben. Mit etwas Abstand blieben Edward und Damian bei ihm. Der Rest der Gesellschaft trat den Rückzug zur Villa an.

***

Ich machte mir große Sorgen um Natalie. All die Bilder, die ich in meinem Kopf hatte, die Trommelschläge und die Gesänge verfolgten mich bis spät in die Nacht. Manches erschien mir wie ein Déjà-vu. Ich hatte eine solche Zeremonie schon mal gesehen – die Fackeln auf dem Floß, die Gesänge, die Farben und die Blumen im Wasser ... Bis mir einfiel, dass es noch gar nicht so lange her war. In einer der Dokumentationen über die Südsee hatte es etwas Ähnliches gegeben. Dort war jedoch eine Leiche auf einem mit Blumen geschmückten Floß auf dem Meer verbrannt worden. Hatte Santiago das etwa gesehen? Es war mir schon seltsam vorgekommen, dass er von Damian verlangt hatte, sein Zimmer farbenprächtiger gestalten zu lassen. »Ein bisschen orientalisch«, hatte er gemeint. Dann unsere bunten Monokinis! Langsam war ich mir nicht mehr sicher, ob Santiago wirklich die ganze Zeit über tief und fest neben mir geschlafen hatte! Und der Gedanke, dass ich mit der Auswahl des Fernsehprogramms für Natalies Schicksal vielleicht verantwortlich sein sollte, beunruhigte mich noch viel mehr. Meine einzige Hoffnung war, dass er mit der Zeremonie wenigstens das erreichte, was er sich davon versprochen hatte.

Aber die folgenden Tage bewiesen leider das Gegenteil. In Santiagos Seele herrschte nun noch größeres Chaos als zuvor ...

***

Bereits am nächsten Morgen bereute er bitterlich, Natalie fortgeschickt zu haben. Offensichtlich konnte dieser zusätzliche Verlust – dieser künstlich initiierte Seelenschmerz – die Gedanken an Cheyenne nicht erleichtern. Dann brachte man ihm auch noch feierlich die weiße Rose, die Natalie bis zu ihrer Rettung tapfer zwischen ihren Lippen gehalten hatte ... Santiago hatte bereits vergessen gehabt, dass das mit Maurizio so vereinbart gewesen war, und nun empfand er es als Zeichen, dass die ganze Welt sich gegen ihn verschworen hatte – alle hätten es bloß darauf angelegt, Salz in seine Wunden zu streuen.

Maurizios Männer hatten Natalie nach zwei Stunden von der schwimmenden Trage befreit und an Bord der Segelyacht gebracht. Dort erhielt sie Kleidung, ihre Dokumente und auch die diamantenbesetzten High Heels, die Santiago ihr vorweg schon großzügig zugesprochen hatte. In Miami war ein Hotel für sie reserviert worden und anschließend ein Flug in ihre Heimat. Als Santiago anfing zu bereuen, saß sie bereits im Flieger nach Los Angeles. Im ersten Moment und nach dem aktuellen Stand der Dinge, sah er keine andere Möglichkeit, als seinen Seelenschmerz in einer Flasche Jack Daniels zu ertränken.

Das sollte jedoch auch für die nächsten Tage seine bevorzugte Therapie bleiben ...

Eine tiefe Depression legte sich über Ivory, die uns alle betraf. Santiago war entweder betrunken, jähzornig oder angriffslustig – bestrebt, jemand anderen mehr zu verletzen, als er selbst es war. Er lieferte sich Wortgefechte mit Amistad, die nicht selten mit physischen Attacken endeten, wobei er bei seinen letzten Ausflüchten nie gewinnen konnte, da Amistad ihm körperlich um Einiges überlegen war. Umso verletzender wurde er jedoch auf verbaler Ebene. Und so gab er Amistad auch die Schuld am Tod von Cheyenne.

Amistad musste den Vorwurf einstecken, als Arzt versagt zu haben. Erstmals bekam ich mit, dass er tatsächlich Neurologe und Psychiater war. Und er beschuldigte ihn auch, als führender Partner in der Liebesbeziehung versagt zu haben. Cheyenne hätte ihm gehört. Und er hätte bemerken müssen, wie schlecht es um ihn bestellt war. Stattdessen hatte er auch noch seine Waffe nicht sicher genug verwahrt.

Aber nicht allein Amistad war der Leidtragende. Einmal passierte es, dass er Lilienné und mich in Damians Appartement holen ließ ...

Santiago lag auf dem Bett und verlangte von mir, dass ich Lilienné erklärte, wie man ihn oral zu befriedigen hatte. Dabei durfte ich allerdings nicht sprechen, es ihr bloß vorführen und zwischendurch immer wieder sie versuchen lassen – was er einerseits selbst so wollte, ihr fehlendes Geschick ihn andererseits jedoch zur Weißglut brachte. Nach zehn Minuten rief er Amistad, der uns beide auspeitschen sollte, während wir weiter an ihm übten. Von da an war es nicht nur die Atmosphäre, die alles zum Scheitern verurteilte, sondern auch die Konstellation an sich. Amistad hatte wenig Interesse, dieses Projekt für Santiago erfolgreich enden zu lassen – Santiago war im Gegenzug befangen, sich in Zeiten wie diesen im Beisein von Amistad einem Orgasmus hinzugeben. Vermutlich bremste auch der Alkoholgehalt des letzten Jack Daniels seine Erregung, ich konnte es nicht sagen. Lilienné und ich waren gefangen in einem Teufelskreis.

Während sich mehr und mehr Striemen auf unseren Rücken abzeichneten, hoffte ich bloß, dass Amistad irgendwann von selbst aufhören würde, auch wenn Santiago keinen Befehl dazu gab. Wir beide wimmerten und kreischten, längst konnte ich mich nicht mehr darauf konzentrieren, was ich überhaupt tat. Ich musste Santiagos Schwanz sogar mehrmals ausspucken, weil ich ihn andernfalls vermutlich abgebissen hätte. Manchmal hielt er jedoch auch meinen Kopf fest, während Amistad mir gezielte Hiebe versetzte ... dann lag sein ganzes Schicksal in meiner Hand – oder besser gesagt, zwischen meinen Zähnen. Aber er hatte Glück. Jedes Mal. Offenbar gehörte mein Mund nicht zu dem Teil der Welt, der sich gegen ihn verschworen hatte ... Und in den Sekunden meines größten Schmerzes kam schließlich die ersehnte Explosion ... aus der Tiefe seiner Lenden.

Noch mehr als wir hatte jedoch Amanda mit seinem Gemütszustand zu kämpfen. Sie hatte den schlimmsten Start erwischt, den man als Santiagos Geliebte auf Ivory haben konnte. Ich bekam das nur deshalb mit, weil er in jeder Anfangsphase einer Beziehung immer sehr großen Wert auf die Aufstellungen im Keller legte. Und die Tatsache, dass er seit der »Opferung« von Natalie nur noch zwei eigene Mädchen in den Verliesen vorweisen konnte, kratzte gehörig an seinem Ego. Daher entschied er kurzerhand, dass auch Jana und ich täglich zur Parade antreten mussten.

Amanda hatte bis dahin noch nicht mal eine Ahnung gehabt, dass es aktuell noch andere Frauen in seinem Leben gab. Streng nach Plan hatte er sie vier Tage lang im Keller nicht beachtet, ihr danach die High Heels angelegt und sie einen Tag später zu ihrer ersten Aufstellung holen lassen. Dabei war Amanda so verschreckt, dass sie auf mich und die anderen Mädchen überhaupt nicht reagierte. Sie stellte ihm keine Fragen und sie brach auch nicht ohnmächtig zusammen, was ihm wiederum auch nicht gefiel. Daraufhin begann er, sich mit jeder einzelnen von uns eingehender zu beschäftigen ... Er berührte uns intim, während er uns gleichzeitig der Reihe nach vor ihren Augen demonstrativ leidenschaftlich küsste. Als Letzte streichelte und küsste er Amanda. Sie ließ es wehrlos über sich ergehen und küsste ihn sogar zurück.

Doch als ich danach in ihre Augen sah, sah ich starre Angst. Sie war offensichtlich so geschockt von diesem ganzen Szenario, dass sie überhaupt nichts dazu sagen konnte. Vermutlich dachte sie an Flucht. Vielleicht wollte sie sich ruhig verhalten, um kein Aufsehen zu erregen, doch in ihrem Innersten dachte sie an Flucht, das konnte ich ihr ansehen.

Drei weitere Tage quälte er sie mit Aufstellungen, in denen er ausgiebig seine Macht über uns demonstrierte, indem er auf unterschiedlichste Weise mit uns spielte. Er ließ sich die Füße küssen, spuckte uns an oder ohrfeigte willkürlich und ließ sich abschließend »einen blasen«, wie Lilienné es auszudrücken pflegte.

Einmal entschied er, sich von fünf Mädchen gleichzeitig oral befriedigen zu lassen. Es geschah im Vorraum der Kellerlandschaft. Er öffnete seinen Morgenmantel und stellte sich breitbeinig auf. Zwei Mädchen knieten unter ihm. Alice legte er vertrauensvoll seine Hoden in den Mund, Jana war für sein »zweites Paradies« zuständig, da sie ihre Hände benutzen und seine Pobacken auseinanderhalten durfte. Lilienné und ich knieten links und rechts von ihm und sollten seinen Schwanz von beiden Seiten lutschen, während Amanda ihre Premiere an seiner Eichel hatte ... Er ermahnte uns mehrmals, ihm dabei in die Augen zu sehen. Und als er wieder nicht kommen konnte, stieß er uns alle zur Seite, legte Hand an sich selbst und spritzte in unsere Gesichter ...

Keines der Mädchen durfte jemals Zeit mit Amanda verbringen, um ihr etwas zu erklären, wie es normal üblich war. Seit dem Vorfall zwischen Lilienné und mir im Keller hatte er wieder verstärkte Angst vor lesbischen Verbindungen.

Erst nach einer guten Woche holte er Amanda zum ersten Mal zu sich nach oben. Davon erfuhr ich nur deshalb, weil sich die Welt wieder mal gegen ihn verschworen hatte ...

***

Amistad holte mich mitten in der Nacht aus dem Bett und führte mich die Treppen hinunter zu Damians Appartement, wo ich Santiago schon aus der Ferne lärmen hörte. Als er mich erblickte, war er kurz ruhig. Er packte mich am Oberarm und schob mich weiter Richtung Badezimmer. »Da!« Er zeigte auf Amanda, die in einer Ecke auf dem Fliesenboden kauerte. »Erklär ihr, dass ich normal NICHT SO BIN!!«

Mit einem Schubs entließ er mich in den luxuriösen Feuchtraum und knallte hinter mir die Tür zu.

Amanda sah mich nicht an. Sie hatte ihren Kopf zwischen den Knien, ihre Arme schützend darüber gekreuzt und ihre Finger in die Haare gekrallt.

War das eine Panikattacke?

Und ... war das eben Amistad gewesen, der mich hierher gebracht hatte? Wofür war er überhaupt noch zuständig in diesem Haus?! Unser Herr Psychiater!

Zögerlich kniete ich mich vor sie auf den Boden. Zum ersten

Mal sah ich, dass sie einen Diamantring trug, wie auch ich ihn einst von Santiago geschenkt bekommen hatte. Meiner jedoch lag in New York, bei David, im Safe. Amanda weinte und zitterte.

»Was hat er getan?«, flüsterte ich.

Sie konnte mich kaum ansehen, schluchzte und biss auf ihrer Unterlippe herum. Sofort liefen wieder Tränen aus ihren beneidenswert riesigen türkisgrünen Augen. Doch sie schüttelte den Kopf. Wie es schien, wollte sie nicht reden. Vorsichtig streichelte ich über ihre Haare und wider Erwarten kam sie mir entgegen. Aufgelöst schluchzend legte sie ihr Kinn auf meine Schulter und ließ sich von mir umarmen. Bestimmt fünf Minuten lang konnte sie sich jedoch nicht beruhigen. Schließlich schob ich sie von mir, weil ich merkte, dass das keinen Sinn machte. »Warum sagst du ihm nicht, dass du gehen willst?«, fragte ich sie. »Er wird es erlauben. Er hält dich nicht fest hier!«

»Ich kann nicht ...«, jammerte sie.

»Wieso nicht? Dann sag es Damian! Er wird dir bestimmt helfen!«

Amanda schüttelte ihren Kopf und schluchzte. »Santiago sagt, ich darf ihn nicht verlassen. Nicht jetzt. Ich soll ihm eine Chance geben. Er sagt, er wäre normalerweise nicht so.«

Ich seufzte schwer. Sie war verliebt in ihn. Kein Zweifel. Irgendwie dachte ich immer, ich wäre die Einzige. »Natürlich ist er normalerweise nicht so!«, beruhigte ich sie. »Aber das musst du doch selbst wissen. Ihr hattet ja auch zwei schöne Wochen davor!«

Amanda schniefte. »Ja. Aber ich bin mir nicht mehr sicher, was ich glauben soll und wie sein wahrer Charakter ist!«

Ich seufzte. Sein wahrer Charakter? ... »Sein wahrer Charakter ist gut«, gestand ich ihm zu. »Er ist normal anders. Ich bin schon lange hier, aus freien Stücken, und ich hab ihn auch noch nie so erlebt.« Ihren Blicken sah ich an, wie sehr sie sich hoffnungsvoll an meine Worte klammerte. »Ich bin mir sicher, dass sich alles bald wieder ändern wird«, fügte ich hinzu. »Es ist nur, wenn er einen Mann verliert, dann …«

»Er wollte mich ersticken!«, unterbrach sie mich vorwurfsvoll.

Ich nickte und hielt kurz inne … Was sollte ich dazu sagen? Das gehörte definitiv nicht zu den Dingen, die sich so schnell ändern würden. »Er wollte dich nicht ersticken!«, versicherte ich ihr. »Er wollte nur deinen Atem kontrollieren.«

»Kontrollieren? Da gab es nichts zu kontrollieren! Er hat mich überhaupt nicht atmen lassen! Ich dachte, ich sterbe!«

Meine Augenbrauen zogen sich schmerzlich zusammen. Ein heikleres Thema hätte sie nicht ansprechen können. »Er … er macht das nicht zum ersten Mal, Amanda. Du musst ihm vertrauen. Er weiß, was er tut.« Meinen letzten Worten fehlte es komplett an innerer Überzeugung.

»Ja, das sagt er auch. Du redest ihm genau nach dem Mund!«

»Sieh mich an! … Ich lebe auch noch!«

»Noch?!«, fragte sie entsetzt.

Ich lächelte. »Amanda. Dir wird nichts passieren. Er will dir damit nur zeigen, dass du ihm gehörst. Dass er uneingeschränkte Macht über dich und deinen Körper hat. Und er will deine bedingungslose Hingabe sehen.«

»Aber es macht mir Angst!«, entgegnete sie.

»Es macht dir nur Angst, wenn du ihm nicht vertraust! Er wird dich nicht umbringen. Wenn du dich ihm freiwillig hingibst, wird er sogar stolz auf dich sein und du wirst Gefühle erleben, die du noch nie zuvor erlebt hast und die dich sehr stark an ihn binden. Es ist ähnlich, wie wenn er mit einem Fuß auf dich steigt. Du wirst sehen, wenn du das einmal gespürt hast, diese tiefe Hingabe, dann wirst du keine Zweifel mehr haben. Du wirst nur noch glücklich sein.«

Amanda wischte sich die Tränen aus den Augen. »Ich hab das schon gespürt«, entgegnete sie geknickt. »Was denkst du, wieso ich einem Brandmal zugestimmt habe? Aber da war er anders … und da war kein Alkohol im Spiel!«

Alkohol? … Das war das Stichwort! Das war ihr Problem! »Du hast schon einmal etwas Schlimmes erlebt … mit einem alkoholisierten Mann«, mutmaßte ich und blieb dabei absichtlich vorsichtig, denn ich wollte mir nicht anmerken lassen, dass ich ihre Geschichte kannte.

»Nenn ihn nicht ›Mann‹!«, flüsterte sie verbittert. »Es war ein Unfall!«

Ich nickte.

Doch im selben Moment öffnete Santiago die Tür und zerrte mich aus dem Badezimmer.

»Danke für dein Plädoyer«, meinte er allen Ernstes und grinste belustigt.

»Du hast zugesehen?«, fragte ich.

Er lächelte verschwiegen. Vermutlich hatte er die ganze Zeit auf dem Bett gelegen und auf dem Fernsehbildschirm das Hausüberwachungsprogramm verfolgt. Nun, da ich meine Arbeit getan hatte, durfte ich gehen. Er wollte mich auf die Wange küssen, doch ich war noch nicht fertig, denn ich war mir nicht sicher, ob er auch Amandas letzte Worte gehört hatte. »Es ist der Alkohol!«, sagte ich leise und ein wenig anklagend.

Santiago schrak vor mir zurück, als wäre ich ihm auf die Füße getreten. Ein paar unerträgliche Sekunden verstrichen, in denen er mich entrüstet anstarrte. Dann nickte er und seufzte. »Ja, ich weiß. Ich möchte ohnehin damit aufhören.« Zu meiner Überraschung klang das ehrlich einsichtig. »Aber für dein Plädoyer bin ich trotzdem sehr dankbar«, fügte er hinzu und das selbstgefällige Lächeln kehrte sofort wieder in sein Gesicht zurück.

Er streichelte zärtlich über meine Wange und der Blick, den seine dunklen Augen mir nun schenkten, hatte es eindeutig darauf angelegt, mich wieder in seinen Bann zu ziehen. Jede Sekunde, die er mich so ansah, machte es mir schwerer zu gehen. Ich spürte Verlangen ... und ich wollte bei ihm bleiben.

Aber dann hatte er ein unerwartetes Trostpflaster für mich: »Ich möchte dich morgen Abend sehen, Baby. Ruh dich tagsüber aus, und entspann dich! Du wirst deine Energie am Abend für mich brauchen.«

Seine Worte ließen mich dahinschmelzen. Vielleicht hätte schlichtes Niederknien gereicht, aber wir hatten in letzter Zeit so oft seine Füße geküsst, dass es mir auch jetzt angemessener erschien. Und als ich danach wieder vor ihm stand, musste ich ihn bis über beide Ohren glücklich anstrahlen. Ich war mir keineswegs sicher, ob ich mich bei seiner momentanen Verfassung wirklich darauf freuen durfte, aber er hatte seit drei Wochen nicht mehr mit mir geschlafen, ich kannte seine gewohnte Art, mit mir zu spielen, und ich vertraute ihm. Was auch immer er mit mir vorhatte, es würde mich glücklich machen ... und als Vorgeschmack küsste er mich nun doch auf den Mund. Mein Hinterkopf schlug gegen die Tür, als seine Lippen auf mich prallten. Aber in mir brannte bereits die Sehnsucht ...

VERSCHWÖRUNG

Der darauffolgende Tag konnte mir gar nicht schnell genug vergehen. Es war schönes Wetter, die Mädchen durften auf die Terrasse und auch ich machte es mir im Schatten nahe dem Pool gemütlich. Doch so verheißungsvoll alle Bedingungen auch waren, gegen Abend trübte sich die Stimmung ...

Santiago saß an der Bar und Edward war bei ihm, aber er konnte den Ausbruch einer neuen Depression nicht verhindern. Als Santiago sich Stunden später müde und teils betäubt zurückzog, lief ich ihm rein zufällig über den Weg und er wurde kurz aufmerksam. Aufmunternd tätschelte er meine Wange und raunte: »Wir vertagen das auf ein andermal, Baby.«

Immerhin hatte er sich daran erinnert. Aber ich hatte starke Zweifel, dass dieses »andere Mal« für mich so schnell kommen würde. Erneut brauchte Santiago zwei Tage, um sich zu regenerieren. Doch am dritten Abend ließ er mich von Edward holen ...

Obwohl es bereits spät war, sollte ich ein kurzes Strandkleid anziehen, und ich entschied mich für ein sandfarbenes Häkelmodell, unter dem man keine Unterwäsche trug – es hatte an den entscheidenden Stellen blickdichte Muster.

Edward spazierte mit mir hinunter an den Strand. Aufmerksam legte er seinen Arm um mich, um mir in den High Heels mehr Sicherheit zu geben, denn die Beleuchtung am Wegrand erhellte nur spärlich unsere Schritte. Ich genoss seine Nähe, und einmal Lilienné nicht mit dabei zu haben.

»Wartet Santiago allein am Strand?«, fragte ich ihn.

»Nein. Mit Damian.«

»Und wie geht es ihm?«

»Besser.«

Ich sah von der Seite zu ihm hoch und fragte mich, warum er so kurz angebunden war – jetzt, wo uns doch niemand zuhörte und man auch vertrauliche Dinge besprechen konnte. »Schläfst du mit Santiago?«, fragte ich leise.

Edwards Augenbrauen zogen sich zusammen. »Das geht dich nichts an!«

»Wieso nicht? ... Glaubst du, ich würde schlecht über dich denken? ... Das würde ich bestimmt nicht! Im Gegenteil. Ich würde dich bewundern. Ich glaube, es gehört sehr viel dazu, Santiago so sehr zu beeindrucken, dass er das von dir möchte. Es ist wie eine Auszeichnung.«

Edward seufzte. »Es ist mir egal, was du denkst, aber ich schlafe nicht mit ihm, Zahira. Das war ein einziges Mal. Ich sage nicht, dass er nicht meine Zuwendung sucht. Aber es beschäftigen ihn andere Dinge.«

»Andere Dinge? Welche Dinge?«

»Das wirst du gleich erfahren.«

Ich nickte skeptisch und überlegte ... Wollte er mich am Ende auch opfern? Wozu gingen wir spätabends an den Strand? War ich zu vorlaut gewesen, als ich das mit dem Alkohol gesagt hatte? Je länger ich darüber nachdachte, umso mehr bangte mir davor, mit Santiago, Damian und Edward am Strand allein sein zu müssen.

Die letzten Palmenreihen gaben den Blick frei auf die beiden Männer unten an der Meeresbrandung, doch Edward war angewiesen, mit mir bei einem der Kingsize-Himmelbetten zu warten.

»Was machen wir hier?«, fragte ich.

Edward hüllte sich in Schweigen. Gemeinsam beobachteten wir, wie sich Santiago mit Damian unterhielt. Im Vergleich zu neulich, wirkte er jedoch keineswegs schwermütig oder verzweifelt. Offensichtlich ging es ihm tatsächlich besser.

»Wie läuft es mit Lilienné?«, fragte ich Edward, um der bedrückenden Stille zu entfliehen.

Er nickte und das sollte wohl bedeuten, dass zumindest noch etwas lief.

»Wirst du mit ihr fortgehen?«

»Nein! Ich gehe nicht fort, und auch Lilienné nicht. Sie ist seine Favoritin.«

Santiagos Favoritin? Angestrengt versuchte ich, die Fassung zu bewahren. »Lilienné? ... Ich dachte Amanda wäre seine Favoritin?«

Edward schüttelte den Kopf. »Nein, Lilienné.«

»Und wo stehe ich?« Wenn er schon Santiagos Hitliste kannte, konnte er mir bestimmt auch das sagen.

»Heute Abend an erster Stelle!« Er lächelte.

Wie diplomatisch. War das ein ehrliches Lächeln? Oder sah ich darin Mitleid? Natalie stand in ihren letzten Minuten hier auf der Insel vermutlich auch an erster Stelle bei ihm.

Vielleicht zwanzig Meter trennten mich nun von Santiago. Ich konnte sehen, dass er nach Tagen mal wieder penibel perfekt gestylt war. Er trug schwarze Jeans und ein enges schwarzes T-Shirt, seine Haare waren mit Gel streng zurückfrisiert und die weißgoldene Uhr, ein breiter Ring und ein neues Armband passten perfekt zu der teuren Schnalle an seinem Gürtel. Als er schließlich mit Damian näherkam, merkte man ihm aber auch an, dass er eine schwere Zeit durchmachte. Mit Sicherheit hatte er abgenommen, denn an seinen Wangenknochen brachen sich dunkle Schatten, die sein Gesicht noch härter erscheinen ließen, als es ohnehin schon war.

Vertieft in sein Gespräch musterte er mich beiläufig mit kritischen Blicken. Gefiel ihm das Kleid nicht? ... Nach einer Weile küsste er mich auf die Wange. »Ich hab doch gesagt, die sollen hier ein bisschen romantische Stimmung machen!«, beschwerte er sich bei Edward mit einer allumfassenden Handbewegung.

Edward stieg daraufhin selbst auf das Plateau, das ich noch als unsere Liebesinsel von einer unvergesslichen Nacht in Erinnerung hatte, er suchte nach einem Feuerzeug und entzündete die Kerzen. Erst jetzt sah ich all die neuen Kissen und Decken auf der großen Matratze, neue Vorhänge, die seitlich zusammengefasst an den Säulen hingen, und üppig blühende Orchideen, die man in Vasen hübsch drapiert und aufgehängt hatte. Damian öffnete ein Kühlgerät und stellte Mineralwasser und Gläser auf den kleinen quadratischen Holztisch. Und dann, zu meiner Überraschung, ließen uns die beiden allein.

Ein leichtes Glücksgefühl durchströmte mich. Santiago machte eine einladende Geste und ich kletterte auf das Plateau. Etwas unsicher kniete ich mich auf die Matratze, während er sich neben mir ausstreckte und mir ein Glas Wasser reichte. Ich verkniff mir eine überraschte Reaktion, als ich sah, dass er ebenfalls Wasser trank. Danach schob er sich ein paar Kissen in den Rücken, um besseren Ausblick auf die Meeresbrandung zu haben. Die seichten Wellen, die in Intervallen leise über den Sand liefen, waren von Scheinwerfern eindrucksvoll beleuchtet. Santiago breitete einen Arm aus und ich durfte mich zu ihm kuscheln.

»Jetzt erzähl mal«, begann er die Unterhaltung, »was hast du noch alles geplant in deinem Leben?«

»Geplant? In meinem Leben?«, fragte ich schockiert.

»Ja. Ich möchte wissen, was du tust, wenn du hier weggehst … Wo gehst du hin? Was wirst du machen?«

Beklommen dachte ich an David und ich überlegte, ob ich ihm davon erzählen sollte. »Ich werde nach New York gehen«, sagte ich verwirrt.

»Und wohin?«

»Willst du mich fortschicken?«

»Beantworte meine Frage!«, raunte er.

»Zu David.«

Santiago nickte, als hätte er es geahnt.

»Bist du eifersüchtig?«, fragte ich. »Wenn ich hier weggehe, willst du mich ohnehin nicht mehr!«

»Die Frage ist nicht, was *ich* will! Die Frage ist: Was willst du von David? Du glaubst doch nicht im Ernst, dass er dich liebt oder mit dir leben will?«

Ich schluckte und enthielt mich einer Aussage. David liebte mich, das wusste ich. Er liebte mich auf besondere Weise. Unsere Beziehung war speziell.

»Zahira, antworte mir! Was willst du von David?«

Ich seufzte. »David, er … ich …« Gott! Was sollte ich sagen? Ich wusste ja selbst, dass David nicht der Mann für mein Leben war. Aber er würde mich auffangen, wenn ich eines Tages hier wegmusste. »David … David liebt mich anders!«, trotzte ich.

»Ach so?«, gluckste er. »Und wie liebt er dich?«

Ich spürte Tränen in mir aufsteigen und zuckte mit den Schultern.

»Zahira! Alles, was David für Frauen empfindet, ist Nächstenliebe, Beschützerinstinkt oder Mitleid. Er hat schon von Berufs wegen ein Helfersyndrom. Aber er liebt dich nicht wie ein Mann! David ist schwul. Er kann dich lieben wie ein Vater. Aber er wird dich nie begehren!«

Es tat schrecklich weh, was er sagte. David war meine ganze psychische und moralische Stütze. Selbst, wenn er nicht hier war, ich spürte ihn immer. Aber ich wusste auch, dass Santiago recht hatte. Während ich lange Zeit in David verliebt gewesen war und ihn überschwänglich begehrt hatte, waren seine Gefühle mir gegenüber immer begrenzt gewesen, wie auch seine Begierde. »Ich weiß«, schluchzte ich. »Aber warum musst du das sagen? Willst du mir wehtun?«

»Ich wollte das geklärt haben«, seufzte er, »denn ich werde David zurückholen.«

Mir blieb fast das Herz stehen. »Du wirst WAS?«

Santiago nickte ungerührt.

»Aber ... aber David wird nicht zu dir zurückkommen!«

»Doch er wird.«

Besorgt sah ich ihn an. Ich sah, dass seine Augen feucht glänzten, dass er wirklich ernst meinte, was er sagte, und dass ihm sehr viel daran lag. Und jetzt wusste ich auch, was sein Problem mit mir war. »Ich werde dir David nie wieder wegnehmen«, versprach ich ihm, »wenn er zurückkommt, das schwöre ich dir, aber ich bezweifle sehr stark, dass er zurückkommen wird!«

Santiago nickte abschätzig. »Das kannst du ruhig mir überlassen. Ich hab ihn schon zweimal zurückgeholt, dann wird es mir auch ein drittes Mal gelingen. Trotzdem denke ich, dass ich diesmal bessere Chancen habe, wenn ich dich mitnehme. Wir fliegen nach New York, Zahira. Morgen. Und du wirst mich begleiten!«

Sprachlos sah ich ihn an. Ich spürte direkt, wie mein Puls in die Höhe schoss, und wusste kaum, wie mir geschah. Ich würde morgen David treffen. Gemeinsam mit Santiago. »Weiß David, dass wir kommen?«, fragte ich.

Santiago lächelte. »Nein. Bei David ist der Überraschungsmoment die halbe Miete.«

Ich musste lachen. Offensichtlich hatte er sich schon eine Taktik zurechtgelegt. Doch das Lachen verging mir auch schnell wieder – Santiago machte sich viel zu große Hoffnungen. David würde diesmal bestimmt nicht so leicht nachgeben.

»Ich hoffe, ich kann auf dich zählen«, fuhr er fort. »Und falls es passieren sollte, dass du kurz mit ihm allein bist, gehe ich davon aus, dass du dich für mich einsetzen wirst.«

Spontan beteuerte ich, dass ich das natürlich tun würde. Ich würde alles tun, um David wieder hier zu haben.

»Fein!«, meinte Santiago. »Es gibt allerdings auch eine ganze Reihe an Dingen, die wir beachten müssen, begonnen mit Janas Gesundheitszustand, den wir nicht erwähnen werden, sowie die jüngsten Ereignisse um Amanda oder Natalie. Ich möchte die Mädchen generell aus dem Spiel lassen. Wenn David zurück ist, ist noch genügend Zeit, ihm das beizubringen, und genauso möchte ich Amistad vorweg damit nicht belasten. Er soll von David erst erfahren, wenn es so weit ist. Offiziell fliegen wir morgen zu einem Golfturnier nach Orlando.«

»Okay«, hauchte ich.

Santiago seufzte. »Ich weiß, das ist alles viel für dich. Aber ich hab gesehen, du findest selbst in Ausnahmesituationen sehr schöne Worte für mich, und ich weiß, ich kann mich auf dich verlassen.«

Ich lächelte geschmeichelt und dachte, dass ich noch viel schönere Worte für ihn finden könnte, wenn er mich jetzt lieben würde. Aber ich wagte nicht, es auszusprechen.

Santiago trank noch einmal und stellte danach sein Glas zur Seite. »Wir schlafen heute hier«, erklärte er und ersuchte mich, die Schleifen an den Vorhängen zu lösen, damit sie uns als Insektenschutz dienen konnten. Danach sollte ich den Großteil der Kerzen ausmachen. Alle, bis auf zwei. Er beobachtete mich, wie ich mit meinen High Heels auf der Plattform herumstieg und seine Wünsche befolgte, während er sich selbst im düsteren Licht von Hose und T-Shirt befreite. Nach einer auffordernden Geste von ihm, schlüpfte auch ich aus meinem Kleid. Es gab Decken und Kissen und endlich konnten wir uns nackt aneinanderkuscheln.

»Erinnerst du dich an unsere Verschwiegenheitsvereinbarung?«, fragte er leise.

»Wegen der Jahrestreffen? Ja. Ich hab es niemandem erzählt!« ... Wie konnte er annehmen ich würde ein Versprechen über eine Million Dollar vergessen?

Santiago nickte. »Wenn wir morgen Erfolg haben ... wenn David mit uns mitkommt ... werde ich die Summe für dich verdoppeln.«

Ich erschrak. Verblüffend, wie eine solche Summe Geld mir jedes Mal einen solchen Schock einjagen konnte! Doch ich war auch entsetzt, dass er mir in diesem Fall überhaupt Geld bot. Geld für David! Verunsichert sah ich in seine Augen ... und schweren Herzens lehnte ich sein Angebot ab. »Ich möchte kein Geld dafür«, sagte ich. »Ich halte zu dir, ich will, dass David zurückkommt und ich werde alles dafür tun, aber ich will kein Geld dafür ... Außerdem würde David es irgendwann erfahren«, fügte ich hinzu, »und dann haben wir beide ein Problem.«

Santiago lächelte. »Okay. Wie du meinst.«

Mein Magen krampfte sich zusammen. Es tat weh, auf ein Angebot wie dieses zu verzichten, aber es war eine Sache, irgendwelche fragwürdigen Partys geheimzuhalten, bei denen Santiago sich einmal jährlich mit einer Auswahl seiner Verflossenen traf, und es war eine andere Sache, David zu hintergehen – oder auch bloß diesen Eindruck zu erwecken. Eine solche Entscheidung brachte ich jetzt, kurz bevor ich ihn wiedersehen sollte, nicht übers Herz.

»Sind wir eigentlich ganz allein hier?«, fragte ich, als ich plötzlich ein Geräusch in der Botanik hörte.

»Nein, es sind ein paar Leute vom Sicherheitspersonal am Strand verteilt.«

Ich nickte enttäuscht.

Santiago lächelte. »Wolltest du mit mir allein sein?«

»Ja«, hauchte ich und sah treuherzig in seine Augen, denn ich ahnte, dass er vor den Sicherheitskräften wohl nicht mit mir schlafen würde. Trotzdem schmiegte ich mich enger an ihn. Sein Körper war viel wärmer als mein eigener, und ihn auf meiner nackten Haut zu spüren, war eine unwiderstehliche Versuchung. Dankbar merkte ich, dass es mir gewährt war. Mit kleinen Küssen bedeckte ich seine Brust und seinen Hals, behielt dabei meine Hände hinter dem Rücken verschränkt. Nur mein Venushügel konnte Kontakt zu seinem Geschlecht herstellen. Ich spürte, wie sein schwellendes Glied bereits zärtlich über meinen Unterleib streichelte, es prickelte und kitzelte auf meiner sensiblen Haut und entlockte mir ein gequältes Seufzen. Sehnsüchtig blickte ich in seine Augen. Er schien zu genießen, was ich tat. All die Reize verleiteten mich zu rhythmischen Bewegungen, mit denen ich mich immer stärker an ihn drängte, um seine ganze Härte zu spüren. Bald reichte sein Schwanz bis zu meinem Nabel und meine Begierde wurde unerträglich. Meine Brüste rieben an seinem leicht behaarten Oberkörper und ich keuchte an seiner Schulter …

»Bitte …«, flehte ich ihn an.

Er strich durch meine Haare und war versucht, stärker zuzupacken, doch das hinderte mich nicht daran, ihn weiter zu küssen. Ich fühlte, wie sich seine Finger auf meiner Kopfhaut bewegten, wie sie sich strahlenförmig ausbreiteten oder an meinen Haarwurzeln einen sanften Schmerz verursachten. Aber jede Berührung von ihm erregte mich, auch wenn er sich nur auf meinen Kopf fixierte. Irgendwann zog er mich mit einem stärkeren Griff zurück, um in mein Gesicht sehen zu können. Seine Augen waren dunkel und voller Verlangen. Ich stöhnte sehnsüchtig und wollte ihn anflehen, mich zu lieben, aber nun begann er, mich leidenschaftlich zu küssen.

Offensichtlich war das Sicherheitspersonal doch kein Grund, enthaltsam zu bleiben. Seine Küsse waren noch viel heißer als sein Körper. Er drehte sich über mich, ich spreizte bereitwillig meine Beine. Und ohne zu zögern, versenkte er sich in mich. Ein Lustschrei kam über meine Lippen, der fast unseren Kuss unterbrochen hätte. Gleichzeitig jagte prickelnde Gänsehaut über meinen Körper und ich spürte eine tiefe Erfüllung, die mich durchströmte, beglückte und beherrschte und die schon fast einem Höhepunkt gleichkam. Santiago hielt meine Hände fest und begann einen langsamen Rhythmus. Er blieb auf seine Unterarme gestützt und stieß so gefühlvoll in mich, wie ich es noch nie von ihm erlebt hatte ...

Nach einer Weile senkte er seinen Kopf, während seine Lenden sich weiter ausdauernd bewegten und ein paar Schwünge einbauten, die mich jedes Mal aufs Neue bis an die Grenze meiner Erregung brachten. Er traf mit gekonnten Stößen all meine lustvollsten Punkte, ich glaubte, mich unter ihm aufzulösen. Schließlich sah er wieder in meine Augen und ich stöhnte begierig, verlangend, und dann ließ er mich kommen. Ich schrie, während der Orgasmus durch meinen Körper tobte und meine Beine wild zuckten. Im selben Moment durchbrach auch seine Lust die letzten Schranken und er kam mit mir.

Langsam sank er nieder. Ich küsste ihn am Hals, merkte, dass er schwitzte. Ich schmeckte das Salz seiner Haut, seine Anstrengung und seine Liebe. Danach nahm er mich in seine Arme und ich fühlte mich unfassbar glücklich. Er küsste mich noch einmal auf die Stirn und wir schliefen gemeinsam ein.

***

Der neue Tag begann schon sehr früh. Mir blieb kaum Zeit darüber nachzudenken, welch wundervollen Sex ich gestern mit Santiago gehabt hatte, wo jeglicher Schmerz, jede Erniedrigung oder Demütigung diesmal für mich ausgeblieben war. Es drängte sich direkt der Verdacht auf, dass das vielleicht die Art von Sex war, die man von ihm als Ausgleich bekam, wenn man auf eine Million Dollar verzichtete. »One-Million-Dollar-Sex«. So oft würde mir das also nicht mehr passieren.

Kurz nach Sonnenaufgang servierte man uns das Frühstück im großen Salon der Villa. Danach ging es mit dem Helikopter nach Miami, wo bereits der Anschlussflug nach New York wartete.

Obwohl wir nur zu viert reisten – Damian, Edward, Santiago und ich – waren in der ersten Klasse acht Plätze für uns reserviert. Wir hatten ein ganzes Abteil zur Verfügung und blieben dadurch ungestört. Santiago konnte es nicht leiden, im Flugzeug angestarrt zu werden. Er ließ sogar unsere beiden Stewardessen durch männliche Flugbegleiter ersetzen, weil er sich durch aufdringliche Blicke der jungen Damen belästigt fühlte. Aber seine Launen durfte man ihm heute nicht übel nehmen, denn er war unbeschreiblich nervös. Noch nie hatte ich ihn so fahrig und zerstreut erlebt. Bereits in der Früh hatte er im Badezimmer eine Diskussion mit Damian geführt und sich dabei in der Eile beim Rasieren geschnitten. Und kurz bevor wir aufbrachen, wechselte er noch einmal sein komplettes

Outfit, um sich doch wieder für Schwarz von Kopf bis Fuß, inklusive der Lederjacke, zu entscheiden. Von uns hingegen hatte er verlangt, blasse Farben zu tragen.

Es war beunruhigend, ihn zu beobachten – auch jetzt im Flugzeug. Ich machte mir große Sorgen, was geschehen würde, wenn David »nein« sagen und diese Nervosität in Verzweiflung oder Aggression umschlagen würde. David war über ihn hinweg, das hatte er mir persönlich erzählt. Er hätte längst abgeschlossen und wäre geheilt, aber Santiago könne ruhig kommen und sich eine Abfuhr holen. Es wäre zu viel passiert, Santiago hätte zu oft seine Grenzen überschritten. So sehr ich mir auch wünschte, David und Santiago wieder vereint auf Ivory zu erleben, ich glaubte nicht daran.

Circa zur Mitte der Flugzeit, nach einem kurzen Gespräch mit Damian, war die Stimmung plötzlich wieder auf der Kippe. Ein paar lautere Worte fielen, mit denen Santiago seine Befehlsgewalt durchsetzte. Soviel ich mitkriegte, ging es darum, ob Edward mitkommen sollte, während Damian ein Problem damit hatte, Santiago allein zu lassen. Schließlich meinte Santiago, es gäbe keine Diskussion, Edward wisse Bescheid.

Ich hatte keine Ahnung, wovon sie sprachen.

Damian stand betreten auf und legte sein Sakko ab. Dann nahm er mich an die Hand und gab Edward ein Zeichen. Der schlüpfte ebenfalls aus seinem Sakko und gemeinsam mit mir gingen die beiden Männer ... auf die Toilette!

Verwirrt und bestürzt sah ich zu, wie Damian seine Hose öffnete. Edward fasste an mein kurzes Kleid und half mir heraus. »Wir wollen nichts schmutzig machen«, erklärte er.

Im nächsten Moment kniete ich vor Damian auf dem Boden und er befahl: »Mach ihn hart!«

Es war keine Überwindung, für ihn meinen Mund zu öffnen, es war Damian und ich empfand etwas für ihn. Doch es dauerte ein paar Minuten, bis sein Schwanz sich in meiner Mundhöhle erfreuen konnte. In der Zwischenzeit gingen mir unzählige Gedanken durch den Kopf, aber keiner davon traf auch nur ansatzweise das, was danach geschehen sollte ...

Als ich Damian ausreichend erregt hatte, durfte ich wieder aufstehen. Ich musste mein Höschen ausziehen, Edward knebelte mich mit einer Unmenge von kleinen Stofftüchern aus dem Spender, dann nahm er mich in seine Arme, hielt mich fest, während Damian von hinten in mich eindrang. Er hatte meine engere Öffnung gewählt und mich dabei jegliche Zärtlichkeit vermissen lassen. Ich schrie in den dicken Knebel und klammerte mich an Edward. Hitze fuhr durch meinen Körper. Verzweifelt dachte ich nach, wann mich zuletzt ein Mann von hinten genommen hatte, doch ich konnte mich kaum erinnern. Damian versetzte mir kurze harte Stöße und ich hatte stechende Schmerzen, die all meine Gedanken durcheinander würfelten. Ich vergrub mein Gesicht an Edwards Schulter, wimmerte und stöhnte, während Damian mich an den Hüften hielt und rastlos in mich stieß. Aber mir kam nicht in den Sinn, mich zu wehren. Jeder Widerstand hätte bedeutet, mich gegen Santiagos Willen aufzulehnen, und nach der gestrigen Nacht konnte ich das nicht. Es war seine Entscheidung, was sie mit mir machten. Auch wenn dies für mich Schmerzen bedeutete.

Nach einer Weile ließ Damian von mir ab. Mir zitterten die Knie, als er sich aus mir herauszog, und kurzfristig fühlte ich etwas Erleichterung. Doch sie waren noch nicht fertig. Edward drehte mich herum und stieß mich in Richtung Toilette. Es war kaum Platz für uns drei in diesem kleinen Raum, obwohl die erste Klasse auch hier durchaus als großzügig zu bezeichnen war. Vermutlich hatte Edward gesehen, dass ich in den hohen Schuhen nicht länger stehen konnte, denn er wollte, dass ich mich auf die geschlossene Toilette kniete. Danach fasste er meine Handgelenke hinter meinem Rücken zusammen und drang auf dieselbe Weise in mich ein, wie zuvor Damian. Ein dumpfes Schreien drang durch meinen Knebel.

»Ihre Haare!«, raunte Edward. Sie hingen fast zu Boden. Edward hielt meine Hände so hoch, dass ich mich vornüber beugen musste, bis mein Gesicht auf Höhe meiner Knie war.

Damian reagierte sofort und nahm meine lange Mähne zusammen. Er hielt mich daran fest, während Edward mich mit seiner Härte peinigte. Die Schmerzen waren heftig. Beide hatten weder ein Gleitgel benutzt noch mich irgendwie vorbereitet oder darauf geachtet, mich nicht zu verletzen. Und langsam fühlte ich auch meine Verbundenheit zu Santiago schwinden. Mit ziemlicher Sicherheit hätte ich mich nun gewehrt, es war sogar schmerzlich, dass Damian mich im Gesicht streichelte, während er meinen Kopf auf Höhe seiner Lenden hielt. Obwohl es von ihm bestimmt gut gemeint war ...

Erst jetzt realisierte ich in Bruchstücken, worum es in der Auseinandersetzung vorhin gegangen war. Damian hätte es allein tun wollen – unter dem Vorwand, Santiago nicht ohne Leibwächter im Passagierabteil zurücklassen zu können. Doch der hatte offensichtlich darauf bestanden, mir beide Männer anzutun. Damian hätte bestimmt versucht, es milder zu gestalten. Er hielt zu mir. Daran glaubte ich ganz fest. Aber vor Edward konnte er das nicht. Niemand von uns wusste im Detail so genau, welche Beziehung Edward in diesen Tagen zu Santiago hatte. Also musste Damian tatenlos zusehen, wie Edward mich mit seiner Ausdauer quälte. Er konnte mich nur halten und streicheln.

Als Edward fertig war, lief mir der Schweiß über den Rücken. Damian ließ mich nicht los. Und kurz darauf drückte ein harter Gegenstand zwischen meine Pobacken. »Das ist ein Plug«, erklärte Edward. Er musste ihn die ganze Zeit in der Tasche seiner Anzugshose gehabt haben.

Ich stöhnte in den Knebel. Bange spürte ich, wie sich meine Muskeln gegen die Kraft seiner Hand nicht wehren konnten und sich schmerzhaft weiteten. Der Plug war lang und wurde zum Ende hin immer breiter. Wieder streichelte mich Damian im Gesicht und am Hals. Ich wimmerte in den Knebel, versuchte mich zu entspannen, aber die letzten Zentimeter schienen unerträglich. Schließlich hatte ich die breiteste Stelle abrupt überwunden. Und während der Plug meine Öffnung noch immer dehnte, saß er nun auch in mir fest. Beide Männer ließen mich los. Ich durfte mich mit feuchten Tüchern erfrischen und anziehen.

Jede Bewegung schmerzte wie die Hölle. Ich konnte mich kaum bücken, der breite Plug fühlte sich an, als müsste ich permanent auf die Toilette ... Schlimmer noch, es fühlte sich an, als hätte ich gerade Stuhlgang. Und meine geschundene Haut brannte wie Feuer.

Zum Schluss nahm mir Damian den Knebel aus dem Mund. »Vielleicht fragst du dich, was der Grund dafür ist«, sagte er daraufhin leise.

»Ich frag mich gar nichts!«, hauchte ich unter Tränen.

Damian nickte. »Es ist wegen David. Santiago möchte nicht, dass du Verlangen für ihn empfindest.«

Entsetzt sah ich ihn an. Ich spürte, wie sich meine Kehle zusammenschnürte und schluckte schwer. Als ob meine Gefühle für David an diesem Punkt meines Körpers säßen! Sprachlos wand ich mich zwischen den beiden Männern. Sie hingegen warteten geduldig, bis ich diese Demütigung verkraftet und angenommen hatte. Im Spiegel sah ich, dass ich geweint hatte. Meine Wimperntusche war verlaufen und mein Gesicht rot erhitzt.

»Lass das so!«, befahl Damian, als ich zu einem Taschentuch greifen wollte. »Er soll sehen, dass du geweint hast! Und wenn wir jetzt nach draußen gehen, wirst du seine Hand küssen!«

Als ich das hörte, wurde mir gleich noch mal anders zumute. Wie ferngesteuert wusch ich mir abschließend die Hände. Auch wenn diese Toilette klinisch sauber aussah, wollte ich hier nichts angefasst haben. Dann öffnete Edward die Tür. Ein junger Flugbegleiter stand gerade bei Santiago und räumte seinen Tisch ab. Offensichtlich hatte er in der Zwischenzeit gegessen.

Meine Gemütslage schwankte zwischen Ergebenheit und Zorn. Aber dadurch, dass ich nun vor ihm niederknien musste und auch keine andere Wahl hatte, konnte meine Ablehnung nicht lange bestehen. Der erhabene Ausdruck in seinem Gesicht, gepaart mit seiner Schönheit und Eleganz, war für mich nur schwer zu ertragen. Und nachdem ich die eben erlebte Erniedrigung komplett verinnerlicht und akzeptiert hatte, empfand ich tiefe Hingabe. Ich sah in Santiagos Augen und kniete vor ihm nieder. Dann küsste ich seine Hand, und während ich das tat, spürte ich, dass es nicht der fremde Gegenstand war, der nun mein Verlangen nach David unterband, sondern die Macht meines Geliebten, die mich restlos vereinnahmte und betörte. Auf dem langen Weg durch das J. F. K. Flughafengebäude durfte ich an seiner Seite gehen. Jeder Schritt schmerzte. Doch ich fühlte mich glücklich. Denn ich gehörte Santiago.

Treu ergeben

Wie oft hatte ich mir vorgestellt, hier in New York vor Davids Tür zu stehen, zu klingeln und in seine schützenden Arme zu fallen ... Wie oft hatte ich davon geträumt, in seine Augen zu sehen, seinen Duft zu inhalieren, ihn zu berühren. Meine Sehnsucht nach David war grenzenlos gewesen. Doch all diese Gefühle waren nun unterdrückt. Ich war bloß noch nervös. Und ich hatte Schmerzen, die mir fast die Tränen aus den Augen trieben.

Santiago brachte sich unmittelbar vor der massiven weißen Tür in Position. Edward und Damian mussten zwei Meter hinter ihm bleiben, während ich etwas seitlich stehen durfte. Nach wie vor gab es kein Namensschild an dieser Tür. Es war einzig meine Aussage, der Santiago vertraute und die uns alle glauben machte, dass David hier wohnte. Ein paar Atemzüge lang nahm Santiago sich noch Zeit, um sich zu besinnen, dann fasste er an den Kragen seiner schwarzen Lederjacke, straffte seine Schultern und drückte die Klingel.

Ich hoffte, David war nicht zu Hause.

Ihn würde der Schlag treffen. Beklommen blickte ich zu Damian. Hatte er ihn gewarnt? Hatte er David vielleicht heimlich darauf vorbereitet und niemandem etwas davon gesagt? Doch er wich meinen fragenden Blicken aus. Plötzlich hörten wir das Geräusch eines Schlüssels, die Tür öffnete sich ... und mir stockte der Atem, als ich ein graziles Wesen mit langen schwarzen Haaren erblickte. Im ersten Moment dachte ich, es wäre ein Mädchen. Dabei hatten mich nicht nur die langen Haare verwirrt, die schlanke Gestalt trug eine hautenge glänzende Hose und eine transparente Bluse, an der nur zwei Knöpfe geschlossen waren, und Santiagos Blicke wurden genau wie meine von der glatten Brust eingefangen, bevor wir ihm ins Gesicht sehen konnten und den eigentlichen Grund für die Verwirrung erkannten ... Der junge Mann war geschminkt ... Wimperntusche, Lidstrich und nachgezogene Augenbrauen gaben ihm deutlich feminine Züge, während seine Stimme wiederum sehr männlich klang. »Ja, bitte?«, fragte er.

»Ich möchte zu David!«, entgegnete Santiago.

Das Zwitterwesen lächelte. »Wer sind Sie?«

»Das tut nichts zur Sache!«, raunte Santiago.

Leicht erschrocken sah der Hübsche nun in jedes einzelne unserer Gesichter, in der Hoffnung, jemanden zu erkennen, bevor er schließlich verriet: »David schläft.«

»Dann wecken Sie ihn!«, befahl Santiago.

»Ist etwas passiert? Sind Sie von der Polizei?«

»Nein, aber ich würde trotzdem gern reinkommen. Wenn Sie ihn nicht wecken wollen, kann ich es gern tun!«

»Nein, warten Sie.« Plötzlich wurde der junge Mann leicht nervös. »Ich hole ihn!« Mit seinen letzten Worten schlug er Santiago die Tür vor der Nase zu.

Santiago schloss seine Augen und atmete tief durch – bemüht, das eben Erlebte aus seinem Gehirn wieder zu löschen.

Dann warteten wir. Es dauerte bestimmt zehn Minuten.

»Das macht er absichtlich«, grummelte Santiago, »wieso schläft er zu Mittag?« Nach einer Weile sah er mich an. »Bei dir war er doch noch mit Hayle zusammen, oder?«

Ich nickte stumm und fürchtete schon, es würde nie wieder

jemand zur Tür kommen. Santiago wurde immer ungeduldiger. Aber dann öffnete man uns zum zweiten Mal und nun stand uns tatsächlich David gegenüber.

Er sah unsagbar schön aus, trug ein ähnliches figurbetontes Outfit wie der junge Mann zuvor und seine blonden Haare waren perfekt gestylt. Im ersten Moment wirkte er gefasst, doch nach einem kurzen Blickkontakt mit Santiago verdrehte er seine Augen, wandte sich von uns ab und presste seine Stirn gegen die Tür.

Santiago trat sofort näher, wollte ihm an die Schulter fassen, doch er scheute, ihn zu berühren und fuhr sich bloß selbst durch die Haare. »David!«, hauchte er. Es klang reumütig und bittend. Doch es verfehlte komplett seine Wirkung.

»WAS?«, fauchte der und war plötzlich aufgebracht.

»Wir müssen reden ...«

»Wir müssen überhaupt nichts.«

»David, du weißt nicht, was passiert ist, und du kannst dir nicht vorstellen ... aber lass mich das nicht hier draußen erklären ...«

Verbittert zog David seine Augen zu flachen Schlitzen. »Du musst mir nichts erklären. Es ist zu spät für alles, zu spät, um irgendetwas zwischen uns zu reparieren. Ich bin draußen aus deinem Leben. Vergiss mich einfach!«

Mir kamen die Tränen. Mit so viel Feindseligkeit hatte nicht mal ich gerechnet. Ich war mir sicher, dass diese Worte Santiago tief verletzten. Er war für einige Sekunden sprachlos, starrte seinen ehemaligen Geliebten nur an. Dann fasste er sich wieder und hauchte: »Solange du lebst, David, ist es für nichts zu spät.«

Leicht schockiert verlor David augenblicklich seine Abwehrhaltung und sah nun zum ersten Mal in die Runde. Ich sank auf meine Knie. Doch er wandte sich wieder an Santiago, diesmal um einiges ruhiger. »Was soll das heißen? Wer ist gestorben?«

»Lass mich rein«, ersuchte ihn Santiago.

David schloss kurz seine Augen und seufzte schwer. Dann öffnete er die Tür für uns.

Der Reihe nach betraten wir den Vorraum der riesigen Wohnung. Niemand konnte David begrüßen, weil auch Santiago ihm weder die Hand geschüttelt noch ihn geküsst oder umarmt hatte. David wies uns den Weg ins Wohnzimmer, als wären wir Fremde. Auch ich hatte bloß einen flüchtigen Blick von ihm erhalten. Aber ich war froh, seinen feinfühligen Antennen zu entkommen, denn es fiel mir schwer genug, unauffällig zu gehen und mir von meinen Schmerzen nichts anmerken zu lassen. Wenigstens hatte ich im Taxi meine verlaufene Schminke ausbessern dürfen.

Ich beobachtete, wie Santiago die Höhe der Räume, die lange Fensterfront und die schöne Sicht auf den Central Park registrierte. Er setzte sich auf die weiße moderne Eckbank, mittig, genau auf den Platz, den David normalerweise innehatte, und wir alle verteilten uns rund um ihn.

»Eine schöne Wohnung ...«, schmeichelte Santiago.

David nickte. »Also ... Was ist passiert?«

Santiago atmete tief durch und griff unwillkürlich nach Edwards Hand. Er versuchte, Worte zu finden, aber das Einzige, was aus seinem Mund kam, waren schwere Atemzüge.

»Willst du nicht lieber mit mir allein reden?«, fragte David.

»Nein!«, entgegnete Santiago. Seufzend lehnte er sich nach vorn, stützte seine Unterarme auf die Knie und ließ den Kopf hängen. Mit seinen Fingern strich er sich über die Stirn. Edward legte ihm in einer beschützenden Geste die Hand auf den Rücken, und immer noch fiel es Santiago schwer, einen Anfang zu finden. Aber es wunderte mich nicht, denn er hatte seit dem schrecklichen Unglück noch nie offen über Cheyenne geredet.

Erneut seufzte er. Schließlich gab er auf und bat Damian, zu übernehmen. Der erhob sich und ging kurz mit David in ein anderes Zimmer.

Ich fragte mich, wo der junge Mann war, den wir anfangs gesehen hatten. Vermutlich hatte ihn David ebenfalls in eines der angrenzenden Zimmer geschickt.

»Möchtest du etwas trinken?«, fragte ich Santiago höflich. Immerhin kannte ich mich hier aus.

»Wasser«, meinte er.

Ich erhob mich und brachte uns allen Gläser und Wasser.

Nach einer Weile kamen die beiden Männer wieder zu uns zurück. David setzte sich, presste seine Lippen aufeinander und sah Santiago mitfühlend an. »Es tut mir leid«, versicherte er ihm aufrichtig.

Santiago nickte.

»Trotzdem weiß ich nicht, was ich für dich tun soll«, fügte er hinzu.

»Vergib mir«, raunte Santiago. »Und komm zu mir zurück.«

David lächelte gezwungen. »Ich kann nicht, Tia. Ich hab mein eigenes Leben mittlerweile. Ein wirklich schönes Leben. Weit weniger aufregend, aber sehr lebenswert und erfüllend. Ich würde nicht mehr tauschen.«

Santiago bedachte ihn mit einem anzüglichen Lächeln. »Du bist zu jung, David, um dir einen gemütlichen Lebensabend zu machen!«

David schüttelte den Kopf. »Ich bin zu alt für deine Spiele, und ich bin es leid, darum zu kämpfen, meine Würde und meine Seele vor dir zu bewahren.«

Santiago schnaubte. »Du tust, als wollte ich dich in die Hölle führen.«

»Das ist ein schöner Ausdruck dafür!«, befand David.

Santiago zischte verächtlich und schwieg.

»Wie geht es Jude?«, fragte David, vorgeblich ahnungslos, aber instinktiv taktisch klug, denn er traf ihn damit an einem wunden Punkt, der unweigerlich zu Janas Schicksal führen würde.

»Er hat mich verlassen ...«, gestand Santiago.

»Wie kam es dazu?«, fragte David interessiert.

»Das geht dich nichts an.«

David nickte. »Du hast recht. Mich geht dein Leben nichts an und es ist mir auch völlig egal, was du tust. Wenn du mir einen Gefallen tun willst, dann gehst du jetzt wieder.«

»Ich will dir keinen Gefallen tun, David!« Santiago stand auf und ging zur Fensterfront. »Ich will aber auch nicht, dass du in meinen alten Wunden herumstocherst. Die Trennung von Jude war schwer genug. Er hat mich für etwas verlassen, woran ich komplett unschuldig war, und in einem Moment, als ich ihn mehr gebraucht hätte als je zuvor.«

David lehnte sich zurück und sagte nichts ... Erst nach einer kurzen Schweigephase, als Santiago wieder bei ihm war, fuhr er fort: »Ja? Und? ... Ich warte noch immer auf eine Beschreibung dieses Momentes, wo du ihn gebraucht hättest.«

Santiago schob ein paar Gläser zur Seite und setzte sich direkt vor David auf den Couchtisch. Wieder lehnte er sich nach vorn, doch weder mit seinen Knien noch mit Händen berührte er ihn. »David, du kannst mich fertigmachen, wenn du das willst. Seit du weg bist, ist mein Leben ein Chaos. Ich werde dir alles erzählen, die ganze Wahrheit, aber nicht jetzt. Es würde mich in ein falsches Licht rücken – ich bin nicht an allem schuld, was passiert ist – und es hat nichts mit dir zu tun. David, ich liebe dich und ich werde alles tun, damit du zu mir zurückkommst.«

David atmete tief durch und wollte aufstehen, um der Bedrängnis zu entfliehen. Doch zum ersten Mal fasste Santiago nun nach seinem Unterarm und hielt ihn fest. »Ich hab Fehler gemacht, David. Vieles ist mir erst später klar geworden«, erklärte er. »Jetzt im Nachhinein ist es ein Schock für mich, daran zu denken, was ich dir angetan habe. Aber ich kann das erst jetzt sehen, und ich kann dich verstehen. Ich hab mich geändert, David.«

»Hör auf! Ich will mir das nicht anhören!« David machte sich von der Hand los, um aufstehen zu können. Er fuhr sich mehrmals durch seine schönen blonden Haare und ich entdeckte einen Anflug von Verzweiflung in seinem Gesicht.

»Ich möchte, dass du jetzt gehst!«, sagte er schließlich mit Nachdruck.

Santiago erhob sich in einer geschmeidigen Bewegung. »Nein. David, das sagst du nur, weil du Angst hast.«

»Ja, vielleicht ... Vielleicht sage ich es aber auch, weil ich mir Zahira nicht mehr ansehen kann. Ich weiß nicht, wozu du sie mitgebracht hast, aber um ehrlich zu sein, will ich es auch gar nicht wissen. Es ist besser, du gehst, bevor du etwas tust, was du nachher bereust!«

Santiago sah ihn entrüstet an. »Was soll ich tun? ... Denkst du etwa, ich würde sie benutzen, um dich zu erpressen?«

David lächelte. »Ich traue dir alles zu!«

Falten gruben sich in Santiagos Stirn. Er wirkte betroffen, doch seine Stimme klang weiterhin versöhnlich. »Ich dachte, du würdest dich freuen, sie zu sehen.«

»Ich hätte mich gefreut zu sehen, dass es ihr gut geht!«, betonte David.

Santiago wandte sich abrupt mir zu, verständnislos, oder vorwurfsvoll, als hätte ich etwas falsch gemacht.

»Es geht mir gut!«, sagte ich.

Doch Davids Blicke lagen auf mir mit unumstößlicher Skepsis.

»Willst du mit ihr unter vier Augen reden?«, bot Santiago an.

Sofort löste ich mich aus dem Blickkontakt mit David und sah zu Boden. Ich wusste, was er nun von mir erwartete, aber ich hatte Angst davor, mit David allein zu sein. Wenn Santiago nicht sehen konnte, wie ich mich für ihn einsetzte, dann würde er am Ende vielleicht mir die Schuld geben, wenn David sich gegen uns entschied.

»Du kannst gern mit ihr allein sprechen«, wiederholte Santiago sein freizügiges Angebot.

Vermutlich war auch David sich der Schwierigkeit der Situation bewusst, in die er mich damit bringen würde. Er zögerte. Doch dann schien irgendetwas in ihm nachzugeben, er streckte mir seinen Arm entgegen und flüsterte: »Okay, komm mit!«

Santiago lächelte zufrieden.

Wackeligen Schrittes folgte ich David in mein ehemaliges Schlafzimmer. Er verriegelte die Tür von innen und machte Musik an, sodass man uns nicht belauschen konnte. Kaum ertönten die ersten Klänge, packte er mich an den Schultern und sah mir erbost in die Augen. Er lud einen imaginären Berg voller Vorwürfe auf mich, die im Grunde alle nur eines aussagten: »Wieso, um Himmels willen, bist du noch bei ihm?!«

»David, bitte«, flehte ich ihn an. »Du darfst es jetzt nicht so aussehen lassen, als wenn es an mir läge, dass deine Laune gekippt ist. Er wird bereuen, mich mitgenommen zu haben!«

»Meine Laune ist nicht gekippt!«, verwehrte sich David.

»Es hat da draußen aber so gewirkt. Ich war der Auslöser, dass Santiago jetzt gehen muss! Weil du mich nicht mehr ansehen magst!«

»Zahira. Er lügt mir das Blaue vom Himmel. Und ich brauche dich nur anzusehen, um zu wissen, dass sich überhaupt nichts geändert hat!«

»Doch!«, beteuerte ich. »Es hat sich viel geändert! Er hat viel mitgemacht, wirklich. Hat dir Damian von Cheyenne erzählt?«

David nickte.

Vorsichtig legte ich meine Hände um seinen Nacken. »Ich hab erst gestern Abend erfahren, dass ich dich heute sehen werde, und ich kann es noch gar nicht glauben ...«

»Ja«, hauchte er. »Mir geht es nicht anders!«

»David, ich brauche dich so sehr, die Mädchen brauchen dich, du kannst dir nicht vorstellen, was alles geschehen ist.«

»Warum hat Jude ihn verlassen?«, unterbrach er mich.

Bedauernd blickte ich in seine schönen Augen. »Ich darf darüber nicht sprechen.«

»Dann sag mir wenigstens, welches der Mädchen es betroffen hat.«

»David, ich kann nicht. Aber ich schwöre dir, er sagt die Wahrheit. Ihn trifft keine Schuld, was das anbelangt. Es war ein Unglück.«

»Nur den Namen!«, drängte er. »Sag mir einfach, welches der Mädchen dir am meisten am Herzen liegt.«

Ich wusste, was er meinte, schüttelte aber den Kopf. »Es gibt unzählige andere Dinge, die uns beschäftigen, und alles hat bloß damit zu tun, dass es Santiago nicht gut geht. Es reißt ihm das Herz raus, dass Cheyenne sich das Leben genommen hat. Er kann nicht mal darüber reden. Dabei will ich gar nicht sagen, dass Cheyenne der Richtige für ihn gewesen wäre, es lief davor schon alles schief. Santiago braucht jemanden wie dich! Ich denke, er war sich dessen noch nie so bewusst wie jetzt. Und er hat nicht nur Cheyenne verloren, er hat vieles verloren. Aber er liebt dich.«

»Ist das der Grund, weshalb er dich mitgenommen hat?«

»Bitte?«

»Sollst du dich für ihn einsetzen? Hat er dir Geld geboten?«

»Wie kannst du so etwas sagen?« Empört sah ich ihn an. Ich hatte es geahnt ...

»Zahira, ich kenne genug Lobeshymnen auf Santiago! Ich hab zehn Jahre lang mit bedingungslos verliebten Mädchen wie dir zu tun gehabt. Glaubst du im Ernst, ich lasse mich von so etwas noch beeinflussen?«

»Aber er hat sich wirklich verändert! Bitte, David, glaub mir! Ich war bei ihm, als es ihm nicht gut ging. Ich hab zwei Wochen lang mit ihm im Bett gelegen und seine Hand gehalten. Und es gibt ein neues Mädchen auf Ivory, das ein schlimmes Schicksal mit ihm teilt, und ich glaube, er hat sie bewusst ausgewählt. Er hat tagelang nur mit ihr geredet und nicht mit ihr geschlafen. Ich hab selbst gestern mit ihm eine Nacht am Strand verbracht und er war zärtlich, er hat mich einfach nur geliebt.«

David seufzte. »Und was hat Edward mit ihm?«

»Was soll Edward mit ihm haben?«

»Zahira, ich bin nicht blind! Entweder bist du aufrichtig oder wir lassen es bleiben.«

»Bitte ... ich will Santiago nicht so erniedrigen.«

»Du willst ihn nicht erniedrigen?!« David lachte spöttisch. »Ich weiß nicht, was er mit dir gemacht hat, aber er hat dich völlig verblendet. Und er hat dich gebrochen! Ich sehe das in deinen Augen. Ich sehe auch, dass du Schmerzen hast. Aber anscheinend vertraust du mir nicht mehr!«

»Edward ist bezahlt!«, warf ich ihm zornig an den Kopf und hoffte, damit auch allen anderen Anschuldigungen zu entfliehen.

David nickte, wirkte angewidert und betroffen zugleich. »Und was hat er mit dir gemacht?«, hakte er nach.

»Nichts«, hauchte ich und konnte kaum in seine Augen sehen, so besorgt waren sie nun auf mich gerichtet. »Aber ich vertraue dir!«, fügte ich kleinlaut hinzu.

»Wo hast du Schmerzen?«, fragte er leise.

»Bitte, David, das ist so beschämend.«

Er nickte mitfühlend, legte eine Hand an meine Wange und streichelte über mein Gesicht – genau wie Damian es im Flugzeug getan hatte. Sofort schossen mir Tränen in die Augen und ich war wie versteinert. Daraufhin fasste David vorsichtig unter mein Kleid. Er berührte meine Hüften und ich wollte ausweichen, aber er hielt mich zärtlich fest und schon berührte seine Hand mein Höschen und meinen Po. Ich spürte, dass seine Finger mühelos den Plug fanden. Gleichzeitig verdrehte David die Augen. Dann nahm er mich in seine Arme und streichelte über meinen Rücken. »Warum tut dir das so weh?«, fragte er leise.

»Weil ich wund bin«, seufzte ich.

David schluckte und tastete mit seinen Fingern unter meinem Höschen die Ränder des Plugs ab. »Das ist einer, der von selbst hält.«

Ich nickte.

»Wer hat ihn dir eingepasst? Damian?«

»Das ist doch egal«, sagte ich.

»Nein, vielleicht hat er dich verletzt? Wenn du nicht ausreichend vorbereitet warst ...«

»Es war Edward«, flüsterte ich. »Er hat ihn eingepasst. Aber vorbereitet haben mich beide ...«

»Wie darf ich mir das vorstellen?«

»Am besten gar nicht!«, sagte ich, doch dann platzte es

spontan aus mir heraus. »Sie mussten es mir im Flugzeug von hinten machen, auf der Toilette, und sie waren beide nicht zärtlich. Santiago wollte, dass ich kein Verlangen mehr für dich empfinde, wenn ich hierher komme.«

David ließ mich los. Er fauchte angewidert und suchte nach Beherrschung. »Ich will mir das ansehen, Zahira.«

»Nein!«, hauchte ich entsetzt.

»Doch, leg dich aufs Bett. Santiago wird warten.«

Er drängte mich zum Bett und türmte ein paar Kissen auf. Widerwillig legte ich mich darüber. David holte aus dem Badezimmer eine Creme und etwas Öl.

»Was machst du?«, fragte ich.

»Ich werde den Plug entfernen und mir deinen Popo ansehen.«

»Nein!«, wehrte ich mich erschrocken. »Der Plug muss drin bleiben!«

»Beruhige dich«, brummte David. »Ich werde ihn dir nachher wieder einsetzen.«

Vorsichtig zog er an dem dicken Stöpsel, doch ich stöhnte sofort schmerzgeplagt auf. Also ließ er wieder ab, nahm etwas Öl und massierte es sanft in meinen Muskel ein. Es war ein seltsam vertrautes Gefühl, in meinem ehemaligen Bett zu liegen und David in meiner Nähe zu spüren. Langsam entspannte ich mich und er versuchte es noch einmal. Er zog an dem Plug, während er mich mit einem Finger weiter rundum streichelte und massierte. Und plötzlich hatte er die schmerzhafteste Stelle überwunden. Ich stöhnte aufgeregt, als er mich langsam wie in Zeitlupe von dem gewaltigen Druck befreite. Noch nie hatte ich einen Anal-Plug getragen. Ich fühlte, wie der dicke Gegenstand aus mir heraus in Davids Hände glitt. Danach berührte er mich zärtlich mit einem Finger und verteilte kühlende Creme. Mühelos überwand er dabei meine Enge und massierte mich gewissenhaft von innen und von außen.

»Du hast ein paar kleine Haarrisse«, erklärte er. »Die Creme ist schmerzstillend, desinfizierend und heilend. Das wird dir guttun. Du wirst gleich nichts mehr spüren, aber dieser Effekt beeinträchtigt deine Muskelkraft nicht, also kein Grund zur Sorge.«

»Mhm.« Ich konnte nicht antworten. Zu angenehm war das, was er gerade mit mir machte. Die Creme wirkte bereits ein wenig betäubend, aber noch fühlte ich seine Finger, die sich in mir bogen und wanden, um nur ja keine Stelle zu vergessen. Es war eine absurde Vorstellung, nach New York geflogen zu sein, um mich von David anal verwöhnen zu lassen. Trotzdem gefiel mir diese Vorstellung. Ich hatte keine Schmerzen mehr und wäre am liebsten mit seinen kreisenden Fingern in meinem Popo eingeschlafen. Ich glaubte sogar, ich bekam eine Extraportion an Fürsorge, weil er sich ebenfalls freute, mich zu sehen und das nicht in Worten ausdrücken wollte. Vielleicht ging es ihm aber auch schlicht darum, Santiago länger warten lassen. Seine geübten, erfahrenen Finger waren jedenfalls himmlisch und ich genoss die bevorzugte Behandlung.

Zum Schluss drückte er wieder den breiten Plug gegen mich, wobei sich mein Eingang nun warm und betäubt anfühlte. David streichelte über meinen Rücken und ließ mit seiner anderen Hand nicht locker, bis ich mich langsam öffnete und er eindringen konnte. Der Durchmesser weitete meine Enge und der Plug versenkte sich tief in mir. Der Druck war nun in meinem gesamten Bauchraum zu spüren und aus meinem Gehirn nicht mehr wegzudenken, obwohl ich kaum Schmerzen hatte. Dieser Fremdkörper beeinflusste mich gewaltig. Offensichtlich hatten mich zuvor die Schmerzen von der Aufdringlichkeit der Füllung etwas abgelenkt.

»Wie geht's dir?«, fragte David.

»Es geht«, sagte ich, während ich mich langsam aufrichtete, mein Höschen wieder hochzog und mein Kleid glattstrich. »Es fühlt sich an, als müsse ich dringend aufs Klo.«

David lächelte. »Ja. Aber du kannst dich entspannen. Auch wenn es sich so anfühlt, als könntest du es kaum zurückhalten, der Plug ist innen breit genug, sodass du ihn nicht unwillkürlich verlierst.«

Ich nickte.

»Aber vielleicht sollten wir noch den Kuss-Test machen«, fügte er hinzu.

Ich sah ihn fragend an und er lächelte zum ersten Mal liebevoll und verführerisch. David erhob sich, streichelte durch meine Haare und begann, mich zu küssen. Es war ein tiefer, zügelloser Kuss. Santiago wäre vor Eifersucht vermutlich gestorben, aber auch ich fühlte mich mehr als glücklich und geschmeichelt, Davids unverhüllte Zuneigung zu bekommen. Mein Körper reagierte sofort mit glühender Erregung, das Spiel seiner Zunge war berauschend und ließ mich kaum atmen. Auch ich fasste ihm ins Gesicht und in seine Haare. Ich wusste, dass uns nur wenige Sekunden blieben und ich wollte von ihm kriegen, soviel ich konnte. Schließlich löste er sich wieder von mir, langsam und noch immer mit einem verliebten Lächeln auf seinen Lippen. Dann nickte er atemlos, und flüsterte: »Siehst du, es hat alles gehalten.«

Erst da besann ich mich wieder auf den Plug, der in mir steckte. David hatte den Sitz nicht mal kontrolliert, aber vermutlich hätte er es gehört, wenn er hinter mir zu Boden gefallen wäre. Eine schreckliche Vorstellung, ihn mitten in einem leidenschaftlichen Kuss zu verlieren.

David streichelte über meine Haare. Ich sah ihn an und

wollte mich von ihm nie wieder trennen. »Ich will nicht gehen«, sagte ich.

»Es zwingt dich keiner!«, entgegnete David.

»Doch, Jana braucht mich.« Die Antwort kam wie ein Reflex aus meinem Unterbewusstsein. Ohne zu überlegen, war sie aus mir herausgeschossen. Ich erschrak, lief augenblicklich rot an und versuchte bloß noch, meinen Atem zu beruhigen. Aber David las in meinen Augen ...

»Jana?«, fragte er.

Ich konnte nichts sagen und beobachtete, wie das Entsetzen langsam in sein Gesicht kroch. Er presste seine Lippen aufeinander und nickte, als hätte er die Botschaft verstanden.

»David! Alle Mädchen brauchen dich«, flehte ich.

Wieder nickte er, doch ich spürte, dass er unsere Unterredung damit beenden wollte. Er küsste mich noch einmal flüchtig auf den Mund und hauchte: »Gehen wir!«

Ich wollte ihm noch sagen, dass ihn Santiago am allermeisten brauchte, doch dazu gab es keine Gelegenheit mehr. David hatte die Tür bereits geöffnet und begleitete mich hinaus. Ich spürte mein Herz wild schlagen und strich nervös ein paar Haarsträhnen hinter mein Ohr. David ging auf Santiago zu, der offensichtlich inzwischen vor der Fensterfront auf- und abgelaufen war und nun hoffnungsvoll lächelte.

»Es ist das Beste, wenn ihr jetzt geht «, sagte David.

»Das Beste für wen?«, meinte Santiago.

»Für dich!«, entgegnete David.

Santiago nickte skeptisch. »Du sorgst dich um mich?«

Ich konnte nicht sehen, wie David reagierte, denn er stand mit dem Rücken zu mir, aber Santiago umarmte ihn daraufhin vorsichtig und David ließ es regungslos über sich ergehen. Bestimmt eine Minute lang hielt er ihn fest, wandte sich mit ihm gemeinsam von uns ab und flüsterte ihm mehrmals etwas ins Ohr. Zum Schluss küsste er ihn seitlich am Hals und gab ihn wieder frei.

David wich zurück und zeigte stumm Richtung Tür. Im nächsten Moment verschwand er in einem der Zimmer und schickte wieder den jungen Mann, der uns verabschieden sollte.

Kaum waren wir aus dem Lift gestiegen und hatten das Gebäude verlassen, packte mich Santiago am Oberarm und drängte mich gegen die Hausmauer. »Erzähl! Was hat er gesagt?«, fuhr er mich an.

»Ich weiß es nicht«, entgegnete ich. »Er hat sich nicht geäußert. Ich glaube, er muss jetzt nachdenken.«

»Worüber? ... Was hast du ihm gesagt?!«

Ich war leicht überfordert damit, das jetzt alles vor ihm wiederholen zu müssen. »Nichts Schlimmes«, versicherte ich ihm. »Bitte glaub mir, ich hab mein Bestes gegeben. Lass ihm etwas Zeit, darüber nachzudenken.«

»Hat er dich angerührt?«, fragte Santiago.

Ich schüttelte den Kopf.

Santiago lächelte. »Das soll ich dir glauben?«

»Du hast selbst gesagt, er empfindet keine Begierde für mich, also warum sollte er mich anrühren?«

Santiago zögerte und fasste unter mein Kleid, um zu überprüfen, ob der Plug noch da war. Schließlich nickte er und gab nach.

Wir stiegen in eine gemietete Limousine, und ich dachte, wir würden nun in ein Hotel fahren, doch Damian hatte noch für denselben Tag einen Rückflug gebucht.

Erneut war es die Toilette der ersten Klasse, die ich diesmal bloß mit Edward aufsuchen musste. Er erlöste mich von dem Plug und bemerkte dabei nichts von der Salbung, die David an mir vorgenommen hatte.

Stunden später waren wir zurück auf Ivory. Ich schloss Jana in meine Arme und erzählte ihr mit reichlich Fantasie von einem langweiligen Golfturnier.

Devote Begierde

Eine Woche verging, in der Santiago nun erstmals gefestigter wirkte. Er zeigte es nicht offen, aber mir kam es so vor, als wäre er heimlich verliebt. Tief in seinem Innersten hatte er wohl große Erwartungen und starke Hoffnung, was David betraf, und ich wagte schon fast, mich für ihn zu freuen ... als ich eines Abends Jana in unserem Zimmer wiederfand, nachdem ich sie den ganzen Nachmittag vermisst hatte.

Sie lag im Bett und irgendetwas erschien mir sofort seltsam.

»Was ist mit dir?«, fragte ich besorgt.

Sie drehte sich auf den Rücken, zog sich die Decke bis zum Hals und fuhr sich schwer atmend durch die Haare.

»War Santiago hier?«, fragte ich.

»Nein«, hauchte sie und starrte dabei an die Decke. Seit ihrem Reha-Aufenthalt wusste ich auch, dass sie ihre Blicke bewusst steuerte und es tatsächlich etwas zu bedeuten hatte, wenn es so aussah, als würde sie an die Decke starren. »Ich war mit ihm im Penthouse«, erklärte sie.

Gespannt setzte ich mich zu ihr und wollte ihre Hand nehmen, doch sie schrak sofort zurück.

»Jana ... Was ist passiert?«, hauchte ich.

»Mir tun die Finger weh«, erklärte sie.

»Die Finger? Wovon?«

Sie seufzte. »Er hat mich bestraft.«

»Er hat dir auf die Finger geschlagen?«

»So ähnlich«, murrte sie und drehte sich zur anderen Seite.

Ich war wie vor den Kopf gestoßen, dass er Jana bestrafte. Zwar wusste ich nicht genau, was sie sonst im Bett miteinander trieben ... Ich konnte mir kaum vorstellen, dass er Blümchen-Sex mit ihr hatte, auch wenn sie blind war. Schließlich mochte sie es genauso gern wie ich, härter angefasst zu werden. Dennoch fand ich die Vorstellung, ein blindes Mädchen auf die Finger zu schlagen, verstörend, und allein der Gedanke bereitete mir Herzklopfen.

Ich stand wieder auf, zog mein Nachthemd an und legte mich zu ihr ins Bett. »War das ein Vorspiel?«, fragte ich verunsichert.

Jana schüttelte den Kopf.

»Aber wofür hat er dich bestraft?«

»Ich glaube, es ist, weil er schon seit über einer Woche nicht mit mir schlafen kann«, flüsterte sie. »Ich hab nach meinem Kuraufenthalt, nach der Untersuchung von Amistad eine Tablette bekommen. Er meinte, ich sollte danach zwei Wochen lang keinen Sex haben. Und heute hat Santiago die Geduld verloren.«

»Eine Tablette?«, fragte ich erstaunt. »Wofür?«

»Nichts Schlimmes. Irgendwelche Bakterien. Vielleicht von der Unterwassertherapie. Ich spür ja nicht mal etwas.«

»Und deshalb bestraft er dich?«

»Er gibt mir keine Schuld! Ich glaube, es war eher ein Spiel.«

»Du willst damit sagen, er hat dir wehgetan, aber du verzeihst ihm!«, korrigierte ich sie.

Nervös streichelte sie ihre Finger. »Sieh es, wie du willst, ich muss ihm nichts verzeihen.«

Ich seufzte. »Darf ich nicht wissen, worum es geht?«

Jana wand sich ... aber dann nickte sie und begann doch zögerlich zu beschreiben ... »Er hat mich ins Penthouse bringen lassen ... Ich musste mich ausziehen und in Richtung einer Wand vornüber beugen ... mit geradem Rücken. Dann sollte ich meine Beine spreizen und meine Hände auf den Po legen.« Jana errötete und stockte in ihrer Erklärung.

»Und dann?«, fragte ich.

Sie atmete schwer. »Dann hat er auf mich geschossen ... mit Murmeln ...«

»Mit Murmeln?!«

Jana fuhr sich durch die Haare. »Ja ... Er hatte eine spezielle Pistole dafür, ähnlich wie bei Paintball, aus Kunststoff. Ich durfte sie nachher anfassen ... Laut Amistad ist der Druck so eingestellt, dass man nicht verletzt werden kann. Und ich musste auch eine Lederhaube tragen ... damit der Kopf geschützt ist.«

»Tut das sehr weh?«, fragte ich.

Ihre Augenbrauen zogen sich zusammen. »Nicht extrem. Aber es ist erniedrigend, so gebückt vor ihm zu stehen und sich beschießen zu lassen. Und wenn er die Finger trifft, schmerzt es heftig. Die meisten Schüsse gingen aber auf den Po.«

Zweifellos drängte sich nun die Frage auf, ob manche Schüsse nicht auch woanders hingingen. Doch ich wollte Jana nicht noch mehr beschämen. Auch wenn mich dieser Gedanke plötzlich extrem beschäftigte. Irgendwie hatte er etwas seltsam Stimulierendes an sich. Mir fehlten direkt die Worte und ich fühlte mich ganz eigenartig. Auch mein Herz schlug nun eindeutig schneller.

»Was ist?«, fragte Jana.

»Ich weiß nicht«, hauchte ich. »Ich versuche nur, mir das gerade vorzustellen.«

Sie nickte betreten. »Ich weiß, was du meinst. Ich hab es auch nicht nur als Strafe empfunden«, gestand sie.

»Schlafen wir?«, fragte ich sie sehnsüchtig, denn ich wollte mit meinen Gedanken allein sein ... Ich stellte mir vor, dass ich wie Jana im Penthouse diese Pose einnehmen musste, dass Santiago ein paar Meter hinter mir kniete, ganz in Schwarz gekleidet, mit einer Maske, wie ein Bankräuber und mit einer Pistole auf meine kleine Spalte zielte. Dass er Kugel für Kugel gegen meine Schamlippen prallen ließ, manche davon in mich versenkte und so gemächlich mein Inneres mit Murmeln füllte ... Ich sah es in allen Details vor mir, versuchte, die Erniedrigung nachzuempfinden, ihm als Fangkorb zu dienen, und spürte, dass ich bereits ganz feucht wurde, während ich bloß daran dachte. Und es dauerte entsetzlich lange, bis ich an diesem Abend in die Welt meiner Träume sank ...

***

Der Zufall wollte es wohl, dass ich Santiago am nächsten Tag auf dem Flur begegnete. Ich war allein ... und er ganz in Schwarz, wie in meiner nächtlichen Fantasie. Sofort fiel mir wieder das verwegene Murmelspiel ein und ich sah ihn direkt mit einer Pistole in der Hand vor mir. In Wahrheit rollte er gerade die langen Ärmel seines Hemds hoch. Versonnen blieb ich stehen und sah ihm dabei zu. Er schenkte mir ein kleines Lächeln. Und als ich nicht aufhörte, ihn anzustarren, gab er mir mit einem auffordernden Blick die Erlaubnis zu sprechen.

»Was hast du gestern mit Jana gemacht?«, stolperte es unverhüllt über meine Lippen.

»Ist das eine Frage oder ein Vorwurf?«, raunte er.

Ich zögerte. »Eine Frage.«

Daraufhin kam er zu mir und streichelte in einer verführerischen Geste über mein Gesicht. »Ich weiß es nicht. Hat sie dir nichts erzählt?«

»Doch«, hauchte ich.

»Warum fragst du dann?«

Mit feuchten Augen blickte ich zu ihm hoch. »Ich hätte nicht gedacht, dass du so etwas mit ihr machst. Sie ist blind.«

Sein Daumen begann, mit meinen Lippen zu spielen. »Nur weil sie blind ist, möchte ich sie aber nicht vernachlässigen«, betonte er. »Und Jana hat gestern sehr intensive Gefühle für mich empfunden!«

Ich lächelte und kämpfte gerade vermutlich mit ähnlichen Gefühlen. Seine selbstherrlichen Worte betörten mich ohne Ende, seine tiefe Stimme, der lüsterne Glanz in seinen Augen ... Dann drang sein Daumen unverschämt in meinen Mund ein und ich wollte auf keinen Fall daran saugen, doch genau das tat ich gerade. Hilflos blickte ich in seine Augen und lutschte an seinem Daumen.

Sein Antlitz verschwamm zusehends vor mir, der Schleier meiner Tränen wurde immer dichter. Santiago neigte sein Gesicht zu mir herab, zog seinen Daumen vorsichtig aus meinem Mund und ersetzte ihn durch seine Zunge. Ich seufzte erfüllt von Begierde, spürte die Wand hinter mir und dass er mich leidenschaftlich küsste. Das Atmen fiel mir schwer, ich gab mich seinem Drängen und seiner Leidenschaft hin. Doch ein Kuss dieser Art war ein zweischneidiges Schwert, während ich mich mehr und mehr öffnete, sinnlich berauscht und betört in seiner Begierde zu vergehen glaubte, drohte stets die Aussicht, bereits im nächsten Moment fallen und stehen gelassen zu werden. Er würde einfach weitergehen oder nach einem anderen Mädchen verlangen und mich vor Sehnsucht sterben lassen, wie er es schon so oft getan hatte.

»Bist du eifersüchtig auf Jana?«, fragte er plötzlich.

»Nein«, hauchte ich.

»Du möchtest, dass ich mit dir dasselbe mache, hab ich recht?«

Erschrocken blickte ich ihn an und brachte keinen Ton hervor.

»Du möchtest, dass ich dir Murmeln in die Muschi schieße!«, sagte er beschwörend.

Ängstlich schüttelte ich den Kopf. So lustvoll und stimulierend dieser Gedanke in meiner Fantasie auch war, in echt wollte ich das nicht erleben.

Nachdenklich sah er mich an. Dann fasste er mit zwei Fingern in mein Höschen, um meine Feuchtigkeit zu fühlen ... und damit war mein Kopfschütteln deutlich entkräftet. Santiago zückte sein Handy und wählte. »Hast du Zeit?«, fragte er den Unbekannten am Telefon und kreiste nebenbei zärtlich auf meinen Schamlippen. »Wir machen noch mal das Gleiche wie gestern! In fünf Minuten im Penthouse!«, befahl er. Mit der nächsten Handbewegung steckte er das Handy wieder ein und auch seine Finger verschwanden aus meinem Höschen. Freundlich wies er mir den Weg zum Lift. Mir schauderte.

Kurz darauf im Penthouse musste ich mich ausziehen und bekam dafür eine schwarze Haube aus feinem Leder. Während ich sie anlegte und an der Kehle verschloss, sah ich mich um ... Die hellen flauschigen Teppiche, die sich auch an den Wänden erstreckten, wurden vom einfallenden Sonnenlicht angestrahlt. Ich war schon länger nicht mehr hier gewesen, doch ich konnte mich noch erinnern, dass man die Schuhe auf dem weichen Boden ausziehen musste. Aber dann fiel mir auf, dass man an einer Stelle im Raum neuerdings Parkett verlegt hatte.

»Das ist nur vorübergehend«, erklärte Santiago, als er meine Neugier bemerkte. »Ich möchte, dass du die High Heels heute anbehältst.«

Nun öffnete sich der Aufzug und Amistad betrat das private Liebesnest. Im Bund seiner Hose steckte eine Waffe und in seinen Händen trug er einen silbernen Champagnerkühler gefüllt mit schillernd bunten Murmeln. Nachdem er beides an Santiago übergeben hatte, nahm er mich auf seine Arme und trug mich zu der besagten Stelle im Raum, die wie eine kleine Tanzfläche mit Holz ausgelegt war. Dort musste ich vor ihm niederknien. Amistad hockte sich ebenfalls hin und zog mein Gesicht an seine Schulter, sodass ich nichts sehen konnte. Gleichzeitig streichelte er mich zwischen den Schenkeln. Er schob meine Knie ein Stück auseinander und drang mit zwei Fingern tief in mich ein. Fast hatte ich das Gefühl, er wollte mich gynäkologisch untersuchen. Danach durfte ich wieder aufstehen.

Ich musste mich umdrehen und vornüber beugen, genau so, wie Jana es beschrieben hatte. Vorsichtig mit den hohen Schuhen spreizte ich meine Beine und beugte mich nach vorn. Meine Knie behielt ich durchgestreckt, meinen Rücken gerade. Amistad meinte, es wäre wichtig, dass mein Rücken die ganze Zeit über waagrecht blieb, auf High Heels wäre das anstrengend, aber ich würde es hinbekommen. Schön, dass er so an mich glaubte. Als ich meine Position eingenommen und mein Gleichgewicht gefunden hatte, sollte ich mit den Händen an meine Pobacken fassen. Auch das gelang mir noch recht gut, aber nun wurde mir doch etwas mulmig zumute, während ich daran dachte, was gleich passieren sollte. Wollte er mir tatsächlich Murmeln in die Muschi schießen?

»Leg deinen Kopf in den Nacken«, verlangte Amistad nun und zog an meiner Haarmähne, die unter der Lederhaube hervorquoll. »Wenn du gerade nach vorn blickst, dann ist dein Gesicht geschützt! Versuchst du, hinter dich oder unter dir durchzusehen, könnte dich eine Kugel im Gesicht treffen!«, warnte er mich.

»Okay«, hauchte ich und legte meinen Kopf in den Nacken.

Amistad streichelte über meine Hände auf dem Po. »Gut«, meinte er. »Und jetzt öffne dich!«

Ein heißer Schauer jagte durch meinen Unterleib. Ich wusste, dass sich Santiago hinter mir aufhielt, auch wenn ich ihn nicht ansehen durfte. Dabei wollte ich so gern wissen, ob er mit der Waffe in der Hand auf dem Boden saß oder stand oder vielleicht sogar kniete. Aber das war mir nicht vergönnt. Angestrengt tastete ich mit den Fingern in Richtung meiner kleinen Spalte, streckte meine Brust raus und bog mich ins Hohlkreuz. Dann hatte ich das Maximum an Reichweite ausgeschöpft und fühlte, wie sich durch den Zug, den meine Finger nun ausübten, meine kleinen Schamlippen voneinander lösten und öffneten.

»Ja. Sehr gut!«, meinte Amistad. »Bleib so!«

Zum ersten Mal hörte ich nun, dass Santiago an der Waffe herumhantierte. Es klang, als würde er sie laden.

Amistad kam wieder vor mich, trommelte mit den Fingern auf meinen Kopf und bückte sich zu mir herab. Angesicht zu Angesicht begann er beruhigend auf mich einzureden: »Santiago kann zielgenau treffen«, meinte er. »Trotzdem wird er vorweg einige Stellen deines Körpers ausprobieren, um dir zu zeigen, wie es sich anfühlt, wenn er daneben schießt. Dabei wird er auch auf deinen Hinterkopf schießen. Vier oder fünf Kugeln. Die meisten Mädchen beginnen dabei zu weinen, obwohl es bei Weitem nicht die schmerzhafteste Stelle an deinem Körper ist. Aber es ist sehr demütigend, Schläge auf den Hinterkopf zu bekommen. Du wirst sehen.« Amistad verschloss eine breite Lasche an meiner Haube, die sich eng wie ein Knebel über meinen Mund legte, sodass ich auch nichts mehr antworten konnte, und trat zur Seite. Dann hörte ich ein erneutes Laden oder Entsichern der Waffe und plötzlich einen dezenten mechanischen Knall.

Die erste Kugel traf meine linke Brust. Ich zuckte zusammen und schrie in den Knebel! Damit hatte ich überhaupt nicht gerechnet, dass er zwischen meinen Beinen hindurch auf meine Brüste zielen könnte! Der Schmerzpunkt strahlte aus, als hätte ich eine giftige Injektion bekommen und das Ziehen war noch nicht verebbt, als auch meine andere Brust getroffen wurde. Ich brummte und schnaubte. Aber ich hatte meine Hände nicht von der Stelle bewegt. Dasselbe Spiel wiederholte er noch einmal. Wieder schoss er zuerst auf meine linke, danach auf meine rechte Brust und die Schmerzen verstärkten sich erheblich. Ich wimmerte. Aber immer noch spreizte ich meine Scham für ihn. Wieder ein Knall. Diesmal riss ich meine rechte Hand weg. Er hatte mir auf die Finger geschossen und es schmerzte heftig. Eilig nahm ich wieder meine Position ein, doch bloß, um mir auf die zweite Hand schießen zu lassen. Auch das wiederholte er noch zweimal, bis ich es schaffte, stillzuhalten.

Dann plötzlich traf mich die erste Kugel am Hinterkopf. Und Amistad hatte recht, es schmerzte weit weniger als an den Fingern, aber das Gefühl, der Klang in meinem Kopf und die Erschütterung waren Furcht einflößend. Die zweite Kugel landete nur minimal neben der Ersten. Die Dritte ebenfalls. Die Pausen dazwischen fand ich unerträglich, sowie die Ungewissheit, nicht zu wissen, wo die nächste Kugel auftreffen würde, und mir kam es vor, als ließe er mich absichtlich warten. Wieder ein Knall! Mein Hinterkopf wurde getroffen und tatsächlich stiegen mir nun Tränen in die Augen. Wie oft wollte er noch auf die gleiche Stelle schießen? Ich schluchzte ... und bekam den nächsten Schlag.

Tränen flossen über meine Wangen und mit einem Kloß in meinem Hals fiel mir das Schlucken noch viel schwerer. Ich haderte mit der Entscheidung, meinen Kopf abzusenken, aber ich wollte auch durchhalten. Der sechste Schlag traf mich wieder am Hinterkopf. Ich schluchzte und wimmerte und kämpfte mit mir selbst. »Vier- oder fünfmal« hatte Amistad versprochen, jetzt hatte er schon sechsmal auf dieselbe Stelle geschossen und wieder ließ er mich warten ...

Doch meine Anspannung änderte sich blitzartig, als beim nächsten Knall die erste Murmel in meiner Muschi landete. Ich hatte es kaum gespürt, es war wie ein stärkeres Fingerschnippen gegen die Schamlippen, aber die Vorstellung, dass sie nun, im Gegensatz zu all den bisherigen, die geräuschvoll zu Boden gefallen waren, in mir verbleiben sollte, war betörend. Und schon traf die Nächste in mich. Leicht nervös spreizte ich meine Schamlippen noch ein Stück weiter, damit Santiago möglichst schmerzfrei treffen konnte. Eine Murmel nach der anderen versenkte er in mir. Er war bestimmt ein guter Schütze, denn kein einziger Schuss verfehlte sein Ziel. Erst mit der Zeit tat der Eintritt an meinen inneren Schamlippen stärker weh. Und mit der Zeit wurde es immer schmerzhafter. Vielleicht wusste Santiago das auch, und vielleicht war das der Grund, warum er zwischendurch auch immer wieder auf meine Brüste oder meine Finger schoss. Beides schmerzte um ein Vielfaches mehr und lenkte mich ab. Bloß mein Hinterkopf blieb verschont. Da hatte ich schon genug Schläge abbekommen.

Ich fühlte, wie sich die Murmeln in mir sammelten und ein Gewicht erzeugten, das mich zunehmend beeinflusste. Ich konnte spüren, wie die Schwerkraft wirkte. Die Murmeln drückten gegen meine Bauchdecke, sie füllten mich aus und belasteten mich. Ich erinnerte mich an Janas Geständnis, dass es ihr auch gefallen hatte. Und ab einem gewissen Zeitpunkt hörte ich leise Klack-Geräusche. Jede Murmel, die eintraf, prallte auf die vorige. Wie es aussah, neigte sich dieses Spiel dem Ende zu. Die letzten vier Kugeln hatten bereits geklackt. Eine davon fiel sogar wieder aus mir heraus und zu Boden. Doch nun fühlte ich eine intime Berührung. Amistad. Mit ein oder zwei Fingern stieß er in mich, schob und drängte alle Kugeln weiter. Ich wimmerte in tiefster Beschämung, fühlte mich, als würde ich gestopft werden. Dieses Vorgehen musste er auch noch wiederholen, nachdem Santiago wieder einige Murmeln versenkt hatte, bis schließlich wirklich nichts mehr ging. Santiago schoss, und die Kugel fiel wieder heraus, weil einfach kein Platz mehr war. Jammernd und seufzend musste ich ertragen, wie die letzten Schüsse vergeblich gegen meine Schamlippen prallten. Dann hatte er es eingesehen.

Ich durfte meine Hände lösen. Amistad nahm mir die Haube ab. Ich stützte mich auf den Knien ab und ließ meinen Kopf hängen. Mein Nacken schmerzte.

»Versuch sie alle zu halten!«, ermahnte mich Amistad. »Wenn du dich aufrichtest, möchten wir nicht, dass Kugeln aus dir herausfallen, hast du verstanden?«

Ich nickte und spannte meine Muskeln an. Doch schon fiel die Erste zu Boden. »Verzeihung!«, stieß ich eilig hervor.

Amistad fasste unsanft an meinen Nacken, um mich zu warnen. Dann reichte er mir seine Hand und half mir vorsichtig hoch. Wieder fielen drei Murmeln aus meiner Muschi. »Es tut mir leid«, versicherte ich ihm mit hilflosen Blicken. Amistad nickte. Vermutlich wusste er, dass es unmöglich war, sich mit dieser Füllung aufzurichten, ohne dass es Einbußen gab.

Doch schließlich stand ich aufrecht. Ich atmete flach und blieb so ruhig und unbewegt stehen, wie ich nur konnte. Als ich zum ersten Mal an mir herabsah, glaubte ich meinen Augen nicht zu trauen. Mein Unterbauch hatte sich tatsächlich ein wenig vorgewölbt. Und ich konnte auch keine vorteilhaftere Haltung einnehmen oder meine Bauchmuskeln anspannen, sonst wären mir vermutlich wieder ein paar Murmeln entwischt. Zum ersten Mal musste ich mich Santiago mit einem kleinen Blähbauch präsentieren.

Der hatte mittlerweile die Waffe niedergelegt. Er strich die Ärmel von seinem Hemd glatt und kam zu uns auf den Holzboden. Amistad schob meine Beine ein Stück auseinander. Ich fühlte, wie ich im Gesicht hochrot anlief, als Santiago meinen Körper besah. Bewundernd streichelte er über meine Brüste. Dabei berührte er auch die empfindlichen Stellen an den Unterseiten, die er zuvor mit Murmeln beschossen hatte. Die Punkte schmerzten ungemein, wie blaue Flecken, doch er machte keinen Unterschied in seiner Berührung und massierte sie wie gewohnt ... Schon wieder fiel eine Kugel aus mir heraus und landete auf dem Boden. Santiago nickte. »Gib dir mehr Mühe!«, raunte er.

Beschämt schloss ich meine Augen und Santiagos Hand griff nun in meine Haare. Seine Finger verteilten sich an meinem Hinterkopf und schnell hatte er den Punkt gefunden, den er zuvor mehrfach beschossen hatte. Erschrocken riss ich die Augen wieder auf und sog scharf Luft ein. Aber ich hatte keine Murmel verloren! Offenbar hatte die Menge inzwischen ein Ausmaß erreicht, das ich halten konnte. Santiago konzentrierte sich nun auf meine Augen und begann, mit seinem Finger den schmerzhaften Punkt zu massieren. Ich atmete gequält und versuchte, meine Hände unbewegt zu lassen. Mein ganzer Kopf schmerzte, während er das tat. Flehend sah ich ihn an ... bis er endlich von mir abließ.

Wie benommen und berauscht von den Schmerzen und leicht benebelt von der Erniedrigung atmete ich erleichtert auf und sah kaum, dass er in sein Handy tippte. Doch kurz darauf öffnete sich der Lift und Lilienné stieg aus.

Bestürzt betrachte ich ihr perfektes Outfit und ihre schlanke, zierliche Figur. Sie trug ein schwarzes Spitzenhöschen, dazu eine edle Korsage, ebenfalls aus schwarzen Spitzen und so eng geschnürt, dass sie mit ihrer Taille fast Barbie Konkurrenz machte. In ihrem Gesicht blitzte ein kleines Lächeln, als sie mit einem Finger auf ihre Schuhe zeigte. »Die High Heels?«, fragte sie knapp, aber mit hell klingender Stimme.

»Lass sie an und komm zu uns«, raunte Santiago.

Artig begab sie sich auf ihre Knie und ihre Hände. Geschmeidig wie eine Katze schlich sie über den flauschigen Teppich bis zu Santiago. Auf dem Parkett erhob sie sich wieder, drapierte ihre langen blonden Locken auf die ihm abgewandte Seite und sah ihn neckisch an.

Jetzt, wo sie direkt neben mir stand, fühlte ich mich noch um einige Dimensionen nackter ... Ob ihr wohl meine veränderte Figur aufgefallen war? Mein vorgewölbter Bauch ... Ob sie bemerkt hatte, dass meine Nippel erregt von mir abstanden und geradewegs auf den Verursacher dafür zeigten?

»Das Murmelspiel?«, fragte sie euphorisch.

Santiago nickte stumm und ging auf ihre jugendliche Beschwingtheit heute nicht ein. Erhaben stand er mir gegenüber. Ich versuchte, mich auf ihn zu konzentrieren – Lilienné so gut es ging auszublenden ...

Santiago betrachtete mich noch einmal, dann wandte er sich an Lilienné: »Du darfst sie jetzt streicheln!«

Entsetzt blickte ich zwischen den beiden hin und her. Lilienné grinste, sah an mir hinab und streckte ihre Hand nach meinem Bauch aus. Im nächsten Moment berührte sie mich, ihre Finger legten sich auf meinen Unterbauch und sie begann sanfte Kreise darauf zu ziehen, als wollte sie ein Gefühl dafür bekommen, wie groß er war.

Glühende Hitze stieg mir ins Gesicht. Das war zu viel! Sie streichelte mich mit der flachen Hand, als wäre ich ein kleines Kind, das Blähungen hatte. Ich konnte ihre kühlen Finger aufdringlich spüren, sie lenkten alle Aufmerksamkeit auf meinen Unterleib, während ich beklommen in Santiagos Augen blickte und vergeblich darin nach Halt suchte. Er suhlte sich in meiner Schande. Und diese Erniedrigung war eindeutig zu groß für mich. Meine intimsten Muskeln kontrahierten unwillkürlich und ich verlor ein paar Murmeln. Lautstark fielen sie zu Boden. Santiago zwinkerte verständnisvoll. »Versuch, sie zu halten«, ermahnte er mich. »Ich will nicht, dass es so schnell vorbei ist. Und sieh dabei Lilienné an!« verlangte er plötzlich.

»Bitte nicht«, hauchte ich.

Aber Santiago ging nicht darauf ein und nickte nur motivierend. Schweren Herzens wandte ich meinen Blick Lilienné zu. Ihre Augen funkelten vor Begeisterung. Und es kostete mich einiges an Überwindung, weiter stillzustehen, meine Hände nicht zu bewegen, und ihr meinen aufgedunsenen Bauch zu überlassen, damit sie ihn streicheln konnte. Wieder rutschte eine Kugel aus mir und fiel zu Boden. Lilienné lächelte. Und zum ersten Mal lachten nun auch die Männer. Doch die durfte ich nicht ansehen. Während ich mit nackten Brüsten und steinharten Nippeln hier stand – Santiago vor mir, Amistad hinter mir – waren meine Augen einzig auf Lilienné gerichtet, die in *Agent Provocateur* piekfein neben mir glänzte und mich süffisant anlächelte. Ihre schlanken Finger zogen Kreise auf meiner sensiblen Region, und, obwohl sie kühl waren, schienen sie auf meiner Haut zu glühen. Mein Bauch wurde in meiner Vorstellung immer größer. Wieder rauschte die Macht der Erniedrigung durch meinen Körper, die mich meiner Muskelspannung beraubte und ich verlor ein paar Murmeln. Alle lachten und Liliennè wuchs mit überheblichen Blicken über sich hinaus. Sie fand sichtlich Gefallen an dieser Aufgabe. »Darf ich es diesmal tun?«, bettelte sie Santiago an.

Er zischte. »Ich glaube, dir geht's nicht gut!«

»Warum?«, klagte sie, während sie weiter meinen Bauch spielerisch massierte und mit ihren Blicken zwischen mir und ihm hin und her schwenkte. »Ich kann es genauso wie Amistad! Vielleicht sogar besser!«, prahlte sie. »Und ich werde davon nicht lesbisch!«

»Erlaub es ihr!«, bestärkte ihn Amistad. »Die beiden werden keine Freundinnen, glaub mir. Zahira ist eifersüchtig auf die Kleine. Und du könntest sie damit zusätzlich treffen.«

Mir wurde angst und bange. Wovon sprachen sie bloß?!

Santiago seufzte. »Okay«, raunte er schließlich und trat einen Schritt zurück.

Liliennè lächelte mich listig an. Mit einer lasziven Geste leckte sie ihren Zeigefinger ab, danach ihren Mittelfinger und plötzlich glitt sie mit beiden Fingern zwischen meine Beine.

»Sieh jetzt mich an!«, befahl Santiago streng.

Ich gehorchte, war verzweifelt und musste ertragen, wie Liliennè mich anfasste und mit ihren Berührungen nun zwischen meinen Schamlippen und meinem Bauch hin und her wechselte. Ich konnte es nicht fassen! Seit wann hörte Santiago auf Amistad?! In letzter Zeit hatte er dessen Meinung und Standpunkte stets verteufelt und nun ließ er sich plötzlich von ihm zu einer lesbischen Vorführung überreden? Liliennè massierte meinen Unterbauch, dann glitten ihre schlanken

Finger wieder in meine feuchte Spalte. Bestimmt konnte sie fühlen, dass ich von den vielen Einschlägen noch angeschwollen war. Ungeniert erforschte sie jede Rille und jedes Fältchen. Und ich musste immer schwerer atmen, als sich ihre Finger plötzlich nur noch mit meinem Kitzler beschäftigten. Mir war schrecklich unbehaglich dabei zumute, mit gespreizten Beinen vor Santiago zu stehen und mir das von ihr gefallen zu lassen.

Langsam fasste nun Amistad meine Arme hinter meinem Rücken zusammen und hielt sie fest. Lilienné massierte meine kleine Perle weiter lustvoll. Ihre Finger waren geschickt, aber hinterhältig. Sie reizten mich spielerisch, bis ich kurz vor einem Orgasmus stand. Dann ließ sie von mir ab und kreiste wieder sanft über meinen Bauch, als wollte sie mich beruhigen. Ich atmete aufgebracht. Dasselbe Spiel machte sie mehrmals. Jedes Mal, wenn ich dachte, ich würde kommen, stahl sie mir alle Reize und zog sich zurück. Wenn ich mich beruhigt hatte, lief sie wieder zur Höchstform auf. Mit spitzen Fingern tänzelte sie auf meiner kleinen Perle, die unter ihrer Behandlung immer empfindlicher wurde, sich regte und pulsierte. Verzweifelt keuchte ich und blickte in Santiagos Augen. »Darf ich kommen?«, fragte ich ihn schüchtern.

»Du wirst dann kommen, wenn du es nicht mehr aushältst«, raunte er.

Was hatte das wieder zu bedeuten? Durfte ich nun oder durfte ich nicht? Ich konnte nicht mehr denken. Lilienné malträtierte mein kleines Lustzentrum mit Hingabe. Ich konnte kaum sagen, ob es erniedrigender war, wenn sie mich gezielt stimulierte oder wenn sie in den Entspannungsphasen meinen Unterbauch streichelte und alle warteten, bis ich mich wieder beruhigt hatte.

»Darf ich sie in die Nippel zwicken?«, fragte Lilienné unverfroren.

»Nein«, entgegnete Santiago ruhig. »Sie soll sich auf ihren Bauch konzentrieren können.«

»Ich glaube, sie spannt ihn an«, beschwerte sich Lilienné. »Sie soll ihn locker lassen!«

Santiago schmunzelte. »Du hast es gehört!«, sagte er zu mir.

Ich schnaubte und entspannte mich widerwillig, sodass mein Bauch noch ein wenig mehr hervortrat und sich an Liliennes Hand schmiegte.

»Ja. Jetzt ist er schön locker und kugelig«, befand sie bei ihren nächsten kreisenden Bewegungen und wechselte danach wieder in meine Intimzone. Sie schlängelte mit ihren Fingern um meine kleine Perle und massierte mich gekonnt. Danach versetzte sie mir zärtliche kleine Schläge auf den Kitzler und peitschte so meine Erregung in die Höhe, bis ich vor Lust frei heraus stöhnte. Plötzlich fasste sie mit ihrer anderen Hand in meine Haare und schnell fand sie auch den schmerzhaftesten Punkt an meinem Hinterkopf. Sie war eine Schlange! Mit gezieltem Fingerdruck presste sie auf die besagte Stelle und mir schoss es wie ein Blitz durch den Körper – der Schmerz an meinem Kopf, der mich fast ohnmächtig werden ließ, und der Orgasmus, der mich ausgelöst dadurch überrollte. Ich stieß einen Schrei aus und mit einer heftigen Kontraktion verlor ich einen Schwall Murmeln. Ein kleiner Kugelhagel trommelte auf den Holzboden. Am liebsten wäre ich mit ihm gleichzeitig im Boden versunken. Santiagos Blicke waren mitfühlend und sinnlich berauscht. Ich sah, dass er sich selbst im Schritt berührte. Lilienné drückte ihre Finger auf meinen Kitzler und ich wand mich in weiteren Wellen, die schubweise Murmeln in die Freiheit entließen. Meine Beine zitterten und Amistad musste den Großteil meines Gewichts halten. Ich lehnte mit dem Rücken an ihm und ertrug dieses beschämende Schauspiel, bis mein Höhepunkt gänzlich verebbt war.

»Danke«, hauchte Santiago schließlich. »Nimm Lilienné mit!«

Amistad ließ mich zu Boden sinken und ich wollte mich zwischen unzähligen Murmeln auf meine Knie begeben. »Nein, wir gehen in die Frontlounge«, raunte Santiago schwer atmend und deutlich erregt. Auf allen vieren folgte ich ihm. Inzwischen verließen Amistad und Lilienné über den Lift das Penthouse und ich war erleichtert, mit Santiago endlich allein zu sein. Vermutlich wollte er sich nun von mir befriedigen lassen. Tatsächlich öffnete er seine Hose und zeigte eine stattliche Erektion. »Leg dich hierhin!«, befahl er.

Ich gehorchte. Er streifte seine Kleidung ab und kam neben mich. Seine Augen waren dunkel und voller Begierde. Ich sah es als Kompliment und fühlte mich geschmeichelt, dass ihn die Zurschaustellung meiner körperlichen Reaktionen so sehr erregt hatte. Andächtig streichelte er mit ein paar Fingern über meine Brust und meinen Bauch, dann wurde sein Griff an meinem Oberschenkel fest ... Er hob mein Bein etwas an, legte sich auf mich und sein mächtiges Glied schob sich in mich ... doch ich zuckte zusammen.

»Ja, Baby«, hauchte er fiebrig und seine Hand glitt an meinen Hinterkopf. Ich brachte keinen Ton hervor. Da waren noch einige Murmeln in mir und vermutlich spürte er das auch. Es fühlte sich an, als wären seinem Schwanz Glasbeulen gewachsen. Aber ungeachtet dessen versetzte er mir tiefe Stöße. »Ja, Baby«, keuchte er wieder. Sein Mund öffnete sich an meinem Hals, er begann, mich zu beißen und zu stöhnen ... »Du fühlst dich gut an, Baby.«

Nicht nur, dass mein Eingang von all den Einschlägen wund war, fand auch seine Hand wieder die sensiblen Punkte an meinem Hinterkopf. Ich wollte mich wehren, aber meine Finger schmerzten, und gegen die Kraft seiner Hände und das Gewicht seines Körpers hatte ich keine Chance. Er hielt mich fest.

Santiago stöhnte immer aufgebrachter, sein Becken bewegte sich hektisch und ich musste eine Unzahl von Stößen ertragen. Dann endlich kam er unter heftigem Stöhnen, sein Körper bebte und er schob sich ein letztes Mal tief in mich. Ich keuchte und zitterte. Tränen liefen über meine Wangen. Dann sank er über mir zusammen. Santiago rollte sich zur Seite und ich atmete erleichtert auf.

Kurz darauf erschien David in einem weißen Ärztekittel. Ich musste mich hinknien und meine Beine leicht spreizen, er streifte hauchdünne Gummihandschuhe über und berührte mich ähnlich, wie Amistad es vorhin getan hatte. Wieder fühlte es sich an wie eine gynäkologische Untersuchung. Und zu meinem Erstaunen fielen dabei nicht nur die letzten Murmeln aus mir heraus, es kam auch ein kleines rundes Pölsterchen zum Vorschein. David erklärte mir, dass es sich dabei um ein spezielles Silikonkissen handelte, dass extra für diesen Zweck angefertigt worden war und meinem Schutz gedient hatte. Amistad hätte es mir zuvor wie ein Diaphragma eingesetzt, um meine inneren Organe vor dem Anprall der Murmeln zu schützen.

Fasziniert und noch völlig aufgelöst folgte ich seiner Erklärung und dabei realisierte ich nur langsam, dass es tatsächlich David war, der hier vor mir kniete und mit mir sprach! Plötzlich wurde es ganz still rund um mich und mir blieb direkt der Mund offen stehen vor Fassungslosigkeit und Erstaunen. Ungläubig drehte ich mich zu Santiago um, der gerade seine Hose verschloss und mich anlächelte. Hieß das, ich durfte mich freuen? Warum hatte er nichts gesagt?! Mit einem zaghaften Lächeln auf meinen Lippen wandte ich mich wieder David zu und wollte ihm um den Hals fallen, doch dann sah ich seine Augen, und ... es waren nicht die jadegrünen Augen, die ich von David kannte ... Es waren schillernde Murmeln, die sich mit ihren grünen Spiralfäden beschwingt um sich selbst drehten!!

Mir blieb fast das Herz stehen. Ich schnappte nach Luft und schrie ... schrie wie am Spieß ... David hielt mich fest und schüttelte mich, er rief meinen Namen und er hatte auf einmal eine Frauenstimme!

»ZAHIRA!«

Jana rüttelte mich. Ich sah sie an und konnte gar nicht aufhören zu schreien! Aber ich saß in meinem Bett!

»WAS IST? WAS IST PASSIERT?!«, rief sie lauthals, um meine Stimme zu übertönen.

Entsetzt sah ich sie an und keuchte: »Ich hab geträumt. Mir geht's gut, Jana, ich hab nur geträumt!«, beruhigte ich sie, bloß ich selbst konnte mich überhaupt noch nicht beruhigen. Als Erstes fasste ich mir an den Hinterkopf, dann zwischen meine Beine ... Ich war klatschnass, aber nicht mal meine Finger taten mir weh. Ich hatte das tatsächlich nur geträumt! »Tun dir die Finger weh?«, fragte ich Jana völlig verwirrt ... denn ich war mir nicht mehr sicher, wo mein Traum überhaupt angefangen hatte.

»Mir?«, fragte sie. »Ja. Aber es ist nicht so schlimm. Du brauchst dir deswegen keine Sorgen zu machen.«

»Okay«, hauchte ich. »Es war ein Albtraum, Jana. Ich hab von David geträumt und er hatte ... grüne Murmeln anstelle von Augen. Er sah aus wie ein Alien!«

Jana kicherte. »Tut mir leid. Ich hätte dir nicht so viel erzählen sollen«, meinte sie.

»Ist schon gut. Du kannst ja nichts dafür. Es war nur ein Traum. Schlafen wir weiter.«

Ich ließ das Licht an und drehte mich zur anderen Seite. Lilienné war also keine bösartige Schlange. Sie war übermütig und temperamentvoll, aber sie hatte es nicht auf mich abgesehen. Und ich hatte mich auch nicht vor ihr blamiert. Ich musste mich nicht in Grund und Boden schämen. Meine Welt war in Ordnung. Mit etwas Mühe konnte ich wieder einschlafen und am nächsten Morgen war dieser Albtraum schon fast vergessen.

Einzig die Sehnsucht nach David war geblieben – nicht nur bei mir, auch bei Santiago. Und nachdem nun über eine Woche vergangen war, beschloss er, seinem Glück erneut nachzuhelfen ...

Herzenswunsch

Diesmal flog Santiago allein nach New York. Ich hatte keine Ahnung, was er Amistad erzählt hatte, doch als ich am darauffolgenden Morgen erfuhr, dass er sich kurzfristig entschieden hätte, über Nacht und noch zwei Tage länger zu bleiben, wuchsen auch meine Hoffnungen um ein Vielfaches.

Ich stellte mir vor, dass er sich eine Suite in einem vornehmen Hotel genommen hatte und mit David die Zeit dort verbrachte ... oder dass er den jungen Mann aus Davids Wohnung verbannt und sich dort niedergelassen hatte. Ich wünschte mir, dass seine Verführungskünste ausreichten und er nach diesen drei Tagen mit David zurückkehren würde.

***

Es war später Vormittag und wir saßen noch alle beim Frühstück, als Santiagos Hubschrauber landete. Und es fühlte sich an, wie ein Stich ins Herz, als ich kurz darauf feststellen musste, dass er David nicht bei sich hatte.

Mit ausdrucksloser Miene betrat er den Wohnbereich der Villa und setzte sich zu uns an den Tisch. Amistad hatte sich als Einziger nicht erhoben, um ihn zu begrüßen. Santiago warf ihm daraufhin einen erbosten Blick zu. »Gibt es ein Problem?«, fragte er.

»Ich weiß es nicht!«, meinte Amistad. »Du erzählst mir ja nichts mehr. Oder willst du mir erklären, du hättest drei Tage Golf gespielt?«

»Ich will dir gar nichts erklären. Es geht dich nichts an, was ich tue!«

Amistad nickte. »Aber du erwartest eine herzliche Begrüßung?! ... Weißt du, was ich erwarte? Ich fände es schön, wenn ich nicht als Letzter erfahren müsste, dass du dich bereits nach einem Nachfolger für Cheyenne umsiehst!«

Santiago spielte gelassen mit seinen Fingernägeln, zog beide Mundwinkel nach unten und hüllte sich in Schweigen. Daraufhin erhob sich Amistad, packte seine Hand und hielt sie fest. Mit der anderen fasste er ihm grob ins Gesicht und küsste ihn aufdringlich leidenschaftlich auf den Mund. Santiago stieß ihn wutentbrannt von sich, zwei Ohrfeigen konnten nicht landen, weil Amistad schneller war und sie abwehrte. Doch er ließ nun freiwillig von ihm ab. Amistad zog sich zurück, verließ die Runde, und Santiago wischte sich angewidert über den Mund. Mit einer Restmenge Zorn in seinem Ausdruck sah er mich an.

»Bring Jana nach oben!«, befahl er Damian. Gleichzeitig streckte er die Hand nach mir aus. Ich erhob mich, ging zu ihm, und wollte zwischen seinen Beinen niederknien, doch er wollte mich auf seinem Schoß. Ich dachte, er wäre aufgebracht oder deprimiert, weil er David nicht hatte überzeugen können oder weil Amistad ihn gereizt hatte, aber es tat mir auch selbst unheimlich leid, ihn so verzweifelt zu sehen, während sein Erfolg ausblieb. Bestimmt erkannte er das in meinen Augen, denn er nahm mich in seine Arme und ich durfte mein Gesicht an seinen Hals schmiegen. »Es tut mir so leid«, flüsterte ich.

Ich spürte, dass er nickte, und der Schmerz in meinem Herzen verstärkte sich, denn es war für mich die Bestätigung dafür, dass auch er Schmerzen litt. Vorsichtig zog ich meine Füße zu mir herauf, gab acht, ihn mit meinen High Heels nicht zu verletzen, und rollte mich auf seinem Schoß klein zusammen. Wie gern hätte ich ihn in dieser innigen Vertrautheit gefragt, was er mit David erlebt hatte. Aber ich wollte keine Grenze überschreiten und keine offene Wunde in ihm berühren. Ich war dankbar, dass er seinen Kummer mit mir teilte.

***

Die folgenden Tage und Nächte versuchte Santiago offenbar, sich abzulenken. Eine schwierige Zeit für uns Mädchen. Obwohl die meisten von uns nicht mal wussten, was er durchmachte, setzte er alles daran, uns spüren zu lassen, wie es ihm erging. Immer weniger von dem, was er tat, hatte mit seiner sexuellen Befriedigung zu tun, dafür waren umso mehr Mädchen involviert und seine Ideen umso ausgefallener. Die meisten Maßnahmen beschränkten sich jedoch auf die Nächte. Es waren Nächte, in denen er nicht schlafen konnte. Morgens beim Frühstück gab er sich wieder ausgeglichen und schenkte uns allen ein charmantes Lächeln. Sogar Amistad war davon nicht ausgenommen. Jana und ich durften Sport treiben, genau wie die anderen Mädchen, und die Nachmittage verbrachten wir auf der Sonnenterrasse und am Pool.

Unbestritten quälte mich die ganze Zeit die Neugier, was mit David passiert war, ob Santiago noch einmal nach New York fliegen würde oder was er weiter plante. Soweit ich mich erinnern konnte, war er früher auch mehrmals nach Atlanta gereist, als es darum ging, Amistad und Cheyenne für sich zu gewinnen. Bei David war die Situation allerdings eine völlig andere. Doch es gab eine Begebenheit, die mich hoffen ließ und die es mir leichter machte, keine Fragen zu stellen ...

Wir waren auf der Dachterrasse und ein fremder Hubschrauber näherte sich der Insel. Normalerweise zeigte Santiago in solchen Fällen offen seine Missbilligung, doch diesmal wurde sein Interesse geweckt. Mit einem Glas Red Bull in der Hand und dem Blick zum Himmel gerichtet, blieb er stehen, und ich sah, dass er versuchte, diesen Hubschrauber zu identifizieren. Aber der kam nicht nahe genug heran und drehte kurz vor Ivory wieder ab. Santiago ließ sich nichts weiter anmerken, doch sein Blick fiel vom Himmel direkt in meine Augen – und ich wusste, was er dachte.

Jetzt wusste ich auch, worauf ich hoffen durfte.

Und zwei Tage später kam tatsächlich ein Hubschrauber, der nicht wieder abdrehte ...

***

Santiago hatte die Nacht bei Jana und mir verbracht. Obwohl die Umbauarbeiten in seinem Zimmer längst beendet waren, hatte er es bis jetzt noch nicht fertiggebracht, sein altes Schlafgemach wieder zu beziehen. Seine anfängliche Scheu, den ersten Stock generell zu betreten, konnte er zwar ablegen – er nutzte das große Bad und schlief fallweise bei Jana und mir – doch Damians Appartement im Erdgeschoß hatte er noch nicht aufgegeben.

An jenem Morgen ließ er Lilienné in unser Bett holen. Sie sollte sich um seine morgendliche Erektion kümmern, während Jana und ich an seinen Seiten liegen und ihn bloß küssen durften.

Es war ein beklemmendes Ereignis für mich, denn zum ersten Mal sah ich, dass Lilienné die Königsdisziplin mittlerweile bis zur Perfektion beherrschte. Und ich musste betreten feststellen, dass das, was sie tat, recht wenig mit dem übereinstimmte, was ich ihr erklärt hatte.

Sie kniete zwischen seinen Beinen und benutzte ihre Hände ausschließlich, um ihr blondes Engelshaar aus dem Geschehen zu halten. Ihr kleiner Mund blieb die ganze Zeit um seinen

Schwanz geschlossen, während sie ihn mit ihrer Zunge und der Enge ihrer Kehle verwöhnte und ihm hingebungsvolle Blicke schenkte. Ich sah, dass sie ihn ganz schön tief in ihren Hals bekam und kaum noch einen Würgereflex hatte. Immer wieder wechselte sie ihr Tempo, in den entscheidenden Momenten behielt sie es aber bei. Insgesamt war sie viel schneller als ich.

Santiago reagierte mit heftigen Atemzügen und unwillkürlichen Zuckungen in seinen Lenden. Einerseits wirkte er überfordert von ihrem Tempo, gleichzeitig versuchte er, durch gezielte Bewegungen seiner Hüften, noch mehr von ihr zu bekommen. Er war zweifellos überwältigt von ihrem Geschick und ihrem Einsatz und konnte uns bald nicht mehr küssen. Offensichtlich hatte sie eine Technik, bei der er auf die zusätzliche Stimulation durch einen Finger verzichten konnte. Entweder hatte sie es von Alice oder sie erinnerte sich plötzlich an ein paar Tipps, die ihre Schwester ihr mitgegeben hatte. Ich konnte nicht sehen, was genau sie mit ihrer Zunge machte, und nicht wissen, wie fest sie an ihm saugte. Auf jeden Fall kam Santiago gewaltig. Er bäumte sich auf, hielt sich an uns fest und brüllte wie ein Raubtier.

Danach hieß es, Lilienné hätte ein Verbot, sein Sperma auf direktem Weg mit uns zu teilen. Sie musste es in ein Glas geben, aus dem Jana und ich anschließend tranken. Erst als dieses Ritual beendet war, erschien Damian, um Lilienné wieder abzuholen.

Er half ihr aus dem Bett, reichte ihr das Kleid, das sie zuvor abgelegt hatte, und genau in dem Moment vibrierte sein Handy ... Damian nahm das Gespräch entgegen, und während es im Raum kurz still war, drang das leise Summen weit entfernter Hubschrauberrotoren an unsere Ohren. Santiago war vermutlich noch taub, denn er reagierte nicht sofort. Erst als

Damian ihn bedeutungsvoll anlächelte und seine Landerlaubnis gab, zog es ihn blitzartig aus dem Bett. Alle eilten aus dem Zimmer und unsere Tür fiel ins Schloss.

»Es ist David!«, sagte ich zu Jana.

Sie nickte.

Aufgeregt, aber völlig planlos, saßen wir nebeneinander im Bett. Ich konnte nicht fassen, dass ich den Moment von Davids Ankunft nun verpassen sollte! Das Geräusch der Rotoren wurde immer lauter. Santiago hatte vermutlich gerade mal Zeit, sich die Zähne zu putzen, dann war der Lärmpegel erreicht, mit dem ein Hubschrauber gewöhnlich auf dem Vorplatz der Villa landete. Ich sprang auf. Doch es hatte keinen Sinn, aus unserem Fenster zu sehen, von hier aus konnte man bloß den Anlegesteg und den Weg zur Villa ausmachen. Verzweifelt lief ich in unserem Zimmer auf und ab und raufte mir die Haare.

»Jana, ich muss da hinaus!«, entschied ich schließlich.

Es war mir gleich, ob ich dafür bestraft werden würde, ich wollte Davids Ankunft nicht verpassen. Leider konnte Jana nicht mitkommen, denn David wusste über ihr Schicksal noch nicht Bescheid. »Ich erzähl dir nachher alles!«, versprach ich ihr, zog ein kurzes Kleid über und schlich mich aus dem Zimmer.

Vom ersten Stock aus hatte man einen guten Überblick, also beschloss ich, am äußeren Rand der Treppe sitzen zu bleiben. Der Hubschrauber stand noch auf dem Vorplatz und alle Männer waren draußen. David war bereits ausgestiegen, Santiago ging ihm entgegen, doch ich konnte keine Gepäckstücke sehen. Und ich erschrak, als David eine Umarmung verweigerte. Er blieb mit einem Meter Distanz stehen und redete mit Santiago. Der wiederum schob die Hände in die Taschen seines Morgenmantels und hörte zu. Zwischendurch nickte er. Es schien, als würde ihm David irgendetwas Wichtiges erklären. Santiago hörte bloß zu, senkte gelegentlich seinen Kopf oder fuhr sich durch die Haare. Aber vorwiegend sah er ihn an und nickte.

»Ist das David?«, hörte ich plötzlich eine Männerstimme.

Ich fiel fast von der Treppe, als ich herumwirbelte und Amistad erblickte! Er stand direkt hinter mir und beobachtete ebenfalls das Geschehen auf dem Vorplatz.

»Ist das David?«, wiederholte er seine Frage eindringlicher.

Amistad hatte ich völlig vergessen. Eilig nickte ich und erhob mich, um einen Schritt von der Treppe wegzukommen.

Amistads Gesichtszüge verfinsterten sich. »Heißt das, er war in New York?«

Ich schluckte. Warum musste er das mich fragen?! »Ich weiß nicht«, sagte ich.

Er lächelte, kam mir gefährlich nahe und wurde deutlicher: »Warst du ... mit ihm ... vor zwei Wochen ... in New York?!«

Hilflos sah ich in seine Augen und gab keine Antwort.

Amistad zischte verächtlich und wich von mir zurück. Gleichzeitig nickte er, als hätte er verstanden.

Es musste schlimm für ihn sein, es auf diese Art zu erfahren, und ich fürchtete seinen Wutausbruch, doch er war nun völlig in Gedanken, beachtete mich überhaupt nicht mehr und zog sich wortlos zurück in sein Zimmer.

Leicht verstört warf ich noch einmal einen Blick nach draußen und bekam gerade noch mit, wie der Helikopter wieder aufstieg. David war noch da. Santiago legte einen Arm um ihn und gemeinsam gingen sie los in Richtung Strand. Ich war erleichtert. Sofort machte ich kehrt und schlüpfte wieder in unser Zimmer, wo Jana auf mich wartete.

Gemeinsam versuchten wir, die Zeichen zu deuten, und wir kamen zu dem Schluss, dass David sich vielleicht noch nicht fest entschieden hatte. Vielleicht wollte er sich zuerst selbst ein Bild von all dem machen, wo er glaubte, Santiago würde ihm etwas verheimlichen. Vielleicht hatte er deshalb noch kein Gepäck mit. Alles sah danach aus, doch unsere Vermutung stand auf wackeligen Beinen.

Erst später erfuhren wir, dass es tatsächlich ganz ähnlich war, bloß David wollte sich nicht nur ein Bild machen, er hatte angekündigt, Santiago danach Bedingungen zu nennen, unter denen er sich vorstellen konnte zu bleiben. Dann läge es bei ihm, ob er bereit wäre, diese zu erfüllen oder nicht.

Santiago seinerseits hatte ihm für diese Tage großzügig sein eigenes Zimmer im ersten Stock zur Verfügung gestellt, während er selbst weiterhin in Damians Appartement schlief. Er zeigte ihm auch die Mädchen im Keller, und David gab an, dass er sich Zeit nehmen wolle, mit jeder von ihnen einzeln ein Gespräch zu führen.

Nur Jana und ich hatten ihn noch nicht gesehen. Damian ließ uns Essen aufs Zimmer bringen und erteilte uns Ausgehverbot. Nachdem er uns alle Neuigkeiten mitgeteilt hatte, sollten wir auf dem Zimmer bleiben – Santiago wolle mit David ungestört sein, hieß es. Natürlich wussten wir, dass Janas Schicksal ein Damoklesschwert für uns alle war. Doch irgendwann musste David davon erfahren. Die ganze Zeit erwarteten wir seinen Besuch. Aber erst am zweiten Tag war es soweit ...

***

Santiago kam mit David am frühen Morgen und wir waren beide noch in Dessous, gerade damit beschäftigt, uns weiter anzuziehen, als sich die Tür öffnete. Aber David war offenbar von Santiago bereits im Vorfeld aufgeklärt und vorbereitet worden, denn er wirkte unglaublich gefasst.

Er begrüßte mich nur mit einem Augenzwinkern, ging zu Jana und nahm sie in seine Arme. Liebevoll und innig hielt er sie fest und stellte keine Fragen. Jana hingegen war emotional überwältigt. Sie hatte so lange auf diesen Moment gewartet. Wie oft hatte sie mir vorgeworfen, dass sie nie Gelegenheit gehabt hatte, sich von ihm zu verabschieden, als David mit mir die Insel verlassen hatte. Jana keuchte aufgeregt und gluckste vor Freude. Hektisch fuhr sie durch seine Haare, berührte ihn im Gesicht und küsste ihn am Hals.

Den darauffolgenden Nachmittag verbrachte David mit ihr allein. Sie spazierten den langen Weg um die Insel und saßen auf der Anhöhe bei den Felsen. David wählte für jedes seiner Gespräche einen Platz, wo es keine Kameras oder Abhöranlagen gab. Und er unterhielt sich nicht nur mit den Mädchen, sondern auch mit Edward und Damian.

Von Edward erfuhren wir sogar, dass auch Amistad noch auf der Insel war! Santiago hatte ihn dreist ersucht zu bleiben, bis David sich entschieden hätte. Und was noch viel erstaunlicher war, Amistad hatte eingewilligt und verstand sich sogar mit David. Er stimmte auch einem ausführlichen medizinischen Gespräch mit ihm zu.

Ich selbst war die Letzte, die zu einer Unterhaltung eingeladen wurde. Ich nahm David das nicht übel, schließlich hatten wir in New York ja schon das Vergnügen gehabt, und irgendetwas sagte mir, dass er mich dennoch von all den Mädchen am meisten mochte. Aber es war ungewohnt, mit David nun völlig offen über Santiago zu reden, ich merkte schnell, dass ich sämtliche Hüllen fallen lassen musste, denn all die anderen Mädchen vor mir hatten es ebenfalls getan.

Genau wie mit Jana, spazierte er mit mir um die Insel. Und genau wie Jana durfte ich dabei Sportschuhe tragen. Er wollte von mir unzählige Dinge wissen, die unseren Tagesablauf betrafen. Er fragte auch nach Cheyenne – wie ich die Beziehung zwischen ihm und Santiago empfunden hatte … Eines der Mädchen hatte ihm sogar von meiner Gravur erzählt und ich musste ihm auch diese Geschichte beichten. David war betroffen. Wir mussten stehen bleiben und er wollte meine Beine sehen, aber der Schriftzug war zum Glück schon komplett verblasst. Dennoch glänzten seine Augen feucht, als ich ihm die Stelle auf meinem Oberschenkel zeigte und er sie liebevoll küsste.

Dann gingen wir weiter und er befragte mich zu den letzten zwei Wochen im Keller, die ihm offensichtlich als besonders schockierend beschrieben worden waren. Er wollte wissen, bei welchen Maßnahmen Santiago selbst gehandelt hatte und in welchen Fällen er Damian oder Amistad hatte handeln lassen. Andere Themen betrafen wieder die Zeit davor, wie oft ich ihn betrunken gesehen und ob ich ihn jemals mit fremden Männern intim erlebt hatte.

Ich selbst hatte mir vorgenommen, ihn auf dem langen Weg irgendwann zu fragen, wie groß die Chancen waren, dass er bleiben würde, und wer eigentlich der junge Mann war, mit dem er in New York zusammenlebte … Doch, obwohl David sehr ruhig und gefasst wirkte, und alles, was ich ihm erzählte, verständnisvoll aufnahm, kam es nicht dazu. Nach jeder einzelnen Phase unseres Gesprächs erschien mir die Chance, dass er bleiben würde, immer geringer, und ich fürchtete direkt, ihn danach zu fragen. Gleichsam verlor der junge Mann in New York für mich an Bedeutung.

Zum Ende des Rundganges überraschte mich David mit einer höchst seltsamen Frage. »Wenn du dir etwas von Santiago wünschen könnest … Was wäre das?«

»Dass er sich bessert«, sagte ich spontan.

David lachte. »Nein, ich meine für dich persönlich. Ein Herzenswunsch. Egal was. Auch wenn es dir unrealistisch erscheint. Darum geht es nicht.«

Jetzt war ich noch mehr verwirrt. Aber ich dachte nach ... »Was haben sich die anderen Mädchen gewünscht?«, fragte ich.

David lächelte. »Ich glaube, das fällt unter meine ärztliche Schweigepflicht.«

»Warum? Wir reden doch nicht über Krankheiten!«

Er zögerte.

»Bitte, David!«, flehte ich ihn an und stellte mich vor ihn, damit er nicht weitergehen konnte.

»Du behältst es aber für dich!«, warnte er mich.

Ich nickte.

David atmete tief durch. »Die Wünsche waren sehr unterschiedlich, da die Mädchen keinen Vergleich hatten, so wie du jetzt«, erklärte er. »Alice möchte ihn anfassen. Lilienné möchte das Gleiche, allerdings mit Edward zu dritt im Bett! Amanda möchte ihn heiraten und Jana möchte ein Kind von ihm.«

Mir fielen fast die Augen aus dem Kopf. »Jana möchte ein Kind von ihm?«

Er lächelte mitleidig. »Ja.«

»Und? Wirst du dich dafür einsetzen?«

David zischte amüsiert. »Nein, bestimmt nicht. Genauso wenig wie Amanda ihn heiraten wird. Aber, wie gesagt, darum ging es nicht. Ich wollte einfach nur wissen, was in euren Köpfen vorgeht.«

»Aber ... Jana macht sich jetzt bestimmt Hoffnungen«, sagte ich entrüstet. »Sie wird denken, du kämpfst für sie.«

David schüttelte entwarnend den Kopf. »Nein, ich hab ihr das in einem langen Gespräch erklärt. Santiago will vor fünfzig keine Kinder und selbst dann hat er andere Pläne.«

»Welche Pläne?«

»Das würde jetzt zu weit führen, Zahira. Frag Jana, wenn es dich interessiert, oder willst du auch ein Kind von ihm?«

»Nein«, entgegnete ich schockiert. Plötzlich fragte ich mich, ob ich ihn heiraten wollte, doch auch dieser Wunsch erschien mir so extrem unrealistisch, dass ich es zu peinlich fand, es auszusprechen. Sicherheitshalber wollte ich mir lieber etwas wünschen, das – wenn alle Sterne gut stünden – vielleicht in Erfüllung gehen könnte. So wie ich David kannte, würde er sich für meine Wünsche einsetzen. Aber es fiel mir auch schwer, meine geheimsten Fantasien vor ihm auszubreiten. Nur der liebevolle Blick seiner endlos schönen jadegrünen Augen brachte mich schließlich dazu, ihm das anzuvertrauen. »Mein Wunsch ist ähnlich wie der von Lilienné ...«, sagte ich. »Mit dem kleinen Unterschied ... ich stehe nicht auf Edward!« Bedeutungsvoll sah ich in seine Augen!

David lächelte und löste sich etwas beschämt aus meinem Blick. Er hatte verstanden. Ich war erleichtert. David nahm mich in seine Arme ... und ich küsste ihn am Hals und flüsterte noch ein sehnsüchtiges »Bitte« in sein Ohr. Danach gingen wir weiter und unsere Unterhaltung war beendet. Ich war glücklich. Immerhin hatte er bei mir kein langes Gespräch hinten anhängen müssen, damit ich mir meinen Wunsch aus dem Kopf schlug. Das stimmte mich zuversichtlich und auch ein bisschen lustvoll nervös.

***

Am Abend lag ich mit Jana im Bett und wir wussten beide nicht so genau, wann David sich mit Santiago zusammensetzen würde, aber wir rechneten stündlich damit und waren uns der Bedeutung dieses Gesprächs mehr als bewusst. Zum ersten Mal hofften wir, bloß keine Hubschraubergeräusche zu hören, und ich musste schmunzeln, als mir auffiel, dass wir beide unter der Decke unwillkürlich unsere Hände zu Fäusten geballt und unsere Daumen hielten. Aber dann sah ich, dass Jana Tränen in ihren Augen hatte.

»Was hast du?«, flüsterte ich. »David wird sich durchsetzen. Ich glaube ganz fest an ihn!«, versicherte ich ihr.

Sie nickte. »Ja ... das fürchte ich auch.«

Verdutzt sah ich sie an. »Wieso fürchtest du das?«

Jana wischte sich ein paar Tränen ab. »Zahira, wenn David bleibt, werde ich gehen. Ich bin eine seiner Bedingungen.«

»Was?!« Mir setzte fast das Herz aus. »Wie kommst du darauf? David würde dich nie wegschicken wollen!«

Jana schniefte. »Doch. Und wahrscheinlich hat er sogar recht. Er sagt, Santiago würde mich bestimmt lieben, aber seine Gefühle für mich wären auch sehr stark von schlechtem Gewissen beeinflusst. Er denke, er tue mir einen Gefallen damit, mich möglichst lange hierzubehalten. In Wirklichkeit vertue ich meine Zeit hier. David meinte, ich müsse lernen zu leben ... draußen, im richtigen Leben. Und ich will es auch. Ich will selbstständig sein, studieren und eine eigene Familie haben.«

Ich war sprachlos, völlig außer mir. Sie wirkte so tapfer. Ich konnte nicht fassen, wie zuversichtlich sie das alles erklärte. »Aber ... aber wo willst du hin?«, fragte ich entsetzt. »Deine Familie weiß doch nicht Bescheid! Du wirst es deinen Eltern erklären müssen!«

Jana nickte. »Ja. Irgendwann werde ich es ihnen erklären. Vermutlich etwas beschönigt.« Sie lächelte. »Aber ich werde nicht nach Südafrika zurückgehen. Ich bleibe hier in Florida. David hat mir angeboten, ich könnte bei einer befreundeten Familie von ihm wohnen. Die sind sehr reich, leben auf einem großen Anwesen, und deren Tochter ist vor ein paar

Jahren durch eine Krankheit erblindet. Er sagte, sie würde auch studieren und lebe bereits sehr eigenständig. Er hat mir auch versprochen, dass Santiago mich dort ein- oder zweimal im Monat besuchen würde! Solange ich das wolle! Und damit wäre ich das einzige Mädchen, dass nach der Zeit auf Ivory noch Kontakt mit ihm haben dürfe.«

Ich schluckte und fing widerstrebend an, mich mit diesen Plänen anzufreunden. Es klang verlockend, Santiago weiterhin sehen zu dürfen. Irgendwann müssten wir uns schließlich alle von ihm trennen und dann wäre ein solches Privileg Goldwert. Ein bisschen beneidete ich Jana darum. Doch der Gedanke, mich von ihr trennen zu müssen, machte mir Angst. »Ich will aber nicht, dass du weggehst«, sagte ich traurig.

Sie nickte. »Warten wir ab, wie Santiago sich entscheidet.«

Unwillkürlich ließ ich meine Daumen los. Ich war mir nicht mehr sicher, worauf ich hoffen sollte ... David oder Jana?

»Hat David dich auch gefragt, was du dir von Santiago wünschen würdest?«, flüsterte Jana ... offenbar, um mich auf ein anderes Thema zu bringen.

»Ja«, entgegnete ich.

»Und ... verrätst du es mir?«

Ich seufzte. »Eine Nacht mit ihm und David.«

Jana war perplex. »Das ist alles? Fällt dir nichts Besseres ein?«

»Du hast leicht reden!«, klagte ich. »Du hattest dieses Erlebnis ja schon!«

Sie nickte einsichtig.

»Und was hast du dir gewünscht?«, fragte ich.

Jana zögerte, bevor es leicht verbittert über ihre Lippen kam: »Familie.«

»Ein Kind von ihm?«

»Ja«, gestand sie. »Aber dann hat David mir erklärt, dass

Santiago zwar Kinder möchte, aber erst viel später, frühestens mit fünfzig, und bestimmt nicht so, wie ich mir das vorstelle.«

»Wie denn?«, fragte ich neugierig.

»Fortpflanzung hat für ihn nichts mit romantischer Liebe zu tun. David sagt, Santiago würde eines Tages eine junge Frau wählen, die ihm vom Typ her so ähnlich wie möglich sieht, intelligent und genetisch einwandfrei gesund ist. Mittels künstlicher Befruchtung möchte er das Geschlecht seines Kindes bestimmen lassen und es danach von ihr in einem vorgegebenen und streng gesicherten Umfeld austragen lassen. Nach der Geburt und einer kurzen Stillzeit würden ihr dann jegliche Rechte entzogen werden. Sein Sohn soll von klein auf in einer Art Internat, einem elitären Luxustempel mit hoch qualifizierten Nannys und Erzieherinnen, aufwachsen und ihm einmal in der Woche vorgeführt werden, wo er dann Papa spielen möchte. David meinte, dieses Schicksal möchte er keiner Frau antun. Santiago hingegen würde es wie eine Ei-Spende betrachten und alles Weitere mit Geld regeln.«

Mir verschwamm fast das Bild vor den Augen, während sie das erzählte. »Das ist abartig!«, sagte ich.

Jana nickte. »Ja. Ich möchte es mir auch nicht ausmalen. Aber kannst du dir vorstellen, dass hier auf Ivory ein Kind aufwachsen soll?«

»Nein«, sagte ich. »Nicht, sobald es denken kann. Aber er könnte sich ja ändern. Er könnte seinen Lebensstil ändern. Wenn er erst mit fünfzig Kinder will, hat er ja noch genügend Zeit bis dahin.«

»Er wird sich nicht ändern, Zahira. Er wird sich nie ändern. David meinte, je älter Männer werden, umso interessanter werden junge Frauen für sie. Noch interessanter sind *viele* junge Frauen! Er wird das nicht aufgeben.«

Ich seufzte. »Sag das nicht! Jeder kann sich ändern. Du wirst sehen, David hat einen guten Einfluss auf ihn.«

Jana lächelte ungläubig. Aber dann beschlossen wir zu schlafen. Es war die beste Möglichkeit, die Zeit rumzukriegen. Wir beide waren nervös, doch irgendwann konnte ich mich entspannen und mir fielen die Augen zu. Ich vertraute darauf, dass alles gut werden würde. Ich vertraute auf David. Aber es wurde nicht alles gut ...

***

Das mechanische Dröhnen des Hubschraubers holte uns aus dem Schlaf. Panik überfiel mich. Draußen war es bereits hell und wir hatten überhaupt nichts mitbekommen ... Dann plötzlich öffnete sich unsere Tür und Amistad trat ein. Er sah mich nur kurz an und ging zu Jana. Übertrieben galant küsste er ihre Hand und sagte: »Ciao, Baby. War nett mit dir.« Während er sich wieder aufrichtete und um das Bett herum zu mir kam, begann sie erst langsam zu realisieren, was das zu bedeuten hatte.

Aber meine Aufmerksamkeit war jetzt woanders. Schnell war klar, dass Amistad meine Hand nicht küssen wollte. Ich hatte sie ihm in meiner Verwirrtheit töricht entgegengestreckt. Amistad lachte herzlich. Er packte mich an den Armen, zerrte mich so schwungvoll aus dem Bett und wirbelte mich herum, dass ich jegliche Orientierung verlor. Im nächsten Moment lag ich auf dem Bauch am Boden und er kniete über mir. Ich stöhnte und konnte noch gar nicht glauben, dass ich mir nichts gebrochen hatte. Es war, als wollte er eine neue Kampftechnik an mir ausprobieren. Ich spürte sein Gewicht auf mir und wollte um Gnade flehen, aber ich bekam keine Luft. Erst nach einer kurzen Pause zog er mich wieder in die Höhe und schubste mich mit dem Rücken gegen die Schrankwand. Ich kreischte nach Luft und keuchte. Mein Herz raste. Amistad drängte seinen ganzen Körper gegen mich. Ich sah zu ihm auf und fragte mich, warum ich in diesem Moment Begierde empfand. Aber ich mochte den Griff seiner starken Hände, den Druck seines Körpers, seine Größe. In meinem Kopf drehte sich alles ...

»Darauf wirst du in nächster Zeit vermutlich verzichten müssen«, raunte er süffisant.

Ich lächelte und fühlte den verführerischen Druck seines Körpers. Angestrengt kämpfte ich gegen mein Verlangen, gegen die Hitze, die in mir aufstieg, und gegen die Flüssigkeit in meinen Augen. Ich wollte nicht, dass er dachte, dass ich weinte.

Amistad streichelte zärtlich über meinen Hals. »Wenn deine Zeit hier abgelaufen ist«, raunte er, »würde ich mich freuen, dich zu sehen. Komm nach Atlanta! Du findest mich in der Klinik. Es ist ganz leicht. Ich hätte gern noch mehr Spaß mit dir gehabt.«

Ich lächelte verlegen.

Amistad küsste mich auf die Wange. Dann gab er mich frei. Er verließ unser Zimmer und ich war mir sicher, ihn nie wieder zu sehen.

Kurz darauf hörten wir den Hubschrauber wegfliegen. Die ganze Zeit war ich damit beschäftigt, Jana zu trösten. Dann kam Santiago, er wollte mit ihr allein sein und schickte mich aus dem Zimmer. Und als hätte David ihn bis hierher begleitet, stand er zur selben Zeit vor unserer Tür.

»Was ist passiert?«, fragte ich ihn.

Er ließ sich keine Gefühlsregung anmerken. »Amistad ist weg und ich bin noch hier«, sagte er – als hätte ich das nicht mitbekommen!

Ich lächelte. »Fein.«

David nickte und behielt eine ausdruckslose Miene. Dann wandte er sich von mir ab und ging hinunter ins Wohnzimmer.

Ich verstand die Welt nicht. Zerstreut lief ich im Nachthemd vor unserer Tür auf und ab und wartete darauf, dass Santiago wieder herauskam.

Doch bevor das geschah, öffnete sich am Ende des Flurs die Tür des Fahrstuhls. Damian trat einen Schritt vor und deutete mir, ich solle zu ihm kommen. Etwas verunsichert ging ich ihm entgegen und wir fuhren gemeinsam in den Keller. Aber auch er wollte mir keine Fragen beantworten, sagte nur, dass wir in einer Stunde Aufstellung hätten und bis dahin müsse ich in einem der Verliese warten. Er gab mir ein weißes Kleid, passende Spitzendessous und ließ mich allein.

Ich dachte an Jana, während ich mich umzog. Und ich dachte über David nach ... fand es unfassbar, dass er es immer noch schaffte, seine Gefühle vor mir zu verbergen. Obwohl ich ihn nun schon so gut kannte, konnte ich nicht sagen, ob er wegen Jana betrübt gewirkt hatte oder ob noch mehr dahinter steckte, ob es nach dem Gespräch mit Santiago vielleicht auch Grund zur Freude gab und warum er die nicht zeigen wollte. Aber bevor ich mir einen Reim darauf machen konnte, war die Stunde um und meine Schiebetür öffnete sich für die Aufstellung.

Damian erwartete uns im düsteren Kerzenlicht. Ich sah Alice und Lilienné in weißen Kleidern und den üblichen diamantenbesetzten gläsernen High Heels. Damian stand uns gegenüber und nickte zufrieden. »Wir sind vollzählig!«, meinte er.

Mir entriss es fast den Boden unter den Füßen. Ich sah Alice an, die schien ebenfalls schockiert, während Lilienné sich völlig unter Kontrolle hatte und glücklich strahlte.

»Santiago hat sich heute Morgen von Amanda und von

Jana getrennt«, erklärte Damian. »Sie werden im Laufe des Tages die Insel verlassen, Irina und Jessica sind bereits mit Amistad gegangen.«

Amanda? Ich konnte nicht fassen, dass er sich von Amanda getrennt haben sollte. »Bleibt David hier?«, fragte ich.

Damian lächelte. »Ja. Sieht so aus.«

Ein sanftes Strahlen lief über mein Gesicht. Es tat so gut, das zum ersten Mal ausdrücklich bestätigt zu bekommen.

Dann hörten wir den Lift und Santiago betrat mit David die Kellergewölbe. Er hatte sich umgezogen, trug nun einen eleganten schwarzen Anzug, während David in einem zur Gänze offenen weißen Hemd und einer hautengen schwarzen Hose erschien. Bestimmt war es beabsichtigt, dass wir seinen attraktiven schlanken Oberkörper und die vornehme Blässe unverhüllt sehen konnten. Santiago liebte es, die Reize dessen, was ihm gehörte, vorzuführen. Es gelang mir aber auch kaum, meine Blicke von Davids Lenden fernzuhalten. Die Hose glich einer festeren Leggins, sie hatte einen leichten Glanz und betonte seine Männlichkeit auffallend. Ich stellte mir vor, dass Santiago im Lift seine Finger nicht hatte von ihm lassen können.

David lehnte sich mit dem Rücken gegen die Mauer und schob seine Finger angedeutet in die schmalen Schlitze der Hosentaschen, wodurch sich das Hemd noch weiter an ihm öffnete. Seine Miene war nach wie vor ausdruckslos. Santiago lächelte.

»Schön, dass wenigstens drei von euch bei David bestehen konnten«, raunte er und sah dabei ausschließlich Lilienné in die Augen.

Sie grinste stolz.

Er nickte gönnerhaft. »Ich werde mich gelegentlich um

Zuwachs kümmern müssen ... Aber das hat Zeit.« Santiago seufzte. »Die Gespräche mit David haben mich sehr bewegt ... Dass David wieder hier ist, soll nicht bedeuten, dass wieder alles wird wie früher. Wir werden ein paar Änderungen vornehmen. Schließlich möchte ich, dass wir alle glücklich sind.« Er grinste nun genauso breit wie Lilienné. »Die Details soll Damian erklären. Ich habe ein anderes Thema, das mir viel mehr am Herzen liegt ...« Geschmeidig lehnte er sich neben David an die Mauer und sah ihn verliebt von der Seite an. Mit einer langsamen Handbewegung streichelte er über die glatte Brust seines Geliebten, während er mit sanfter Stimme verkündete: »Ich werde David heiraten.«

In der Sekunde fühlte ich, wie sich der Boden unter mir auftat und eine hohle Finsternis mich verschluckte ...

Weitere erotische Geschichten:

Kim Shatner
VögelBar

Stellen Sie sich vor, Sie gehen in eine Bar und könnten frei wählen, mit wem Sie vögeln möchten ...

Die Vorstellung gefällt Ihnen?

Dann begleiten Sie Marc auf dem Weg zu seiner eigenen »VögelBar«, und lesen Sie von den sexuellen und frivolen Unwägbarkeiten eines solchen Vorhabens!

Denise Harris
SexLügen

Nymphomanisch veranlagt, lügt sie für Sex.

Sie spielt in jungen Jahren mit den Männern und bekommt immer, was sie will.

Dieser drang nach Sex verselbstständigt sich, je älter sie wird.

Aber dann muss sie diese Erfahrungen plötzlich nutzen, um ihre Existenz zu sichern.

Aus Spiel wird Ernst und keiner darf es wissen ...

Gina Summers
Der Tauchlehrer

Ein Urlaub
zwei Tauchlehrer
eine Liebe
und viel Sex ...

Sina erlebt in Thailand nicht nur ihren schönsten Urlaub, sondern auch erotische Massagen, aufregende Tauchgänge, romantische Nächte und hemmungslosen Sex mitzwei Tauchlehrern.

Doch wer ist der Richtige für sie?

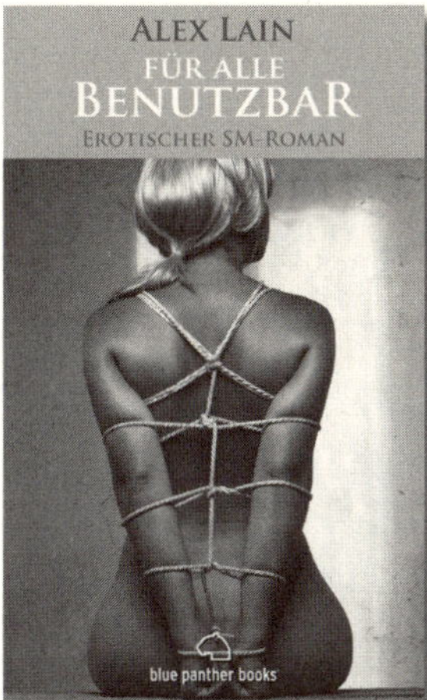

LESEPROBE: ALEX LAIN FÜR ALLE BENUTZBAR

... Der Tag verlief ganz im Zeichen des kommenden Abends. Sarah erledigte zwar ihre geplanten Arbeiten, war jedoch mit dem Kopf ganz bei Tom und ihrem Treffen. Sie überlegte, wie der Abend wohl verlaufen würde, malte sich romantische Szenen aus, die von zwischenzeitlicher Benutzung abgelöst wurden. Während des gesamten Tages befand sie sich in einer Art Schwebezustand, aus dem sie nicht mehr wieder rausgehen wollte.

Nachdem sich Sarah lange im Badezimmer aufgehalten hatte, schlüpfte sie in einen schwarzen Lackmini, zurrte eine schwarzweiße Lackkorsage eng an ihren Oberkörper und streifte über die halterlosen Strümpfe und ihre hochhackigen, schwarzen Lack-Overknees. Um nicht wie eine Nutte auf der Straße herumzulaufen, warf sie ihren beigen Frühjahrsmantel über und sah darin recht bieder aus. Dass sie darunter Lack ohne Höschen trug, konnte schließlich niemand ahnen.

Um Punkt zwanzig Uhr stand sie mit gesenktem Blick auf der Fußmatte und wartete, dass ihr die Tür geöffnet wurde. Beinahe im gleichen Augenblick stand Tom hinter ihr und kitzelte sie. Sarah stieß einen kurzen, hellen Schrei aus und wand sich zwischen seinen Fingern. Ausgelassen zog er sie an sich und küsste sie über ihre Schulter wild und leidenschaftlich.

Dann kreuzte er seine Unterarme über ihren Schlüsselbeinen und flüsterte ihr sanft ins Ohr: »Wenn wir da jetzt hineingehen, dann bist du mein Baby, auf das ich stolz sein will. Das mir zeigt, dass es für mich da ist, mir gehorcht und mich in allen Lagen respektiert. Wirst du das schaffen? Machst du das für mich, Baby?«

Sarah versteifte sich kurz in seinen Armen, die ihr plötzlich zu eng wurden. Sie hatte das dringende Bedürfnis, sich aus der Umklammerung zu befreien, um atmen zu können. Doch hörte sie sich »Jawohl, mein Gebieter« sagen.

Im Vorraum zog er ihr den Mantel aus. Sie nahm Zigarettendunst sowie ein leichtes alkoholisches Aroma wahr, was aus einem der hinteren Zimmer kommen musste. Daraus schlussfolgerte sie, dass Tom Besuch hatte und sie ihre Dienste anbieten musste. Oder wollte er sie vorführen? Waren auch andere Frauen zugegen? Submissive? Dominante? Unzählige Fragen drängten sich in ihrem Kopf um die Vormachtstellung, doch sie alle blieben unbeantwortet. Tom nahm sie wieder an die Hand und steuerte auf den Partyraum zu, in dem leise Musik zu hören war. Sarahs Herz schlug im dreifachen Rhythmus der Latinoklänge, die nun laut hörbar waren.

Schwungvoll riss Tom die Tür auf und stellte seine Sklavin in die Mitte des Raumes. »Meine Herren, das ist Sarah«, erklärte er lautstark, um die Unterhaltungen zu unterbrechen. »Sie wird jetzt ihren prachtvollen Körper für euch tanzen lassen!«

Während Sarah sich mit geschlossenen Augen auf den Rhythmus der Musik einstellte, bestaunten die drei anwesenden Herren, die geschätzte dreißig Jahre alt waren, das Tanzobjekt mit schief gelegtem Kopf und gekräuselten Lippen.

Sarah begann zu tanzen und im gleichen Augenblick grölten die drei Männer. Das war wie im Zirkus bei den Tanzbären!, schoss es ihr durch den Kopf, ließ sich von den Gedanken jedoch nicht von ihrer Aufgabe abhalten. Wie erwartet, dauerte es nicht lange und zwei Hände packten sie am Hintern ...